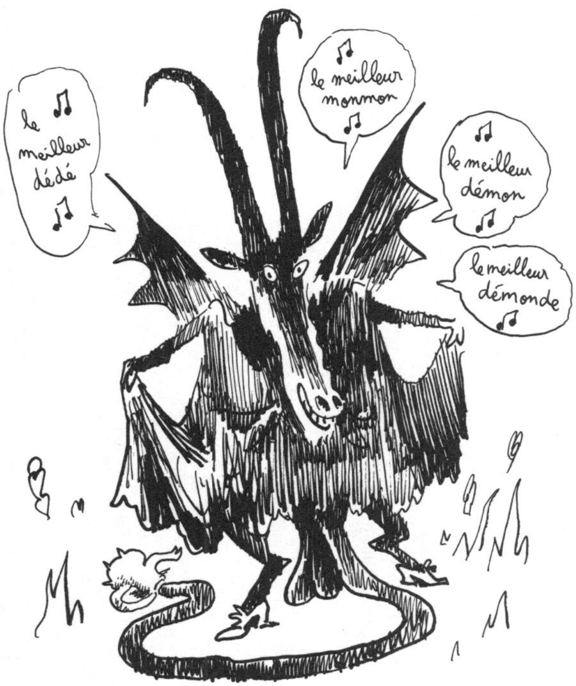
le meilleur dédé
le meilleur monmon
le meilleur démon
le meilleur démonde

2

Les Editions Bréal

CANDIDE

VOLTAIRE

Texte Intégral.

Interventions Graphiques de Joann Sfar.

Éditions Bréal, 27-29 avenue de Saint-Mandé, 75012 Paris

www.editions-breal.fr.

ISBN 2-7495-0086-9.

Conception graphique : Jean-Christophe Menu.
Maquette : Jean-Christophe Menu & Zab – Isabelle Chipot.

AVANT-PROPOS.

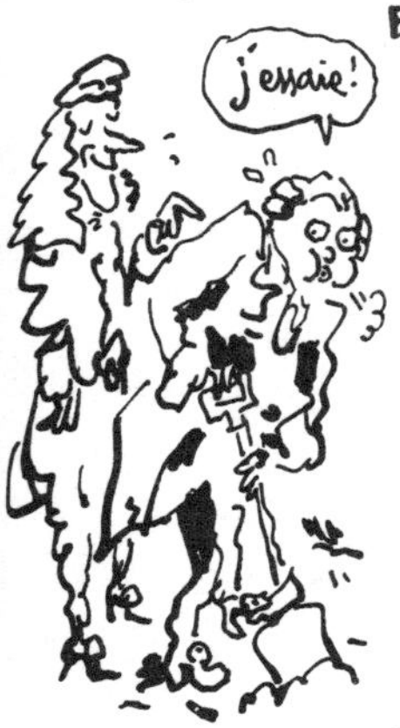

On m'a dit que le *Candide* de Voltaire était un texte "pleinement explicite". A ce titre, ce conte appellerait moins de commentaires, moins de complications qu'un autre texte philosophique. Je n'y crois pas. Et je me demande si c'est parce qu'on étudie *Candide* dès la classe de Première que les philosophes patentés le regardent souvent un peu de haut.

Il m'a toujours paru que faire des livres intelligents à l'usage des seuls lecteurs intelligents était à la portée du premier venu. Mais enfermer dans une forme drôle et accessible dès l'enfance un récit propre à susciter l'éveil de tous, voilà de quoi exalter. Voilà un projet qui appelle le commentaire. Parce que le *Candide* a à voir avec la philosophie mais aussi avec le rejet de la philosophie. C'est à la fois la porte d'entrée, celle devant laquelle l'écolier essuie joyeusement ses pieds crottés, mais c'est également la porte qu'on claque infiniment plus tard, en sortant du logos. "*Candide*" accueille l'enfant émerveillé, le prend par la main, lui donne à voir le réel et le laisse ensuite décider ce que la raison a à voir là-dedans. *Candide* est aussi pour les désabusés ; c'est l'intelligence au service du désaveu de l'esprit. C'est peut-être le premier ouvrage de philosophie réaliste, car il prend en compte l'échec de la philosophie.

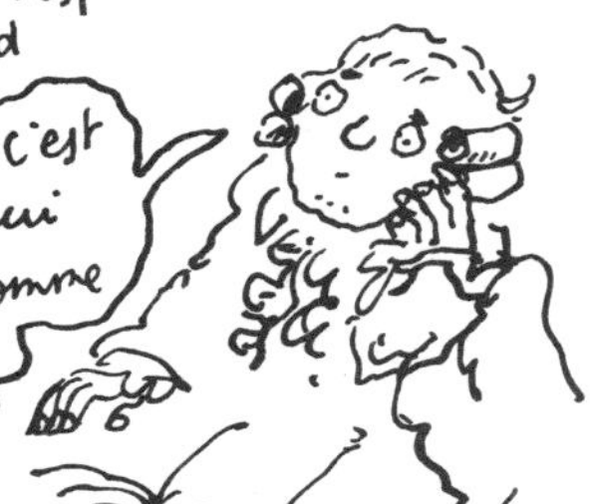

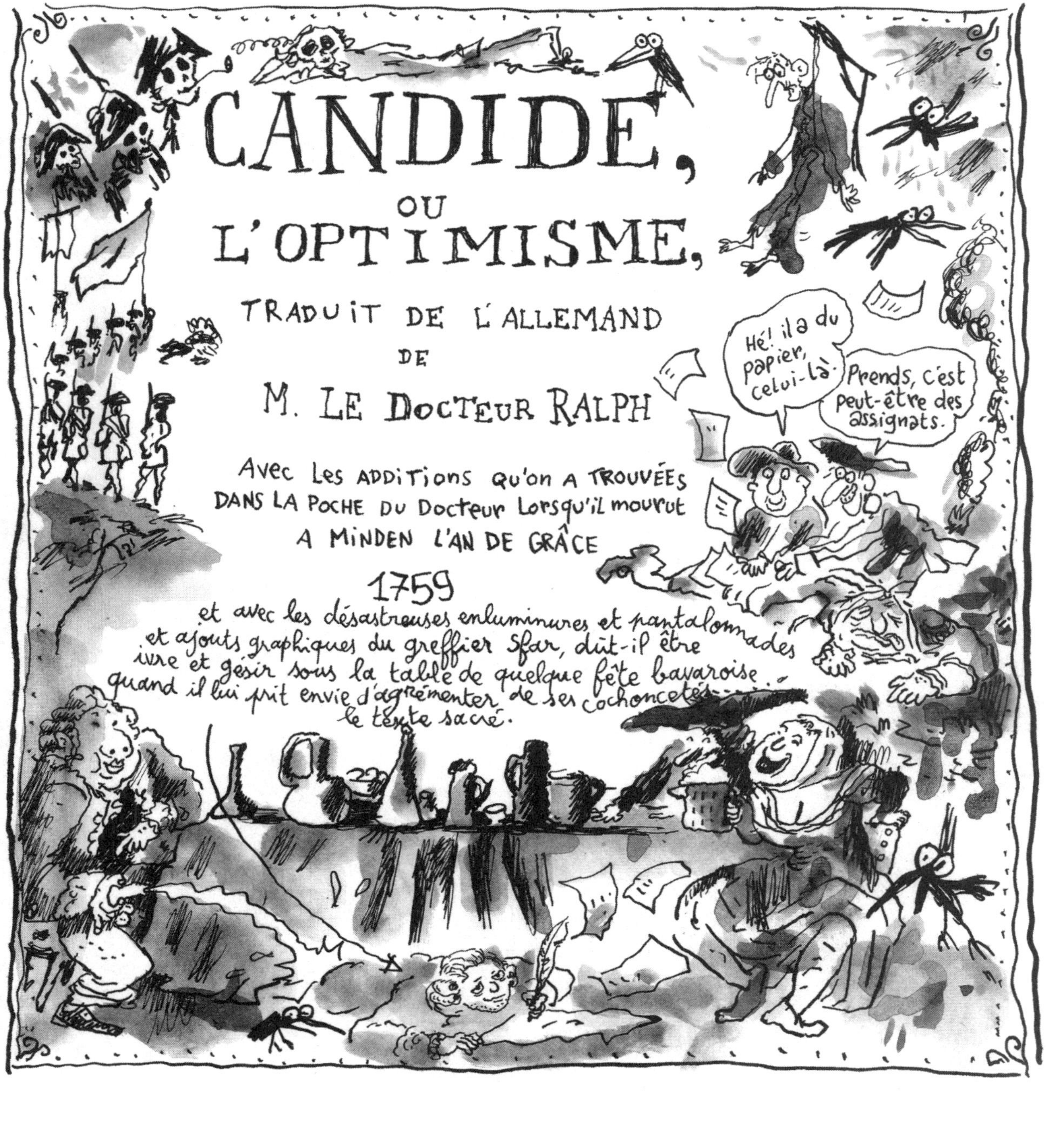
CANDIDE,
OU
L'OPTIMISME,
TRADUIT DE L'ALLEMAND
DE
M. LE DOCTEUR RALPH
Avec les ADDITIONS qu'on A TROUVÉES DANS LA POCHE DU Docteur Lorsqu'il mourut A MINDEN L'AN DE GRÂCE
1759
et avec les désastreuses enluminures et pantalonnades et ajouts graphiques du greffier Sfar, dût-il être ivre et gésir sous la table de quelque fête bavaroise quand il lui prit envie d'agrémenter de ses cochoncetés le texte sacré.
Hé! il a du papier, celui-là.
Prends, c'est peut-être des assignats.

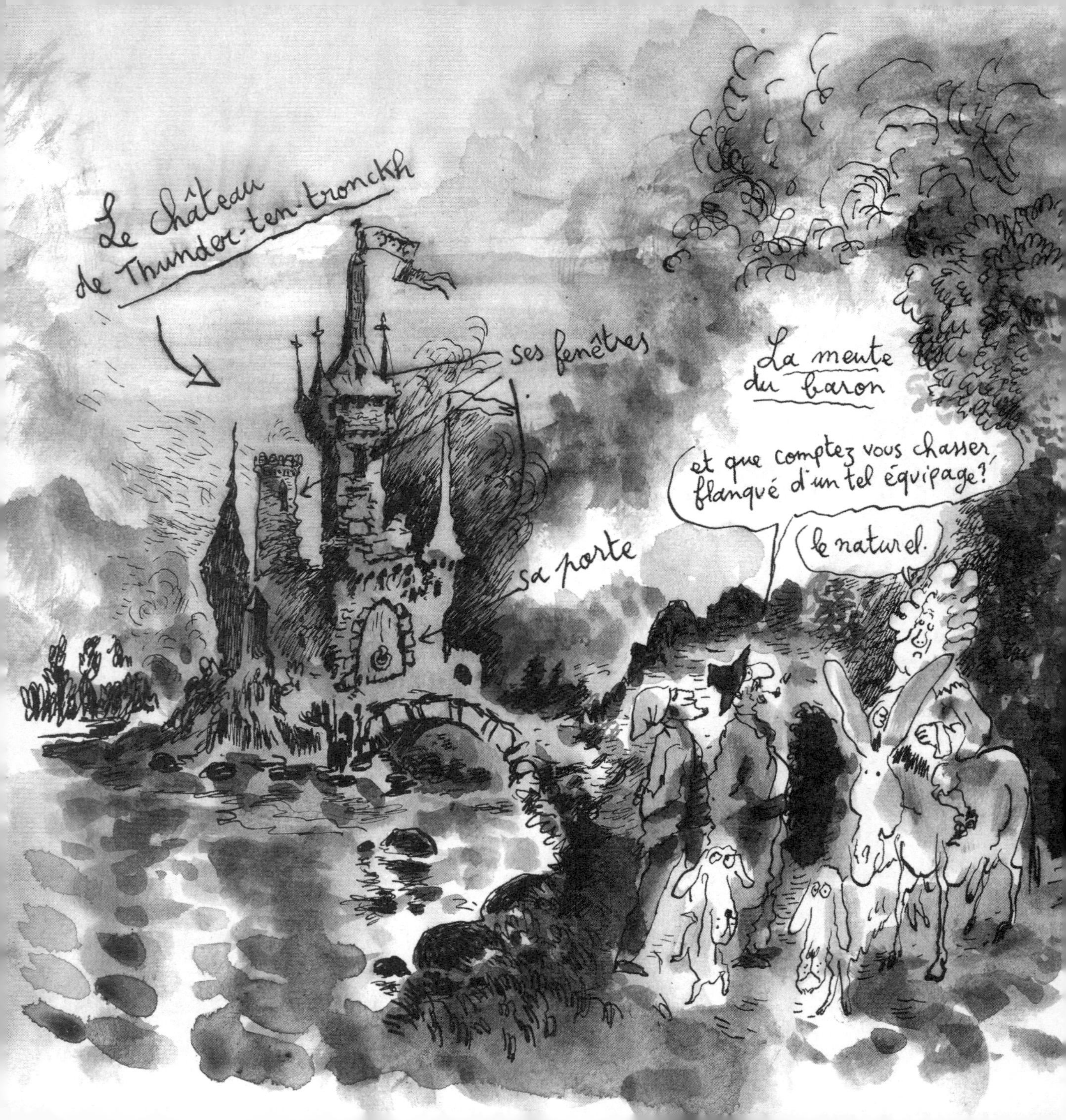
Le Château
de Thunder-ten-tronckh
ses fenêtres
sa porte
La meute
du baron
et que comptez vous chasser,
flanqué d'un tel équipage?
le naturel.

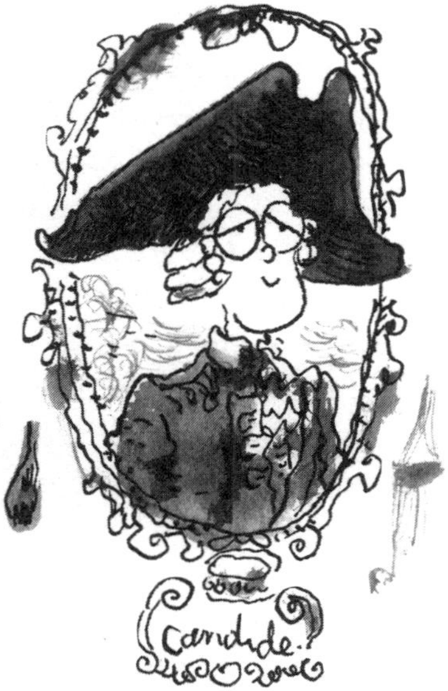

Chapitre Premier.

Comment Candide fut élevé dans un beau château, et comment il fut chassé d'icelui.

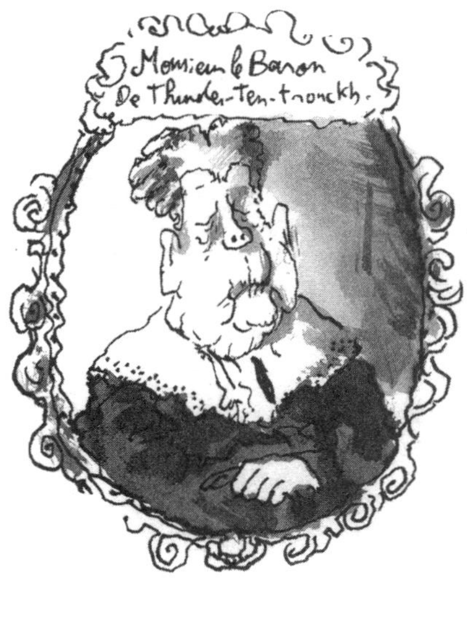

Il y avait en Westphalie, dans le château de M. le baron de Thunder-ten-tronckh, un jeune garçon à qui la nature avait donné les mœurs les plus douces. Sa physionomie annonçait son âme. Il avait le jugement assez droit, avec l'esprit le plus simple ; c'est, je crois, pour cette raison qu'on le nommait Candide. Les anciens domestiques de la maison soupçonnaient qu'il était fils de la sœur de monsieur le baron et d'un bon et honnête gentilhomme du voisinage, que cette demoiselle ne voulut jamais épouser parce qu'il n'avait pu prouver que soixante et onze quartiers, et que le reste de son arbre généalogique avait été perdu par l'injure du temps.

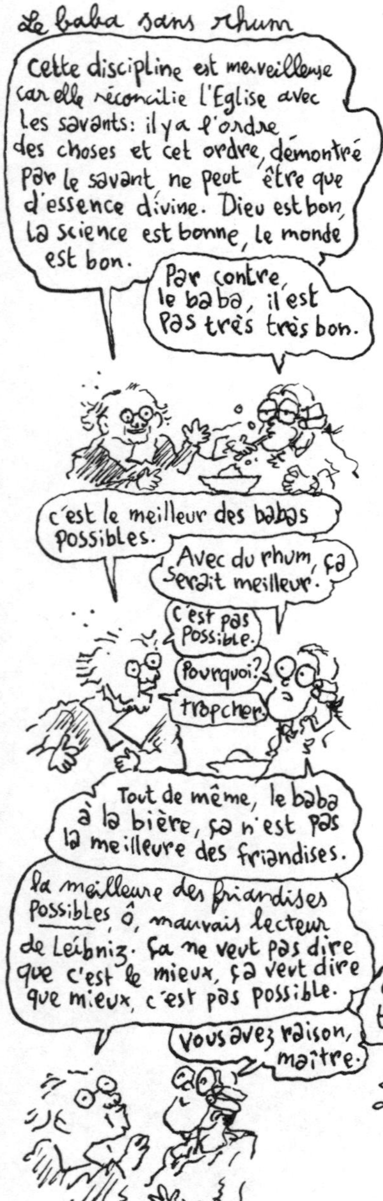

Monsieur le baron était un des plus puissants seigneurs de la Westphalie, car son château avait une porte et des fenêtres. Sa grande salle même était ornée d'une tapisserie. Tous les chiens de ses basses-cours composaient une meute dans le besoin ; ses palefreniers étaient ses piqueurs ; le vicaire du village était son grand aumônier. Ils l'appelaient tous monseigneur, et ils riaient quand il faisait des contes.

Madame la baronne, qui pesait environ trois cent cinquante livres, s'attirait par là une très grande considération, et faisait les honneurs de la maison avec une dignité qui la rendait encore plus respectable. Sa fille Cunégonde, âgée de dix-sept ans, était haute en couleur, fraîche, grasse, appétissante. Le fils du baron paraissait en tout digne de son père. Le précepteur Pangloss était l'oracle de la maison, et le petit Candide écoutait ses leçons avec toute la bonne foi de son âge et de son caractère.

Pangloss enseignait la métaphysico-théologo-cosmolonigologie. Il prouvait admirablement qu'il n'y a point d'effet sans cause, et que, dans ce meilleur des mondes possibles, le château de monseigneur le baron était le plus beau des châteaux et madame la meilleure des baronnes possibles.

“Il est démontré, disait-il, que les choses ne peuvent être autrement : car, tout étant fait pour une fin, tout est nécessairement pour la meilleure fin. Remarquez bien que les nez ont été faits pour porter des lunettes, aussi avons-nous des lunettes. Les jambes sont visiblement instituées pour être chaussées, et nous avons des chausses. Les pierres ont été formées pour être taillées, et pour en faire des châteaux, aussi monseigneur a un très beau château ; le plus grand baron de la province doit être le mieux logé ; et, les cochons étant faits pour être mangés, nous mangeons du porc toute l'année : par conséquent, ceux qui ont avancé que tout

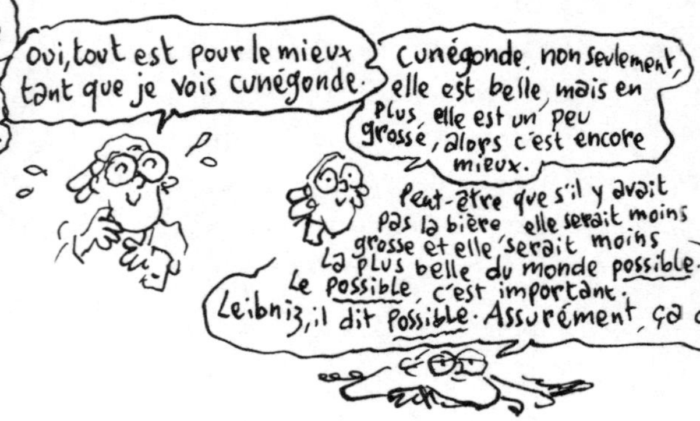

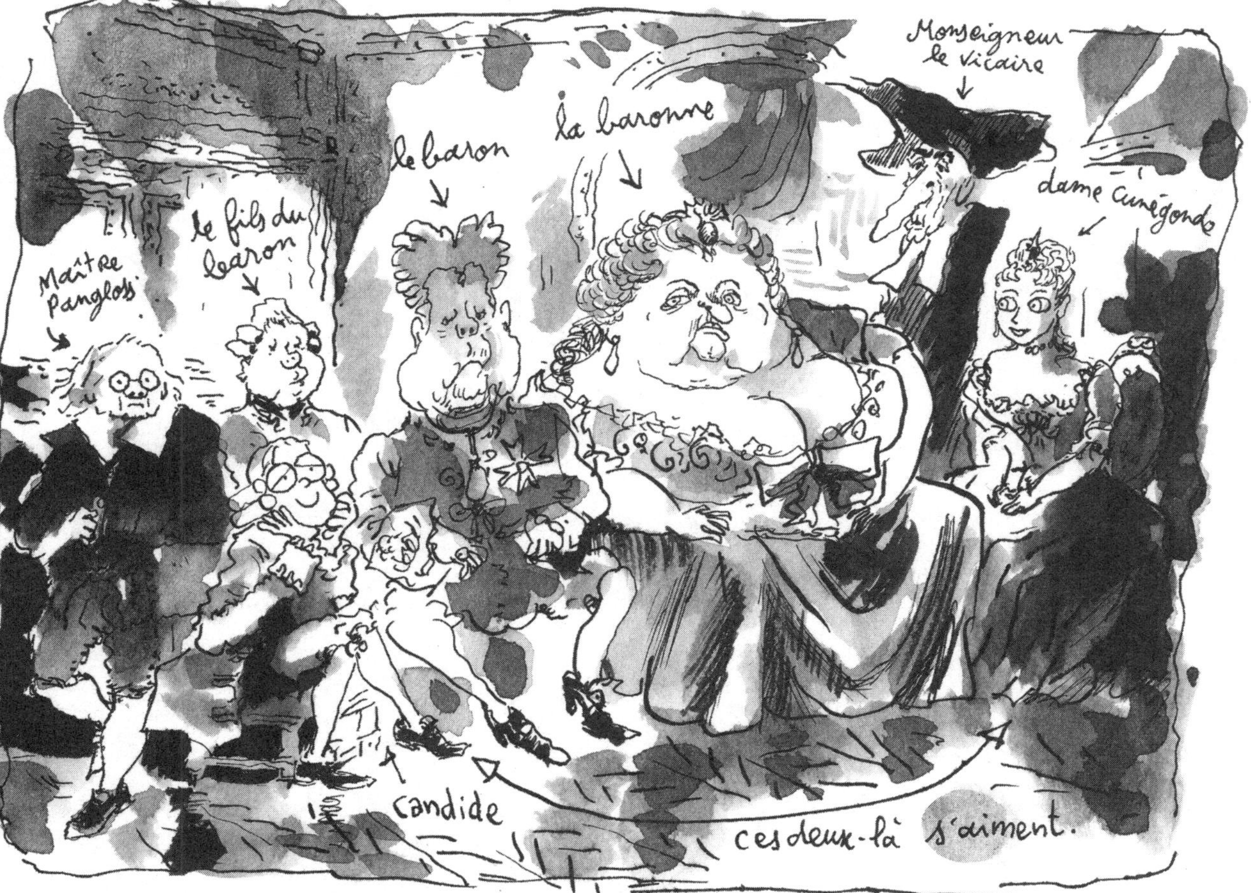

esquisse pour un portrait de la famille Thunder-Ten-tronckh par Watteau. N'ayant jamais été payé, l'artiste ne réalisa jamais l'œuvre finale.

Maître Pangloss était absent lors de la séance de pause, ainsi que la servante Paquette qui ne figure pas sur le tableau, le peintre l'imagina comme suit:
"Pour Pangloss, j'ai pensé à la tête d'un de mes professeurs de philosophie qui adulait Leibniz et Wolff et dont le crâne n'était qu'une sphère posée sur un cube.

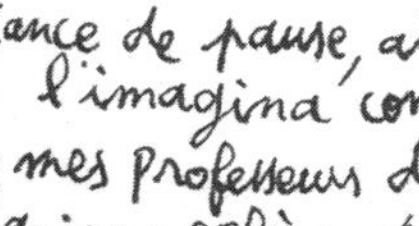

belle illustration, en vérité, des perfections divines qu'il entendait promouvoir.

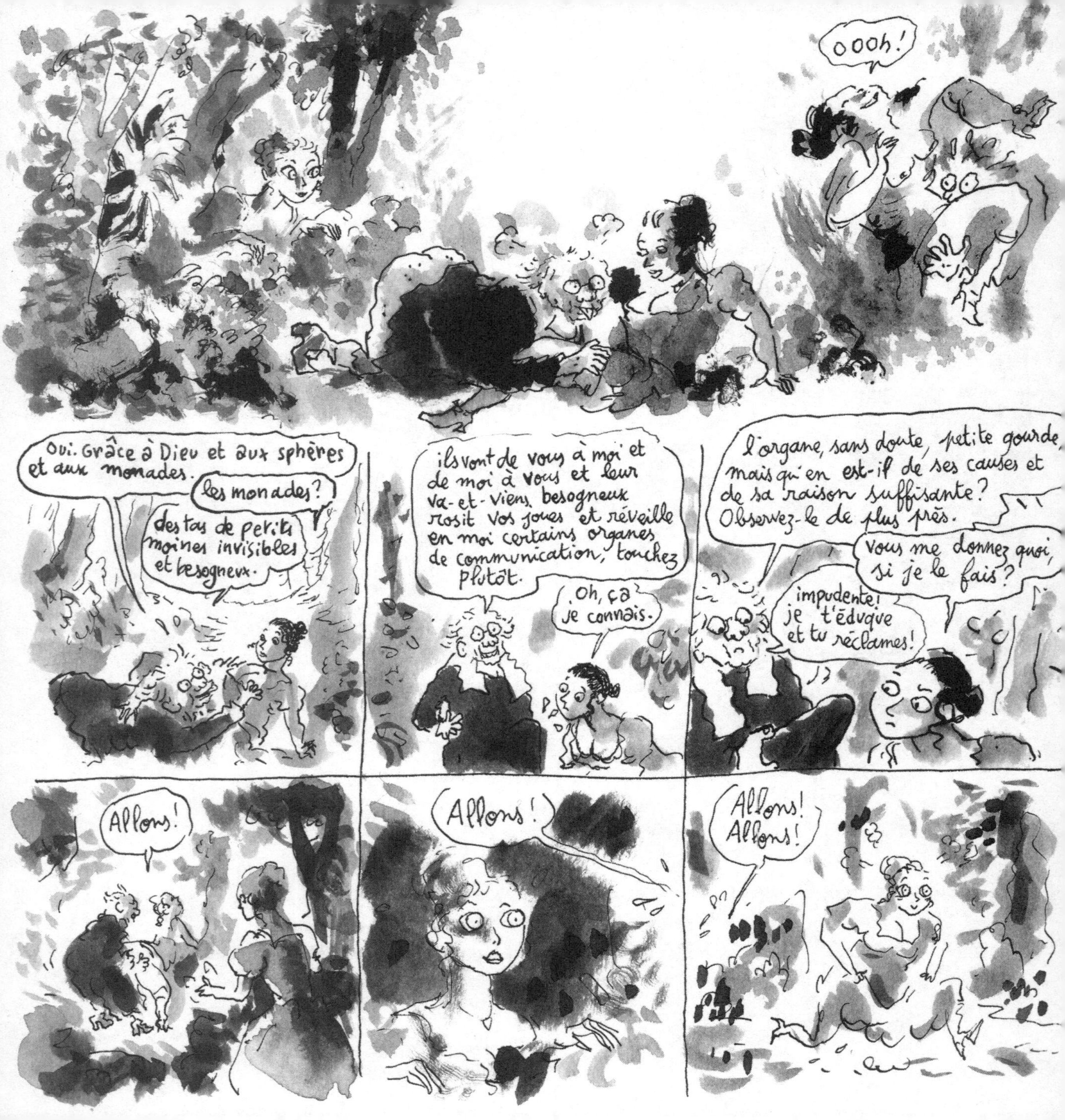
oooh!
Oui. Grâce à Dieu et aux sphères et aux monades.
les monades?
des tas de petits moines invisibles et besogneux.
ils vont de vous à moi et de moi à vous et leur va-et-viens besogneux rosit vos joues et réveille en moi certains organes de communication, touchez plutôt.
Oh, ça je connais.
l'organe, sans doute, petite gourde, mais qu'en est-il de ses causes et de sa raison suffisante? Observez-le de plus près.
Vous me donnez quoi, si je le fais?
impudente! je t'éduque et tu réclames!
Allons!
Allons!
Allons! Allons!

est bien ont dit une sottise ; il fallait dire que tout est au mieux."
Candide écoutait attentivement, et croyait innocemment ; car il trouvait Mlle Cunégonde extrêmement belle, quoiqu'il ne prît jamais la hardiesse de le lui dire. Il concluait qu'après le bonheur d'être né baron de Thunder-ten-tronckh, le second degré de bonheur était d'être Mlle Cunégonde ; le troisième, de la voir tous les jours ; et le quatrième, d'entendre maître Pangloss, le plus grand philosophe de la province, et par conséquent de toute la terre.
Un jour, Cunégonde, en se promenant auprès du château, dans le petit bois qu'on appelait parc, vit entre des broussailles le docteur Pangloss qui donnait une leçon de physique expérimentale à la femme de chambre de sa mère, petite brune très jolie et très docile. Comme Mlle Cunégonde avait beaucoup de dispositions pour les sciences, elle observa, sans souffler, les expériences réitérées dont elle fut témoin ; elle vit clairement la raison suffisante du docteur, les effets et les causes, et s'en retourna tout agitée, toute pensive, toute remplie du désir d'être savante, songeant qu'elle pourrait bien être la raison suffisante du jeune Candide, qui pouvait aussi être la sienne.
Elle rencontra Candide en revenant au château, et rougit ; Candide rougit aussi ; elle lui dit bonjour d'une voix entrecoupée, et Candide lui parla sans savoir ce qu'il disait. Le lendemain après le dîner, comme on sortait de table, Cunégonde et Candide se trouvèrent derrière un paravent ; Cunégonde laissa tomber son mouchoir, Candide le ramassa, elle lui prit innocemment la main, le jeune homme baisa innocemment la main de la jeune demoiselle avec une vivacité, une sensibilité, une grâce toute particulière ; leurs bouches se rencontrèrent, leurs yeux s'enflammèrent, leurs genoux tremblèrent, leurs mains s'égarèrent. M. le baron de Thunder-ten-tronckh passa auprès du paravent, et voyant cette cause et cet effet, chassa Candide du château à grands coups de pied dans le derrière ; Cunégonde s'évanouit ; elle fut souffletée par madame la baronne dès qu'elle fut revenue à elle-même ; et tout fut consterné dans le plus beau et le plus agréable des châteaux possibles.

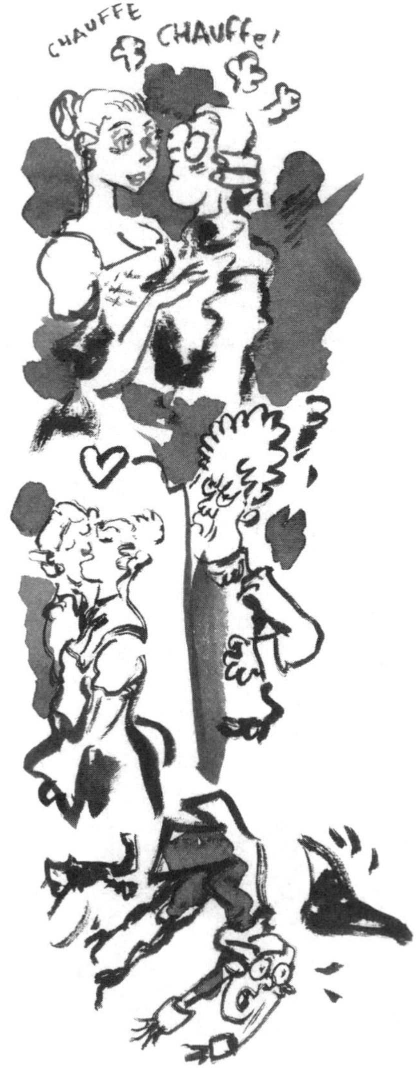

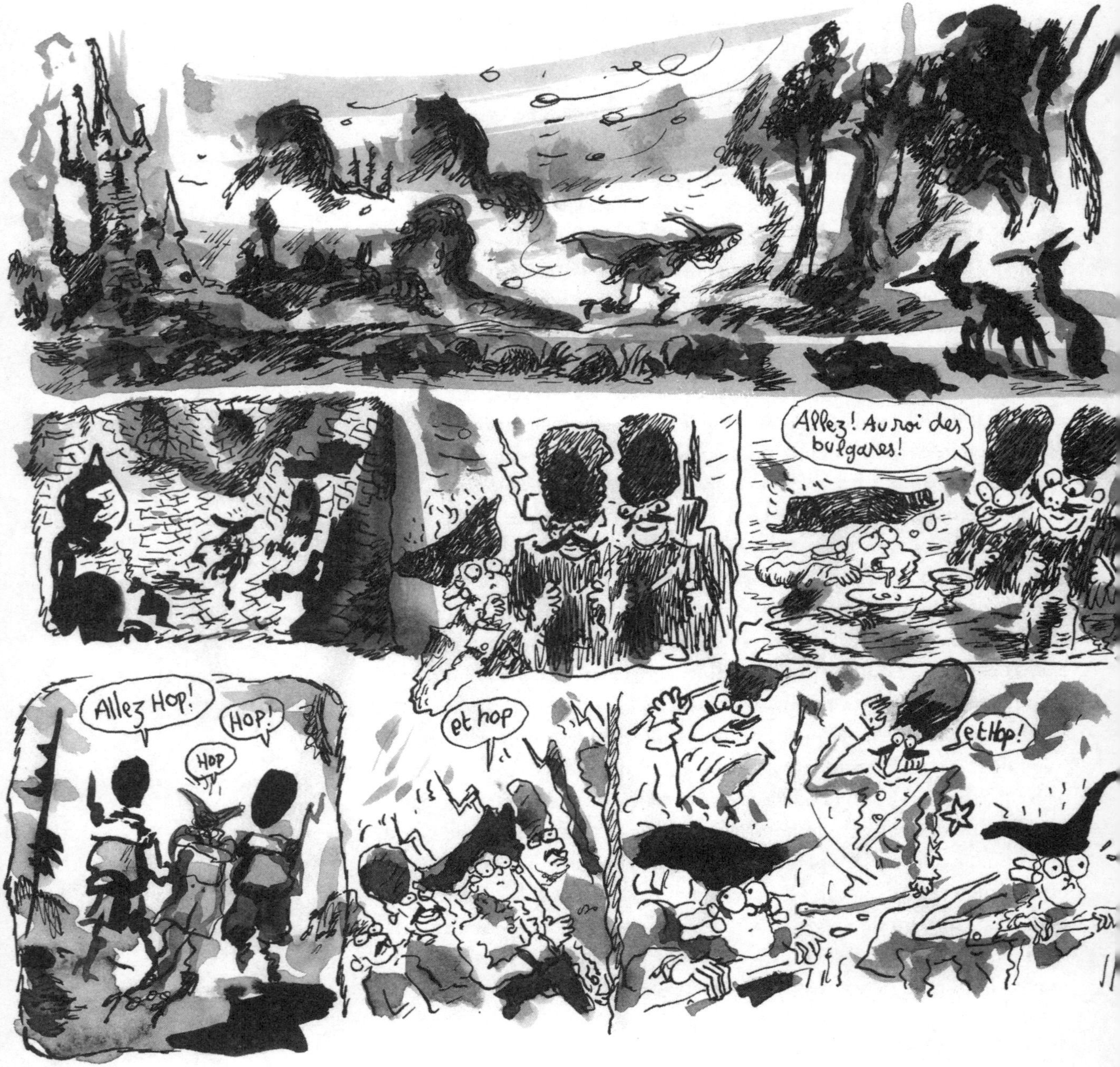
Allez! Au roi des bulgares!
Allez Hop!
Hop
Hop!
et hop
et Hop!

CHAPITRE SECOND.

CE QUE DEVINT CANDIDE PARMI LES BULGARES.

Candide, chassé du paradis terrestre, marcha longtemps sans savoir où, pleurant, levant les yeux au ciel, les tournant souvent vers le plus beau des châteaux qui renfermait la plus belle des baronnettes ; il se coucha sans souper au milieu des champs entre deux sillons ; la neige tombait à gros flocons. Candide, tout transi, se traîna le lendemain vers la ville voisine, qui s'appelle Valdberghoff-trarbk-dikdorff, n'ayant point d'argent, mourant de faim et de lassitude. Il s'arrêta tristement à la porte d'un cabaret. Deux hommes habillés de bleu le remarquèrent : "Camarade, dit l'un, voilà un jeune homme très bien fait, et qui a la taille requise." Ils s'avancèrent vers Candide et le prièrent à dîner très civilement. "Messieurs, leur dit Candide avec une modestie charmante, vous me faites beaucoup d'honneur, mais je n'ai pas de quoi payer mon écot. – Ah ! monsieur, lui dit un des bleus, les personnes de votre figure et de votre mérite ne payent jamais rien : n'avez-vous pas cinq pieds cinq pouces de haut ? – Oui, messieurs, c'est ma taille, dit-il en faisant la révérence. – Ah ! monsieur, mettez-vous à table ; non seulement nous vous défrayerons, mais nous ne souffrirons jamais qu'un homme comme vous manque d'argent ; les hommes ne sont faits que pour se secourir les uns les autres. – Vous avez raison, dit

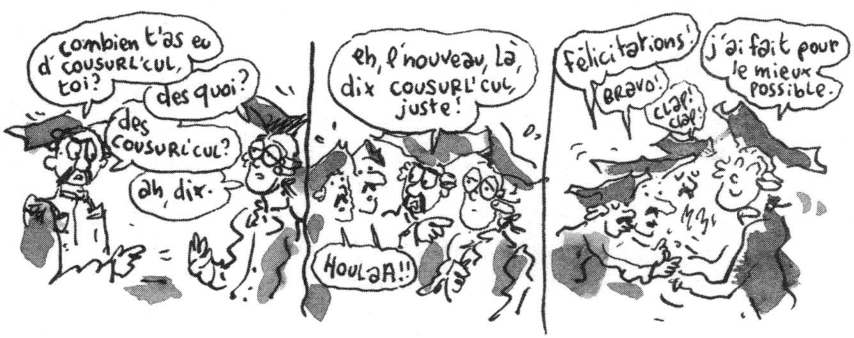

Candide : c'est ce que M. Pangloss m'a toujours dit, et je vois bien que tout est au mieux." On le prie d'accepter quelques écus, il les prend et veut faire son billet ; on n'en veut point, on se met à table : "N'aimez-vous pas tendrement ?... – Oh ! oui, répondit-il, j'aime tendrement Mlle Cunégonde. – Non, dit l'un de ces messieurs, nous vous demandons si vous n'aimez pas tendrement le roi des Bulgares. – Point du tout, dit-il, car je ne l'ai jamais vu. – Comment ! c'est le plus charmant des rois, et il faut boire à sa santé. – Oh ! très volontiers, messieurs" ; et il boit. "C'en est assez, lui dit-on, vous voilà l'appui, le soutien, le défenseur, le héros des Bulgares ; votre fortune est faite, et votre gloire est assurée." On lui met sur-le-champ les fers aux pieds, et on le mène au régiment. On le fait tourner à droite, à gauche, hausser la baguette, remettre la baguette, coucher en joue, tirer, doubler le pas, et on lui donne trente coups de bâton ; le lendemain il fait l'exercice un peu moins mal, et il ne reçoit que vingt coups ; le surlendemain on ne lui en donne que dix, et il est regardé par ses camarades comme un prodige.

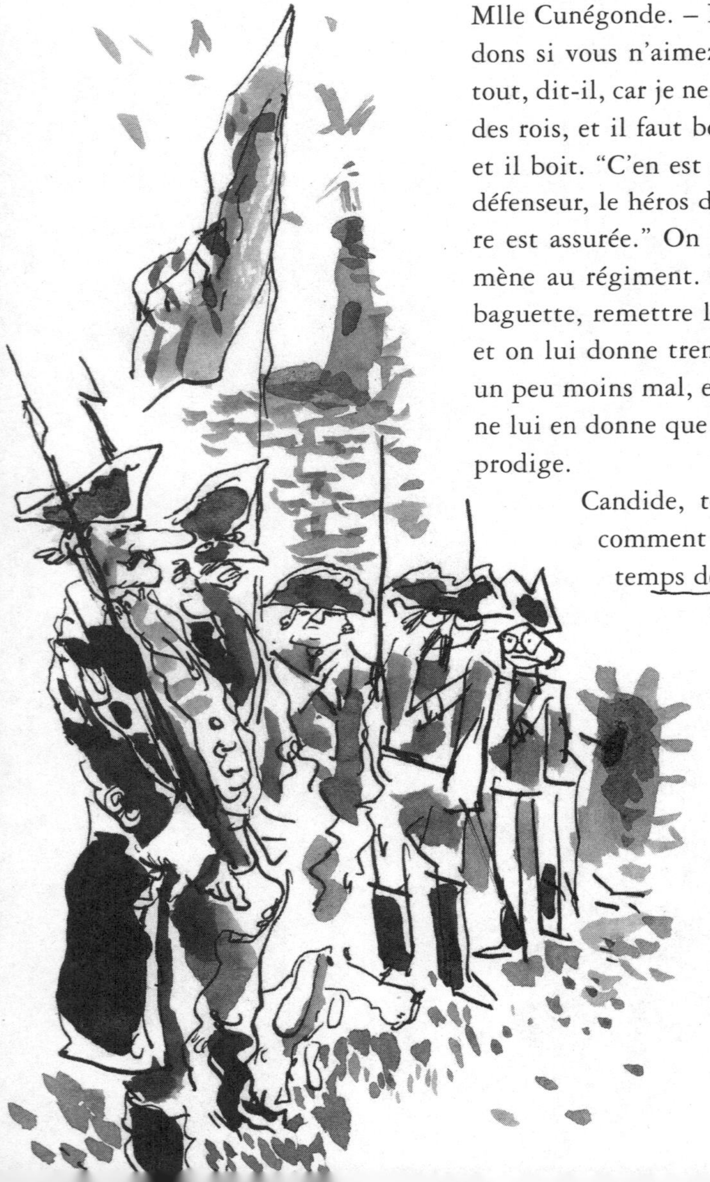

Candide, tout stupéfait, ne démêlait pas encore trop bien comment il était un héros. Il s'avisa un beau jour de printemps de s'aller promener, marchant tout droit devant lui, croyant que c'était un privilège de l'espèce humaine, comme de l'espèce animale, de se servir de ses jambes à son plaisir. Il n'eut pas fait deux lieues que voilà quatre autres héros de six pieds qui l'atteignent, qui le lient, qui le mènent dans un cachot. On lui demanda juridiquement ce qu'il aimait le mieux d'être fustigé trente-six fois par tout le régiment, ou de recevoir à la fois douze balles de plomb dans la cervelle. Il eut beau dire que les volontés sont libres ; et qu'il ne voulait ni l'un ni l'autre, il fallut faire un choix ; il se détermina, en vertu

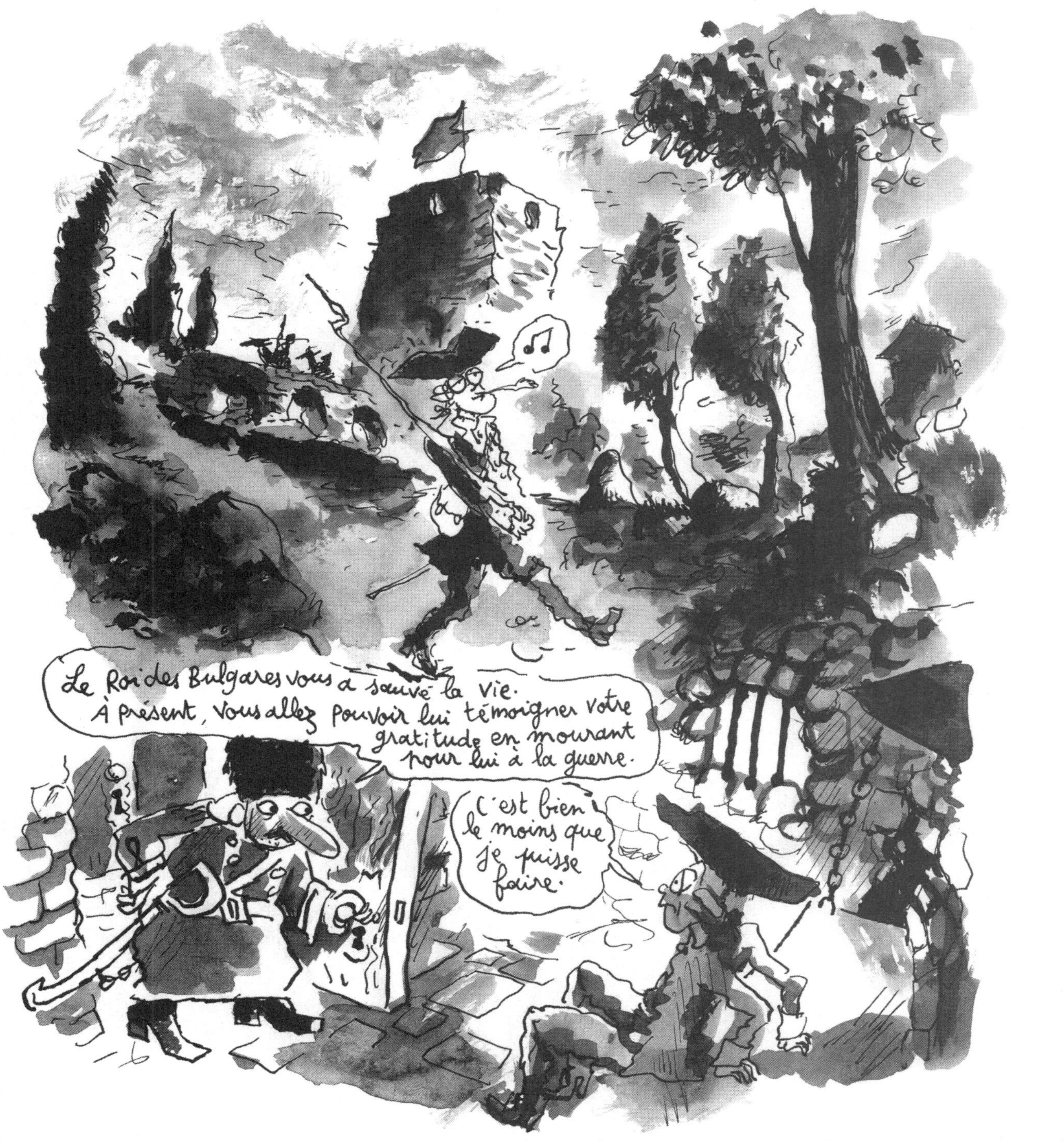
Le Roi des Bulgares vous a sauvé la vie. À présent, vous allez pouvoir lui témoigner votre gratitude en mourant pour lui à la guerre.
C'est bien le moins que je puisse faire.

du don de Dieu qu'on nomme liberté, à passer trente-six fois par les baguettes ; il essuya deux promenades. Le régiment était composé de deux mille hommes ; cela lui composa quatre mille coups de baguette, qui, depuis la nuque du cou jusqu'au cul, lui découvrirent les muscles et les nerfs. Comme on allait procéder à la troisième course, Candide, n'en pouvant plus, demanda en grâce qu'on voulût bien avoir la bonté de lui casser la tête ; il obtint cette faveur ; on lui bande les yeux, on le fait mettre à genoux. Le roi des Bulgares passe dans ce moment, s'informe du crime du patient ; et comme ce roi avait un grand génie, il comprit, par tout ce qu'il apprit de Candide, que c'était un jeune métaphysicien, fort ignorant des choses de ce monde, et il lui accorda sa grâce avec une clémence qui sera louée dans tous les journaux et dans tous les siècles. Un brave chirurgien guérit Candide en trois semaines avec les émollients enseignés par Dioscoride. Il avait déjà un peu de peau et pouvait marcher, quand le roi des Bulgares livra bataille au roi des Abares.

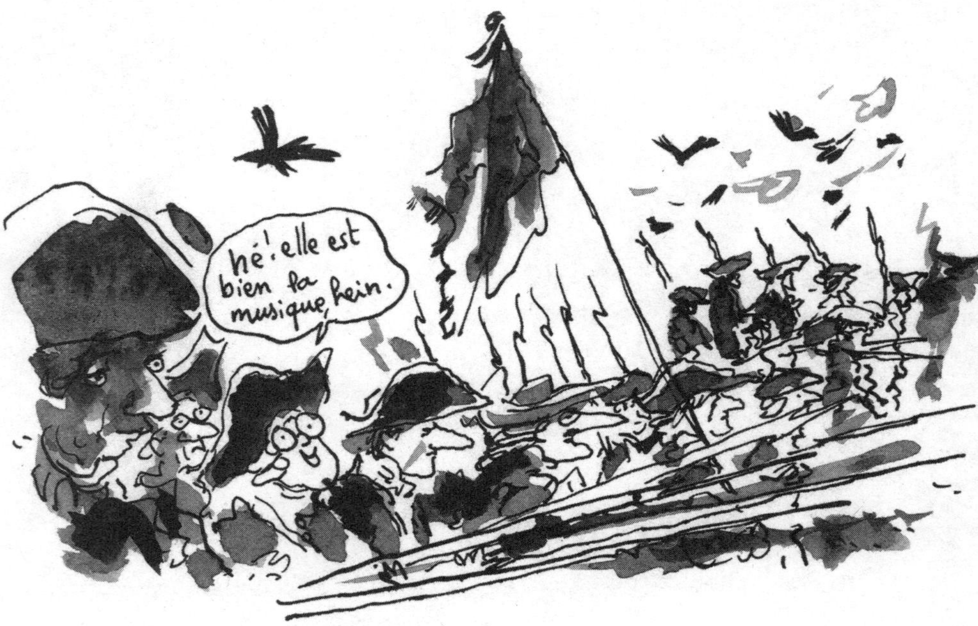

Chapitre troisième.

Comment Candide se sauva d'entre les Bulgares, et ce qu'il devint.

Rien n'était si beau, si leste, si brillant, si bien ordonné que les deux armées. Les trompettes, les fifres, les hautbois, les tambours, les canons, formaient une harmonie telle qu'il n'y en eut jamais en enfer. Les canons renversèrent d'abord à peu près six mille hommes de chaque côté ; ensuite la mousqueterie ôta du meilleur des mondes environ neuf à dix mille coquins qui en infectaient la surface. La baïonnette fut aussi la raison suffisante de la mort de quelques milliers d'hommes. Le tout pouvait bien se monter à une trentaine de mille âmes. Candide, qui tremblait comme un philosophe, se cacha du mieux qu'il put pendant cette boucherie héroïque.

Enfin, tandis que les deux rois faisaient chanter des Te Deum chacun dans son camp, il prit le parti d'aller raisonner ailleurs des effets et des causes. Il passa par-dessus des tas de morts et de mourants, et gagna

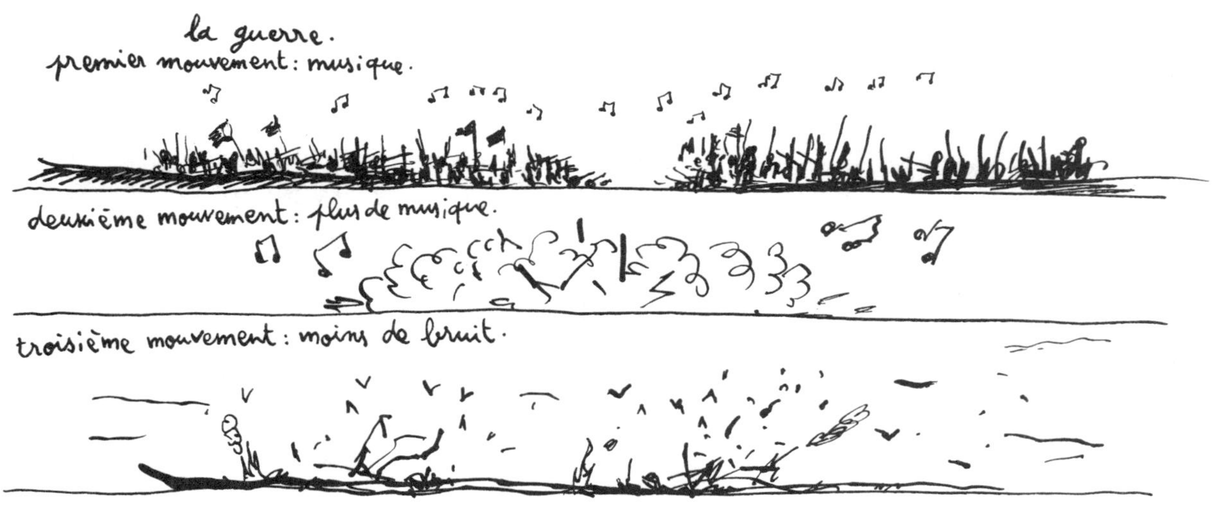

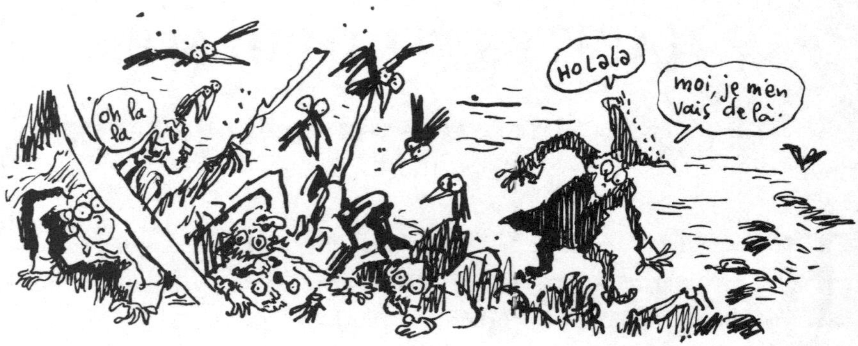

d'abord un village voisin ; il était en cendres : c'était un village abare que les Bulgares avaient brûlé, selon les lois du droit public. Ici des vieillards criblés de coups regardaient mourir leurs femmes égorgées, qui tenaient leurs enfants à leurs mamelles sanglantes ; là des filles éventrées après avoir assouvi les besoins naturels de quelques héros rendaient les derniers soupirs ; d'autres, à demi brûlées, criaient qu'on achevât de leur donner la mort. Des cervelles étaient répandues sur la terre à côté de bras et de jambes coupés.

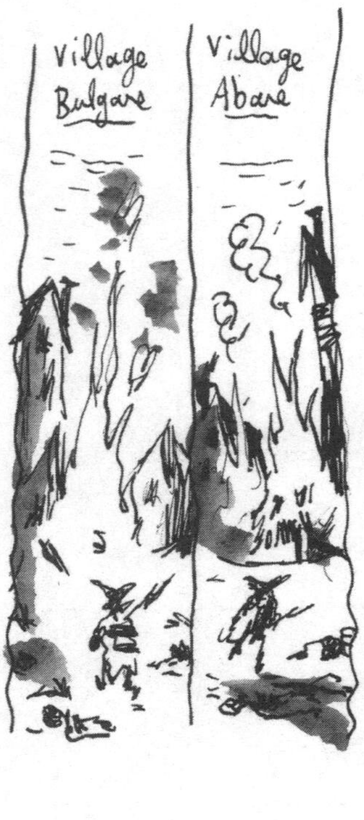

Candide s'enfuit au plus vite dans un autre village : il appartenait à des Bulgares, et des héros abares l'avaient traité de même. Candide, toujours marchant sur des membres palpitants ou à travers des ruines, arriva enfin hors du théâtre de la guerre, portant quelques petites provisions dans son bissac, et n'oubliant jamais Mlle Cunégonde. Ses provisions lui manquèrent quand il fut en Hollande ; mais ayant entendu dire que tout le monde était riche dans ce pays-là, et qu'on y était chrétien, il ne douta pas qu'on ne le traitât aussi bien qu'il l'avait été dans le château de monsieur le baron avant qu'il en eût été chassé pour les beaux yeux de Mlle Cunégonde.

Il demanda l'aumône à plusieurs graves personnages, qui lui répondirent tous que, s'il continuait à faire ce métier, on l'enfermerait dans une maison de correction pour lui apprendre à vivre.

Il s'adressa ensuite à un homme qui venait de parler tout seul une heure

de suite sur la charité dans une grande assemblée. Cet orateur, le regardant de travers, lui dit : “Que venez-vous faire ici ? y êtes-vous pour la bonne cause ? – Il n’y a point d’effet sans cause, répondit modestement Candide, tout est enchaîné nécessairement et arrangé pour le mieux. Il a fallu que je fusse chassé d’auprès de Mlle Cunégonde, que j’aie passé par les baguettes, et il faut que je demande mon pain jusqu’à ce que je puisse en gagner ; tout cela ne pouvait être autrement. – Mon ami, lui dit l’orateur, croyez-vous que le pape soit l’Antéchrist ? – Je ne l’avais pas encore entendu dire, répondit Candide ; mais qu’il le soit ou qu’il ne le soit pas, je manque de pain. – Tu ne mérites pas d’en manger, dit l’autre ; va, coquin, va, misérable, ne m’approche de ta vie.” La femme de l’orateur, ayant mis la tête à la fenêtre et avisant un homme qui doutait que le pape fût antéchrist, lui répandit sur le chef un plein… O ciel ! à quel excès se porte le zèle de la religion dans les dames !
Un homme qui n’avait point été baptisé, un bon anabaptiste, nommé Jacques, vit la manière cruelle et ignominieuse dont on traitait ainsi un de ses frères, un être à deux pieds sans plumes, qui avait une âme ; il l’amena chez lui, le nettoya, lui donna du pain et de la bière, lui fit présent de deux florins, et voulut même lui apprendre à travailler dans ses manufactures aux étoffes de Perse qu’on fabrique en Hollande. Candide, se prosternant presque devant lui, s’écriait :

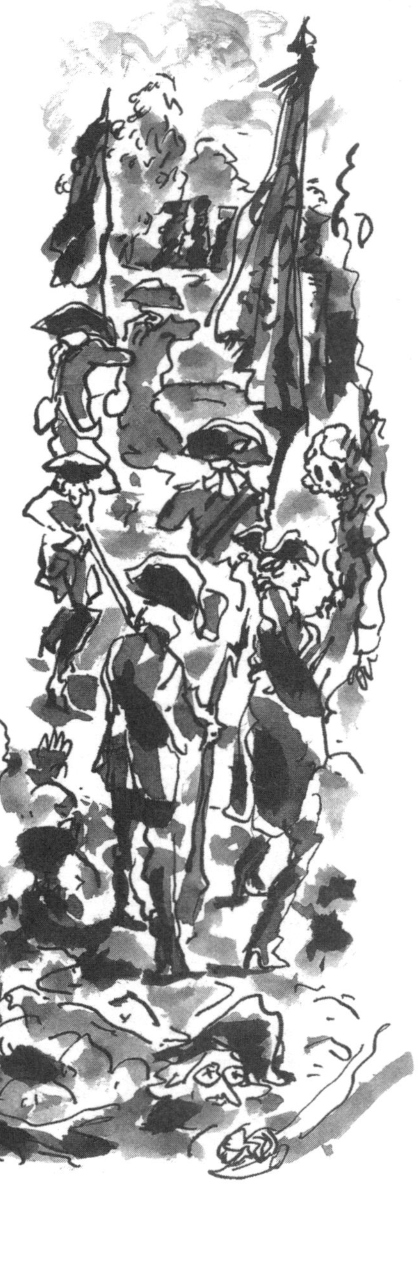

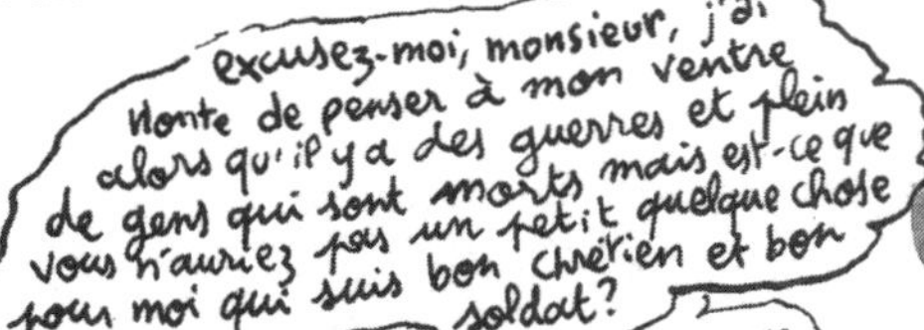

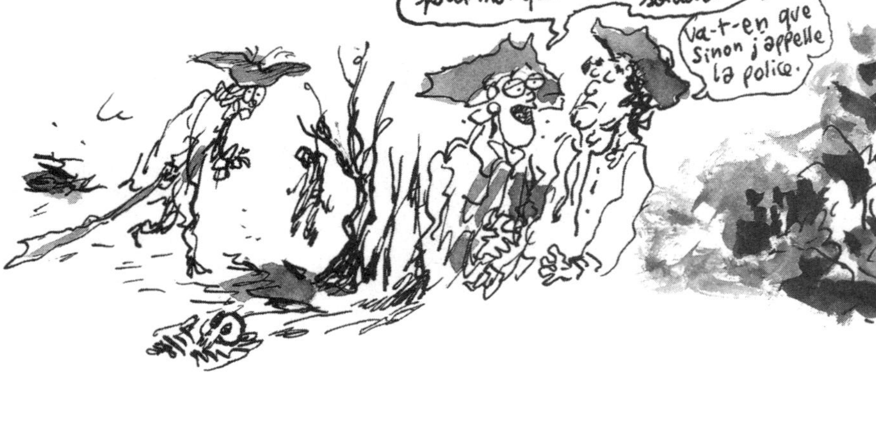

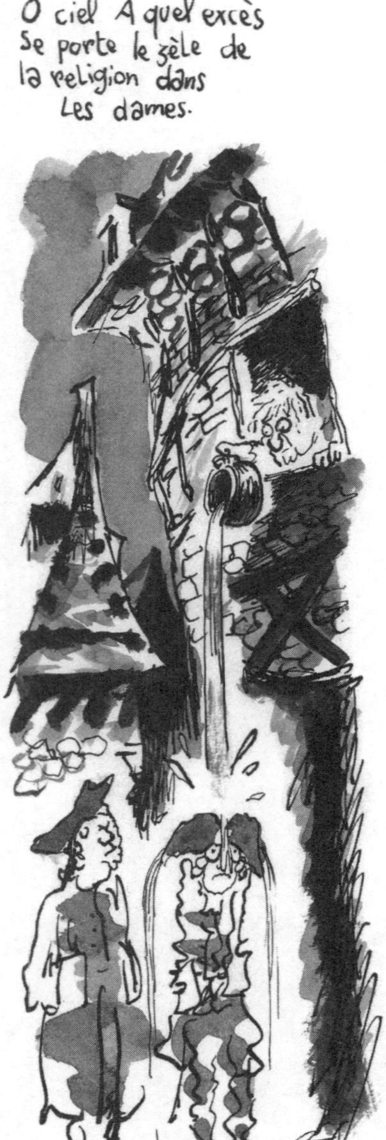

"Maître Pangloss me l'avait bien dit que tout est au mieux dans ce monde, car je suis infiniment plus touché de votre extrême générosité que de la dureté de ce monsieur à manteau noir et de madame son épouse."

Le lendemain, en se promenant, il rencontra un gueux tout couvert de pustules, les yeux morts, le bout du nez rongé, la bouche de travers, les dents noires, et parlant de la gorge, tourmenté d'une toux violente et crachant une dent à chaque effort.

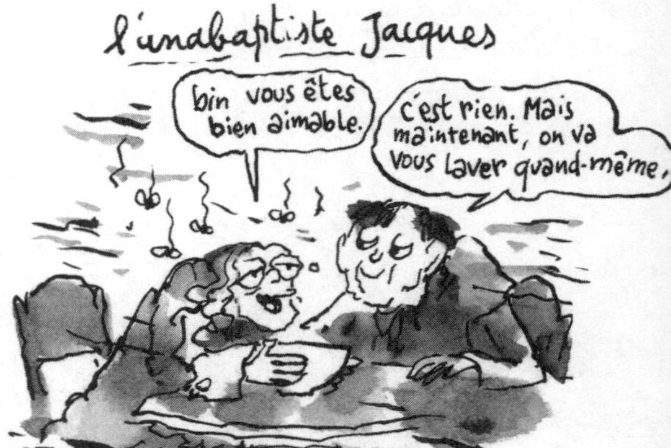

Chapitre quatrième.

Comment Candide rencontra son ancien maître de philosophie, le docteur Pangloss, et ce qu'il en advint.

Candide, plus ému encore de compassion que d'horreur, donna à cet épouvantable gueux les deux florins qu'il avait reçus de son honnête anabaptiste Jacques. Le fantôme le regarda fixement, versa des larmes, et sauta à son cou. Candide, effrayé, recule. "Hélas ! dit le misérable à l'autre misérable, ne reconnaissez-vous plus votre cher Pangloss ? – Qu'entends-je ? Vous, mon cher maître ! vous, dans cet état horrible ! Quel malheur vous est-il donc arrivé ? Pourquoi n'êtes-vous plus dans le plus beau des châteaux ? Qu'est devenue Mlle Cunégonde, la perle des filles, le chef-d'œuvre de la nature ? – Je n'en peux plus", dit Pangloss. Aussitôt Candide le mena dans l'étable de l'anabaptiste, où il lui fit manger un peu de pain ; et quand Pangloss fut refait : "Eh bien ! lui dit-il, Cunégonde ? – Elle est morte", reprit l'autre. Candide s'évanouit à ce mot ; son ami rappela ses sens avec un peu de mauvais vinaigre qui se trouva par hasard dans l'étable. Candide rouvre les yeux. "Cunégonde est morte ! Ah ! meilleur des mondes, où êtes-vous ? Mais de quelle maladie est-elle morte ? ne serait-ce point de m'avoir vu chasser du beau château de monsieur son père à grands coups de pied ? – Non, dit Pangloss ; elle a été éventrée par des soldats bulgares, après avoir été violée autant qu'on peut l'être ; ils ont cassé la tête à monsieur le

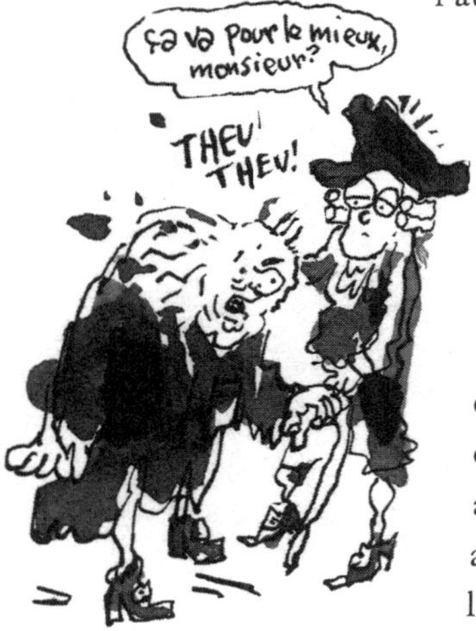

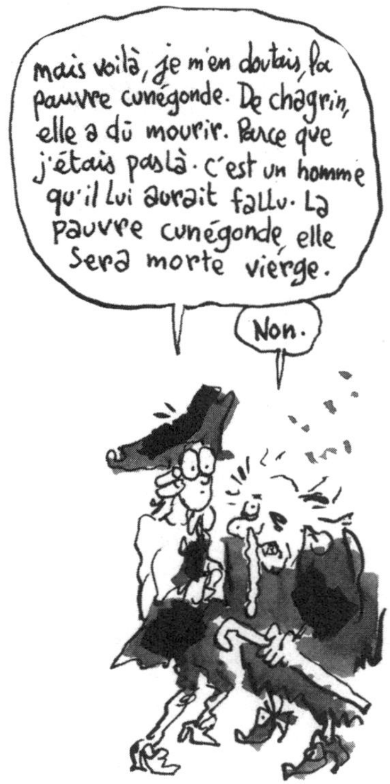

La famille de Thunder-Ten-Tronch après le passage des bulgares

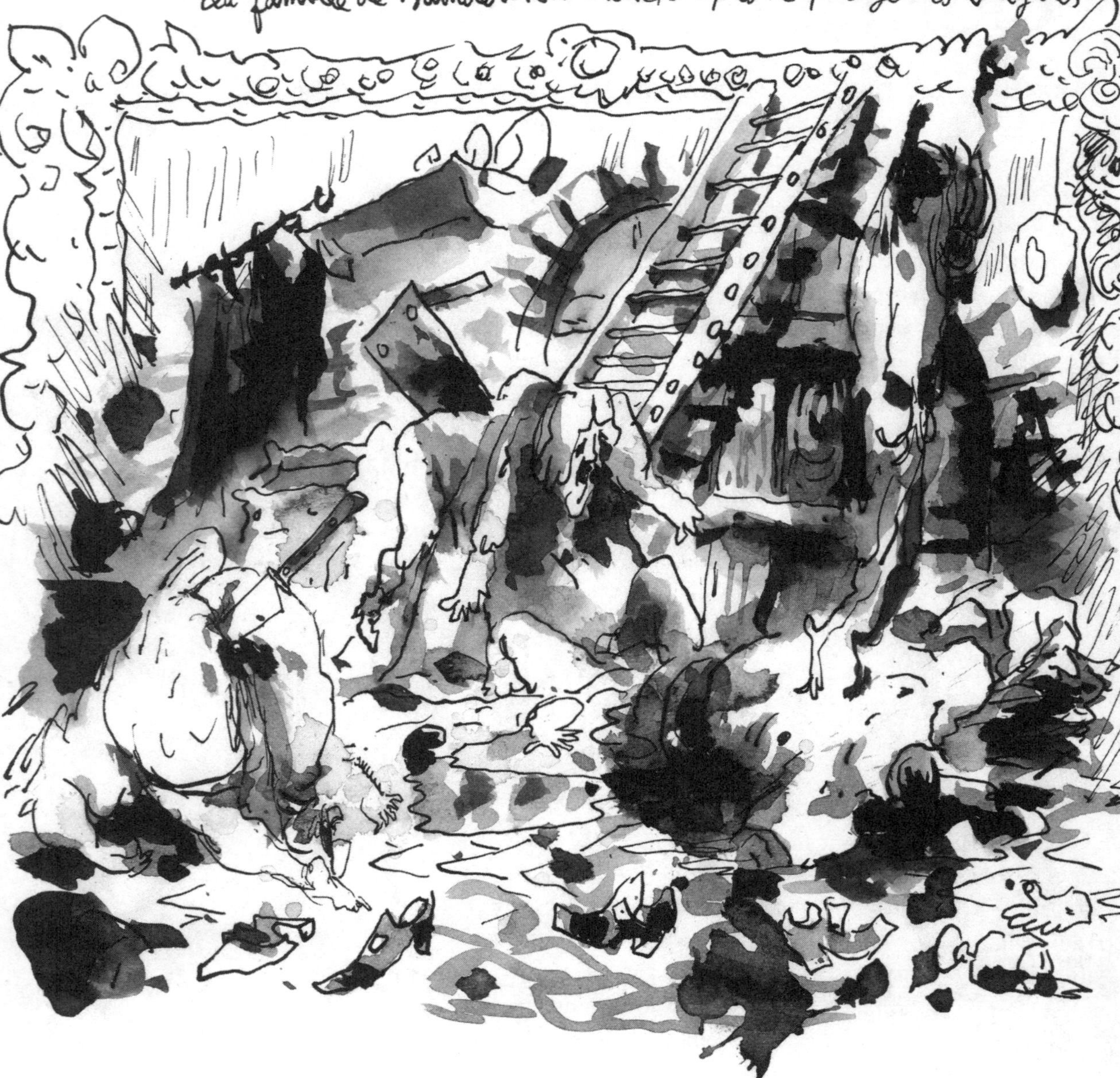

baron qui voulait la défendre ; madame la baronne a été coupée en morceaux ; mon pauvre pupille, traité précisément comme sa sœur ; et quant au château, il n'est pas resté pierre sur pierre, pas une grange, pas un mouton, pas un canard, pas un arbre ; mais nous avons été bien vengés, car les Abares en ont fait autant dans une baronnie voisine qui appartenait à un seigneur bulgare."

A ce discours, Candide s'évanouit encore ; mais revenu à soi, et ayant dit tout ce qu'il devait dire, il s'enquit de la cause et de l'effet, et de la raison suffisante qui avait mis Pangloss dans un si piteux état. "Hélas ! dit l'autre, c'est l'amour ; l'amour, le consolateur du genre humain, le conservateur de l'univers, l'âme de tous les êtres sensibles, le tendre amour. – Hélas ! dit Candide, je l'ai connu, cet amour, ce souverain des cœurs, cette âme de notre âme ; il ne m'a jamais valu qu'un baiser et vingt coups de pied au cul. Comment cette belle cause a-t-elle pu produire en vous un effet si abominable ?"

Pangloss répondit en ces termes : "O mon cher Candide ! vous avez connu Paquette, cette jolie suivante de notre auguste baronne ; j'ai goûté dans ses bras les délices du paradis, qui ont produit ces tourments d'enfer dont vous me voyez dévoré ; elle en était infectée, elle en est peut-être morte. Paquette tenait ce présent d'un cordelier très savant, qui avait remonté à la source ; car il l'avait eue d'une vieille comtesse, qui l'avait reçue d'un capitaine de cavalerie, qui la devait à une marquise, qui la tenait d'un page, qui l'avait reçue d'un jésuite, qui, étant novice, l'avait eue en droite ligne d'un des compagnons de Christophe Colomb. Pour moi, je ne la donnerai à personne, car je me meurs.

– O Pangloss ! s'écria Candide, voilà une étrange généalogie ! n'est-ce pas le diable qui en fut la souche ? – Point du tout, répliqua ce grand homme ; c'était une chose indispensable dans le meilleur des mondes, un ingrédient

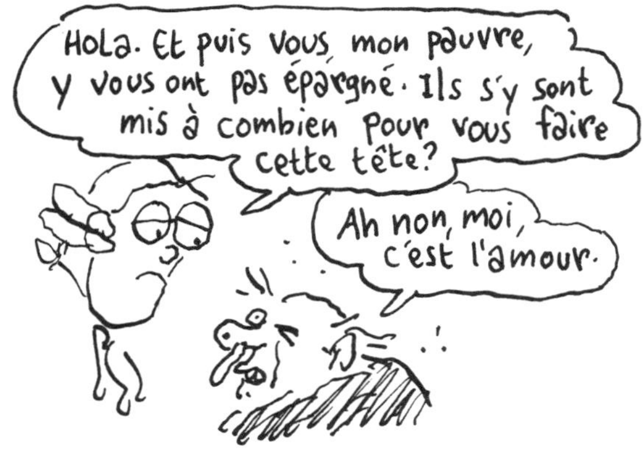

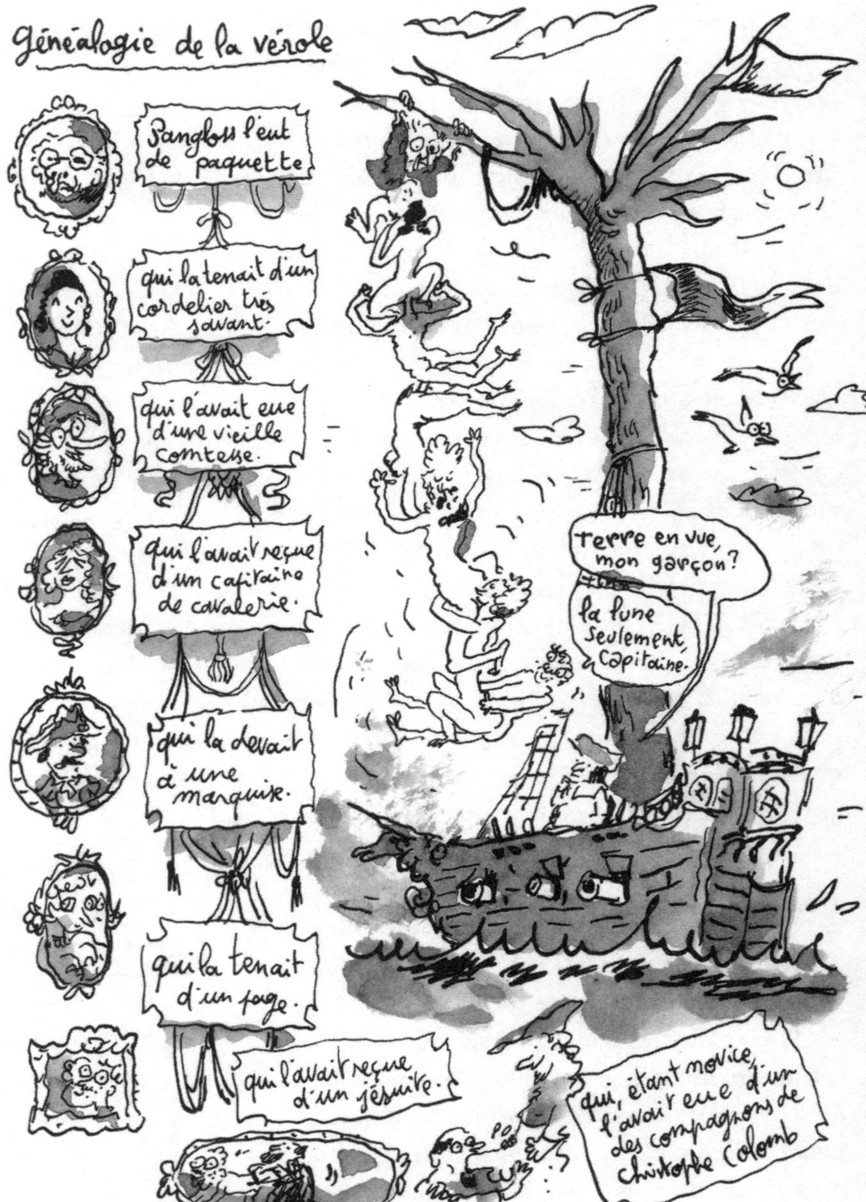
généalogie de la vérole
Pangloss l'eut de paquette
qui la tenait d'un cordelier très savant.
qui l'avait eue d'une vieille comtesse.
qui l'avait reçue d'un capitaine de cavalerie.
qui la devait à une marquise.
qui la tenait d'un page.
qui l'avait reçue d'un jésuite.
qui, étant novice, l'avait eue d'un des compagnons de christophe colomb
Terre en vue, mon garçon?
la lune seulement, capitaine.

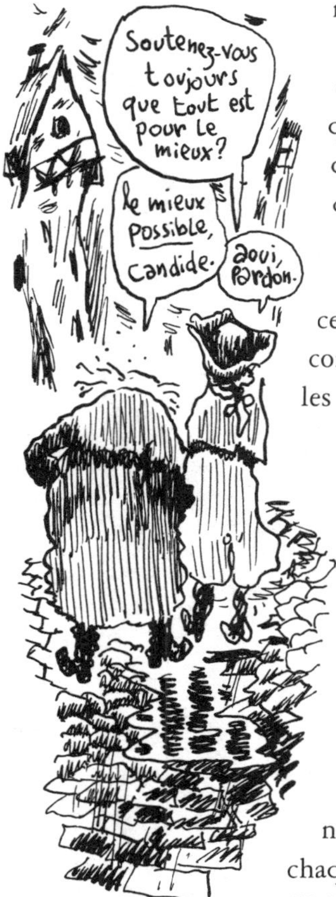

nécessaire ; car si Colomb n'avait pas attrapé, dans une île de l'Amérique, cette maladie qui empoisonne la source de la génération, qui souvent même empêche la génération, et qui est évidemment l'opposé du grand but de la nature, nous n'aurions ni le chocolat ni la cochenille ; il faut encore observer que jusqu'aujourd'hui, dans notre continent, cette maladie nous est particulière, comme la controverse. Les Turcs, les Indiens, les Persans, les Chinois, les Siamois, les Japonais, ne la connaissent pas encore ; mais il y a une raison suffisante pour qu'ils la connaissent à leur tour dans quelques siècles. En attendant, elle a fait un merveilleux progrès parmi nous, et surtout dans ces grandes armées composées d'honnêtes stipendiaires, bien élevés, qui décident du destin des Etats ; on peut assurer que, quand trente mille hommes combattent en bataille rangée contre des troupes égales en nombre, il y a environ vingt mille vérolés de chaque côté.

– Voilà qui est admirable, dit Candide, mais il faut vous faire guérir. – Et comment le puis-je ? dit Pangloss ; je n'ai pas le sou, mon ami ; et dans toute l'étendue de ce globe, on ne peut ni se faire saigner ni prendre un lavement sans payer, ou sans qu'il y ait quelqu'un qui paye pour nous."

Ce dernier discours détermina Candide ; il alla se jeter aux pieds de son charitable anabaptiste Jacques, et lui fit une peinture si touchante de l'état où son ami était réduit que le bonhomme n'hésita pas à recueillir le docteur Pangloss ; il le fit guérir à ses dépens. Pangloss, dans la cure,

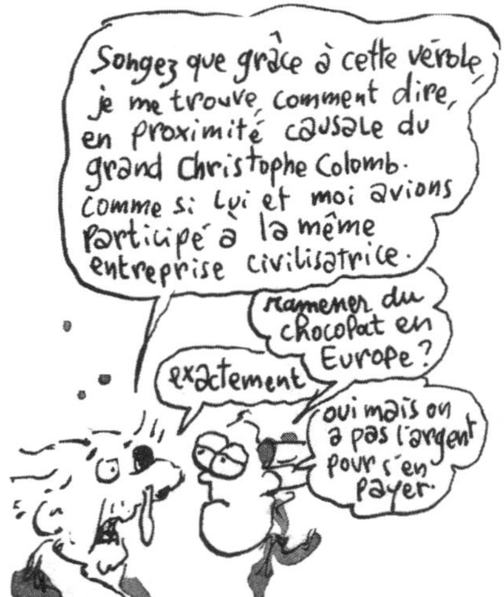

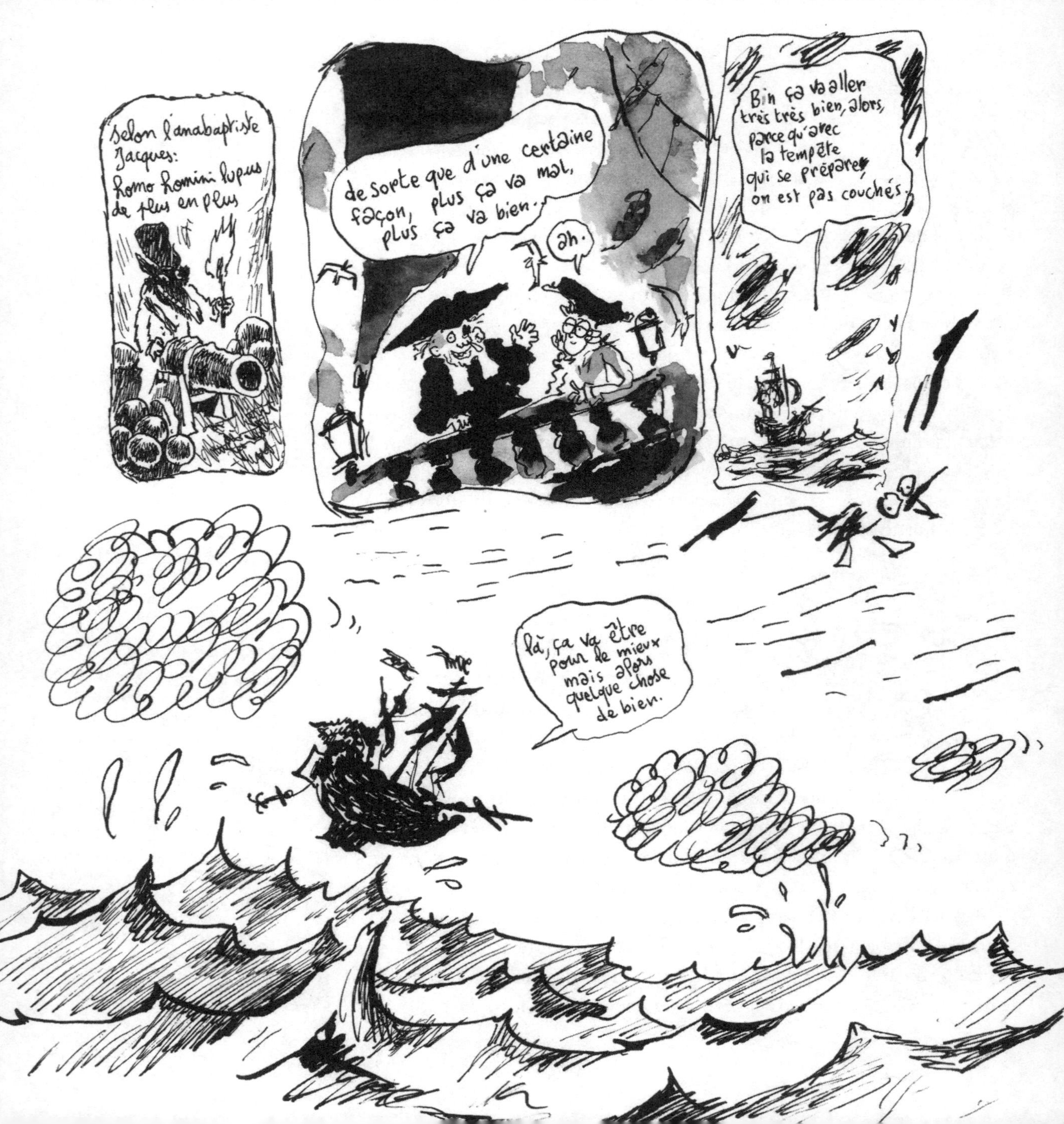
selon l'anabaptiste Jacques: homo homini lupus de plus en plus
de sorte que d'une certaine façon, plus ça va mal, plus ça va bien...
ah.
Bin ça va aller très très bien, alors, parce qu'avec la tempête qui se prépare, on est pas couchés.
là, ça va être pour le mieux mais alors quelque chose de bien.

ne perdit qu'un œil et une oreille. Il écrivait bien et savait parfaitement l'arithmétique. L'anabaptiste Jacques en fit son teneur de livres. Au bout de deux mois, étant obligé d'aller à Lisbonne pour les affaires de son commerce, il mena dans son vaisseau ses deux philosophes. Pangloss lui expliqua comment tout était on ne peut mieux. Jacques n'était pas de cet avis. "Il faut bien, disait-il, que les hommes aient un peu corrompu la nature, car ils ne sont point nés loups, et ils sont devenus loups. Dieu ne leur a donné ni canon de vingt-quatre ni baïonnettes, et ils se sont fait des baïonnettes et des canons pour se détruire. Je pourrais mettre en ligne de compte les banqueroutes, et la justice qui s'empare des biens des banqueroutiers pour en frustrer les créanciers. – Tout cela était indispensable, répliquait le docteur borgne, et les malheurs particuliers font le bien général, de sorte que plus il y a de malheurs particuliers, et plus tout est bien." Tandis qu'il raisonnait, l'air s'obscurcit, les vents soufflèrent des quatre coins du monde et le vaisseau fut assailli de la plus horrible tempête à la vue du port de Lisbonne.

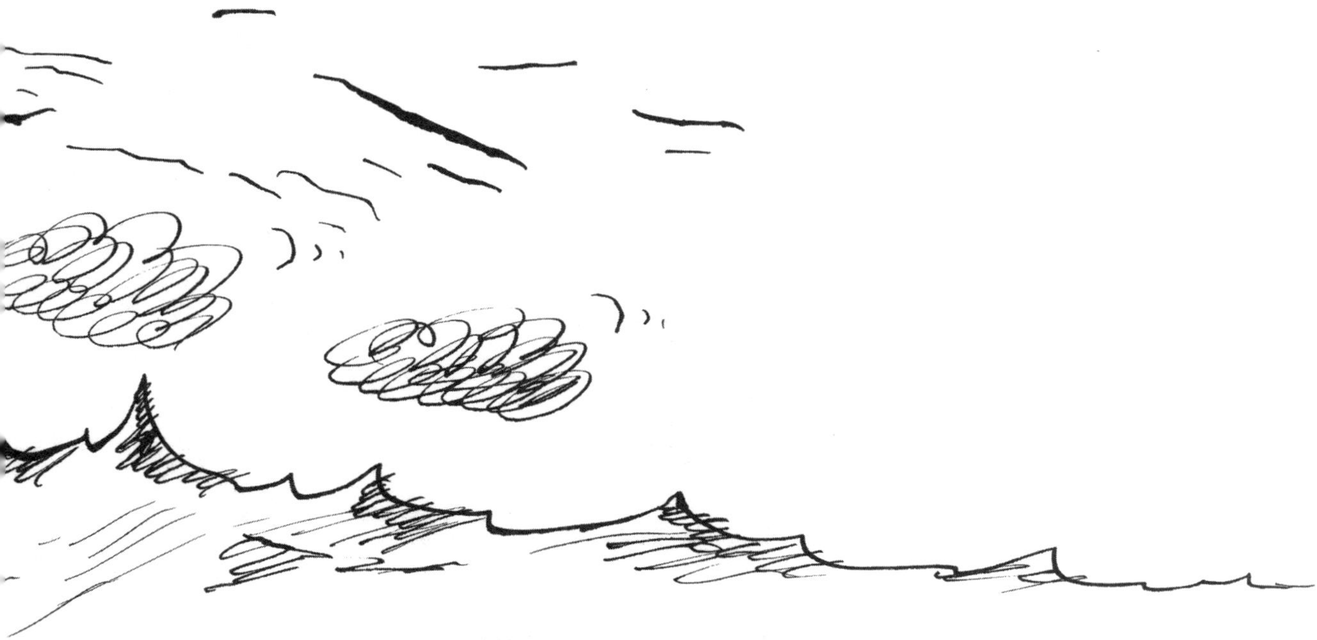

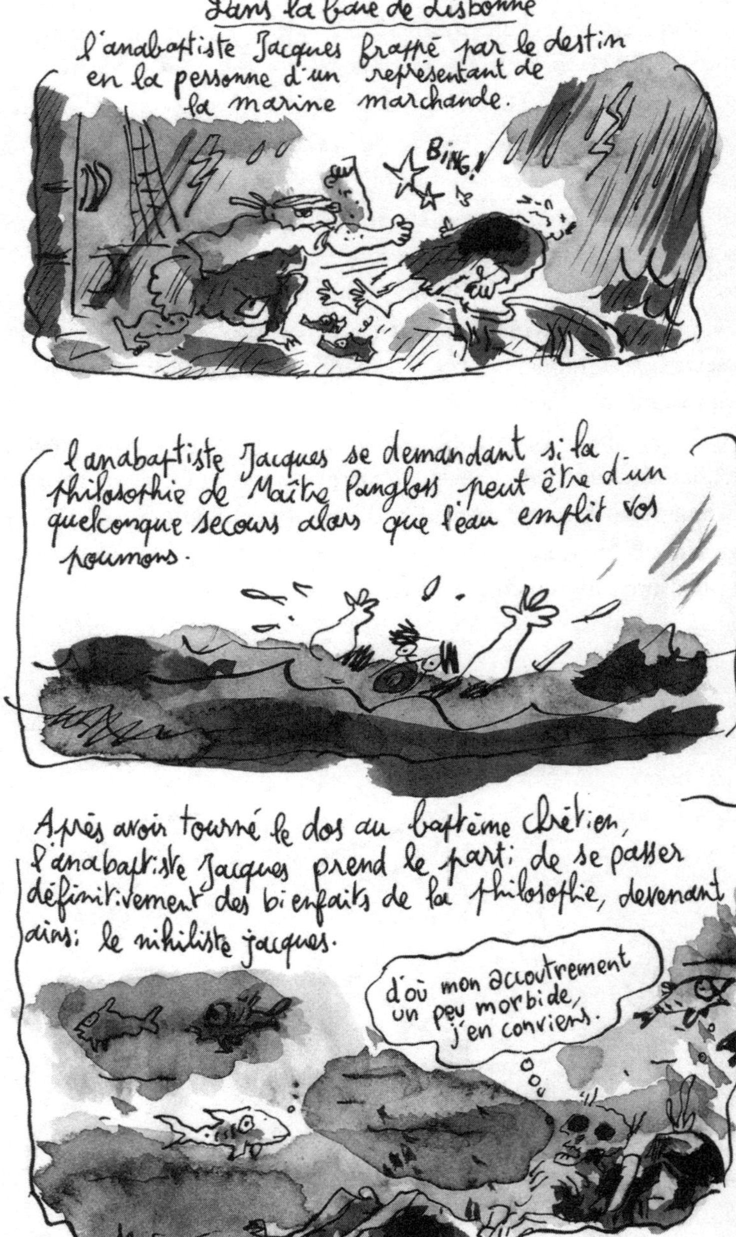
Dans la baie de Lisbonne
l'anabaptiste Jacques frappé par le destin en la personne d'un représentant de la marine marchande.
BING!
l'anabaptiste Jacques se demandant si la philosophie de Maître Pangloss peut être d'un quelconque secours alors que l'eau emplit vos poumons.
Après avoir tourné le dos au baptême chrétien, l'anabaptiste Jacques prend le parti de se passer définitivement des bienfaits de la philosophie, devenant ainsi le nihiliste jacques.
d'où mon accoutrement un peu morbide, j'en conviens.

CHAPITRE CINQUIÈME.

TEMPÊTE, NAUFRAGE, TREMBLEMENT DE TERRE, ET CE QUI ADVINT DU DOCTEUR PANGLOSS, DE CANDIDE ET DE L'ANABAPTISTE JACQUES.

La moitié des passagers, affaiblis, expirants de ces angoisses inconcevables que le roulis d'un vaisseau porte dans les nerfs et dans toutes les humeurs du corps agitées en sens contraire, n'avait pas même la force de s'inquiéter du danger. L'autre moitié jetait des cris et faisait des prières ; les voiles étaient déchirées, les mâts brisés, le vaisseau entrouvert. Travaillait qui pouvait, personne ne s'entendait, personne ne commandait. L'anabaptiste aidait un peu à la manœuvre ; il était sur le tillac ; un matelot furieux le frappe rudement et l'étend sur les planches ; mais du coup qu'il lui donna il eut lui-même une si violente secousse qu'il tomba hors du vaisseau la tête la première. Il restait suspendu et accroché à une partie de mât rompue. Le bon Jacques court à son secours, l'aide à remonter, et de l'effort qu'il fit il est précipité dans la mer à la vue du matelot, qui le laissa périr, sans daigner seulement le regarder. Candide approche, voit son bienfaiteur qui reparaît un moment et qui est englouti pour jamais. Il veut se

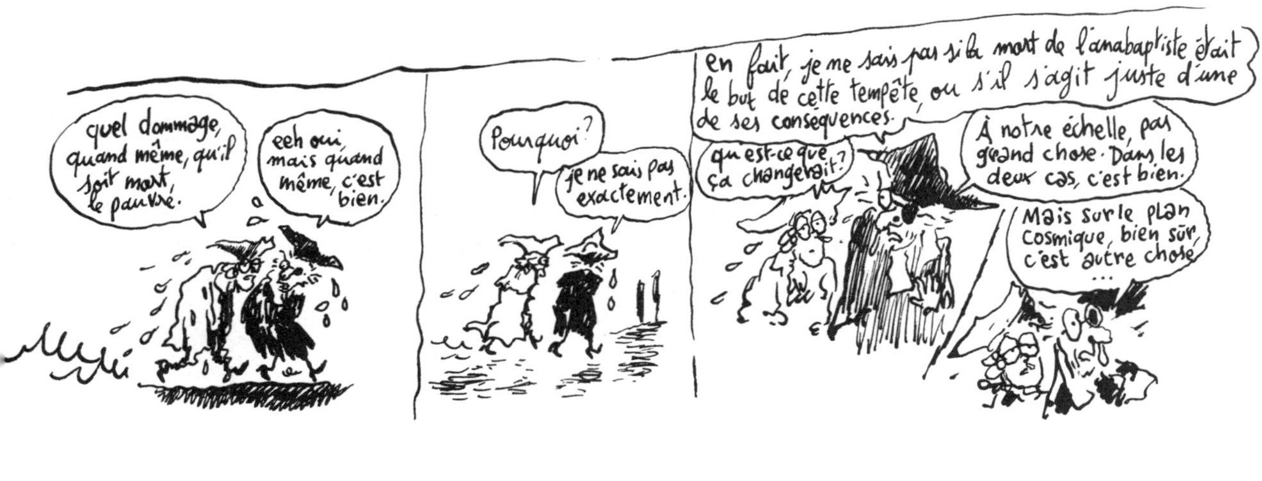

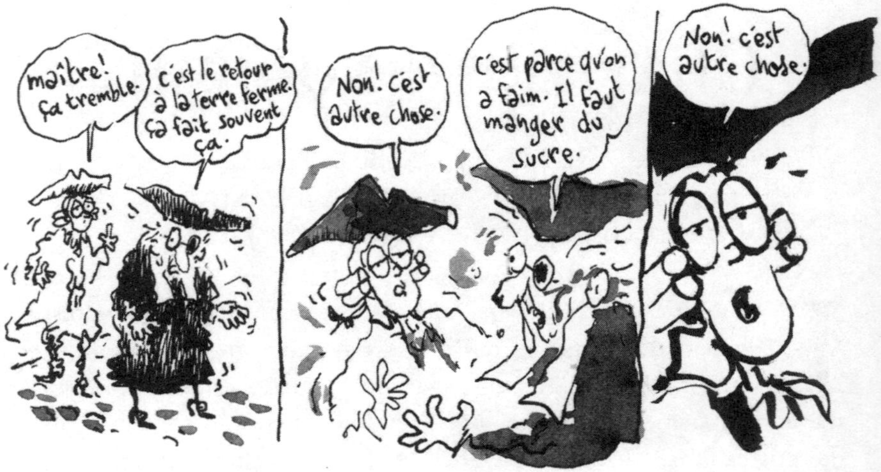

jeter après lui dans la mer ; le philosophe Pangloss l'en empêche, en lui prouvant que la rade de Lisbonne avait été formée exprès pour que cet anabaptiste s'y noyât. Tandis qu'il le prouvait *a priori*, le vaisseau s'entrouvre, tout périt à la réserve de Pangloss, de Candide, et de ce brutal de matelot qui avait noyé le vertueux anabaptiste ; le coquin nagea heureusement jusqu'au rivage où Pangloss et Candide furent portés sur une planche.

Quand ils furent revenus un peu à eux, ils marchèrent vers Lisbonne ; il leur restait quelque argent, avec lequel ils espéraient se sauver de la faim après avoir échappé à la tempête.

A peine ont-ils mis le pied dans la ville en pleurant la mort de leur bienfaiteur, qu'ils sentent la terre trembler sous leurs pas ; la mer s'élève en bouillonnant dans le port, et brise les vaisseaux qui sont à l'ancre. Des tourbillons de flammes et de cendres couvrent les rues et les places publiques ; les maisons s'écroulent, les toits sont renversés sur les fondements, et les fondements se dispersent ; trente mille habitants de tout âge et de tout sexe sont écrasés sous des ruines. Le matelot disait en sifflant et en jurant : "Il y aura quelque chose à gagner ici. – Quelle peut être la raison suffisante de ce phénomène ? disait Pangloss. – Voici

Lisbonne, ses maisons, son océan, s'écroulant sur ses habitants dont certains tentent malgré tout de raison garder.

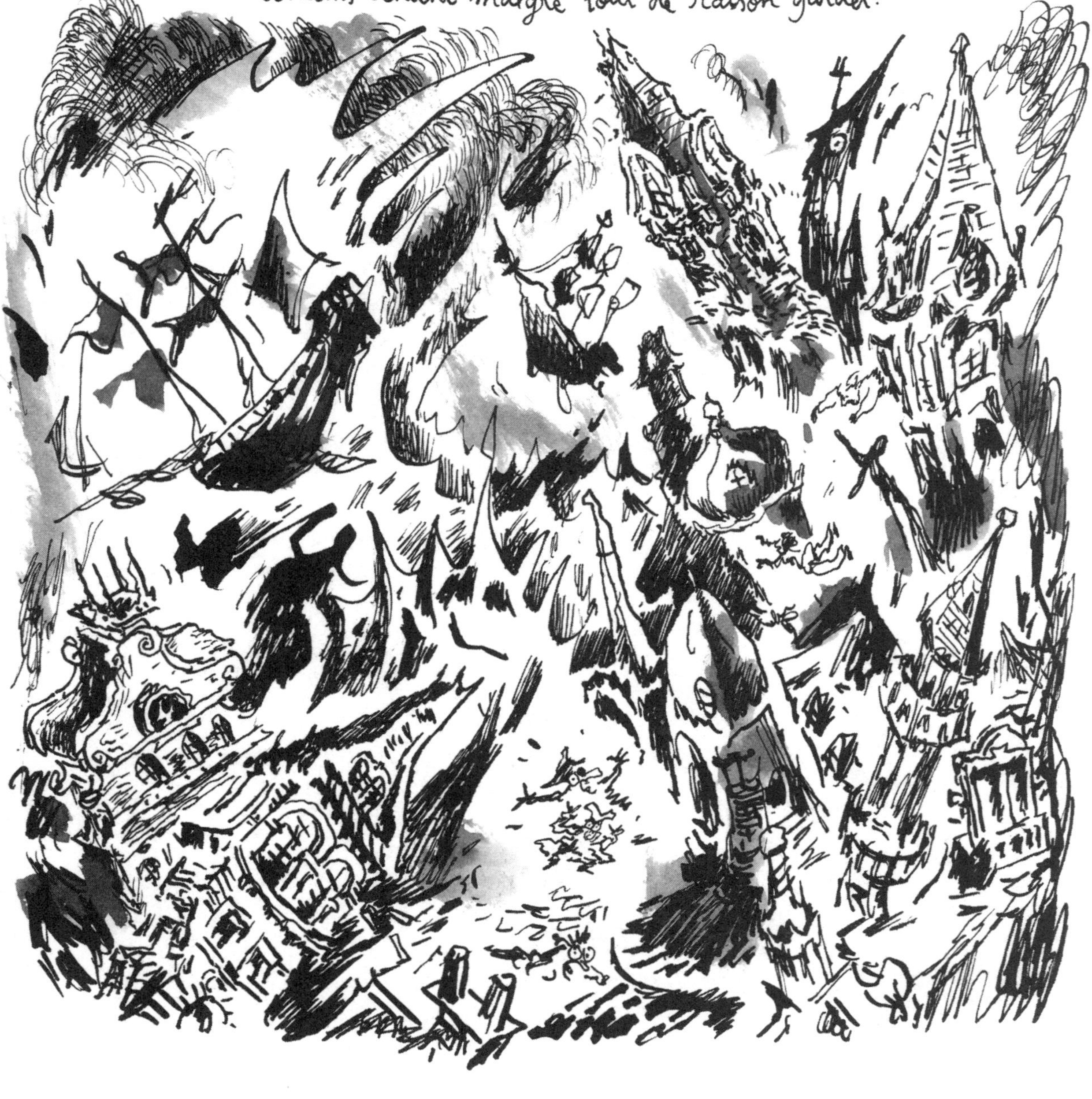

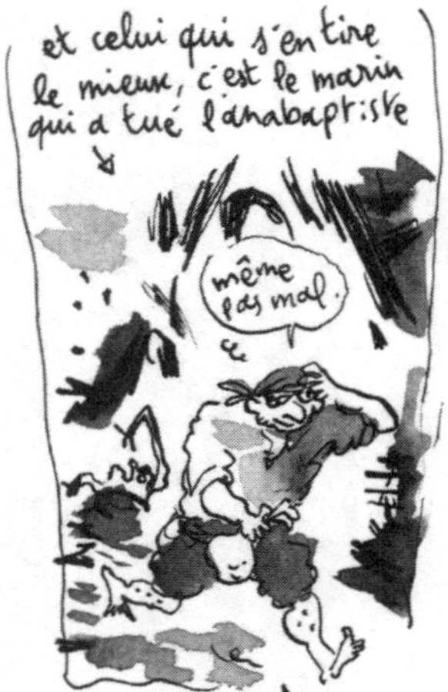

le dernier jour du monde !" s'écriait Candide. Le matelot court incontinent au milieu des débris, affronte la mort pour trouver de l'argent, en trouve, s'en empare, s'enivre, et, ayant cuvé son vin, achète les faveurs de la première fille de bonne volonté qu'il rencontre sur les ruines des maisons détruites et au milieu des mourants et des morts. Pangloss le tirait cependant par la manche. "Mon ami, lui disait-il, cela n'est pas bien, vous manquez à la raison universelle, vous prenez mal votre temps. – Tête et sang ! répondit l'autre, je suis matelot et né à Batavia ; j'ai marché quatre fois sur le crucifix dans quatre voyages au Japon ; tu as bien trouvé ton homme avec ta raison universelle !"

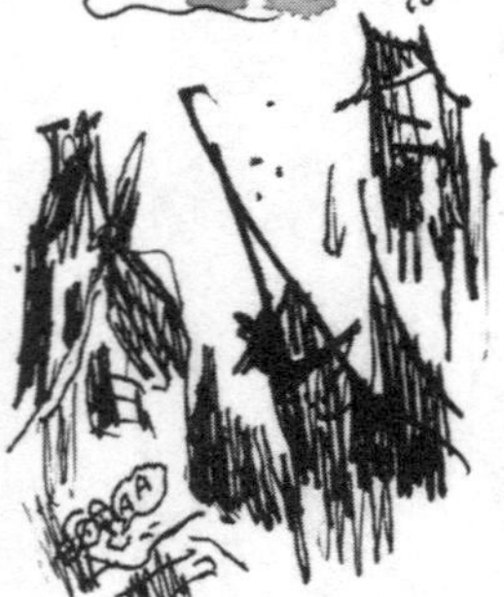

Quelques éclats de pierre avaient blessé Candide ; il était étendu dans la rue et couvert de débris. Il disait à Pangloss : "Hélas ! procure-moi un peu de vin et d'huile ; je me meurs. – Ce tremblement de terre n'est pas une chose nouvelle, répondit Pangloss ; la ville de Lima éprouva les mêmes secousses en Amérique l'année passée ; mêmes causes, mêmes effets : il y a certainement une traînée de soufre sous terre depuis Lima jusqu'à Lisbonne. – Rien n'est plus probable, dit Candide ; mais, pour Dieu, un peu d'huile et de vin. – Comment, probable ? répliqua le philosophe ; je soutiens que la chose est démontrée." Candide perdit connaissance, et Pangloss lui apporta un peu d'eau d'une fontaine voisine.

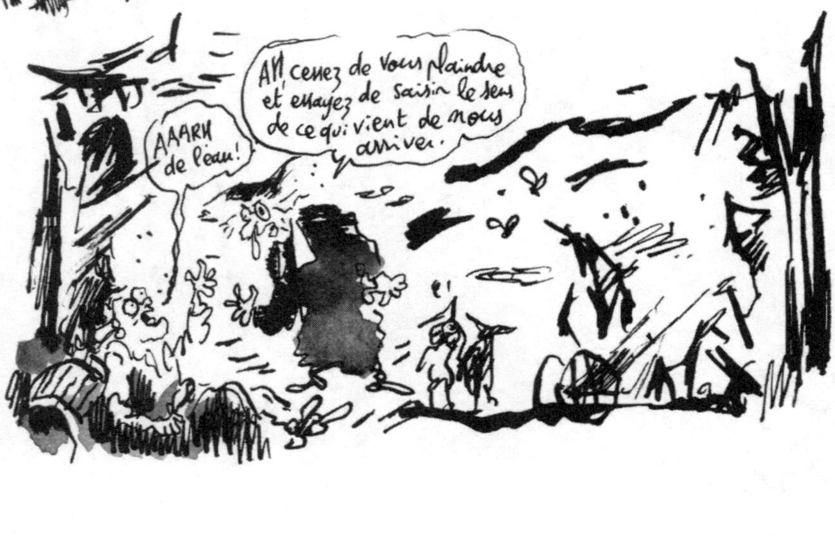

Le lendemain, ayant trouvé quelques provisions de bouche en se glissant à travers des décombres, ils réparèrent un peu leurs forces. Ensuite, ils travaillèrent comme les autres à soulager les habitants échappés à la mort. Quelques citoyens secourus par eux leur donnèrent un

aussi bon dîner qu'on le pouvait dans un tel désastre. Il est vrai que le repas était triste ; les convives arrosaient leur pain de leurs larmes ; mais Pangloss les consola en les assurant que les choses ne pouvaient être autrement : "Car, dit-il, tout ceci est ce qu'il y a de mieux. Car, s'il y a un volcan à Lisbonne, il ne pouvait être ailleurs. Car il est impossible que les choses ne soient pas où elles sont. Car tout est bien."
Un petit homme noir, familier de l'Inquisition, lequel était à côté de lui, prit poliment la parole et dit : "Apparemment que monsieur ne croit pas au péché originel ; car, si tout est au mieux, il n'y a donc eu ni chute ni punition.
– Je demande très humblement pardon à Votre Excellence, répondit Pangloss encore plus poliment, car la chute de l'homme et la malédiction entraient nécessairement dans le meilleur des mondes possibles.
– Monsieur ne croit donc pas à la liberté ? dit le familier. – Votre Excellence m'excusera, dit Pangloss ; la liberté peut subsister avec la nécessité absolue ; car il était nécessaire que nous fussions libres ; car enfin la volonté déterminée..." Pangloss était au milieu de sa phrase, quand le familier fit un signe de tête à son estafier qui lui servait à boire du vin de Porto, ou d'Oporto.

Peuple de Lisbonne assistant à un autodafé et se disant que vraisemblablement, après ça, tout ira mieux

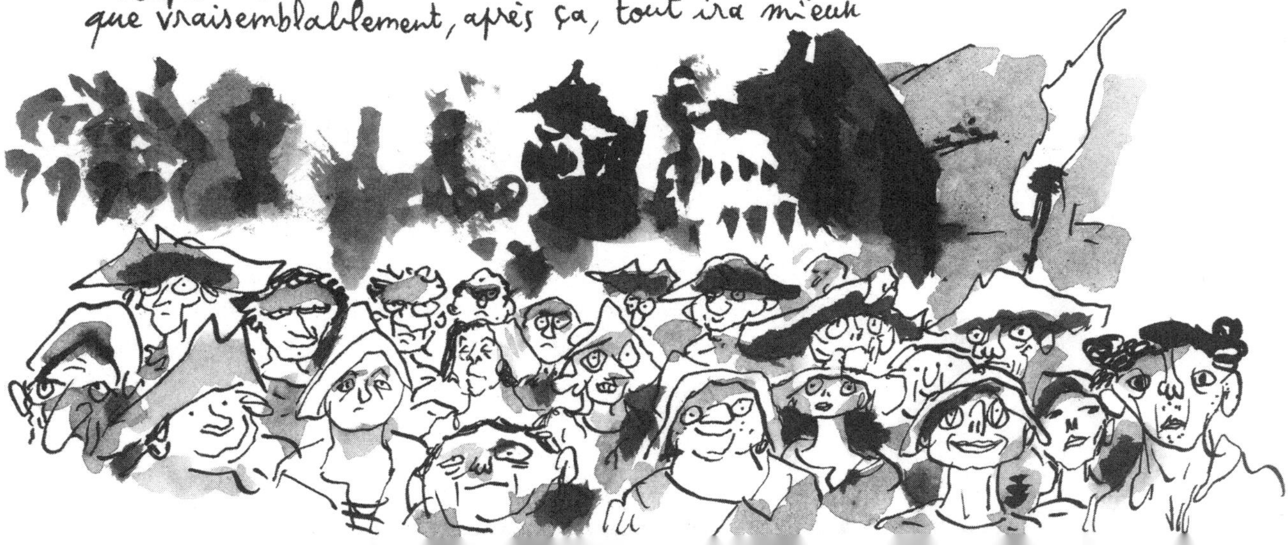

Chapitre sixième.

Comment on fit un bel auto-da-fé pour empêcher les tremblements de terre, et comment Candide fut fessé.

Après le tremblement de terre qui avait détruit les trois quarts de Lisbonne, les sages du pays n'avaient pas trouvé un moyen plus efficace pour prévenir une ruine totale que de donner au peuple un bel auto-da-fé ; il était décidé par l'université de Coïmbre que le spectacle de quelques personnes brûlées à petit feu, en grande cérémonie, est un secret infaillible pour empêcher la terre de trembler. On avait en conséquence saisi un Biscayen convaincu d'avoir épousé sa commère, et deux Portugais qui en mangeant un poulet en avaient arraché le lard : on vint lier après le dîner le docteur Pangloss et son disciple Candide, l'un pour avoir parlé, et l'autre pour avoir écouté avec un air d'approbation : tous deux furent menés séparément dans des appartements d'une extrême fraîcheur, dans lesquels on n'était jamais incommodé du soleil ; huit jours après ils furent tous deux revêtus d'un san-benito, et on orna leurs têtes de mitres de papier : la mitre et le san-benito de Candide étaient peints de flammes renversées et de diables qui n'avaient ni queues ni griffes ; mais les diables de Pangloss portaient griffes et queues, et les flammes étaient droites. Ils marchèrent en procession ainsi vêtus, et entendirent un sermon très pathétique, suivi d'une belle musique en faux-bourdon. Candide fut fessé en cadence, pendant qu'on chantait ; le Biscayen et les deux hommes qui n'avaient point voulu manger de lard furent brûlés, et Pangloss fut pendu, quoique ce ne soit pas la coutume. Le même jour la terre trembla de nouveau avec un fracas épouvantable.

Candide, épouvanté, interdit, éperdu, tout sanglant, tout palpitant, se disait à lui-même : "Si c'est ici le meilleur des mondes possibles, que sont donc les autres ? Passe encore si je n'étais que fessé, je l'ai été chez

Coïmbre = Coïmbra
les étudiants de cette ville formaient une sorte d'aristocratie du savoir avec ses codes et ses rites, "La Prax".
La science que les étudiants savaient le mieux consistait à abuser des filles pauvres de la ville, lesquelles, accompagnées de leur maman, venaient souvent taper aux portes des dortoirs pour se faire épouser ou faire reconnaître l'enfant qu'elles portaient. Efforts souvent vains.
Ces maisons d'étudiants existent toujours aujourd'hui. On les nomme "Républiques" et des fêtes inoubliables s'y donnent.

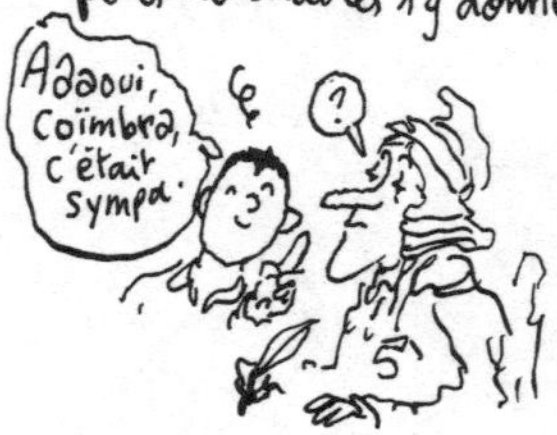

les Bulgares. Mais, ô mon cher Pangloss ! le plus grand des philosophes, faut-il vous avoir vu pendre sans que je sache pourquoi ! O mon cher anabaptiste, le meilleur des hommes, faut-il que vous ayez été noyé dans le port ! O Mlle Cunégonde ! la perle des filles, faut-il qu'on vous ait fendu le ventre !"
Il s'en retournait, se soutenant à peine, prêché, fessé, absous et béni, lorsqu'une vieille l'aborda et lui dit : "Mon fils, prenez courage, suivez-moi."

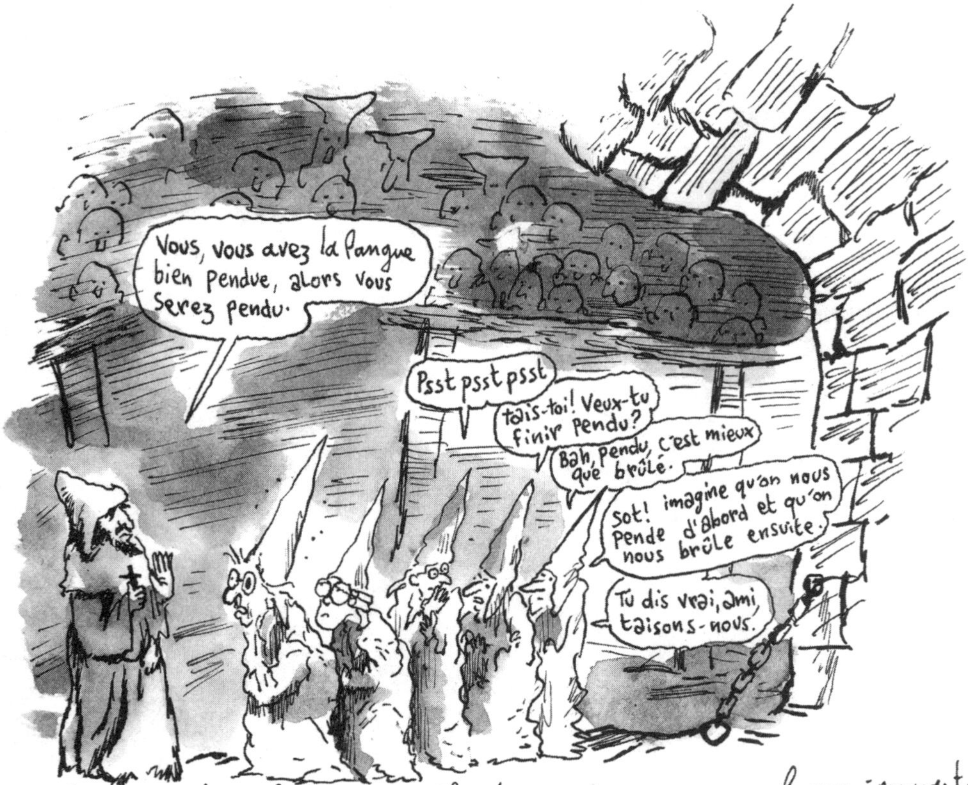

Le même jour, la terre trembla de nouveau avec un fracas épouvantable.

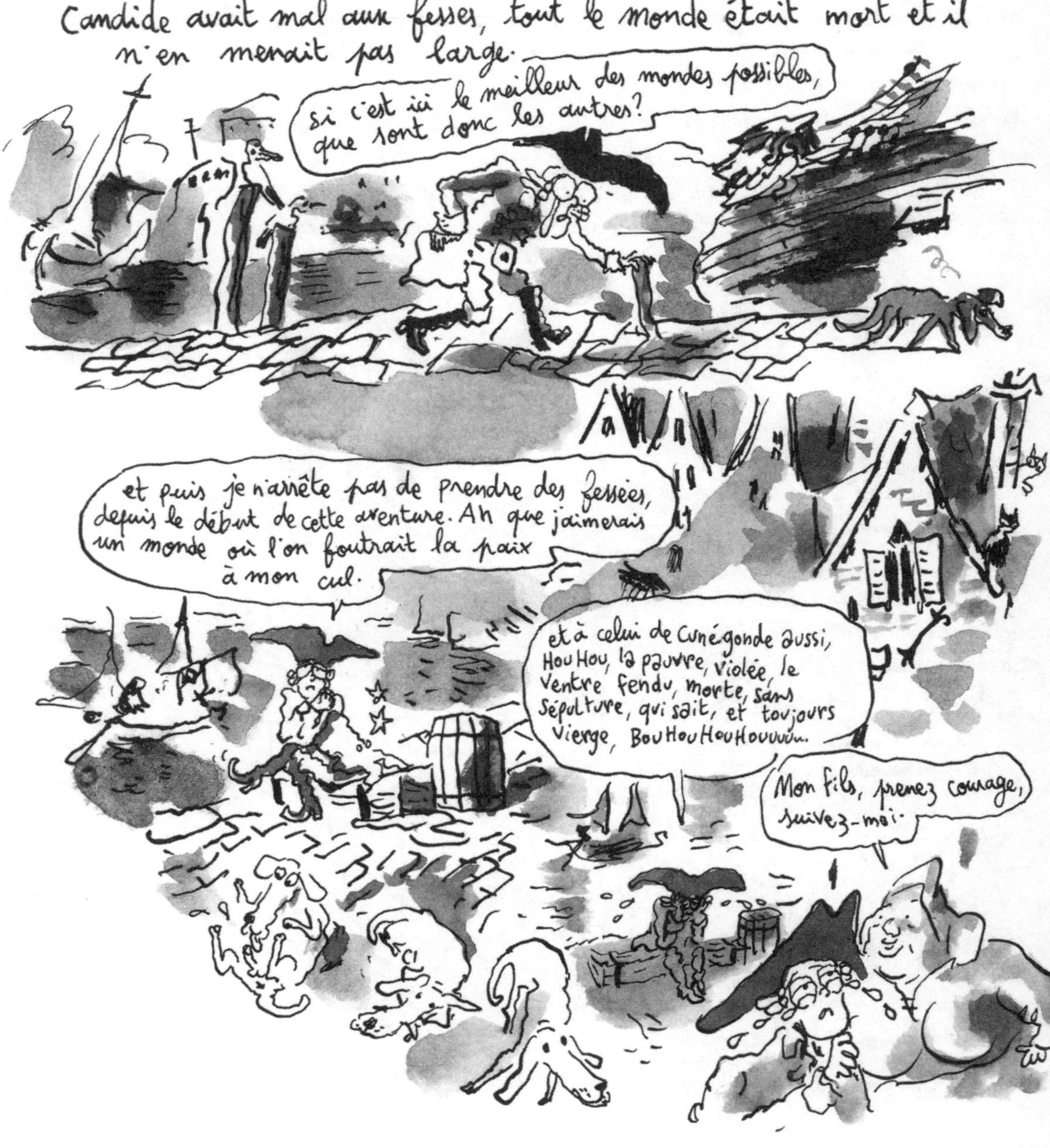
Candide avait mal aux fesses, tout le monde était mort et il n'en menait pas large.
si c'est ici le meilleur des mondes possibles, que sont donc les autres?
et puis je n'arrête pas de prendre des fessées, depuis le début de cette aventure. Ah que j'aimerais un monde où l'on foutrait la paix à mon cul.
et à celui de Cunégonde aussi, Hou Hou, la pauvre, violée, le ventre fendu, morte, sans sépulture, qui sait, et toujours vierge, BouHouHouHouuuu.
Mon fils, prenez courage, suivez-moi.

Chapitre septième.

Comment une vieille prit soin de Candide, et comment il retrouva ce qu'il aimait.

Candide ne prit point courage, mais il suivit la vieille dans une masure ; elle lui donna un pot de pommade pour se frotter, lui laissa à manger et à boire ; elle lui montra un petit lit assez propre ; il y avait auprès du lit un habit complet. "Mangez, buvez, dormez, lui dit-elle, et que Notre-Dame d'Atocha, Mgr saint Antoine de Padoue et Mgr saint Jacques de Compostelle prennent soin de vous : je reviendrai demain." Candide, toujours étonné de tout ce qu'il avait vu, de tout ce qu'il avait souffert, et encore plus de la charité de la vieille, voulut lui baiser la main. "Ce n'est pas ma main qu'il faut baiser, dit la vieille ; je reviendrai demain. Frottez-vous de pommade, mangez et dormez."

Candide, malgré tant de malheurs, mangea et dormit. Le lendemain la vieille lui apporte à déjeuner, visite son dos, le frotte elle-même d'une autre pommade ; elle lui apporte ensuite à dîner ; elle revient sur le soir, et apporte à souper. Le surlendemain elle fit encore les mêmes cérémo-

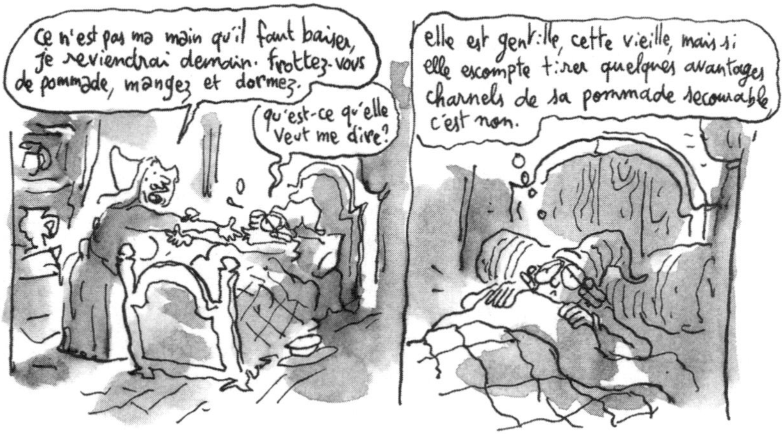

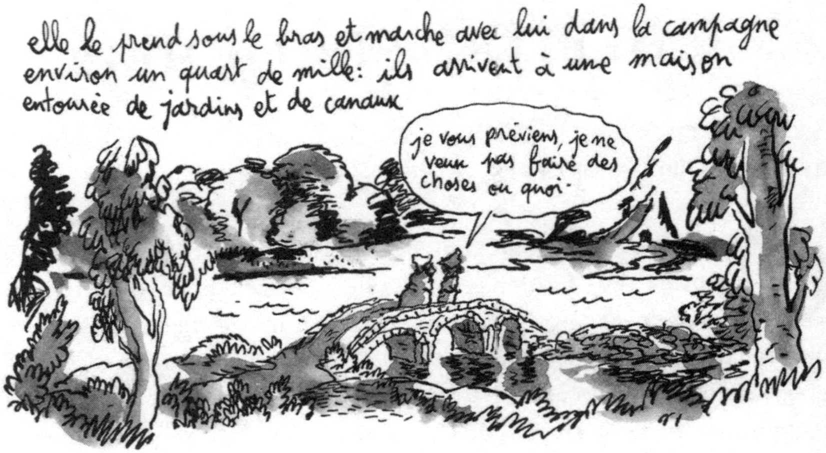

nies. “Qui êtes-vous ? lui disait toujours Candide ; qui vous a inspiré tant de bonté ? quelles grâces puis-je vous rendre ?” La bonne femme ne répondait jamais rien ; elle revint sur le soir et n'apporta point à souper. “Venez avec moi, dit-elle, et ne dites mot.” Elle le prend sous le bras, et marche avec lui dans la campagne environ un quart de mille : ils arrivent à une maison isolée, entourée de jardins et de canaux. La vieille frappe à une petite porte. On ouvre ; elle mène Candide, par un escalier dérobé, dans un cabinet doré, le laisse sur un canapé de brocart, referme la porte, et s'en va. Candide croyait rêver, et regardait toute sa vie comme un songe funeste, et le moment présent comme un songe agréable.

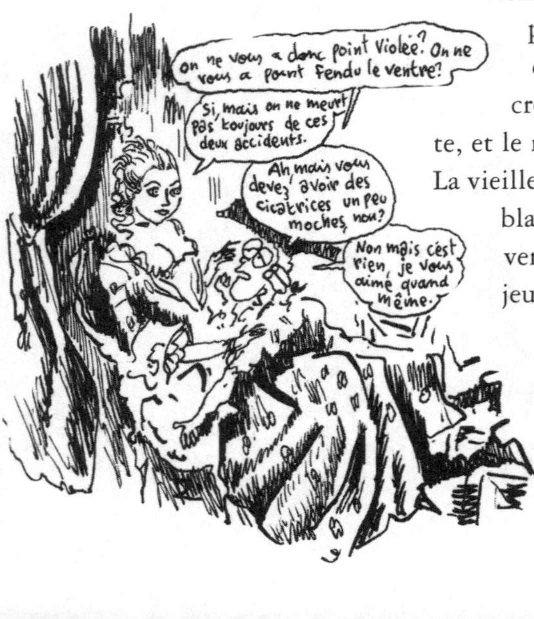

La vieille reparut bientôt ; elle soutenait avec peine une femme tremblante, d'une taille majestueuse, brillante de pierreries et couverte d'un voile. “Ôtez ce voile”, dit la vieille à Candide. Le jeune homme approche ; il lève le voile d'une main timide. Quel moment ! quelle surprise ! il croit voir Mlle Cunégonde ; il la voyait en effet, c'était elle-même. La force lui manque, il ne peut proférer une parole, il tombe à ses pieds. Cunégonde tombe sur le canapé. La vieille les accable d'eaux spiritueuses ; ils reprennent leurs sens, ils se parlent : ce sont d'abord des mots entrecoupés, des demandes et des réponses qui se croisent, des soupirs, des larmes, des cris. La vieille leur recommande de faire moins de bruit, et les laisse en liberté. “Quoi ! c'est vous, lui dit Candide, vous vivez ! Je vous retrouve en Portugal ! On ne vous a donc pas violée ? On ne vous a point fendu le ventre, comme le philosophe Pangloss me l'avait assuré ? – Si fait, dit la belle Cunégonde ; mais on ne meurt pas toujours de ces deux accidents. – Mais votre père et votre mère ont-ils été tués ? – Il n'est que trop vrai, dit Cunégonde en pleurant. – Et votre frère ? – Mon frère a été tué aussi. – Et pourquoi êtes-vous en Portugal ? et comment avez-vous su que j'y étais ? et par quelle étrange aventure m'avez-vous fait conduire dans cette maison ? – Je vous dirai tout cela, répliqua la dame ; mais il faut auparavant que vous m'appreniez tout ce qui vous est arrivé depuis le baiser innocent que vous me donnâtes et les coups de pied que vous reçûtes.”

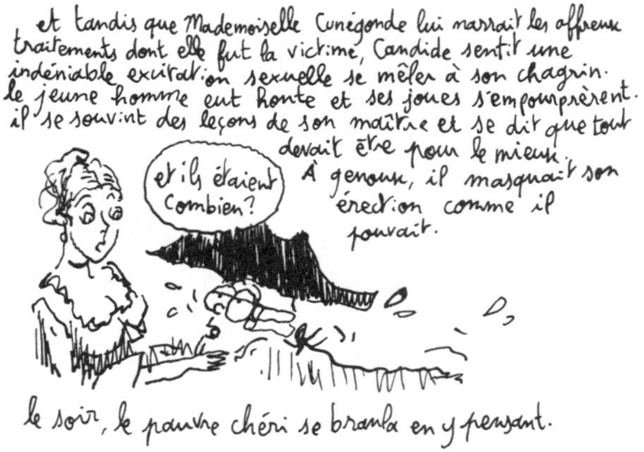

Candide lui obéit avec un profond respect ; et quoiqu'il fût interdit, quoique sa voix fût faible et tremblante, quoique l'échine lui fît encore un peu mal, il lui raconta de la manière la plus naïve tout ce qu'il avait éprouvé depuis le moment de leur séparation. Cunégonde levait les yeux au ciel ; elle donna des larmes à la mort du bon anabaptiste et de Pangloss ; après quoi elle parla en ces termes à Candide, qui ne perdait pas une parole, et qui la dévorait des yeux.

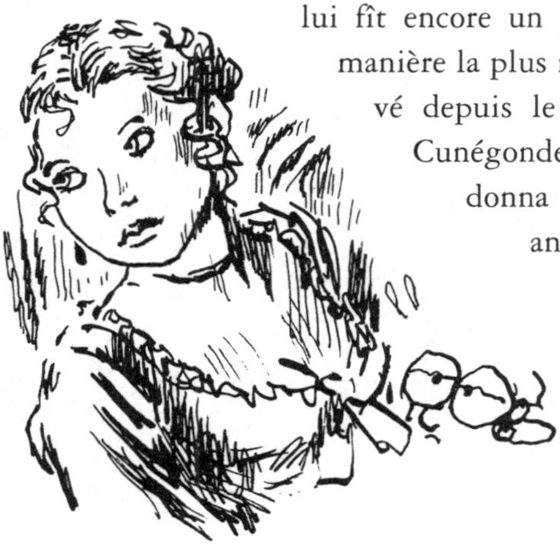

...il plut au ciel d'envoyer les bulgares dans notre beau château.

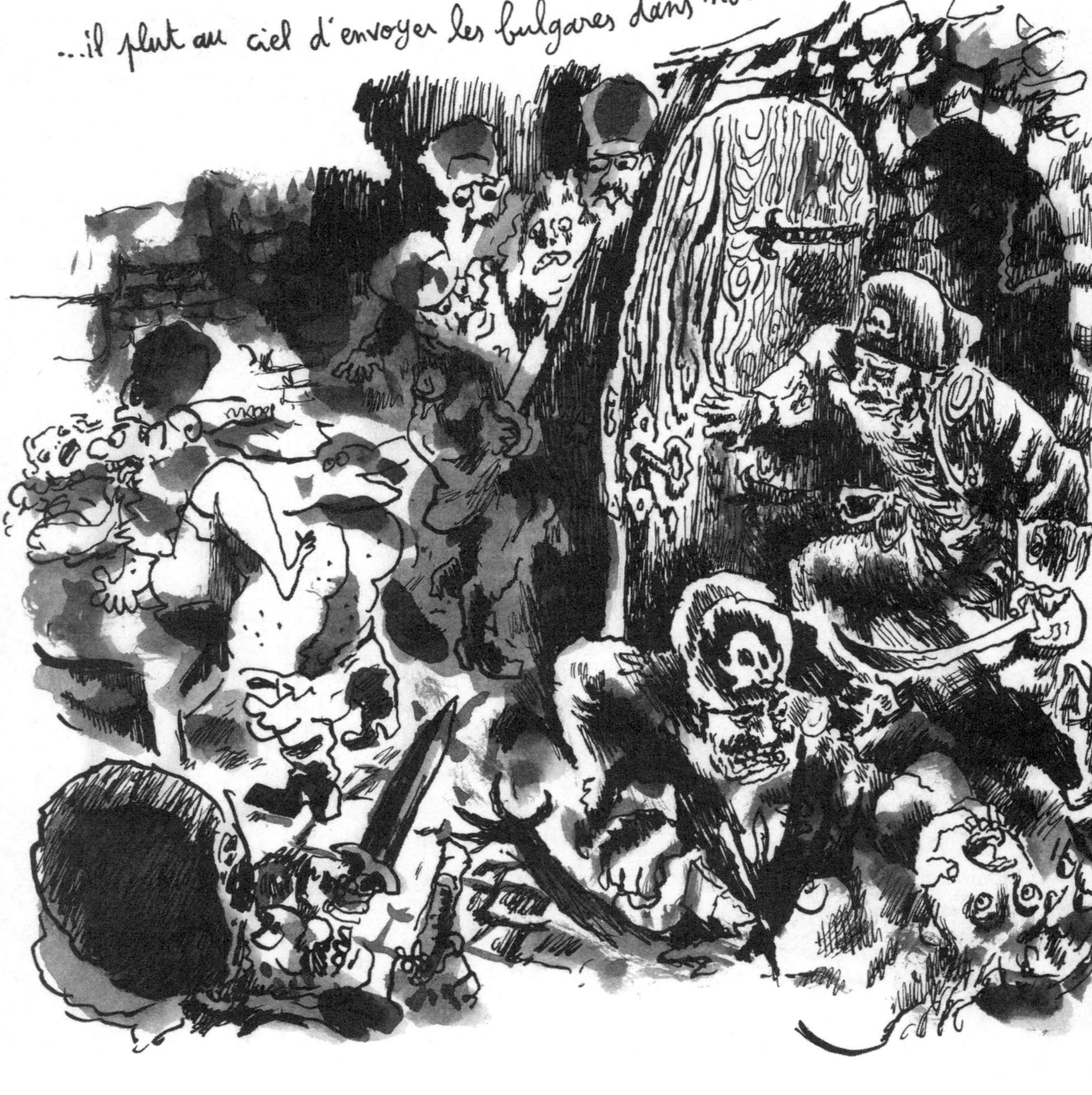

Chapitre huitième.

Histoire de Cunégonde.

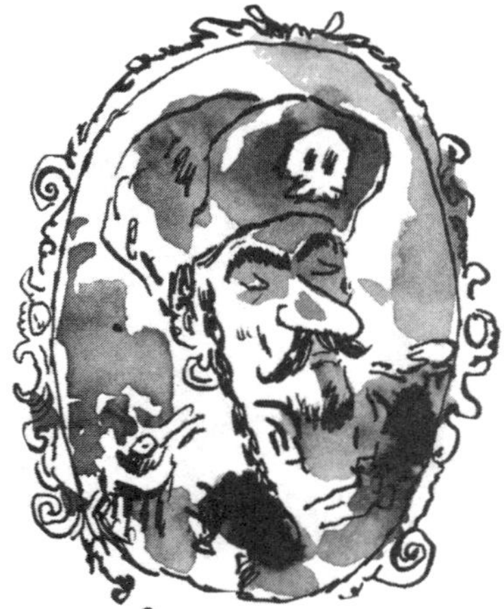

“J’étais dans mon lit et je dormais profondément, quand il plut au ciel d’envoyer les Bulgares dans notre beau château de Thunder-ten-tronckh ; ils égorgèrent mon père et mon frère, et coupèrent ma mère par morceaux. Un grand Bulgare, haut de six pieds, voyant qu’à ce spectacle j’avais perdu connaissance, se mit à me violer ; cela me fit revenir, je repris mes sens, je criai, je me débattis, je mordis, j’égratignai, je voulais arracher les yeux à ce grand Bulgare, ne sachant pas que tout ce qui arrivait dans le château de mon père était une chose d’usage : le brutal me donna un coup de couteau dans le flanc gauche dont je porte encore la marque. – Hélas ! j’espère bien la voir, dit le naïf Candide. – Vous la verrez, dit Cunégonde ; mais continuons. – Continuez”, dit Candide.

Elle reprit ainsi le fil de son histoire : “Un capitaine bulgare entra, il me vit toute sanglante, et le soldat ne se dérangeait pas. Le capitaine se mit en colère du peu de respect que lui témoignait ce brutal, et le tua sur mon corps. Ensuite il me fit panser, et m’emmena prisonnière de guerre dans son quartier. Je blanchissais le peu de chemises qu’il avait, je faisais sa cuisine ; il me trouvait fort jolie, il faut l’avouer ; et je ne nierai pas qu’il ne fût très bien fait, et qu’il n’eût la peau blanche et douce ; d’ailleurs peu d’esprit, peu de philosophie : on voyait bien qu’il n’avait pas été élevé par le docteur Pangloss. Au bout de trois mois, ayant perdu tout son argent et s’étant dégoûté de moi, il me vendit à un Juif nommé don Issacar, qui trafiquait en Hollande et en Portugal, et qui aimait passionnément les femmes. Ce Juif s’attacha beaucoup à ma personne, mais il ne pouvait en triompher ; je lui ai mieux résisté qu’au soldat bulgare. Une personne d’honneur peut être violée une fois, mais sa vertu s’en affermit. Le Juif, pour m’apprivoiser, me mena dans

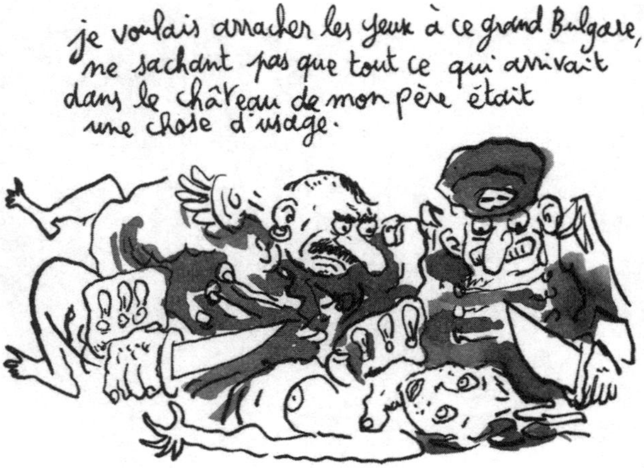

cette maison de campagne que vous voyez. J'avais cru jusque-là qu'il n'y avait rien sur la terre de si beau que le château de Thunder-ten-tronckh ; j'ai été détrompée.

“Le grand inquisiteur m'aperçut un jour à la messe, il me lorgna beaucoup, et me fit dire qu'il avait à me parler pour des affaires secrètes. Je fus conduite à son palais ; je lui appris ma naissance ; il me représenta combien il était au-dessous de mon rang d'appartenir à un Israélite. On proposa de sa part à don Issacar de me céder à monseigneur. Don Issacar, qui est le banquier de la cour et homme de crédit, n'en voulut rien faire. L'inquisiteur le menaça d'un auto-da-fé. Enfin mon Juif, intimidé, conclut un marché, par lequel la maison et moi leur appartiendraient à tous deux en commun : que le Juif aurait pour lui les lundis, mercredis et le jour du sabbat, et que l'inquisiteur aurait les autres jours de la semaine. Il y a six mois que cette convention subsiste. Ce n'a pas été sans querelles ; car souvent il a été indécis si la nuit du samedi au dimanche appartenait à l'ancienne loi ou à la nouvelle. Pour moi, j'ai résisté jusqu'à présent à toutes les deux, et je crois que c'est pour cette raison que j'ai toujours été aimée.

“Enfin, pour détourner le fléau des tremblements de terre, et pour intimider don Issacar, il plut à monseigneur l'inquisiteur de célébrer un auto-da-fé. Il me fit l'honneur de m'y inviter. Je fus très bien placée ; on servit aux dames des rafraîchissements entre la messe et l'exécution. Je fus, à la vérité, saisie d'horreur en voyant brûler ces deux Juifs et cet honnête Biscayen qui avait épousé sa commère ; mais quelle fut ma surprise, mon effroi, mon trouble, quand je vis, dans un san-benito et sous une mitre, une figure qui ressemblait à celle de Pangloss ! Je me frottai les yeux, je regardai attentivement, je le vis pendre ; je tombai en faiblesse. A peine reprenais-je mes sens que je vous vis dépouillé tout nu :

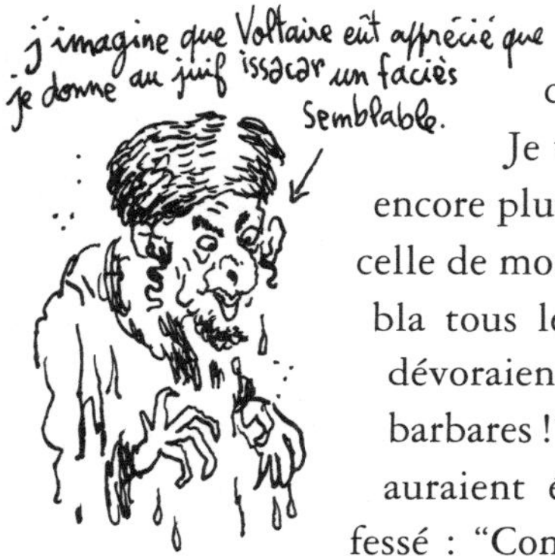

ce fut là le comble de l'horreur, de la consternation, de la douleur, du désespoir. Je vous dirai, avec vérité, que votre peau est encore plus blanche et d'un incarnat plus parfait que celle de mon capitaine des Bulgares. Cette vue redoubla tous les sentiments qui m'accablaient, qui me dévoraient. Je m'écriai, je voulus dire : "Arrêtez, barbares !" mais la voix me manqua, et mes cris auraient été inutiles. Quand vous eûtes été bien fessé : "Comment se peut-il faire, disais-je, que l'aimable Candide et le sage Pangloss se trouvent à Lisbonne, l'un pour recevoir cent coups de fouet, et l'autre pour être pendu par l'ordre de monseigneur l'inquisiteur dont je suis la bien-aimée ? Pangloss m'a donc bien cruellement trompée quand il me disait que tout va le mieux du monde."

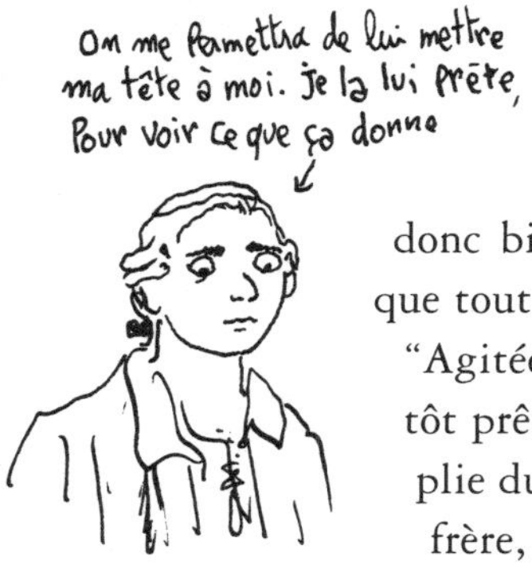

"Agitée, éperdue, tantôt hors de moi-même, et tantôt prête de mourir de faiblesse, j'avais la tête remplie du massacre de mon père, de ma mère, de mon frère, de l'insolence de mon vilain soldat bulgare, du coup de couteau qu'il me donna, de ma servitude, de mon métier de cuisinière, de mon capitaine bulgare, de mon vilain don Issacar, de mon abominable inquisiteur, de la pendaison du docteur Pangloss, de ce grand *miserere* en faux-bourdon pendant lequel on vous fessait, et surtout du baiser que je vous avais donné derrière un paravent, le jour que je vous avais vu pour la dernière fois. Je louai Dieu qui vous ramenait à moi par tant d'épreuves. Je recommandai à ma vieille d'avoir soin de vous, et de vous amener ici dès qu'elle le pourrait. Elle a très bien exécuté ma commission ; j'ai goûté le plaisir inexprimable de vous revoir, de vous entendre, de vous parler. Vous devez avoir une faim dévorante ; j'ai grand appétit ; commençons par souper."

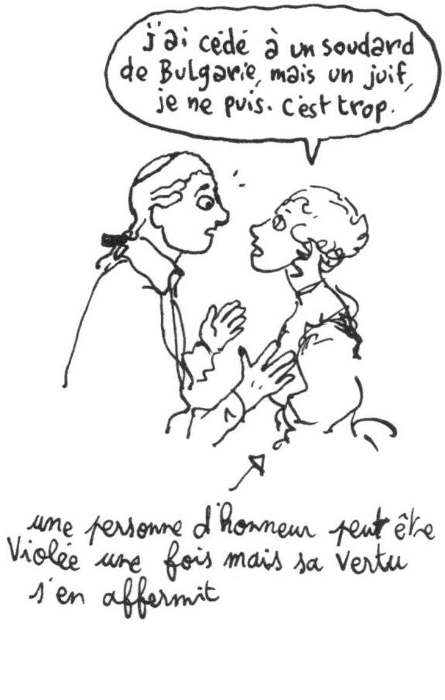

Les voilà qui se mettent tous deux à table ; et après le souper, ils se replacent sur ce beau canapé dont on a déjà parlé ; ils y étaient quand le *signor* don Issacar, l'un des maîtres de la maison, arriva. C'était le jour du sabbat. Il venait jouir de ses droits, et expliquer son tendre amour.

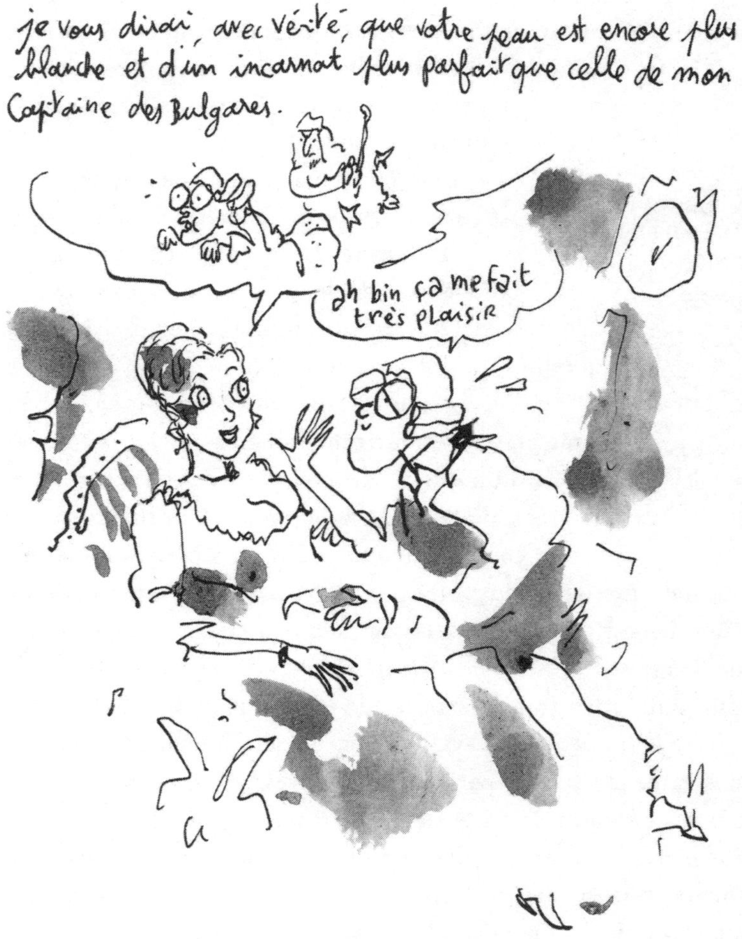

CHAPITRE NEUVIÈME.

CE QUI ADVINT DE CUNÉGONDE, DE CANDIDE, DU GRAND INQUISITEUR ET D'UN JUIF.

Cet Issacar était le plus colérique Hébreu qu'on eût vu dans Israël depuis la captivité en Babylone. "Quoi ! dit-il, chienne de Galiléenne, ce n'est pas assez de monsieur l'inquisiteur ? Il faut que ce coquin partage aussi avec moi ?" En disant cela il tire un long poignard dont il était toujours pourvu, et ne croyant pas que son adverse partie eût des armes, il se jette sur Candide ; mais notre bon Westphalien avait reçu une belle épée de la vieille avec l'habit complet. Il tire son épée, quoiqu'il eût les mœurs fort douces, et vous étend l'Israélite roide mort sur le carreau, aux pieds de la belle Cunégonde. "Sainte Vierge ! s'écria-t-elle, qu'allons-nous devenir ? Un homme tué chez moi ! si la justice vient, nous sommes perdus. – Si Pangloss n'avait pas été pendu, dit Candide, il nous donnerait un bon conseil dans cette extrémité, car c'était un grand philosophe. A son défaut consultons la vieille." Elle était fort prudente, et commençait à dire son avis, quand une autre petite porte s'ouvrit. Il était une heure après minuit, c'était le commencement du dimanche. Ce jour appartenait à monseigneur l'inquisiteur. Il entre et voit le fessé Candide l'épée à la main, un mort étendu par terre, Cunégonde effarée, et la vieille donnant des conseils.

Voici dans ce moment ce qui se passa dans l'âme de Candide, et comment il raisonna : "Si ce saint homme appelle du secours, il me fera infailliblement brûler ; il pourra en faire autant de Cunégonde ; il m'a fait fouetter impitoyablement ; il est mon rival ; je suis en train de

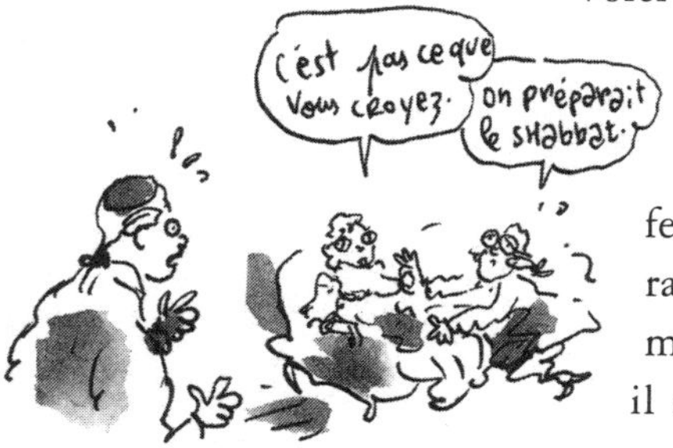

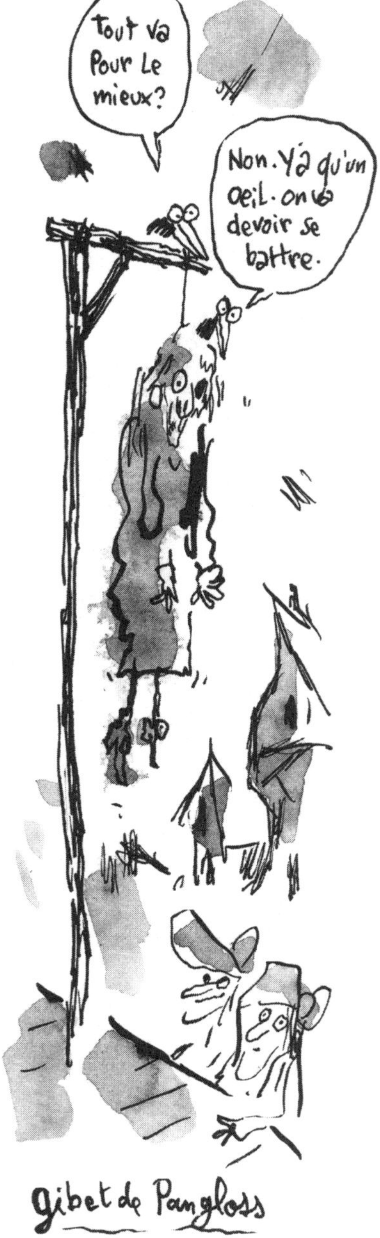

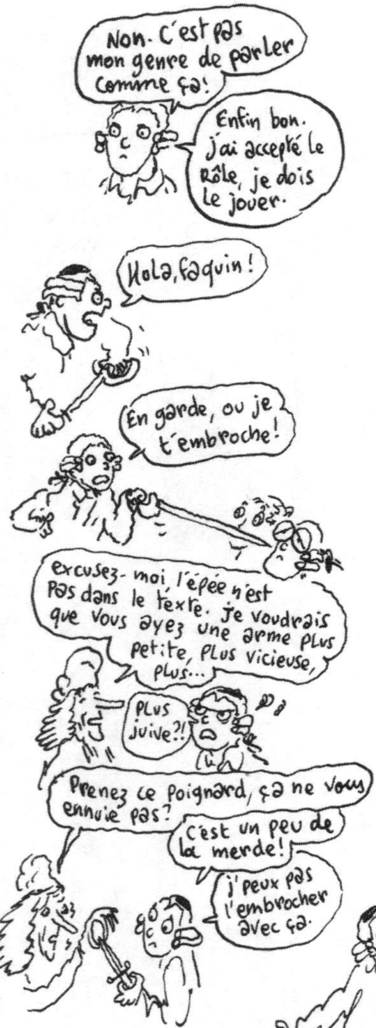

tuer, il n'y a pas à balancer." Ce raisonnement fut net et rapide, et sans donner le temps à l'inquisiteur de revenir de sa surprise, il le perce d'outre en outre, et le jette à côté du Juif. "En voici bien d'une autre, dit Cunégonde ; il n'y a plus de rémission ; nous sommes excommuniés, notre dernière heure est venue. Comment avez-vous fait, vous qui êtes né si doux, pour tuer en deux minutes un Juif et un prélat ? – Ma belle demoiselle, répondit Candide, quand on est amoureux, jaloux et fouetté par l'Inquisition, on ne se connaît plus."

La vieille prit alors la parole et dit : "Il y a trois chevaux andalous dans l'écurie, avec leurs selles et leurs brides : que le brave Candide les prépare ; madame a des moyadors et des diamants : montons vite à cheval, quoique je ne puisse me tenir que sur une fesse, et allons à Cadix ; il fait le plus beau temps du monde, et c'est un grand plaisir de voyager pendant la fraîcheur de la nuit."

Aussitôt Candide selle les trois chevaux. Cunégonde, la vieille et lui font trente milles d'une traite. Pendant qu'ils s'éloignaient, la Sainte-Hermandad arrive dans la maison ; on enterre monseigneur dans une belle église, et on jette Issacar à la voirie.

Candide, Cunégonde et la vieille étaient déjà dans la petite ville d'Avacéna, au milieu des montagnes de la Sierra-Morena ; et ils parlaient ainsi dans un cabaret.

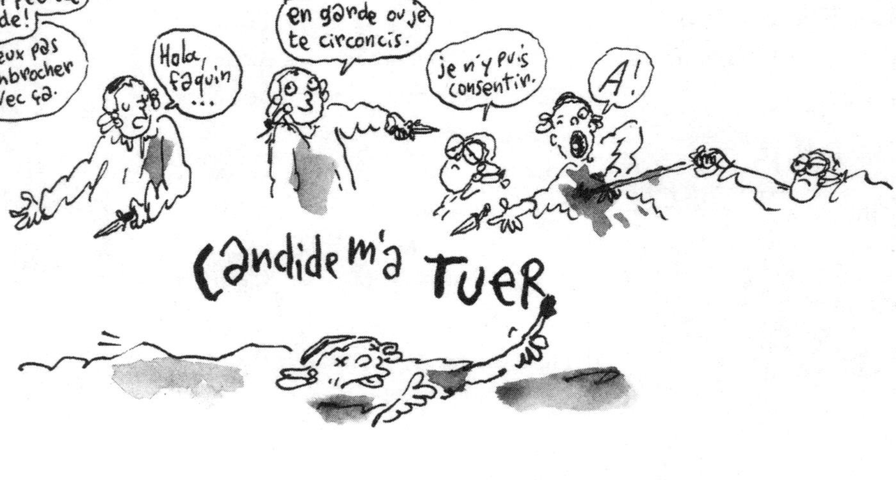

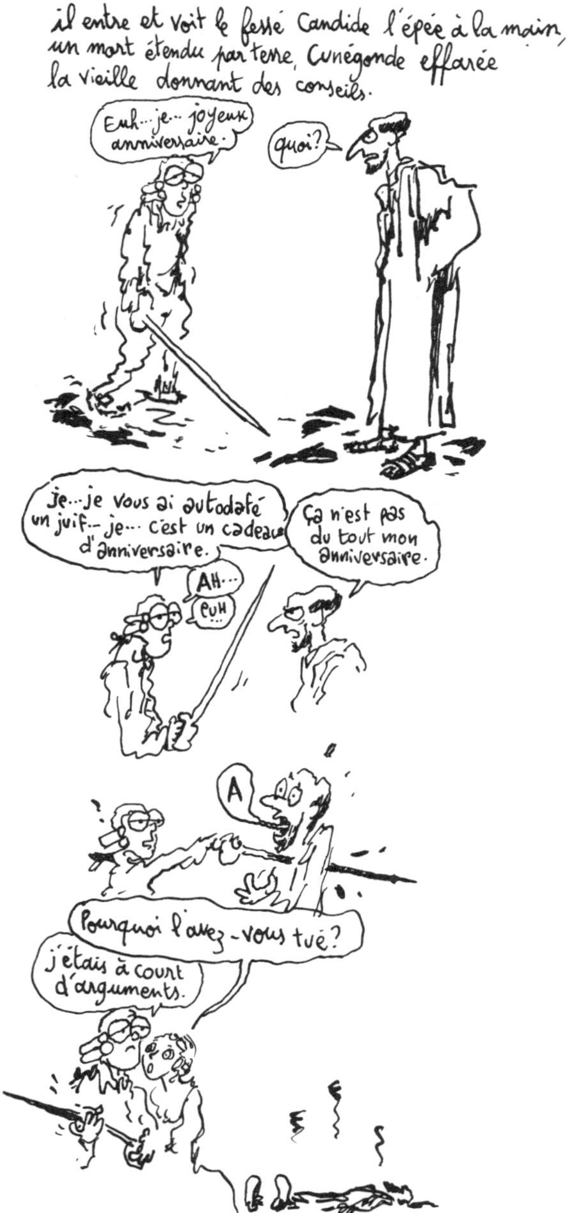
il entre et voit le fessé Candide l'épée à la main, un mort étendu par terre, Cunégonde effarée la vieille donnant des conseils.
Euh... je... joyeux anniversaire.
quoi?
je... je vous ai autodafé un juif... je... c'est un cadeau d'anniversaire.
Ça n'est pas du tout mon anniversaire.
AH...
EUH...
A
Pourquoi l'avez-vous tué?
j'étais à court d'arguments.

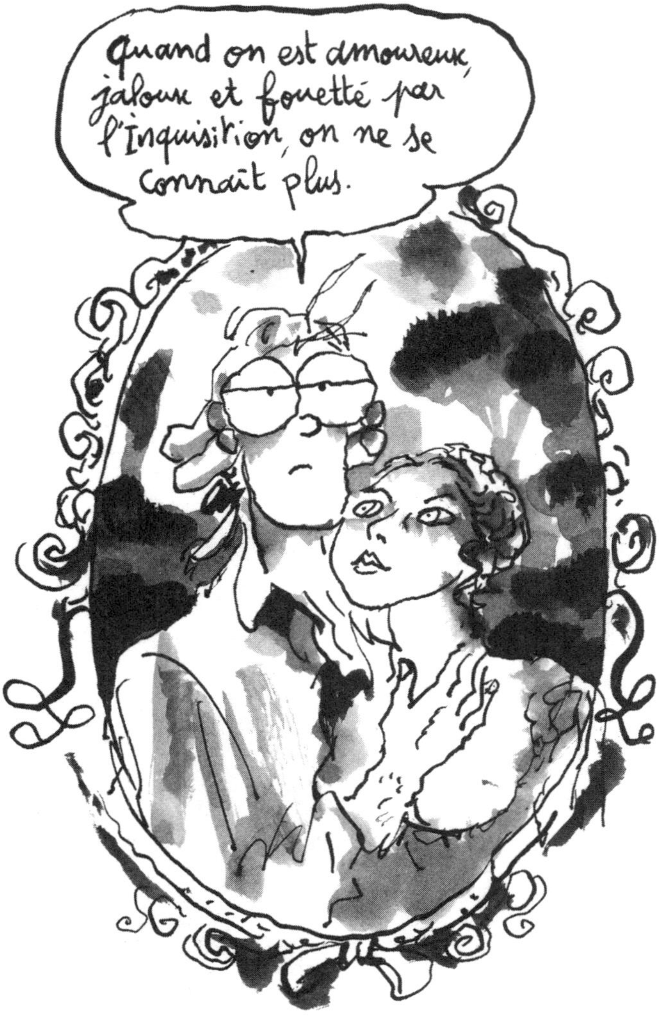
Quand on est amoureux, jaloux et fouetté par l'Inquisition, on ne se connaît plus.

montons vite à cheval, quoique je ne puisse me tenir que sur une fesse.

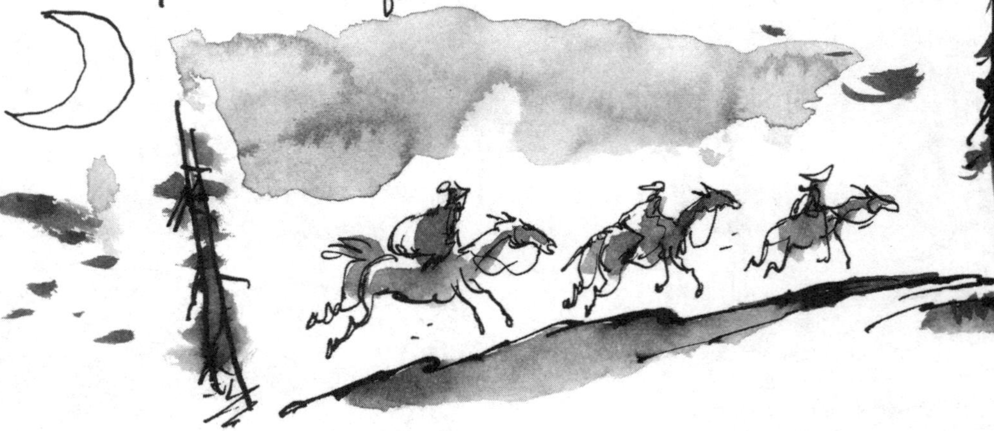

Vendons un des chevaux, dit la vieille ; je monterai en croupe derrière mademoiselle, quoique je ne puisse me tenir que sur une fesse

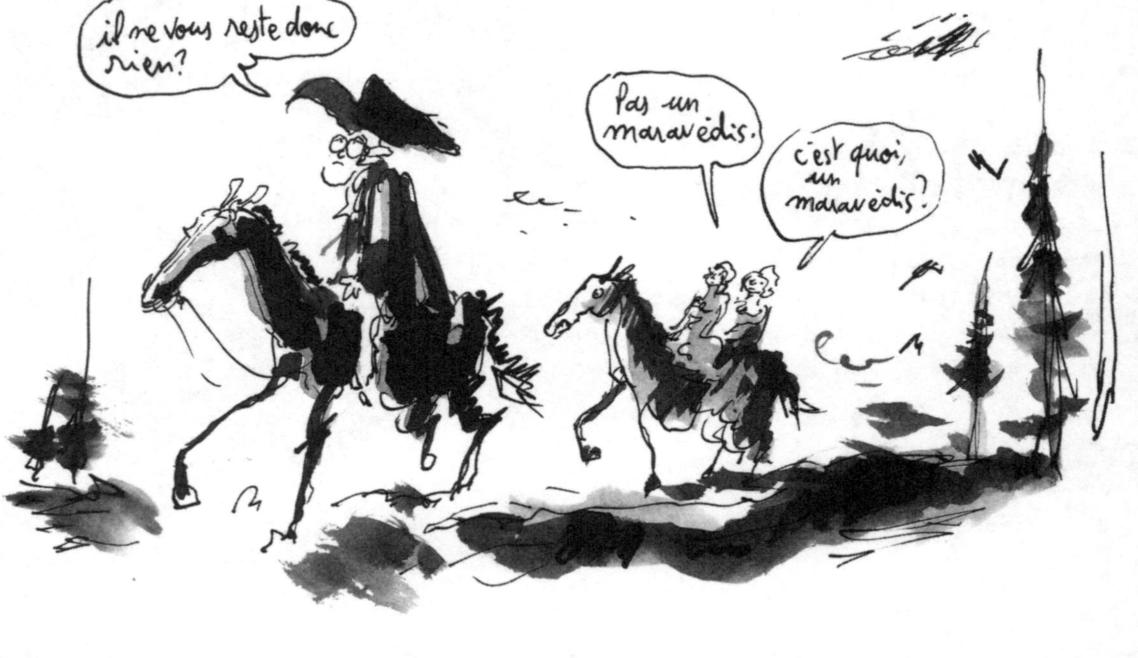

CHAPITRE DIXIÈME.

DANS QUELLE DÉTRESSE CANDIDE, CUNÉGONDE ET LA VIEILLE ARRIVENT À CADIX, ET DE LEUR EMBARQUEMENT.

“Qui a donc pu me voler mes pistoles et mes diamants ? disait en pleurant Cunégonde ; de quoi vivrons-nous ? comment ferons-nous ? où trouver des inquisiteurs et des Juifs qui m'en donnent d'autres ? – Hélas ! dit la vieille, je soupçonne fort un révérend père cordelier qui coucha hier dans la même auberge que nous à Badajoz ; Dieu me garde de faire un jugement téméraire ! mais il entra deux fois dans notre chambre, et il partit longtemps avant nous. – Hélas ! dit Candide, le bon Pangloss m'avait souvent prouvé que les biens de la terre sont communs à tous les hommes, que chacun y a un droit égal. Ce cordelier devait bien, suivant ces principes, nous laisser de quoi achever notre voyage. Il ne vous reste donc rien du tout, ma belle Cunégonde ? – Pas un maravédis, dit-elle. – Quel parti prendre ? dit Candide. – Vendons un des chevaux, dit la vieille ; je monterai en croupe derrière mademoiselle, quoique je ne puisse me tenir que sur une fesse, et nous arriverons à Cadix.”

Il y avait dans la même hôtellerie un prieur de bénédictins ; il acheta le cheval bon marché. Candide, Cunégonde et la vieille passèrent par Lucena, par Chillas, par Lebrixa, et arrivèrent enfin à Cadix. On y équipait une flotte, et on y assemblait des troupes pour mettre à la raison les révérends pères jésuites du Paraguay, qu'on accusait d'avoir fait révolter une de leurs hordes contre les rois d'Espagne et de Portugal, auprès de la ville du Saint-Sacrement. Candide, ayant servi chez les Bulgares, fit l'exercice bulgarien devant le général de la petite armée avec tant de grâce, de célérité, d'adresse, de fierté, d'agilité, qu'on lui donna une compagnie d'infanterie à commander. Le voilà capitaine ; il s'embarque avec Mlle Cunégonde, la vieille, deux valets et les deux

Pendant toute la traversée, ils raisonnèrent beaucoup sur la philosophie du pauvre maître Pangloss.

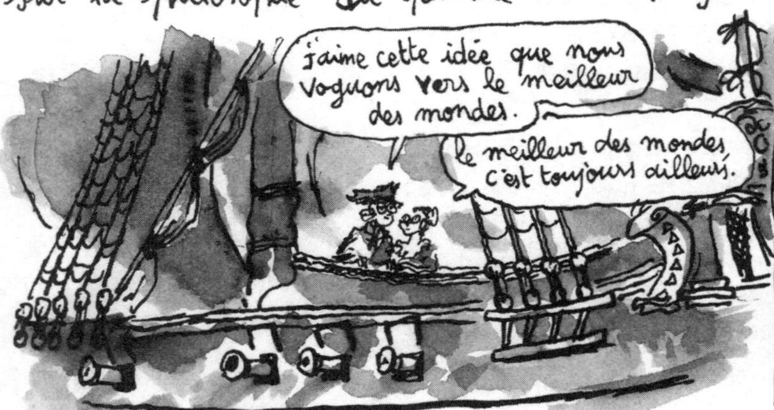

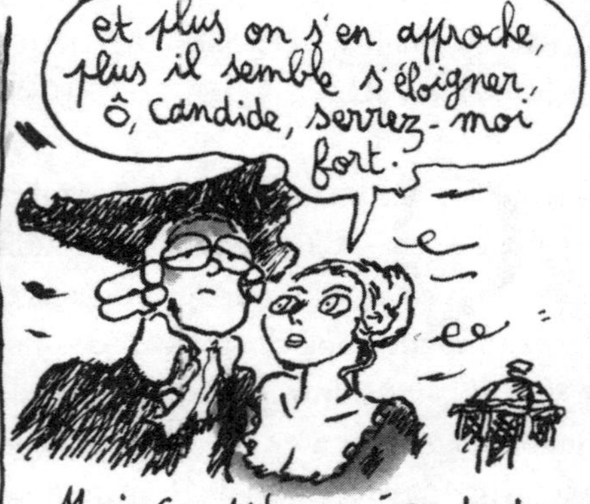

... Mais Candide n'écoutait pas, il avait cette fille contre lui et le vent et l'iode et le sein droit de la fille qui faisait du chaud sur son épaule gauche et toute son intelligence était tendue dans les terminaisons nerveuses de ses doigts qui touchaient imperceptiblement l'épaule de Cunégonde là où il n'y avait plus de tissu mais juste la peau et il se dit un bref instant que le meilleur des mondes c'est peut-être ici et maintenant.

Après quoi il eut le mal de mer.

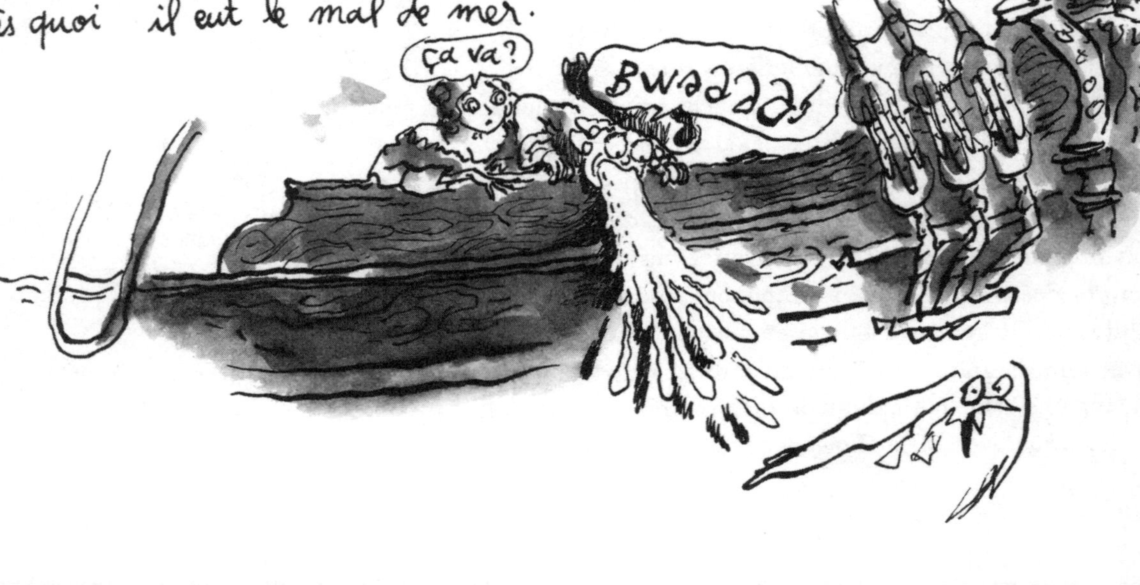

chevaux andalous qui avaient appartenu à M. le grand inquisiteur de Portugal.

Pendant toute la traversée ils raisonnèrent beaucoup sur la philosophie du pauvre Pangloss. “Nous allons dans un autre univers, disait Candide ; c'est dans celui-là sans doute que tout est bien. Car il faut avouer qu'on pourrait gémir un peu de ce qui se passe dans le nôtre en physique et en morale. – Je vous aime de tout mon cœur, disait Cunégonde ; mais j'ai encore l'âme tout effarouchée de ce que j'ai vu, de ce que j'ai éprouvé. – Tout ira bien, répliquait Candide ; la mer de ce nouveau monde vaut déjà mieux que les mers de notre Europe ; elle est plus calme, les vents plus constants. C'est certainement le nouveau monde qui est le meilleur des univers possibles. – Dieu le veuille ! disait Cunégonde ; mais j'ai été si horriblement malheureuse dans le mien que mon cœur est presque fermé à l'espérance. – Vous vous plaignez, leur dit la vieille ; hélas ! vous n'avez pas éprouvé des infortunes telles que les miennes.” Cunégonde se mit presque à rire, et trouva cette bonne femme fort plaisante de prétendre être plus malheureuse qu'elle. “Hélas ! lui dit-elle, ma bonne, à moins que vous n'ayez été violée par deux Bulgares, que vous n'ayez reçu deux coups de couteau dans le ventre, qu'on n'ait démoli deux de vos châteaux, qu'on n'ait égorgé à vos yeux deux mères et deux pères, et que vous n'ayez vu deux de vos amants fouettés dans un auto-da-fé, je ne vois pas que vous puissiez l'emporter sur moi ; ajoutez que je suis née baronne avec soixante et douze quartiers, et que j'ai été cuisinière. – Mademoiselle, répondit la vieille, vous ne savez pas quelle est ma naissance ; et si je vous montrais mon derrière, vous ne parleriez pas comme vous faites, et vous suspendriez votre jugement.” Ce discours fit naître une extrême curiosité dans l'esprit de Cunégonde et de Candide. La vieille leur parla en ces termes.

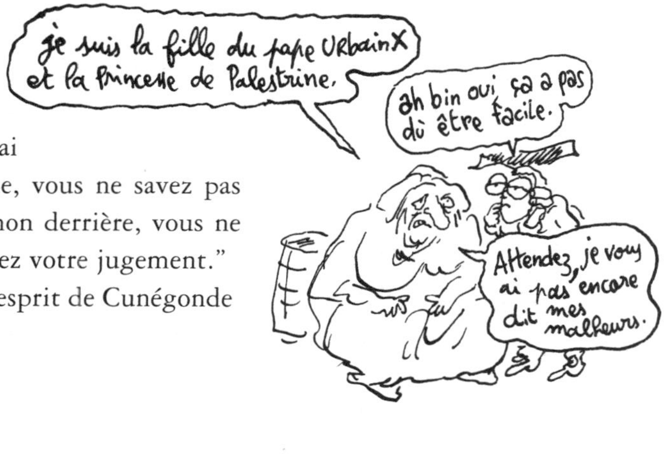

Chapitre onzième.

Histoire de la vieille.

“Je n'ai pas eu toujours les yeux éraillés et bordés d'écarlate ; mon nez n'a pas toujours touché à mon menton, et je n'ai pas toujours été servante. Je suis la fille du pape Urbain X, et de la princesse de Palestrine. On m'éleva jusqu'à quatorze ans dans un palais auquel tous les châteaux de vos barons allemands n'auraient pas servi d'écurie ; et une de mes robes valait mieux que toutes les magnificences de la Westphalie. Je croissais en beauté, en grâces, en talents, au milieu des plaisirs, des respects et des espérances. J'inspirais déjà de l'amour, ma gorge se formait ; et quelle gorge ! blanche, ferme, taillée comme celle de la Vénus de Médicis ; et quels yeux ! quelles paupières ! quels sourcils noirs ! quelles flammes brillaient dans mes deux prunelles, et effaçaient la scintillation des étoiles, comme me disaient les poètes du quartier. Les femmes qui m'habillaient et qui me déshabillaient tombaient en extase en me regardant par-devant et par-derrière, et tous les hommes auraient voulu être à leur place.

“Je fus fiancée à un prince souverain de Massa-Carrara. Quel prince ! aussi beau que moi, pétri de douceur et d'agréments, brillant d'esprit et brûlant d'amour. Je l'aimais comme on aime pour la première fois, avec idolâtrie, avec emportement. Les noces furent préparées. C'était une pompe, une magnificence inouïe ; c'étaient des fêtes, des carrousels, des *opera-buffa* continuels ; et toute l'Italie fit pour moi des sonnets dont il n'y eut pas un seul de passable. Je touchais au moment de mon bonheur, quand une vieille marquise qui avait été maîtresse de mon prince l'invita à prendre du chocolat chez elle. Il mourut en moins de deux

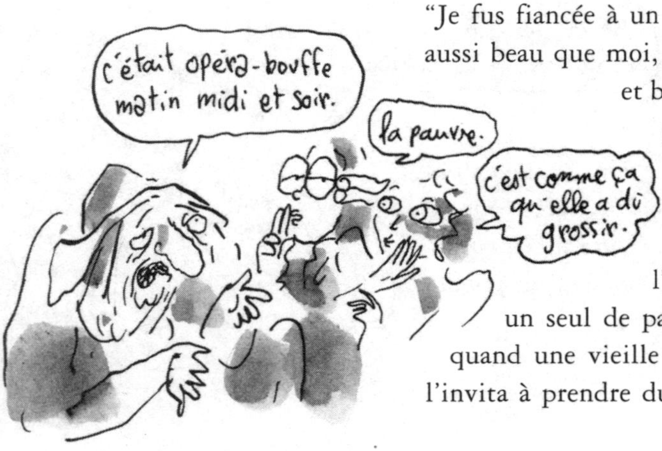

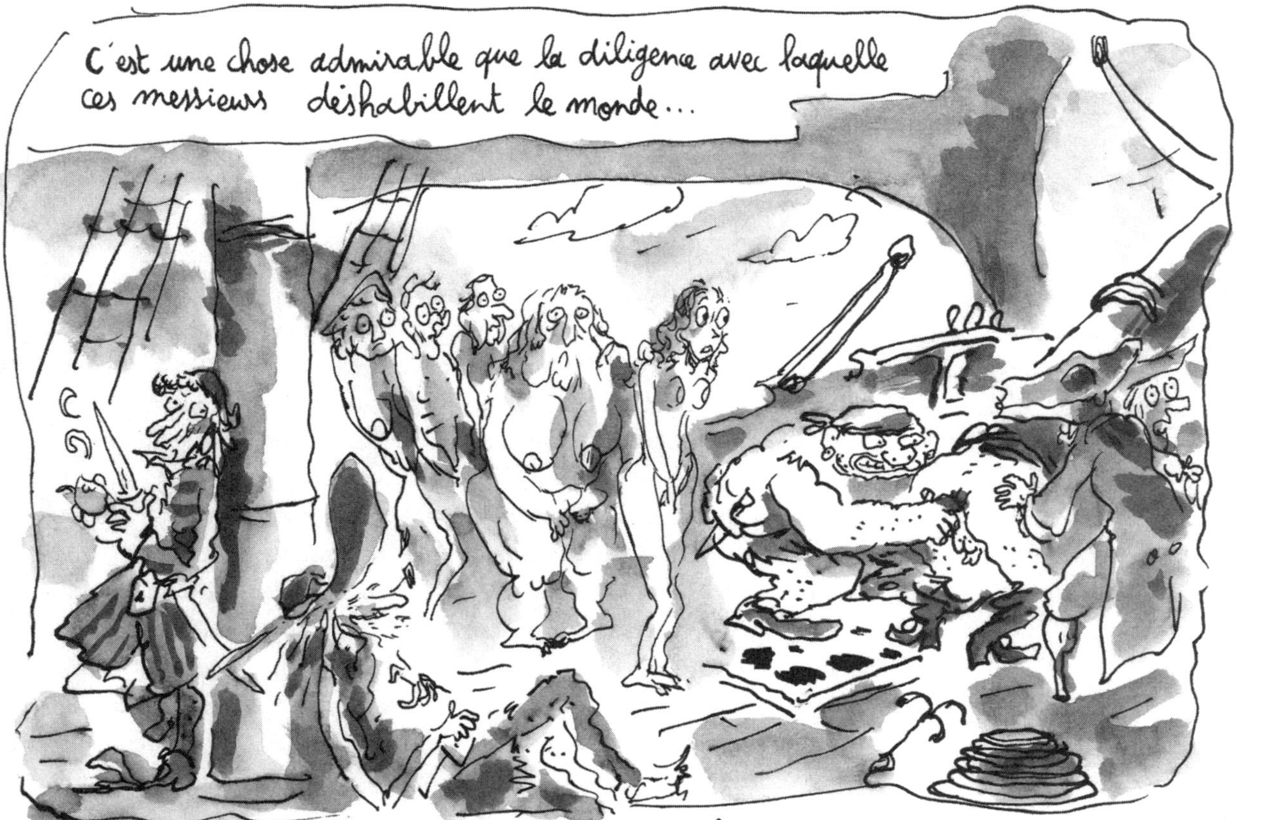

l'idée que le même index sale effectue des excavations en chacun de mes compagnons, se trouvant peu à peu maculé de la personnalité de tous ne m'enthousiasmait guère. Je tâchais de n'y point penser et me fis la réflexion que le pirate avait l'ongle fort long. Peut-être était-il guitariste.

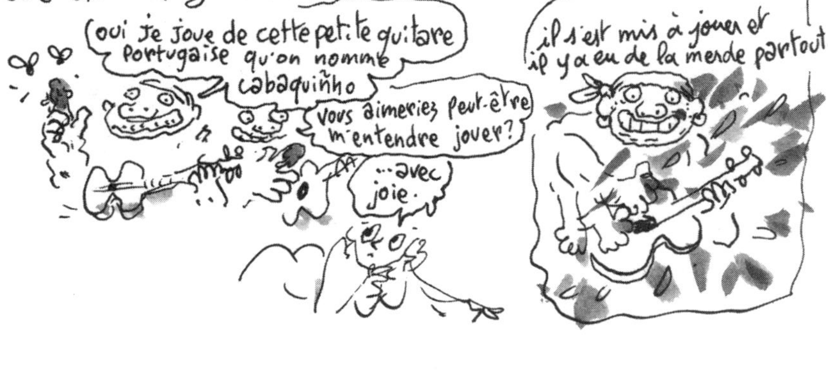

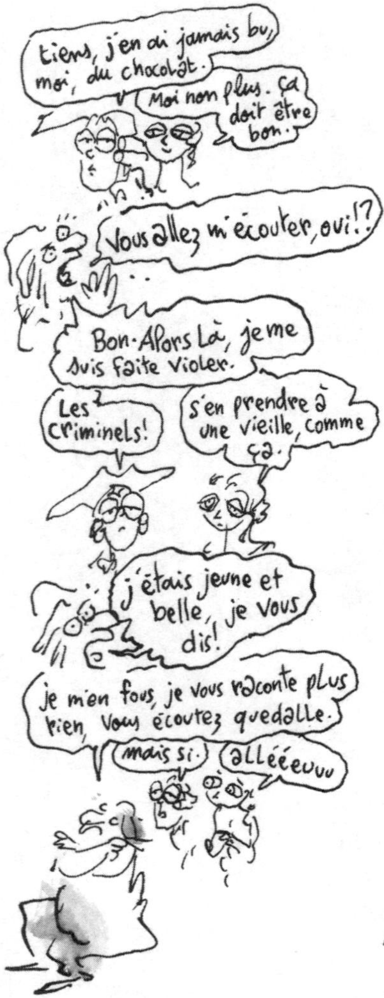

heures avec des convulsions épouvantables. Mais ce n'est qu'une bagatelle. Ma mère, au désespoir, et bien moins affligée que moi, voulut s'arracher pour quelque temps à un séjour si funeste. Elle avait une très belle terre auprès de Gaète. Nous nous embarquâmes sur une galère du pays, dorée comme l'autel de Saint-Pierre de Rome. Voilà qu'un corsaire de Salé fond sur nous et nous aborde. Nos soldats se défendirent comme des soldats du pape : ils se mirent tous à genoux en jetant leurs armes, et en demandant au corsaire une absolution *in articulo mortis*.

"Aussitôt on les dépouilla nus comme des singes, et ma mère aussi, nos filles d'honneur aussi, et moi aussi. C'est une chose admirable que la diligence avec laquelle ces messieurs déshabillent le monde. Mais ce qui me surprit davantage, c'est qu'ils nous mirent à tous le doigt dans un endroit où nous autres femmes nous ne nous laissons mettre d'ordinaire que des canules. Cette cérémonie me paraissait bien étrange : voilà comme on juge de tout quand on n'est pas sorti de son pays. J'appris bientôt que c'était pour voir si nous n'avions pas caché là quelques diamants : c'est un usage établi de temps immémorial parmi les nations policées qui courent sur mer. J'ai su que MM. les religieux chevaliers de Malte n'y manquent jamais quand ils prennent des Turcs et des Turques ; c'est une loi du droit des gens à laquelle on n'a jamais dérogé.

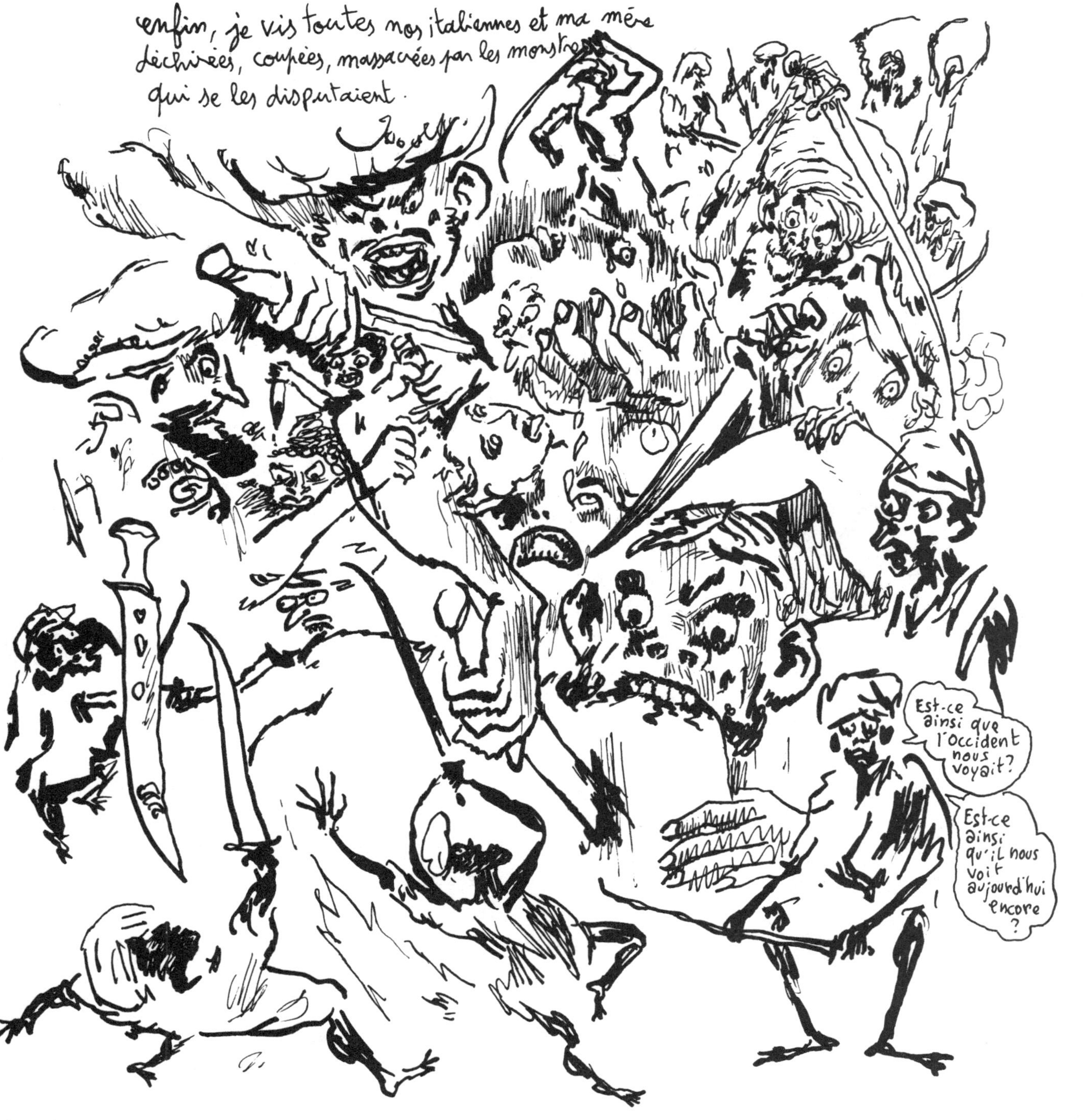
enfin, je vis toutes nos italiennes et ma mère déchirées, coupées, massacrées par les monstres qui se les disputaient.
Est-ce ainsi que l'Occident nous voyait?
Est-ce ainsi qu'il nous voit aujourd'hui encore ?

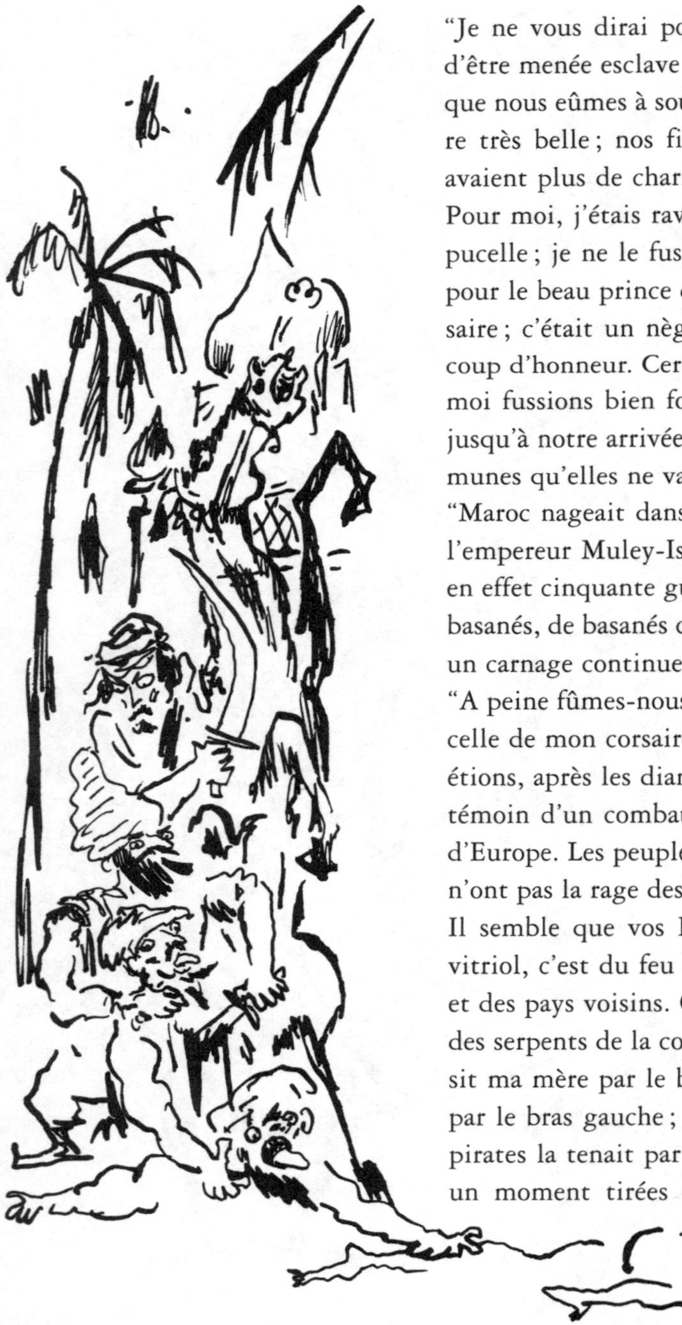

"Je ne vous dirai point combien il est dur pour une jeune princesse d'être menée esclave à Maroc avec sa mère. Vous concevez assez tout ce que nous eûmes à souffrir dans le vaisseau corsaire. Ma mère était encore très belle ; nos filles d'honneur, nos simples femmes de chambre, avaient plus de charmes qu'on n'en peut trouver dans toute l'Afrique. Pour moi, j'étais ravissante, j'étais la beauté, la grâce même, et j'étais pucelle ; je ne le fus pas longtemps : cette fleur qui avait été réservée pour le beau prince de Massa-Carrara me fut ravie par le capitaine corsaire ; c'était un nègre abominable, qui croyait encore me faire beaucoup d'honneur. Certes, il fallait que Mme la princesse de Palestrine et moi fussions bien fortes pour résister à tout ce que nous éprouvâmes jusqu'à notre arrivée à Maroc. Mais passons ; ce sont des choses si communes qu'elles ne valent pas la peine qu'on en parle.

"Maroc nageait dans le sang quand nous arrivâmes. Cinquante fils de l'empereur Muley-Ismaël avaient chacun leur parti : ce qui produisait en effet cinquante guerres civiles, de noirs contre noirs, de noirs contre basanés, de basanés contre basanés, de mulâtres contre mulâtres. C'était un carnage continuel dans toute l'étendue de l'empire.

"A peine fûmes-nous débarqués que des noirs d'une faction ennemie de celle de mon corsaire se présentèrent pour lui enlever son butin. Nous étions, après les diamants et l'or, ce qu'il avait de plus précieux. Je fus témoin d'un combat tel que vous n'en voyez jamais dans vos climats d'Europe. Les peuples septentrionaux n'ont pas le sang assez ardent. Ils n'ont pas la rage des femmes au point où elle est commune en Afrique. Il semble que vos Européens aient du lait dans les veines ; c'est du vitriol, c'est du feu qui coule dans celles des habitants du mont Atlas et des pays voisins. On combattit avec la fureur des lions, des tigres et des serpents de la contrée, pour savoir à qui nous aurait. Un Maure saisit ma mère par le bras droit, le lieutenant de mon capitaine la retint par le bras gauche ; un soldat maure la prit par une jambe, un de nos pirates la tenait par l'autre. Nos filles se trouvèrent presque toutes en un moment tirées ainsi à quatre soldats. Mon capitaine me tenait cachée derrière lui. Il avait le cimeterre au poing, et tuait tout ce qui s'opposait à sa rage. Enfin, je vis toutes nos Italiennes et ma mère déchirées, coupées, massacrées par les monstres qui se les disputaient. Les captifs mes compagnons, ceux qui les avaient pris, soldats, matelots, noirs, basanés, blancs, mulâtres, et enfin mon capitaine, tout fut tué ; et je demeurai mourante sur un tas de morts. Des scènes pareilles se passaient, comme on sait, dans l'étendue de plus de trois cents lieues, sans qu'on manquât aux cinq prières par jour ordonnées par Mahomet.

"Je me débarrassai avec beaucoup de peine de la foule de tant de cadavres sanglants entassés, et je me traînai sous un grand oranger au bord d'un ruisseau voisin ; j'y tombai d'effroi, de lassitude, d'horreur, de désespoir et de faim. Bientôt après, mes sens accablés se livrèrent à un sommeil qui tenait plus de l'évanouissement que du repos. J'étais dans cet état de faiblesse et d'insensibilité, entre la mort et la vie, quand je me sentis pressée de quelque chose qui s'agitait sur mon corps. J'ouvris les yeux, je vis un homme blanc et de bonne mine qui soupirait, et qui disait entre ses dents : *O che sciagura d'essere senza c…!*

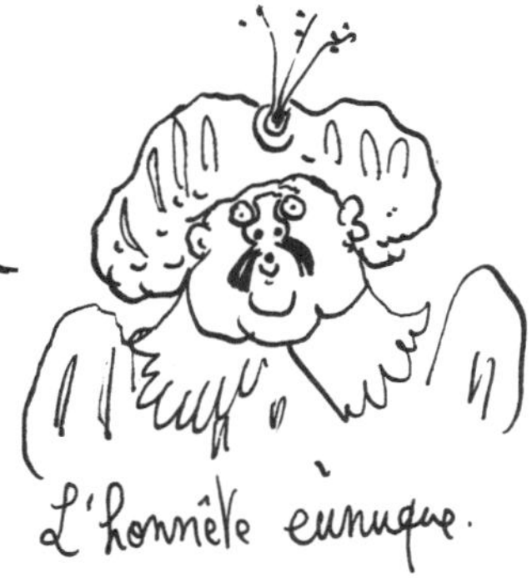

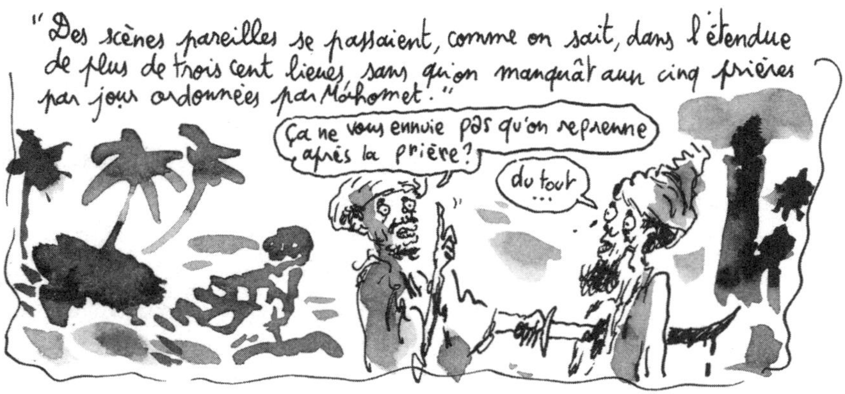

Chapitre douzième

Suite des malheurs de la vieille

“Etonnée et ravie d’entendre la langue de ma patrie, et non moins surprise des paroles que proférait cet homme, je lui répondis qu’il y avait de plus grands malheurs que celui dont il se plaignait. Je l’instruisis en peu de mots des horreurs que j’avais essuyées, et je retombai en faiblesse. Il m’emporta dans une maison voisine, me fit mettre au lit, me fit donner à manger, me servit, me consola, me flatta, me dit qu’il n’avait rien vu de si beau que moi, et que jamais il n’avait tant regretté ce que personne ne pouvait lui rendre. “Je suis né à Naples, me dit-il, on y chaponne deux ou trois mille enfants tous les ans ; les uns en meurent, les autres acquièrent une voix plus belle que celle des femmes, les autres vont gouverner les Etats. On me fit cette opération avec un très grand succès, et j’ai été musicien de la chapelle de Mme la princesse de Palestrine. – De ma mère ! m’écriai-je. – De votre mère ! s’écria-t-il en pleurant. Quoi ! vous seriez cette jeune princesse que j’ai élevée jusqu’à l’âge de six ans, et qui promettait déjà d’être aussi belle que vous êtes ? – C’est moi-même ; ma mère est à quatre cents pas d’ici, coupée en quartiers sous un tas de morts…”

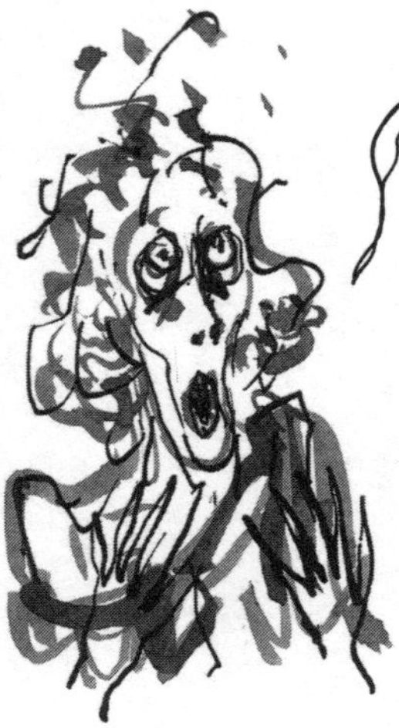

“Je lui contai tout ce qui m’était arrivé ; il me conta aussi ses aventures, et m’apprit comment il avait été envoyé chez le roi de Maroc par une puissance chrétienne, pour conclure avec ce monarque un traité, par lequel on lui fournirait de la poudre, des canons et des vaisseaux, pour l’aider à exterminer le commerce des autres chrétiens. “Ma mission est faite, me dit cet honnête eunuque ; je vais m’embarquer à Ceuta, et je vous ramènerai en Italie. *Ma che sciagura d’essere senza c…!*”

“Je le remerciai avec des larmes d’attendrissement ; et au lieu de me mener en Italie, il me conduisit à Alger, et me vendit au dey de cette province. A peine fus-je vendue que cette peste qui a fait le tour de l'Afrique, de l'Asie et de l'Europe, se déclara dans Alger avec fureur. Vous avez vu des tremblements de terre ; mais, mademoiselle, avez-vous jamais eu la peste ? – Jamais, répondit la baronne.

– Si vous l'aviez eue, reprit la vieille, vous avoueriez qu'elle est bien au-dessus d'un tremblement de terre. Elle est fort commune en Afrique ; j'en fus attaquée. Figurez vous quelle situation pour la fille d'un pape, âgée de quinze ans, qui en trois mois de temps avait éprouvé la pauvreté, l'esclavage, avait été violée presque tous les jours, avait vu couper sa mère en quatre, avait essuyé la faim et la guerre, et mourait pestiférée dans Alger. Je n'en mourus pourtant pas. Mais mon eunuque et le dey, et presque tout le sérail d'Alger, périrent.

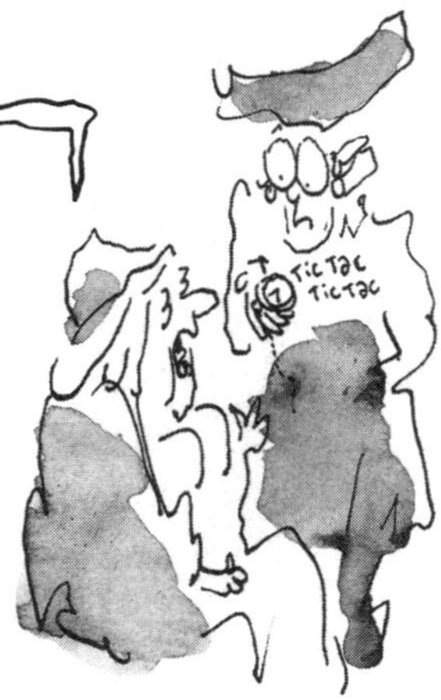

“Quand les premiers ravages de cette épouvantable peste furent passés, on vendit les esclaves du dey. Un marchand m'acheta et me mena à Tunis, il me vendit à un autre marchand, qui me revendit à Tripoli ; de Tripoli je fus revendue à Alexandrie, d'Alexandrie revendue à Smyrne, de Smyrne à Constantinople. J'appartins enfin à un aga des janissaires, qui fut bientôt commandé pour aller défendre Azof contre les Russes qui l'assiégeaient.

“L'aga, qui était un très galant homme, mena avec lui tout son sérail, et nous logea dans un petit fort sur les Palus-Méotides, gardé par deux eunuques noirs et vingt soldats. On tua prodigieusement de Russes, mais ils nous le rendirent bien. Azof fut mis à feu et à sang, et on ne pardonna ni au sexe ni à l'âge ; il ne resta que notre petit fort ; les ennemis voulurent nous prendre par famine. Les vingt janissaires avaient juré de ne se jamais rendre. Les extrémités de la faim où ils furent réduits les contraignirent à manger nos deux eunuques, de peur de violer leur serment. Au bout de quelques jours, ils résolurent de manger les femmes.

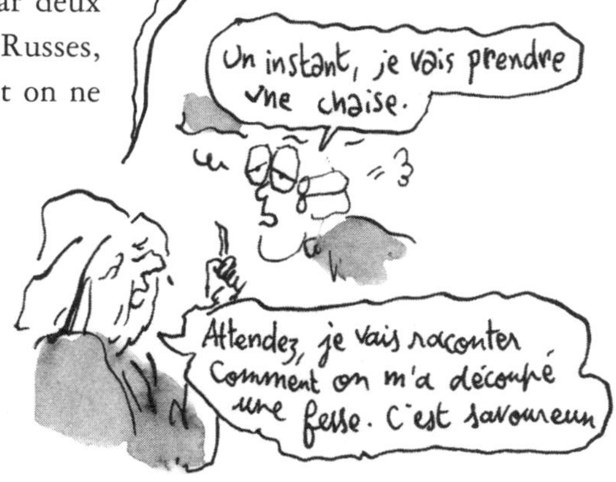

“Nous avions un iman très pieux et très compatissant, qui leur fit un beau sermon par lequel il leur persuada de ne nous

Et nous assistâmes, glacées d'effroi, à cet étrange souper durant lequel les janissaires nous mangèrent littéralement le cul.

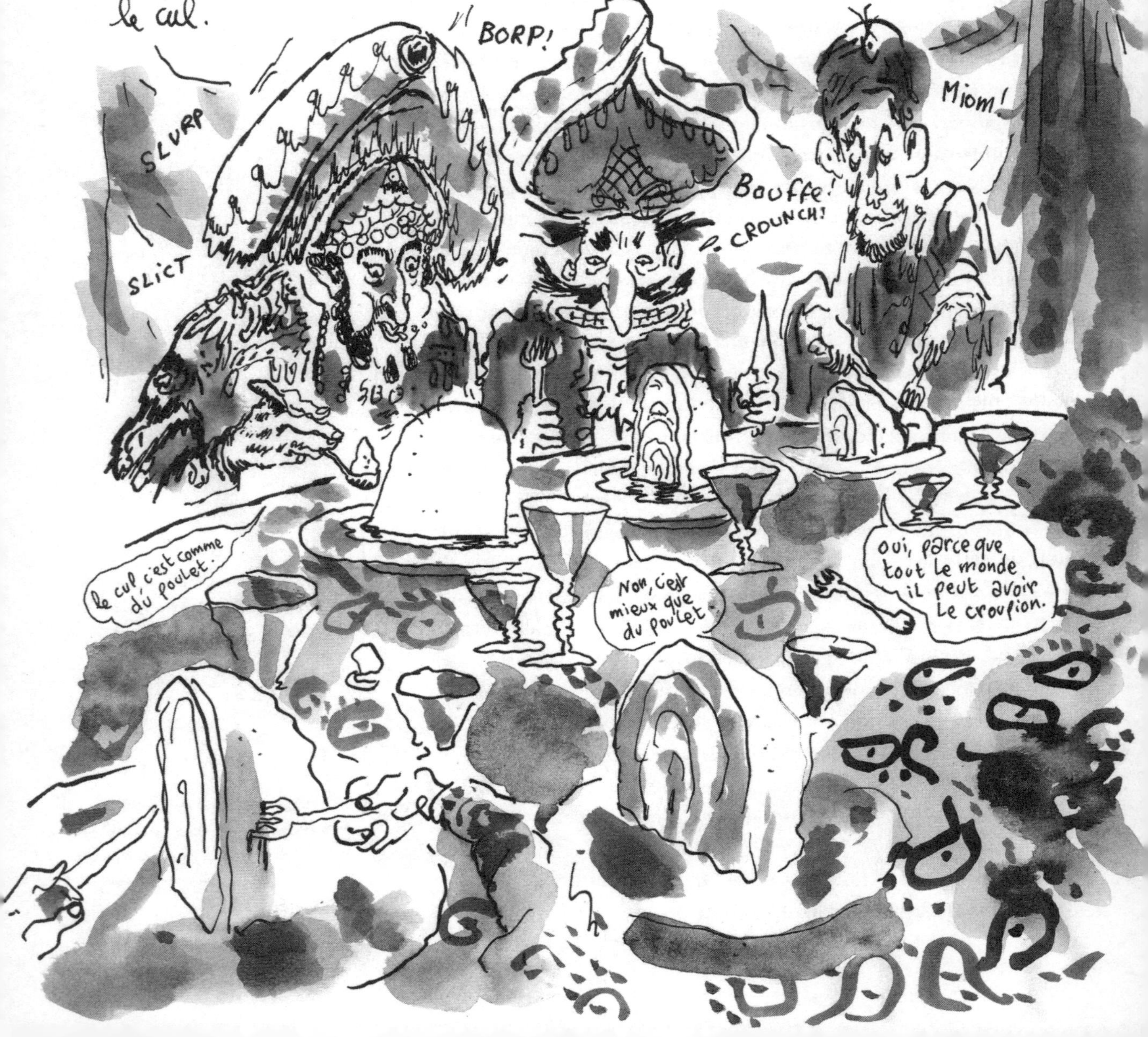

pas tuer tout à fait. “Coupez, dit-il, seulement une fesse à chacune de ces dames, vous ferez très bonne chère ; s’il faut y revenir, vous en aurez encore autant dans quelques jours ; le ciel vous saura gré d’une action si charitable, et vous serez secourus.”

“Il avait beaucoup d’éloquence ; il les persuada. On nous fit cette horrible opération. L’iman nous appliqua le même baume qu’on met aux enfants qu’on vient de circoncire. Nous étions toutes à la mort.

“A peine les janissaires eurent-ils fait le repas que nous leur avions fourni que les Russes arrivent sur des bateaux plats ; il ne réchappa pas un janissaire. Les Russes ne firent aucune attention à l’état où nous étions. Il y a partout des chirurgiens français : un d’eux, qui était fort adroit, prit soin de nous ; il nous guérit, et je me souviendrai toute ma vie que, quand les plaies furent bien fermées, il me fit des propositions. Au reste, il nous dit à toutes de nous consoler ; il nous assura que dans plusieurs sièges pareille chose était arrivée, et que c’était la loi de la guerre.

“Dès que mes compagnes purent marcher, on les fit aller à Moscou. J’échus en partage à un boyard qui me fit sa jardinière, et qui me donnait vingt coups de fouet par jour. Mais ce seigneur ayant été roué au bout de deux ans avec une trentaine de boyards pour quelque tracasserie de cour, je profitai de cette aventure ; je m’enfuis ; je traversai toute la Russie ; je fus longtemps servante de cabaret à Riga, puis à Rostock, à Vismar, à Leipsick, à Cassel, à Utrecht, à Leyde, à La Haye, à Rotterdam : j’ai vieilli dans la misère et dans l’opprobre, n’ayant que la moitié d’un derrière, me souvenant toujours que j’étais fille d’un pape ; je voulus cent fois me tuer, mais j’aimais encore la vie. Cette faiblesse ridicule est peut-être un de nos penchants les plus funestes ; car y a t-il rien de plus sot que de vouloir porter continuellement un fardeau qu’on veut toujours jeter par terre ?

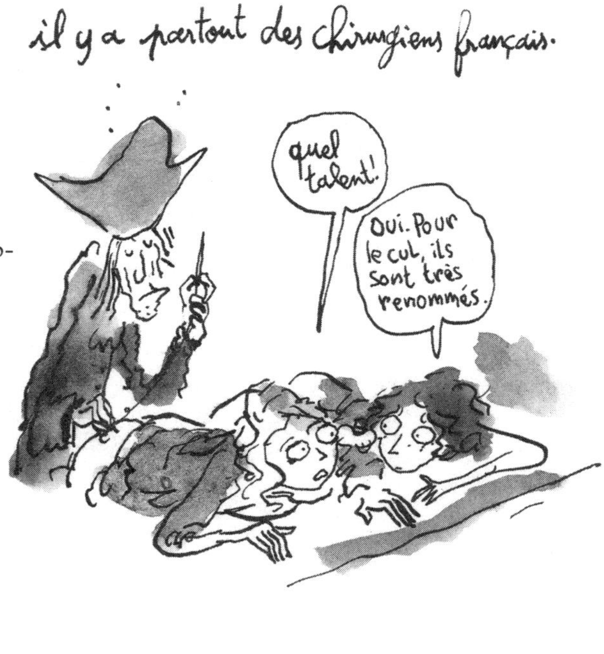

j'ai vieilli dans la misère et dans l'opprobre, n'ayant que la moitié d'un derrière, me souvenant toujours que j'étais fille d'un pape.

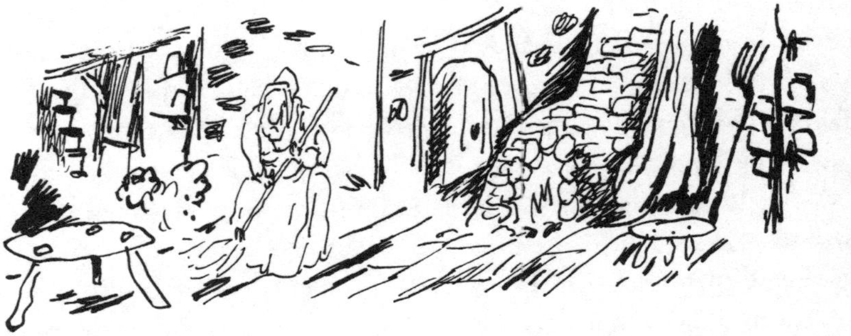

d'avoir son être en horreur, et de tenir à son être ? enfin de caresser le serpent qui nous dévore, jusqu'à ce qu'il nous ait mangé le cœur ?

"J'ai vu dans les pays que le sort m'a fait parcourir, et dans les cabarets où j'ai servi, un nombre prodigieux de personnes qui avaient leur existence en exécration ; mais je n'en ai vu que douze qui aient mis volontairement fin à leur misère : trois nègres, quatre Anglais, quatre Genevois et un professeur allemand nommé Robeck. J'ai fini par être servante chez le Juif don Issacar ; il me mit auprès de vous, ma belle demoiselle ; je me suis attachée à votre destinée, et j'ai été plus occupée de vos aventures que des miennes. Je ne vous aurais même jamais parlé de mes malheurs, si vous ne m'aviez pas un peu piquée, et s'il n'était d'usage dans un vaisseau de conter des histoires pour se désennuyer. Enfin, mademoiselle, j'ai de l'expérience, je connais le monde ; donnez-vous un plaisir, engagez chaque passager à vous conter son histoire ; et s'il s'en trouve un seul qui n'ait souvent maudit sa vie, qui ne se soit souvent dit à lui-même qu'il était le plus malheureux des hommes, jetez-moi dans la mer la tête la première."

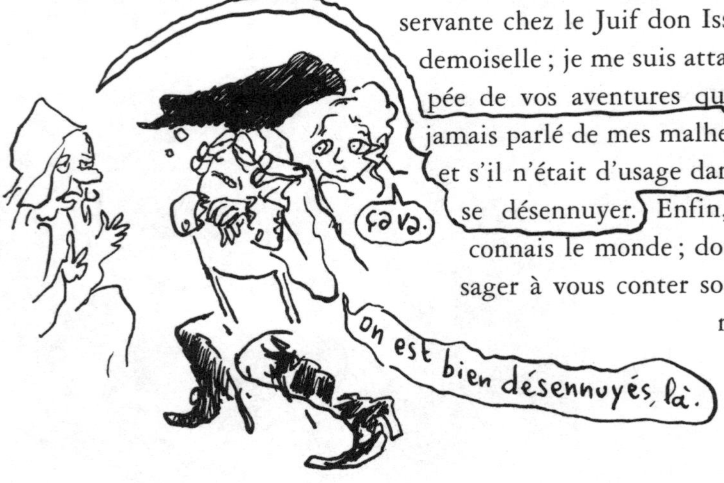

CHAPITRE TREIZIÈME.

COMMENT CANDIDE FUT OBLIGÉ DE SE SÉPARER DE LA BELLE CUNÉGONDE ET DE LA VIEILLE.

La belle Cunégonde, ayant entendu l'histoire de la vieille, lui fit toutes les politesses qu'on devait à une personne de son rang et de son mérite. Elle accepta la proposition ; elle engagea tous les passagers l'un après l'autre à lui conter leurs aventures. Candide et elle avouèrent que la vieille avait raison. “C'est bien dommage, disait Candide, que le sage Pangloss ait été pendu contre la coutume dans un auto-da-fé ; il nous dirait des choses admirables sur le mal physique et sur le mal moral qui couvrent la terre et la mer et je me sentirais assez de force pour oser lui faire respectueusement quelques objections.”

A mesure que chacun racontait son histoire, le vaisseau avançait. On aborda dans Buenos-Ayres. Cunégonde, le capitaine Candide et la vieille allèrent chez le gouverneur Don Fernando d'Ibaraa, y Figueora, y Mascarenes, y Lampourdos, y Souza. Ce seigneur avait une fierté convenable à un homme qui

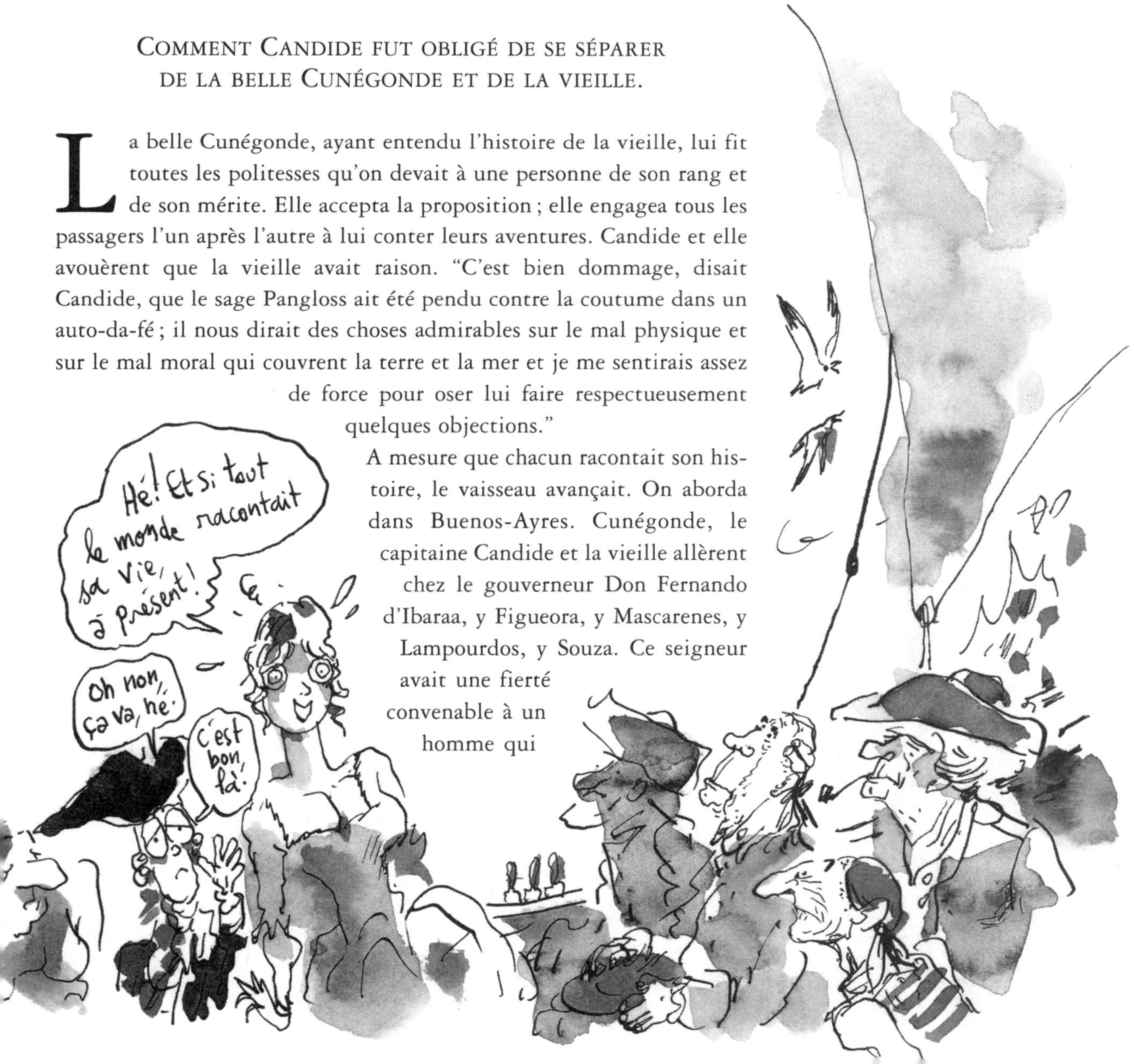

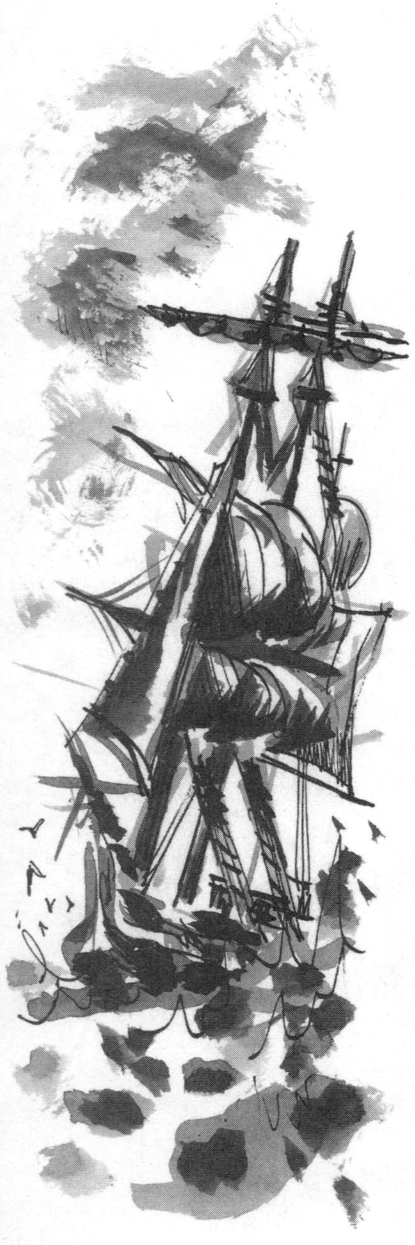

portait tant de noms. Il parlait aux hommes avec le dédain le plus noble, portant le nez si haut, élevant si impitoyablement la voix, prenant un ton si imposant, affectant une démarche si altière, que tous ceux qui le saluaient étaient tentés de le battre. Il aimait les femmes à la fureur. Cunégonde lui parut ce qu'il avait jamais vu de plus beau. La première chose qu'il fit fut de demander si elle n'était point la femme du capitaine. L'air dont il fit cette question alarma Candide : il n'osa pas dire qu'elle était sa femme, parce qu'en effet elle ne l'était point ; il n'osait pas dire que c'était sa sœur, parce qu'elle ne l'était pas non plus ; et quoique ce mensonge officieux eût été autrefois très à la mode chez les anciens, et qu'il pût être utile aux modernes, son âme était trop pure pour trahir la vérité. “Mlle Cunégonde, dit-il, doit me faire l'honneur de m'épouser, et nous supplions Votre Excellence de daigner faire notre noce.”

Don Fernando d'Ibaraa, y Figueora, y Mascarenes, y Lampourdos, y Souza, relevant sa moustache, sourit amèrement, et ordonna au capitaine Candide d'aller faire la revue de sa compagnie. Candide obéit ; le gouverneur demeura avec Mlle Cunégonde. Il lui déclara sa passion, lui protesta que le lendemain il l'épouserait à la face de l'Eglise, ou autrement, ainsi qu'il plairait à ses charmes. Cunégonde lui demanda un quart d'heure pour se recueillir, pour consulter la vieille et pour se déterminer.

La vieille dit à Cunégonde : “Mademoiselle, vous avez soixante et douze quartiers, et pas une obole ; il ne tient qu'à vous d'être la femme du plus grand seigneur de l'Amérique méridionale, qui a une très belle moustache ; est-ce à vous de vous piquer d'une fidélité à toute épreuve ? Vous avez été violée par les Bulgares ; un Juif et un inquisiteur ont eu vos bonnes grâces : les malheurs donnent des droits. J'avoue que, si j'étais à votre place, je ne ferais aucun scrupule d'épouser monsieur le gouverneur et de faire la fortune de M. le capitaine Candide.” Tandis que la vieille parlait avec toute la prudence que l'âge et l'expérience donnent, on vit entrer dans le port un petit vaisseau ; il portait un alcade et des alguazils, et voici ce qui était arrivé.

La vieille avait très bien deviné que ce fut un cordelier à la grande manche qui vola l'argent et les bijoux de Cunégonde dans la ville de Badajoz, lorsqu'elle fuyait en hâte avec Candide. Ce moine voulut vendre quelques-unes des pierreries à un joaillier. Le marchand les reconnut pour celles du grand inquisiteur. Le cordelier, avant d'être pendu, avoua qu'il les avait volées ; il indiqua les personnes et la route qu'elles prenaient. La fuite de Cunégonde et de Candide était déjà connue. On les suivit à Cadix ; on envoya sans perdre temps un vaisseau à leur poursuite. Le vaisseau était déjà dans le port de Buenos-Ayres. Le bruit se répandit qu'un alcade allait débarquer, et qu'on poursuivait les meurtriers de monseigneur le grand inquisiteur. La prudente vieille vit dans l'instant tout ce qui était à faire. “Vous ne pouvez fuir, dit-elle à Cunégonde, et vous n'avez rien à craindre ; ce n'est pas vous qui avez tué monseigneur ; et d'ailleurs le gouverneur, qui vous aime, ne souffrira pas qu'on vous maltraite ; demeurez.” Elle court sur-le-champ à Candide : “Fuyez, dit-elle, ou dans une heure vous allez être brûlé.” Il n'y avait pas un moment à perdre ; mais comment se séparer de Cunégonde, et où se réfugier ?

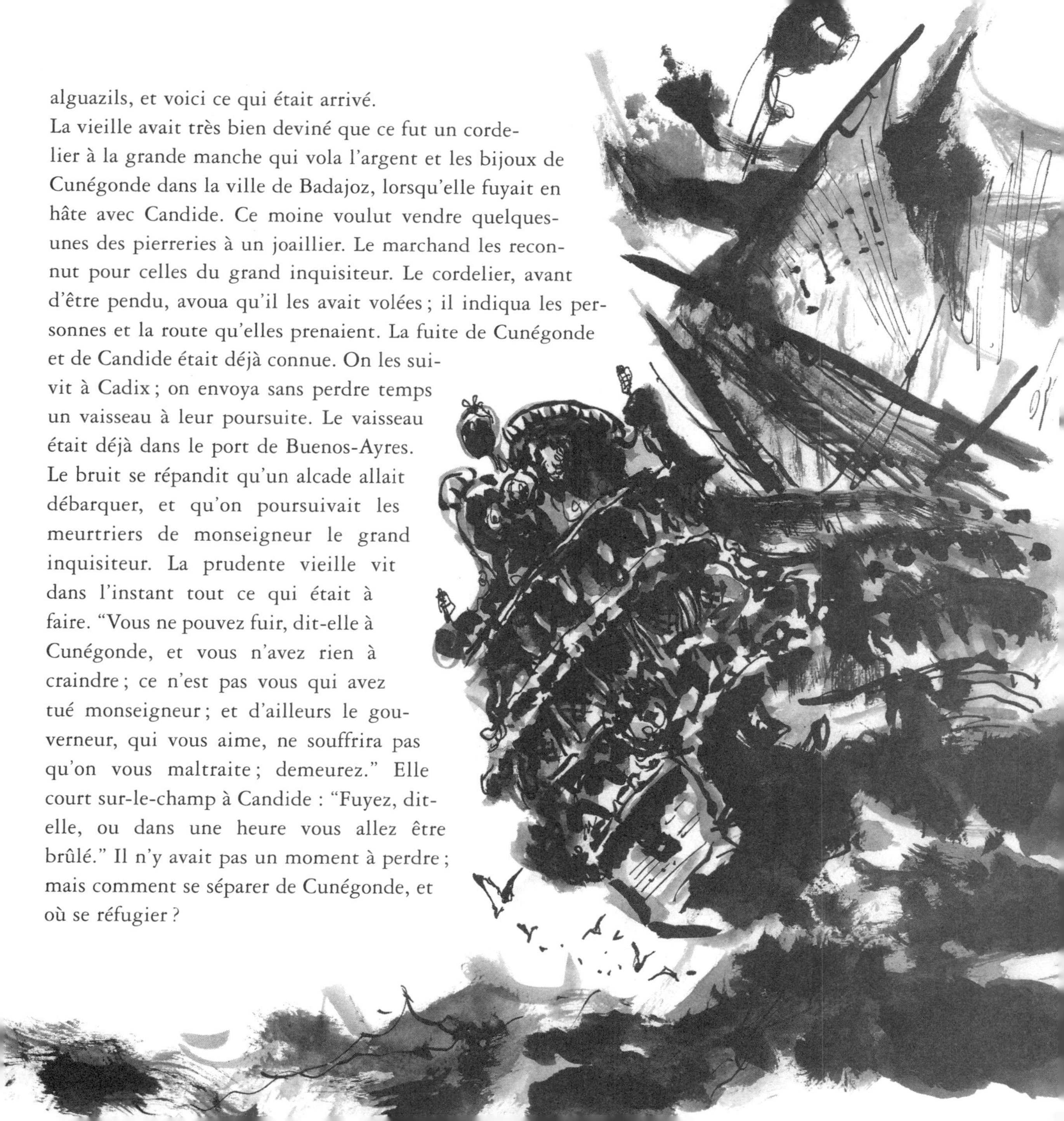

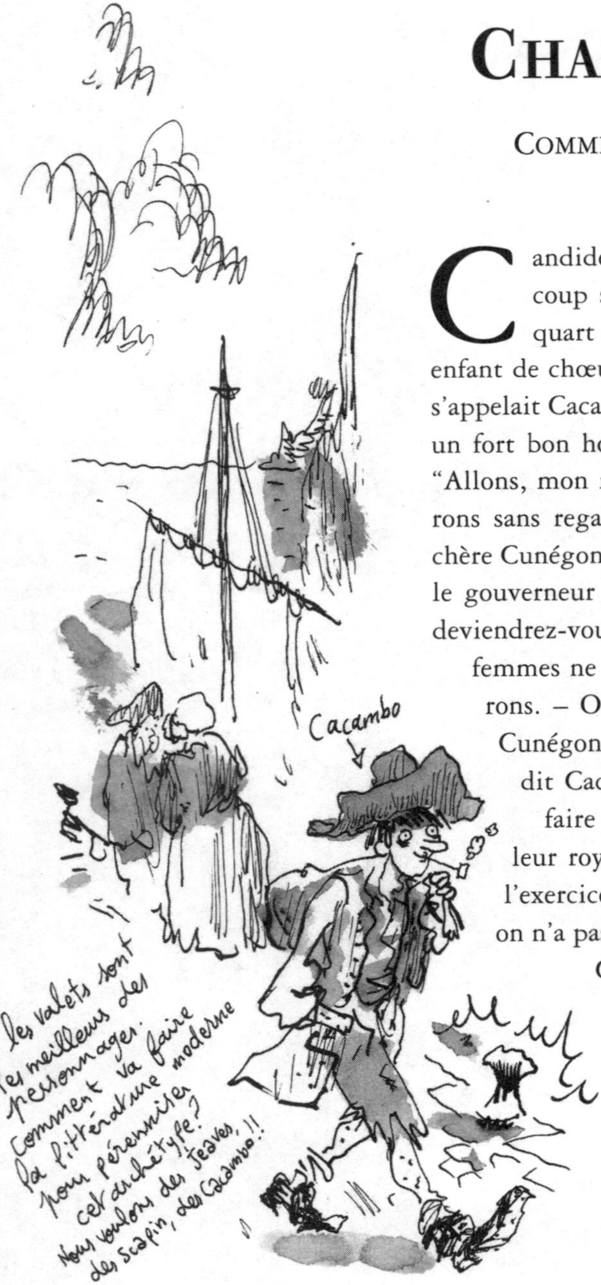

CHAPITRE QUATORZIÈME.

COMMENT CANDIDE ET CACAMBO FURENT REÇUS CHEZ LES JÉSUITES DU PARAGUAY.

Candide avait amené de Cadix un valet tel qu'on en trouve beaucoup sur les côtes d'Espagne et dans les colonies. C'était un quart d'Espagnol, né d'un métis dans le Tucuman ; il avait été enfant de chœur, sacristain, matelot, moine, facteur, soldat, laquais. Il s'appelait Cacambo, et aimait fort son maître parce que son maître était un fort bon homme. Il sella au plus vite les deux chevaux andalous. "Allons, mon maître, suivons le conseil de la vieille ; partons, et courons sans regarder derrière nous." Candide versa des larmes. "O ma chère Cunégonde ! faut-il vous abandonner dans le temps que monsieur le gouverneur va faire nos noces ! Cunégonde amenée de si loin, que deviendrez-vous ? – Elle deviendra ce qu'elle pourra, dit Cacambo ; les femmes ne sont jamais embarrassées d'elles ; Dieu y pourvoit ; courons. – Où me mènes-tu ? où allons-nous ? que ferons-nous sans Cunégonde ? disait Candide. – Par saint Jacques de Compostelle, dit Cacambo, vous alliez faire la guerre aux jésuites ; allons la faire pour eux : je sais assez les chemins, je vous mènerai dans leur royaume, ils seront charmés d'avoir un capitaine qui fasse l'exercice à la bulgare ; vous ferez une fortune prodigieuse ; quand on n'a pas son compte dans un monde, on le trouve dans un autre. C'est un très grand plaisir de voir et de faire des choses nouvelles.

– Tu as donc été déjà dans le Paraguay ? dit Candide. – Eh vraiment oui ! dit Cacambo ; j'ai été cuistre dans le collège de l'Assomption, et je connais le gouvernement de Los Padres comme je connais les rues de Cadix. C'est une chose admirable que ce gouvernement. Le royaume a déjà plus de trois cents lieues de diamètre ; il est divisé en trente provinces. Los Padres y ont tout, et les peuples rien ; c'est le chef-d'œuvre de la raison et de la justice. Pour moi, je ne vois rien de si divin que Los Padres, qui font ici la guerre au roi d'Espagne et au roi de Portugal, et qui en Europe confessent ces rois ; qui tuent ici des Espagnols, et qui à Madrid les envoient au ciel : cela me ravit ; avançons ; vous allez être le plus heureux de tous les hommes. Quel plaisir auront Los Padres quand ils sauront qu'il leur vient un capitaine qui sait l'exercice bulgare !"

Dès qu'ils furent arrivés à la première barrière, Cacambo dit à la garde avancée qu'un capitaine demandait à parler à monseigneur le commandant. On alla avertir la grande garde. Un officier paraguain courut aux pieds du commandant lui donner part de la nouvelle. Candide et Cacambo furent d'abord désarmés ; on se saisit de leurs deux chevaux andalous. Les deux étrangers sont introduits au milieu de deux files de soldats ; le commandant était au bout, le bonnet à trois cornes en tête, la robe retroussée, l'épée au côté, l'esponton à la main. Il fit un signe ; aussitôt vingt-quatre soldats entourent les deux nouveaux venus. Un sergent leur dit qu'il faut attendre, que le commandant ne peut leur parler, que le révérend père provincial ne permet pas qu'aucun Espagnol ouvre la bouche qu'en sa présence, et demeure plus de trois heures dans le pays. "Et où est le révérend père provincial ? dit Cacambo. – Il est à la parade après avoir dit sa messe, répondit le sergent ; et vous ne pourrez baiser ses éperons que dans trois heures. – Mais, dit Cacambo, monsieur le capitaine, qui meurt de faim comme moi, n'est point espagnol, il est allemand ; ne pourrions-nous point déjeuner en attendant Sa Révérence ?"

Le sergent alla sur-le-champ rendre compte de ce discours au commandant. "Dieu soit béni ! dit ce seigneur ; puisqu'il est allemand, je peux lui parler ; qu'on le mène dans ma feuillée." Aussitôt on conduit Candide dans un cabinet de verdure orné d'une très jolie colonnade de marbre vert et or, et de treillages qui renfermaient des

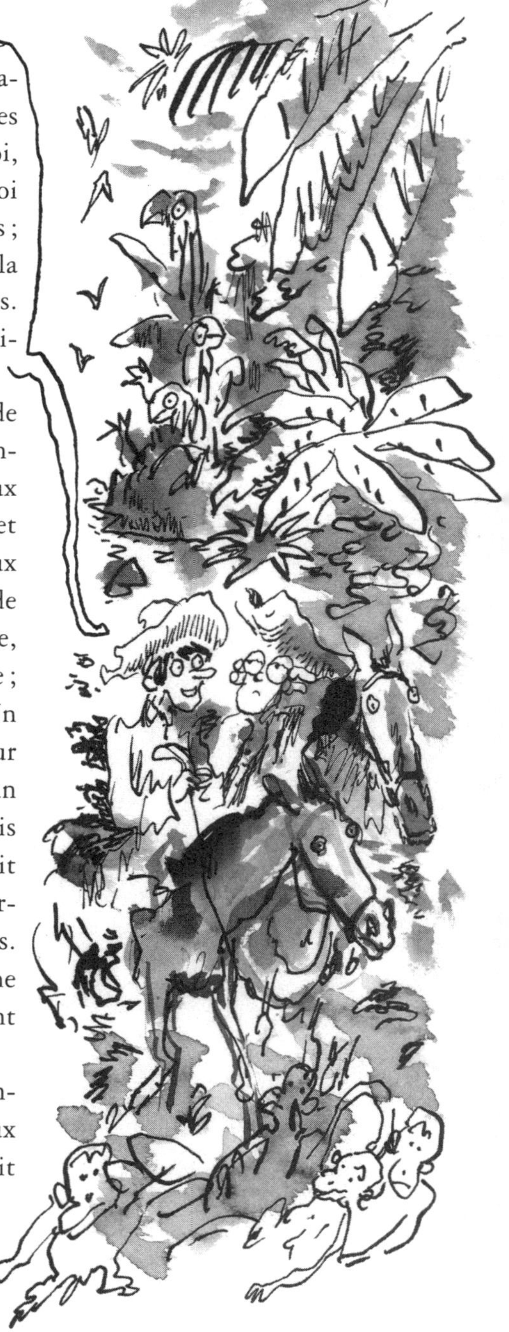

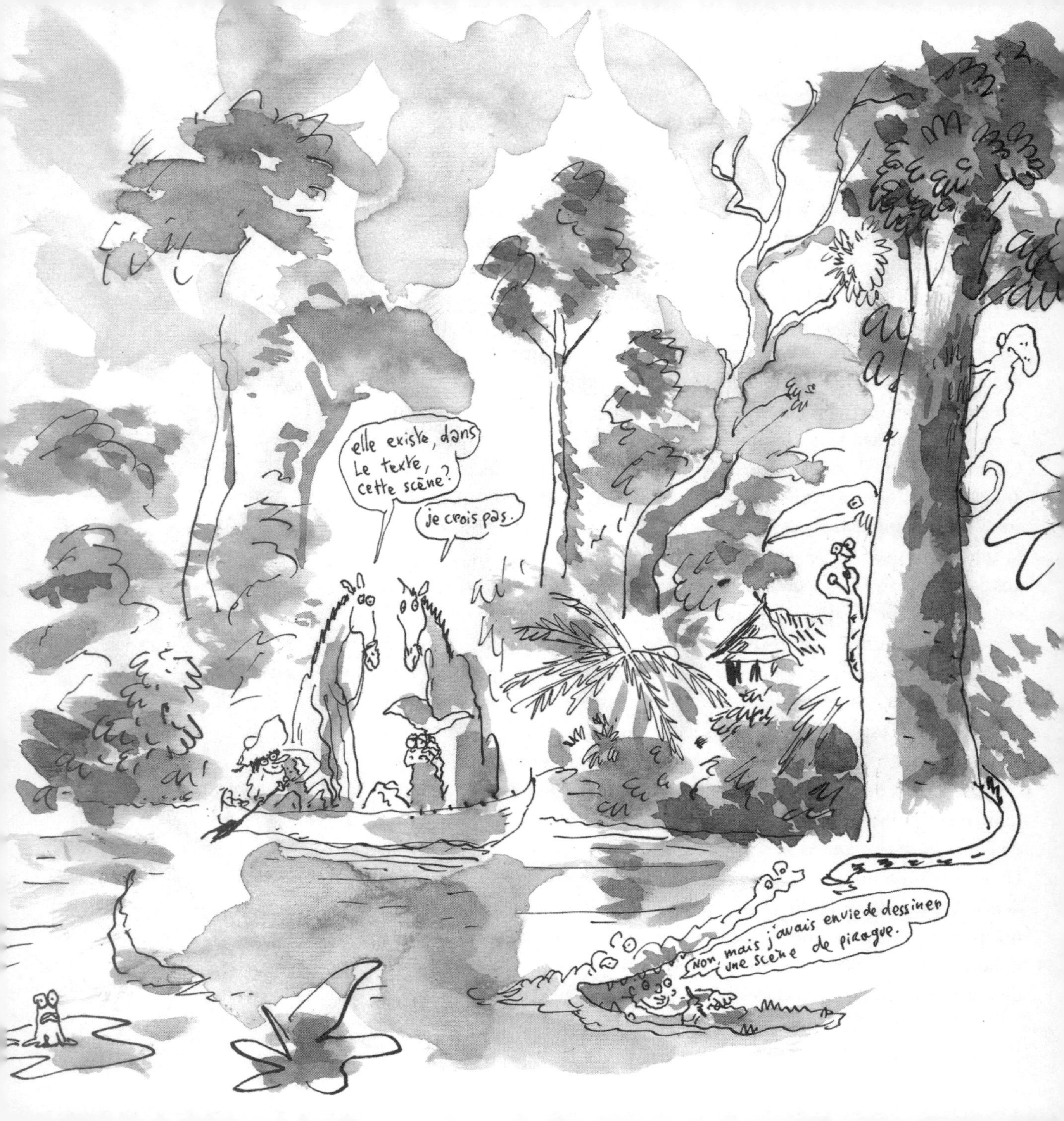
elle existe, dans le texte, cette scène?
je crois pas.
Non mais j'avais envie de dessiner une scène de pirogue.

perroquets, des colibris, des oiseaux-mouches, des pintades, et tous les oiseaux les plus rares. Un excellent déjeuner était préparé dans des vases d'or ; et tandis que les Paraguains mangèrent du maïs dans des écuelles de bois, en plein champ, à l'ardeur du soleil, le révérend père commandant entra dans la feuillée.

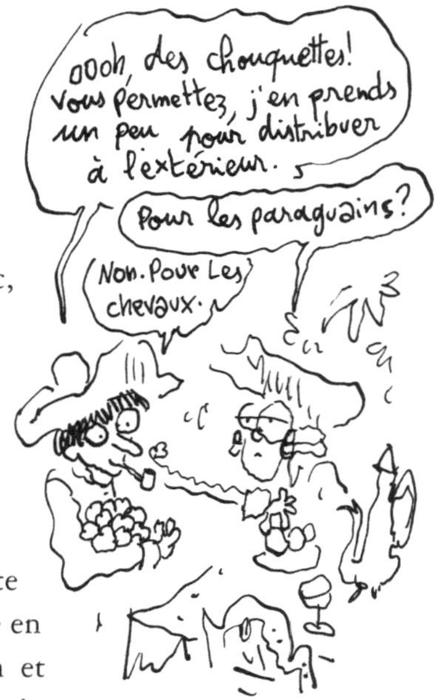

C'était un très beau jeune homme, le visage plein, assez blanc, haut en couleur, le sourcil relevé, l'œil vif, l'oreille rouge, les lèvres vermeilles, l'air fier, mais d'une fierté qui n'était ni celle d'un Espagnol ni celle d'un jésuite. On rendit à Candide et à Cacambo leurs armes, qu'on leur avait saisies, ainsi que les deux chevaux andalous ; Cacambo leur fit manger l'avoine auprès de la feuillée, ayant toujours l'œil sur eux, crainte de surprise. Candide baisa d'abord le bas de la robe du commandant, ensuite ils se mirent à table. "Vous êtes donc allemand ? lui dit le jésuite en cette langue. – Oui, mon Révérend Père", dit Candide. L'un et l'autre, en prononçant ces paroles, se regardaient avec une extrême surprise et une émotion dont ils n'étaient pas les maîtres. "Et de quel pays d'Allemagne êtes-vous ? dit le jésuite. – De la sale province de Westphalie, dit Candide : je suis né dans le château de Thunder-ten-tronckh. – O ciel ! est il possible ? s'écria le commandant. – Quel miracle ! s'écria Candide. – Serait-ce vous ? dit le commandant. – Cela n'est pas possible", dit Candide. Ils se laissent tomber tous deux à la renverse, ils s'embrassent, ils versent des ruisseaux de larmes. "Quoi ! serait-ce vous, mon Révérend Père ? vous, le frère de la belle Cunégonde ! vous, qui fûtes tué par les Bulgares ! vous, le fils de monsieur le baron ! vous, jésuite au Paraguay ! Il faut avouer que ce monde est une étrange chose. O Pangloss ! Pangloss ! que vous seriez aise si vous n'aviez pas été pendu !"

Le commandant fit retirer les esclaves nègres et les Paraguains qui servaient à boire dans des gobelets de cristal de roche. Il remercia Dieu et saint Ignace mille fois ; il serrait Candide entre ses bras ; leurs visages étaient baignés de pleurs. “Vous seriez bien plus étonné, plus attendri, plus hors de vous-même, dit Candide, si je vous disais que Mlle Cunégonde, votre sœur, que vous avez crue éventrée, est pleine de santé. – Où ? – Dans votre voisinage, chez M. le gouverneur de Buenos-Ayres ; et je venais pour vous faire la guerre.” Chaque mot qu'ils prononcèrent dans cette longue conversation accumulait prodige sur prodige. Leur âme tout entière volait sur leur langue, était attentive dans leurs oreilles et étincelante dans leurs yeux. Comme ils étaient allemands, ils tinrent table longtemps, en attendant le révérend père provincial ; et le commandant parla ainsi à son cher Candide.

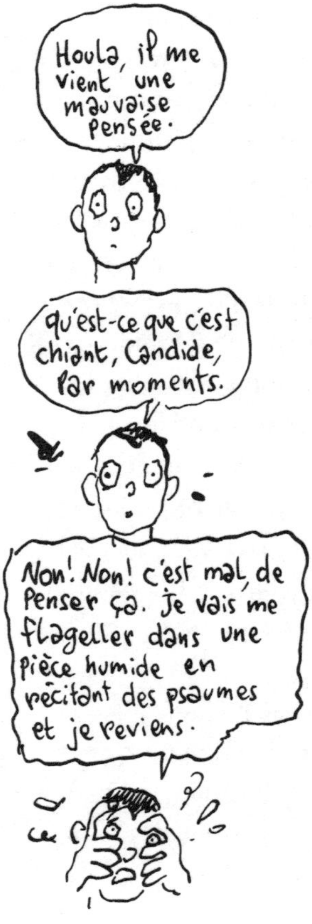

CHAPITRE QUINZIÈME.

COMMENT CANDIDE TUA LE FRÈRE DE SA CHÈRE CUNÉGONDE.

“J’aurai toute ma vie présent à la mémoire le jour horrible où je vis tuer mon père et ma mère, et violer ma sœur. Quand les Bulgares furent retirés, on ne trouva point cette sœur adorable, et on mit dans une charrette ma mère, mon père et moi, deux servantes et trois petits garçons égorgés, pour nous aller enterrer dans une chapelle de jésuites, à deux lieues du château de mes pères. Un jésuite nous jeta de l’eau bénite ; elle était horriblement salée ; il en entra quelques gouttes dans mes yeux ; le père s’aperçut que ma paupière faisait un petit mouvement : il mit la main sur mon cœur et le sentit palpiter ; je fus secouru, et, au bout de trois semaines, il n’y paraissait pas. Vous savez, mon cher Candide, que j’étais fort joli, je le devins encore davantage ; aussi le révérend père Croust, supérieur de la maison, prit pour moi la plus tendre amitié ; il me donna l’habit de novice ; quelque temps après je fus envoyé à Rome. Le père général avait besoin d’une recrue de jeunes jésuites allemands. Les souverains du Paraguay reçoivent le moins qu’ils peuvent de jésuites espagnols ; ils aiment mieux les étrangers, dont ils se croient plus maîtres. Je fus jugé propre par le révérend père général pour aller travailler dans cette vigne. Nous partîmes, un Polonais, un Tyrolien et moi. Je fus honoré, en arrivant, du sous-diaconat et d’une lieutenance ; je suis aujourd’hui colonel et prêtre. Nous recevrons vigoureusement les troupes du roi d’Espagne ; je vous réponds qu’elles seront excommuniées et battues. La Providence vous envoie ici pour nous seconder. Mais est-il bien vrai que ma chère sœur Cunégonde soit dans le voisinage, chez le gouverneur de Buenos-Ayres ?” Candide l’assura par serment que rien n’était plus vrai. Leurs larmes recommencèrent à couler.

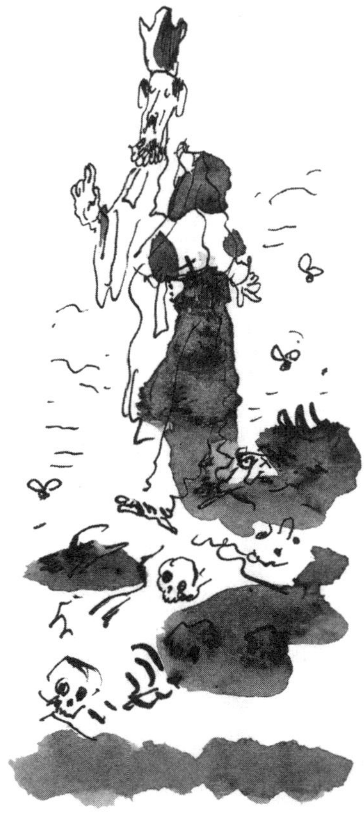

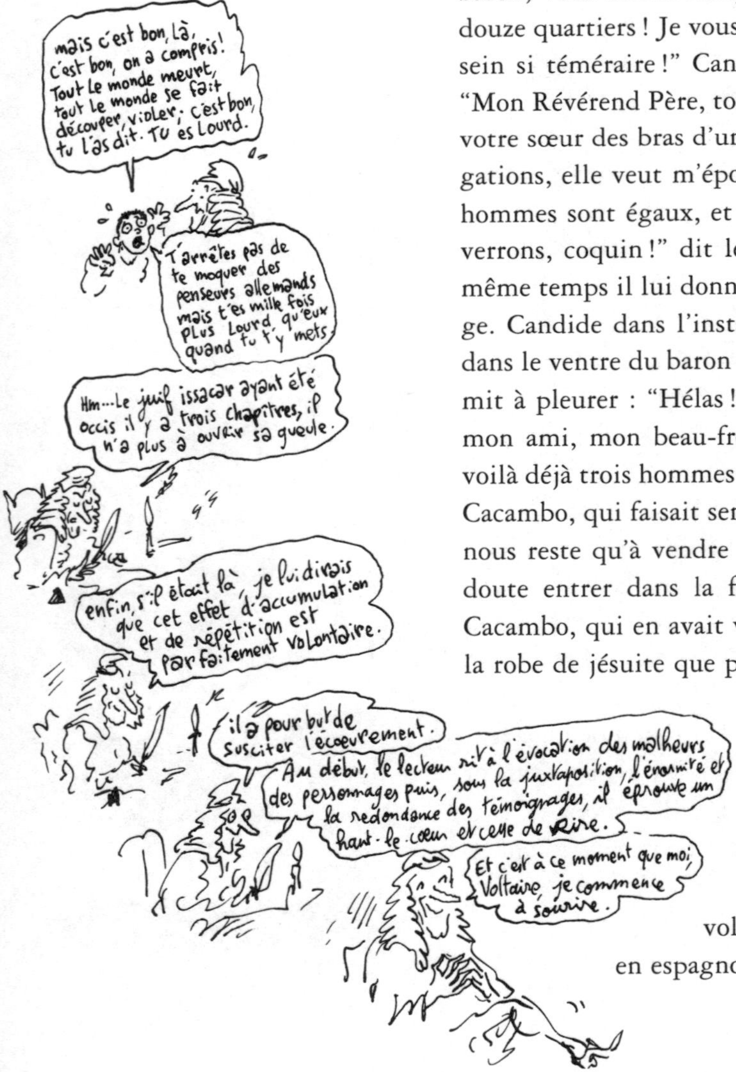

Le baron ne pouvait se lasser d'embrasser Candide, il l'appelait son frère, son sauveur. "Ah ! peut-être, lui dit-il, nous pourrons ensemble, mon cher Candide, entrer en vainqueurs dans la ville, et reprendre ma sœur Cunégonde. – C'est tout ce que je souhaite, dit Candide ; car je comptais l'épouser, et je l'espère encore. – Vous, insolent ! répondit le baron, vous auriez l'impudence d'épouser ma sœur qui a soixante et douze quartiers ! Je vous trouve bien effronté d'oser me parler d'un dessein si téméraire !" Candide, pétrifié d'un tel discours, lui répondit : "Mon Révérend Père, tous les quartiers du monde n'y font rien ; j'ai tiré votre sœur des bras d'un Juif et d'un inquisiteur ; elle m'a assez d'obligations, elle veut m'épouser. Maître Pangloss m'a toujours dit que les hommes sont égaux, et assurément je l'épouserai. – C'est ce que nous verrons, coquin !" dit le jésuite baron de Thunder-ten-tronckh, et en même temps il lui donna un grand coup du plat de son épée sur le visage. Candide dans l'instant tire la sienne et l'enfonce jusqu'à la garde dans le ventre du baron jésuite ; mais, en la retirant toute fumante, il se mit à pleurer : "Hélas ! mon Dieu, dit-il, j'ai tué mon ancien maître, mon ami, mon beau-frère ; je suis le meilleur homme du monde, et voilà déjà trois hommes que je tue ; et dans ces trois il y a deux prêtres." Cacambo, qui faisait sentinelle à la porte de la feuillée, accourut. "Il ne nous reste qu'à vendre cher notre vie, lui dit son maître : on va sans doute entrer dans la feuillée, il faut mourir les armes à la main." Cacambo, qui en avait vu bien d'autres, ne perdit point la tête ; il prit la robe de jésuite que portait le baron, la mit sur le corps de Candide, lui donna le bonnet carré du mort, et le fit monter à cheval. Tout cela se fit en un clin d'œil. "Galopons, mon maître ; tout le monde vous prendra pour un jésuite qui va donner des ordres ; et nous aurons passé les frontières avant qu'on puisse courir après nous." Il volait déjà en prononçant ces paroles, et en criant en espagnol : "Place, place pour le révérend père colonel."

Cette lecture me fait un effet de télévision : les scènes s'entrechoquent à un rythme effréné : à peine une horreur évoquée, on passe à une autre, comme si on changeait de chaîne toutes les vingt lignes, tel le spectateur moderne incapable de fixer son attention. Comme si on regardait alternativement des reportages de guerre et des dessins animés de Tom et Jerry et que tout ça, par effet cinétique, finissait par se confondre en une bouillie dont on ne sait si elle est drôle ou pas, dont on ignore si elle relève du réel ou de la fable.

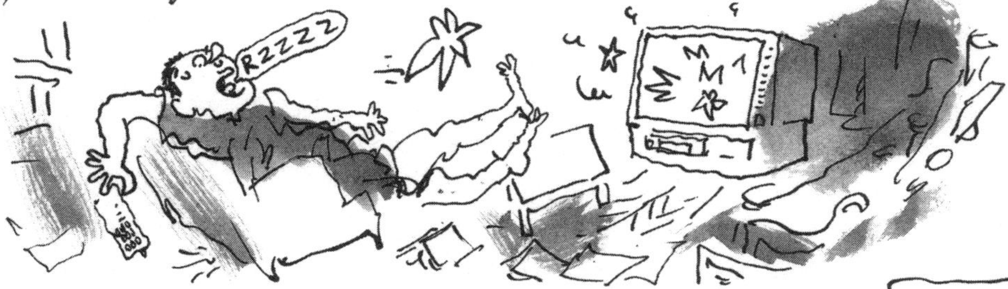

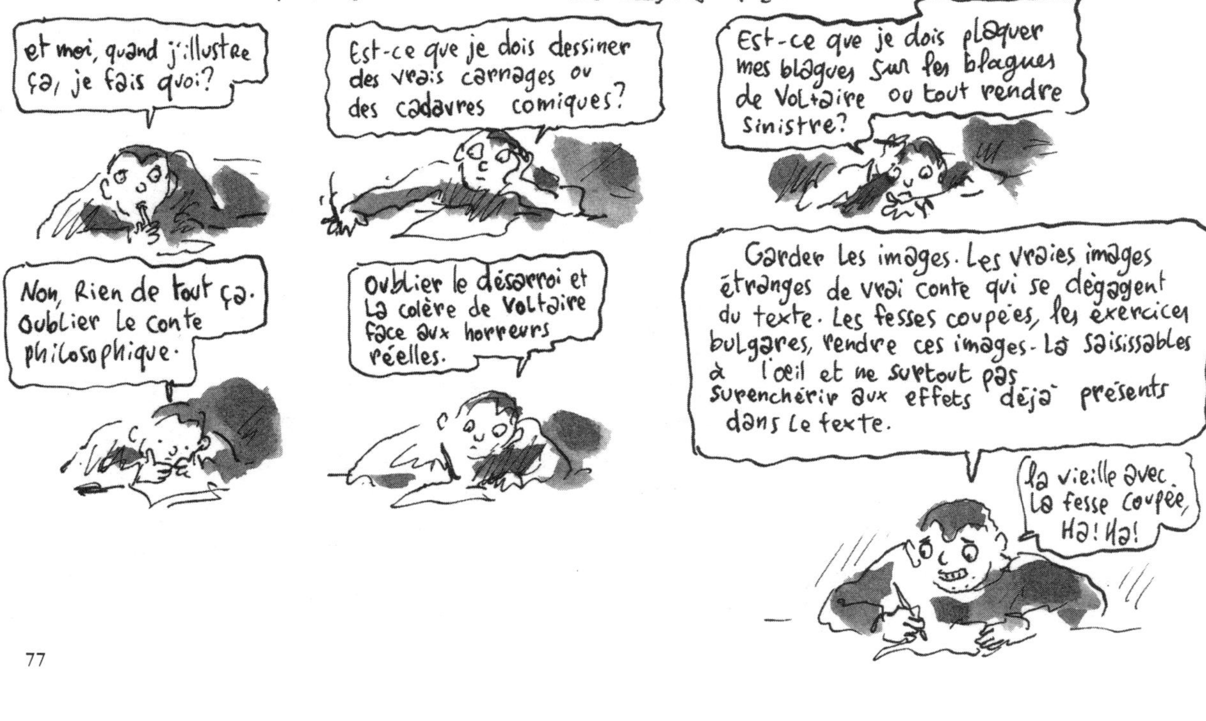

Chapitre seizième.

Ce qui advint aux deux voyageurs avec deux filles, deux singes et les sauvages nommés Oreillons.

Candide et son valet furent au-delà des barrières, et personne ne savait encore dans le camp la mort du jésuite allemand. Le vigilant Cacambo avait eu soin de remplir sa valise de pain, de chocolat, de jambon, de fruits et de quelques mesures de vin. Ils s'enfoncèrent avec leurs chevaux andalous dans un pays inconnu, où ils ne découvrirent aucune route. Enfin une belle prairie entrecoupée de ruisseaux se présenta devant eux. Nos deux voyageurs font repaître leurs montures. Cacambo propose à son maître de manger, et lui en donne l'exemple. "Comment veux-tu, disait Candide, que je mange du jambon, quand j'ai tué le fils de monsieur le baron, et que je me vois condamné à ne revoir la belle Cunégonde de ma vie ? à quoi me servira de prolonger mes misérables jours, puisque je dois les traîner loin d'elle dans les remords et dans le désespoir ? et que dira le journal de Trévoux ?"

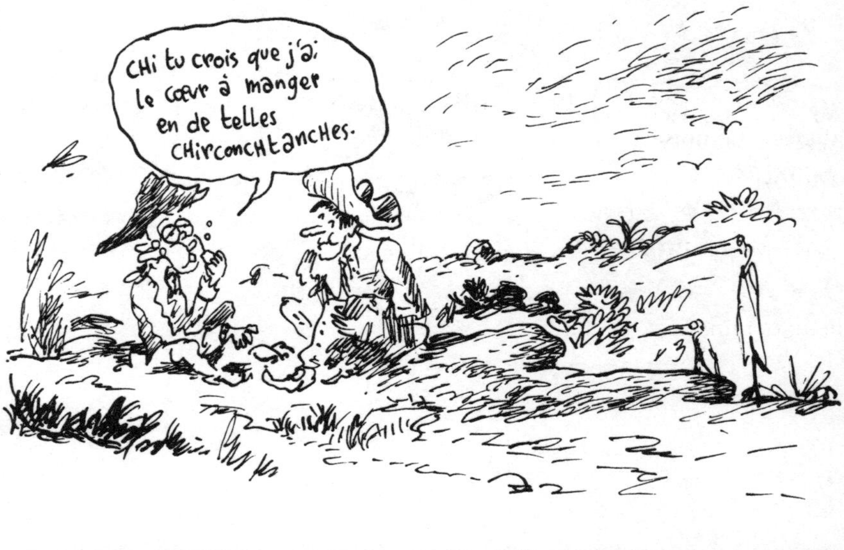

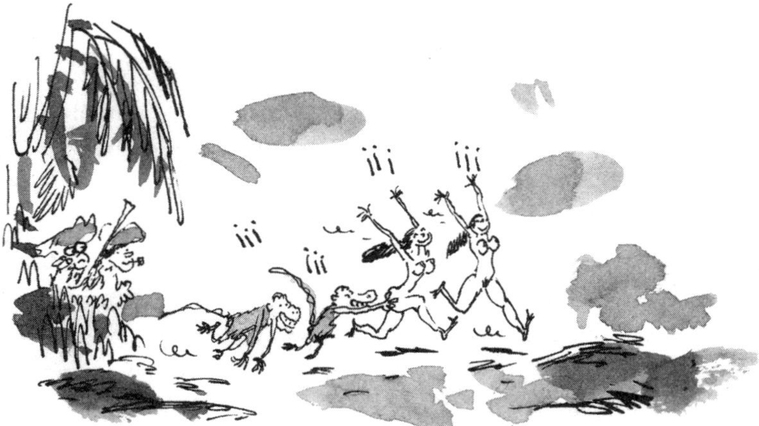

L'idée qu'on se faisait de la vie sauvage au siècle de Voltaire... il n'est pas absolument certain que de tels archétypes, de telles associations d'idées, aient disparu. Le noir, le singe, l'animalité, la nature : je crois que la conscience occidentale range toujours ça dans le même tiroir : celui de la peur et du fantasme.

En parlant ainsi, il ne laissait pas de manger. Le soleil se couchait. Les deux égarés entendirent quelques petits cris qui paraissaient poussés par des femmes. Ils ne savaient si ces cris étaient de douleur ou de joie ; mais ils se levèrent précipitamment avec cette inquiétude et cette alarme que tout inspire dans un pays inconnu. Ces clameurs partaient de deux filles toutes nues qui couraient légèrement au bord de la prairie, tandis que deux singes les suivaient en leur mordant les fesses. Candide fut touché de pitié ; il avait appris à tirer chez les Bulgares, et il aurait abattu une noisette dans un buisson sans toucher aux feuilles. Il prend son fusil espagnol à deux coups, tire, et tue les deux singes. "Dieu soit loué, mon cher Cacambo ! j'ai délivré d'un grand péril ces deux pauvres créatures ; si j'ai commis un péché en tuant un inquisiteur et un jésuite, je l'ai bien réparé en sauvant la vie à deux filles. Ce sont peut-être deux demoiselles de condition, et cette aventure nous peut procurer de très grands avantages dans le pays."
Il allait continuer, mais sa langue devint percluse quand il vit ces deux

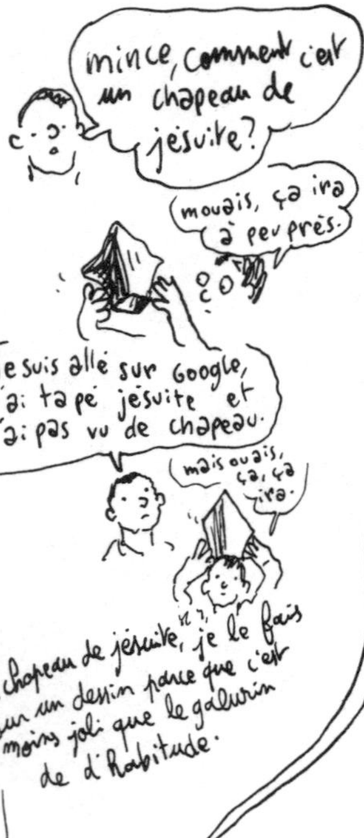

filles embrasser tendrement les deux singes, fondre en larmes sur leurs corps et remplir l'air des cris les plus douloureux. "Je ne m'attendais pas à tant de bonté d'âme", dit-il enfin à Cacambo ; lequel lui répliqua : "Vous avez fait là un beau chef-d'œuvre, mon maître ; vous avez tué les deux amants de ces demoiselles. – Leurs amants ! serait-il possible ? vous vous moquez de moi, Cacambo ; le moyen de vous croire ? – Mon cher maître, reprit Cacambo, vous êtes toujours étonné de tout ; pourquoi trouvez-vous si étrange que dans quelques pays il y ait des singes qui obtiennent les bonnes grâces des dames ? Ils sont des quarts d'hommes, comme je suis un quart d'Espagnol. – Hélas ! reprit Candide, je me souviens d'avoir entendu dire à maître Pangloss qu'autrefois pareils accidents étaient arrivés, et que ces mélanges avaient produit des égipans, des faunes, des satyres ; que plusieurs grands personnages de l'antiquité en avaient vu ; mais je prenais cela pour des fables. – Vous devez être convaincu à présent, dit Cacambo, que c'est une vérité, et vous voyez comment en usent les personnes qui n'ont pas reçu une certaine éducation ; tout ce que je crains, c'est que ces dames ne nous fassent quelque méchante affaire."

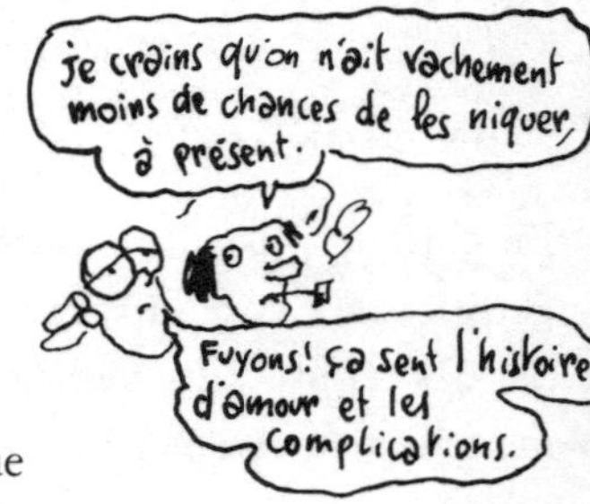

Ces réflexions solides engagèrent Candide à quitter la prairie et à s'enfoncer dans un bois. Il y soupa avec Cacambo ; et tous deux, après avoir maudit l'inquisiteur de Portugal, le gouverneur de Buenos-Ayres et le baron, s'endormirent sur de la mousse. A leur réveil, ils sentirent qu'ils ne pouvaient remuer ; la raison en était que pendant la nuit les Oreillons,

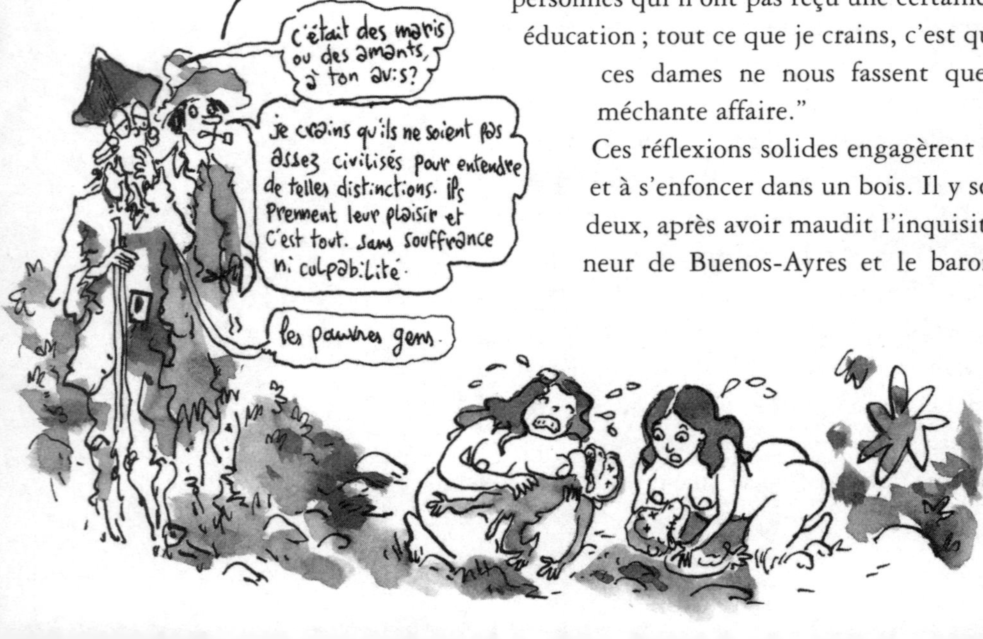

habitants du pays, à qui les deux dames les avaient dénoncés, les avaient garrottés avec des cordes d'écorce d'arbre. Ils étaient entourés d'une cinquantaine d'Oreillons tout nus, armés de flèches, de massues et de haches de caillou : les uns faisaient bouillir une grande chaudière ; les autres préparaient des broches, et tous criaient : "C'est un jésuite, c'est un jésuite ! nous serons vengés, et nous ferons bonne chère ; mangeons du jésuite, mangeons du jésuite !"
"Je vous l'avais bien dit, mon cher maître, s'écria tristement Cacambo, que ces deux filles nous joueraient d'un mauvais tour." Candide, apercevant la chaudière et les broches, s'écria : "Nous allons certainement être rôtis ou bouillis. Ah ! que dirait maître Pangloss, s'il voyait comme la pure nature est faite ? Tout est bien ; soit, mais j'avoue qu'il est bien cruel d'avoir perdu Mlle Cunégonde et d'être mis à la broche par des Oreillons" Cacambo ne perdait jamais la tête. "Ne désespérez de rien,

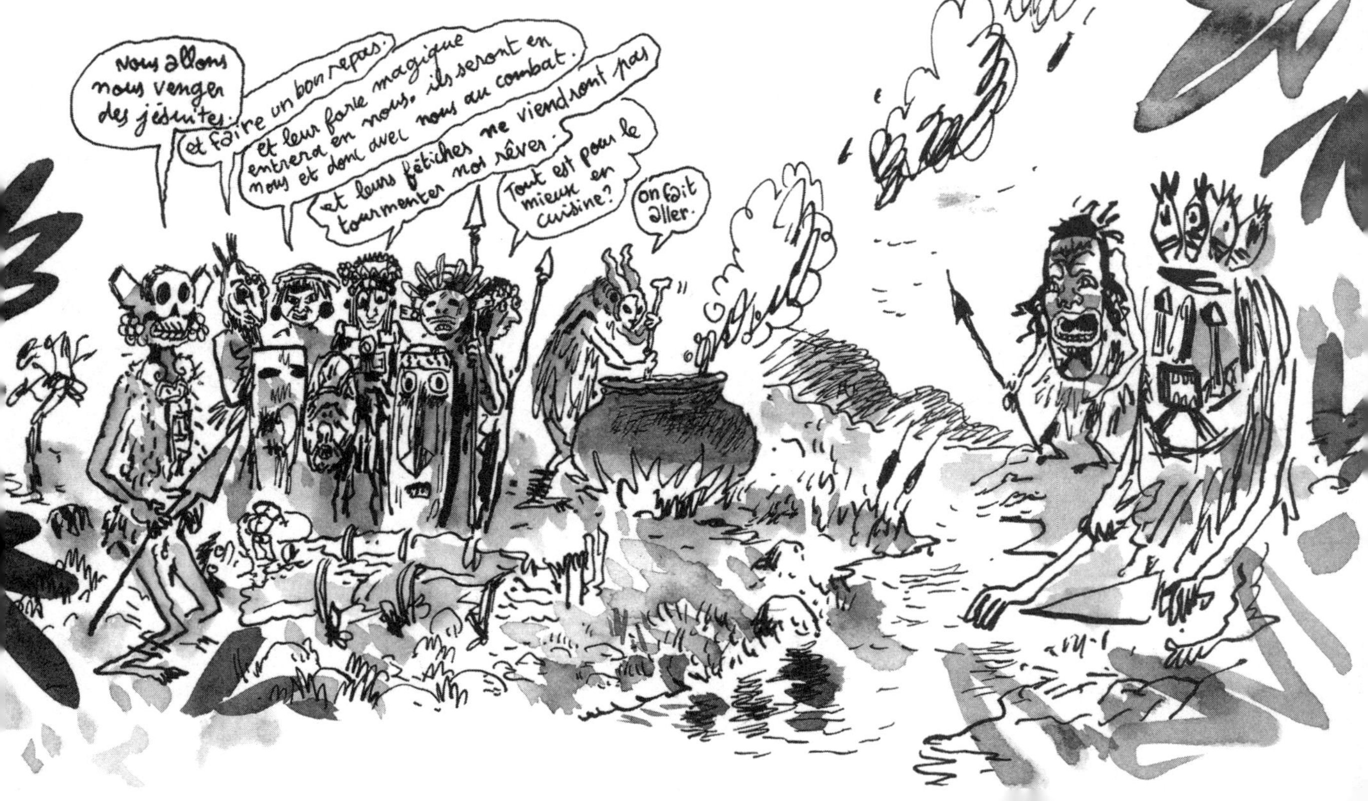

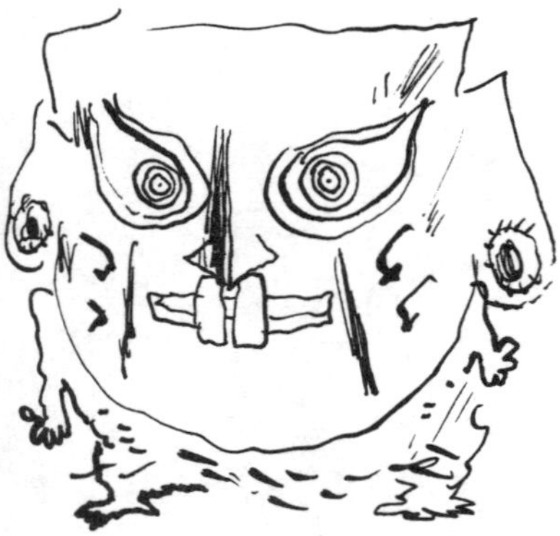

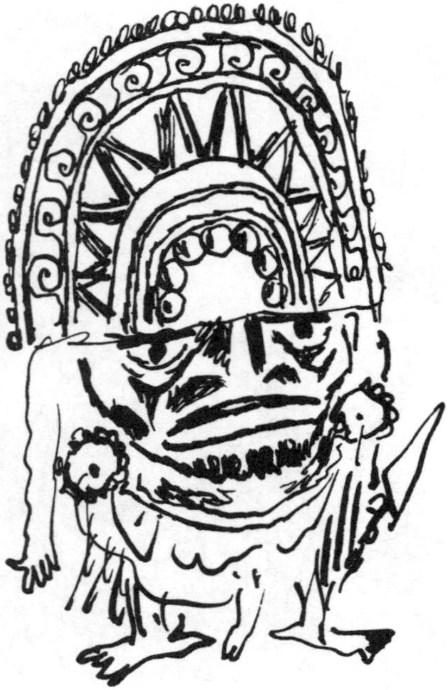

dit-il au désolé Candide ; j'entends un peu le jargon de ces peuples, je vais leur parler. – Ne manquez pas, dit Candide, de leur représenter quelle est l'inhumanité affreuse de faire cuire des hommes, et combien cela est peu chrétien."

"Messieurs, dit Cacambo, vous comptez donc manger aujourd'hui un jésuite : c'est très bien fait ; rien n'est plus juste que de traiter ainsi ses ennemis. En effet le droit naturel nous enseigne à tuer notre prochain, et c'est ainsi qu'on en agit dans toute la terre. Si nous n'usons pas du droit de le manger, c'est que nous avons d'ailleurs de quoi faire bonne chère ; mais vous n'avez pas les mêmes ressources que nous ; certainement il vaut mieux manger ses ennemis que d'abandonner aux corbeaux et aux corneilles le fruit de sa victoire. Mais, messieurs, vous ne voudriez pas manger vos amis. Vous croyez aller mettre un jésuite en broche, et c'est votre défenseur, c'est l'ennemi de vos ennemis que vous allez rôtir. Pour moi, je suis né dans votre pays ; monsieur que vous voyez est mon maître, et, bien loin d'être jésuite, il vient de tuer un jésuite, il en porte les dépouilles : voilà le sujet de votre méprise. Pour vérifier ce que je vous dis, prenez sa robe, portez-la à la première barrière du royaume de Los Padres ; informez-vous si mon maître n'a pas tué un officier jésuite. Il vous faudra peu de temps ; vous pourrez toujours nous manger si vous trouvez que je vous ai menti. Mais, si je vous ai dit la vérité, vous connaissez trop les principes du droit public, les mœurs et les lois, pour ne nous pas faire grâce."

Les Oreillons trouvèrent ce discours très raisonnable ; ils députèrent deux notables pour aller en diligence s'informer de la vérité ; les deux députés s'acquittèrent de leur commission en gens d'esprit, et revinrent bientôt apporter de bonnes nouvelles. Les Oreillons délièrent leurs deux prisonniers, leur firent toutes sortes de civilités, leur offrirent des filles, leur donnèrent des rafraîchissements, et les reconduisirent jusqu'aux confins de leurs Etats, en criant avec allégresse : "Il n'est point jésuite, il n'est point jésuite !"

Candide ne se lassait point d'admirer le sujet de sa délivrance. "Quel peuple ! disait-il, quels hommes ! quelles mœurs ! Si je n'avais pas eu le bonheur de donner un grand coup d'épée au travers du corps du frère de Mlle Cunégonde, j'étais mangé sans rémission. Mais, après tout, la pure nature est bonne, puisque ces gens-ci, au lieu de me manger, m'ont fait mille honnêtetés dès qu'ils ont su que je n'étais pas jésuite."

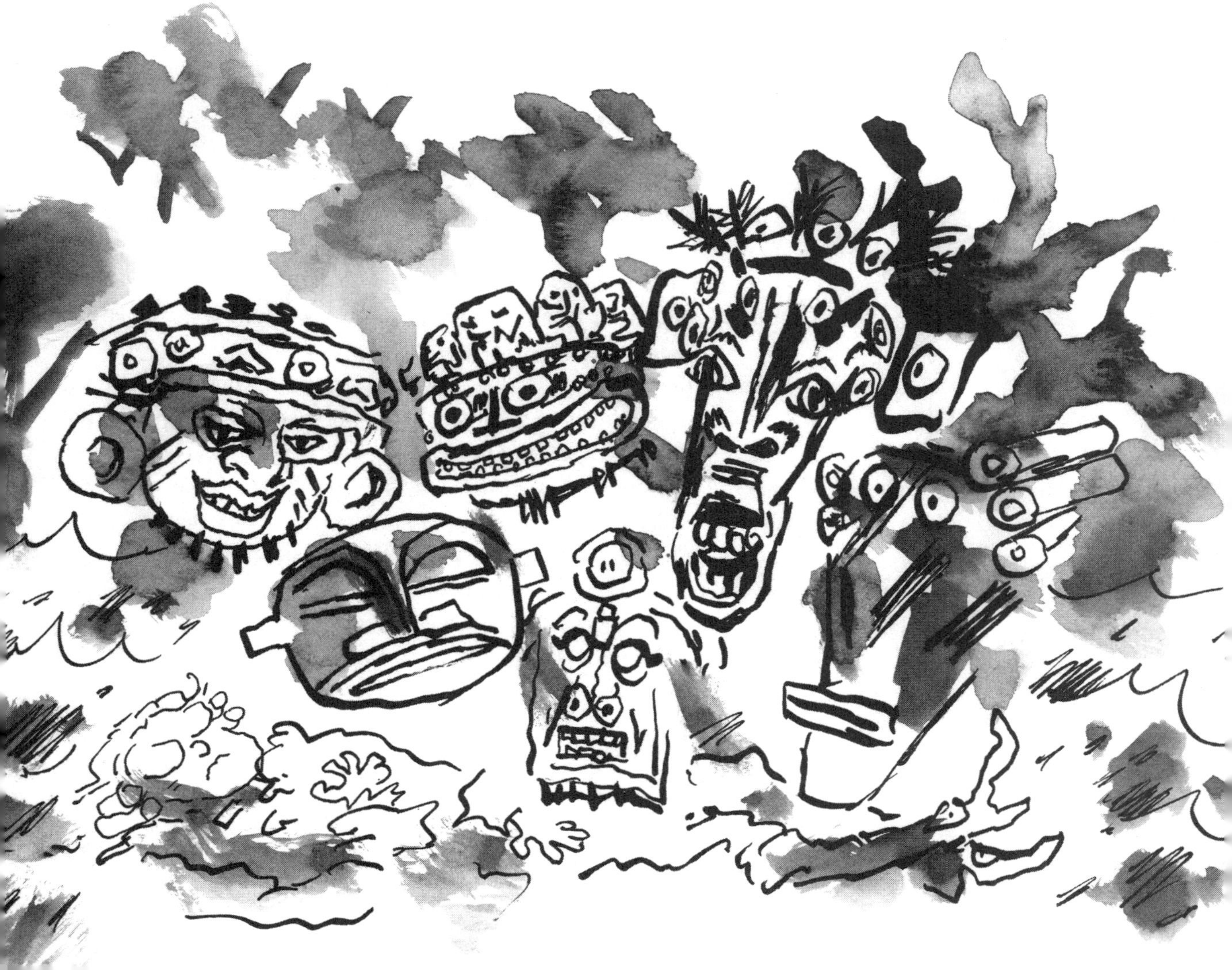

Chapitre dix-septième

Arrivée de Candide et de son valet au pays d'Eldorado, et ce qu'ils y virent

Quand ils furent aux frontières des Oreillons : "Vous voyez, dit Cacambo à Candide, que cet hémisphère-ci ne vaut pas mieux que l'autre : croyez-moi, retournons en Europe par le plus court. – Comment y retourner ? dit Candide, et où aller ? Si je vais dans mon pays, les Bulgares et les Abares y égorgent tout ; si je retourne en Portugal, j'y suis brûlé ; si nous restons dans ce pays-ci, nous risquons à tout moment d'être mis en broche. Mais comment se résoudre à quitter la partie du monde que Mlle Cunégonde habite ?

– Tournons vers la Cayenne, dit Cacambo : nous y trouverons des Français, qui vont par tout le monde ; ils pourront nous aider. Dieu aura peut-être pitié de nous."

Il n'était pas facile d'aller à la Cayenne : ils savaient bien à peu près de quel côté il fallait marcher ; mais des montagnes, des fleuves, des précipices, des brigands, des sauvages, étaient partout de terribles obstacles. Leurs chevaux moururent de fatigue ; leurs provisions furent consumées ; ils se nourrirent un mois entier de fruits sauvages, et se trouvèrent enfin auprès d'une petite rivière bordée de cocotiers, qui soutinrent leur vie et leurs espérances.

Cacambo, qui donnait toujours d'aussi bons conseils que la vieille, dit à Candide : "Nous n'en pouvons plus, nous avons assez marché ; j'aperçois un canot vide sur le rivage, emplissons-le de cocos, jetons-nous dans cette petite barque, laissons-nous aller au courant ; une rivière mène toujours à quelque endroit habité. Si nous ne trouvons pas des choses agréables, nous trouverons du moins des choses nouvelles. – Allons, dit Candide, recommandons-nous à la Providence."

leurs chevaux moururent de fatigue ; leurs provisions furent consumées.

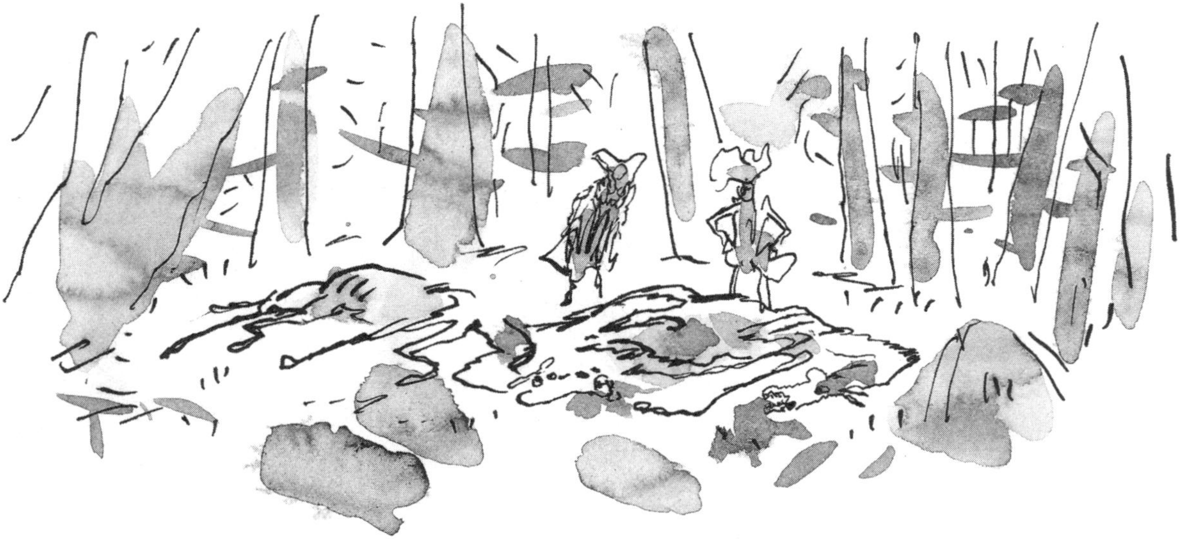

... une rivière mène toujours à quelque endroit habité. Si nous ne trouvons pas de choses agréables, nous trouverons du moins des choses nouvelles.

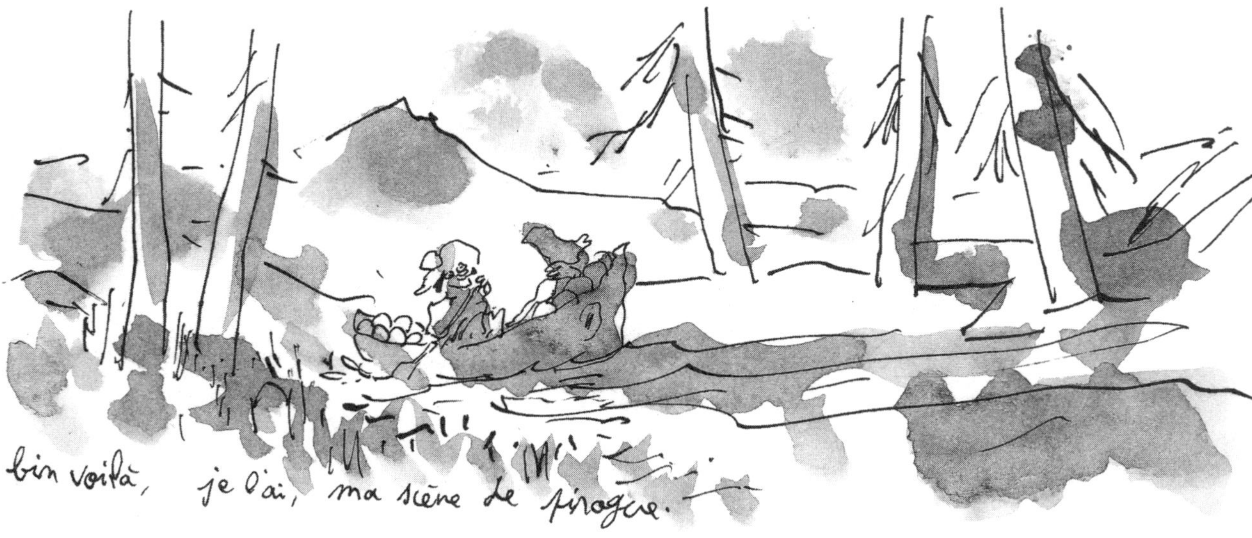

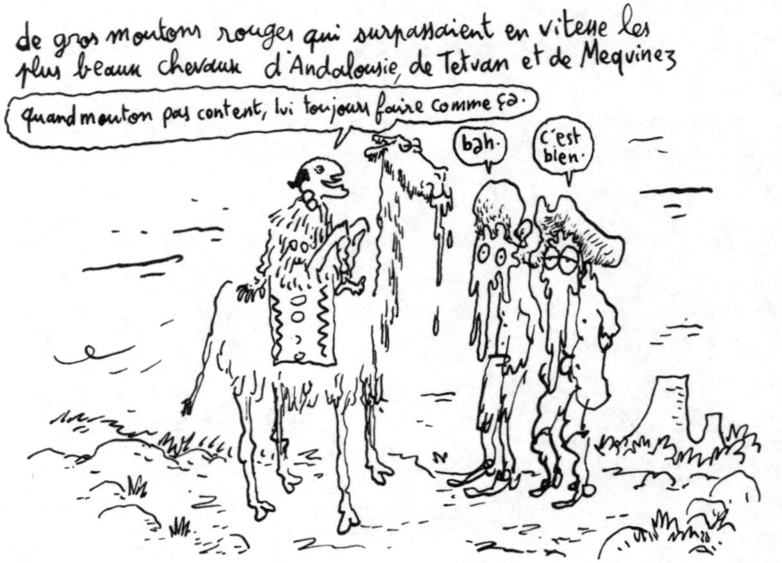

Ils voguèrent quelques lieues entre des bords tantôt fleuris, tantôt arides, tantôt unis, tantôt escarpés. La rivière s'élargissait toujours ; enfin elle se perdait sous une voûte de rochers épouvantables qui s'élevaient jusqu'au ciel. Les deux voyageurs eurent la hardiesse de s'abandonner aux flots sous cette voûte. Le fleuve, resserré en cet endroit, les porta avec une rapidité et un bruit horrible. Au bout de vingt-quatre heures ils revirent le jour ; mais leur canot se fracassa contre les écueils ; il fallut se traîner de rocher en rocher pendant une lieue entière ; enfin ils découvrirent un horizon immense, bordé de montagnes inaccessibles. Le pays était cultivé pour le plaisir comme pour le besoin ; partout l'utile était agréable. Les chemins étaient couverts ou plutôt ornés de voitures d'une forme et d'une matière brillante, portant des hommes et des femmes d'une beauté singulière, traînés rapidement par de gros moutons rouges qui surpassaient en vitesse les plus beaux chevaux d'Andalousie, de Tétuan et de Méquinez.

"Voilà pourtant, dit Candide, un pays qui vaut mieux que la

Westphalie." Il mit pied à terre avec Cacambo auprès du premier village qu'il rencontra. Quelques enfants du village, couverts de brocarts d'or tout déchirés, jouaient au palet à l'entrée du bourg ; nos deux hommes de l'autre monde s'amusèrent à les regarder : leurs palets étaient d'assez larges pièces rondes, jaunes, rouges, vertes, qui jetaient un éclat singulier. Il prit envie aux voyageurs d'en ramasser quelques-uns ; c'était de l'or, c'était des émeraudes, des rubis, dont le moindre aurait été le plus grand ornement du trône du Mongol. "Sans doute, dit Cacambo, ces enfants sont les fils du roi du pays qui jouent au petit palet." Le magister du village parut dans ce moment pour les faire rentrer à l'école. "Voilà, dit Candide, le précepteur de la famille royale."

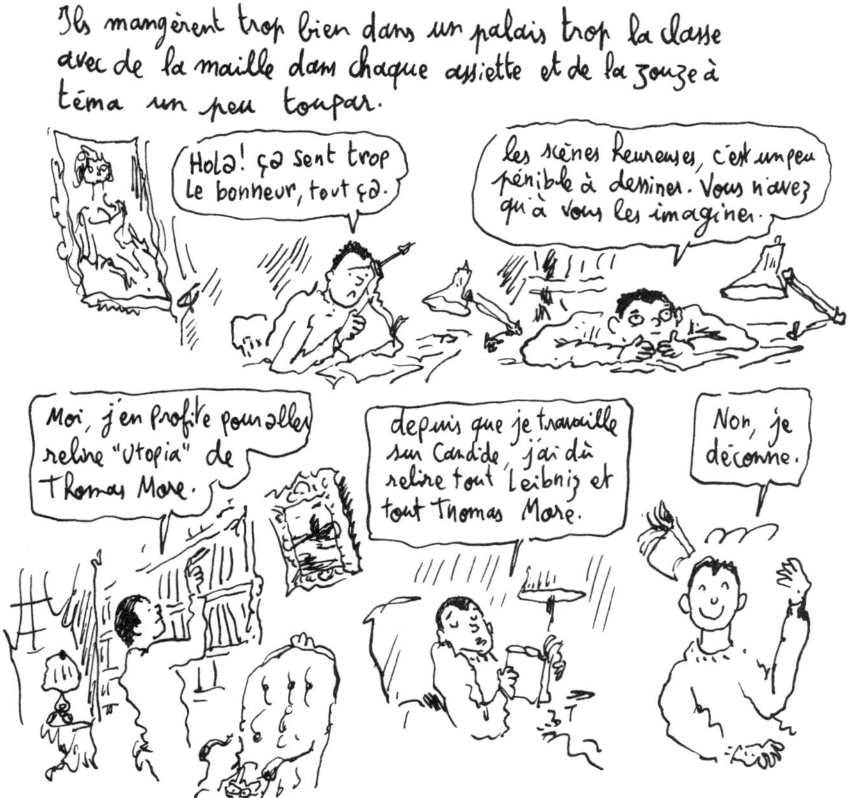

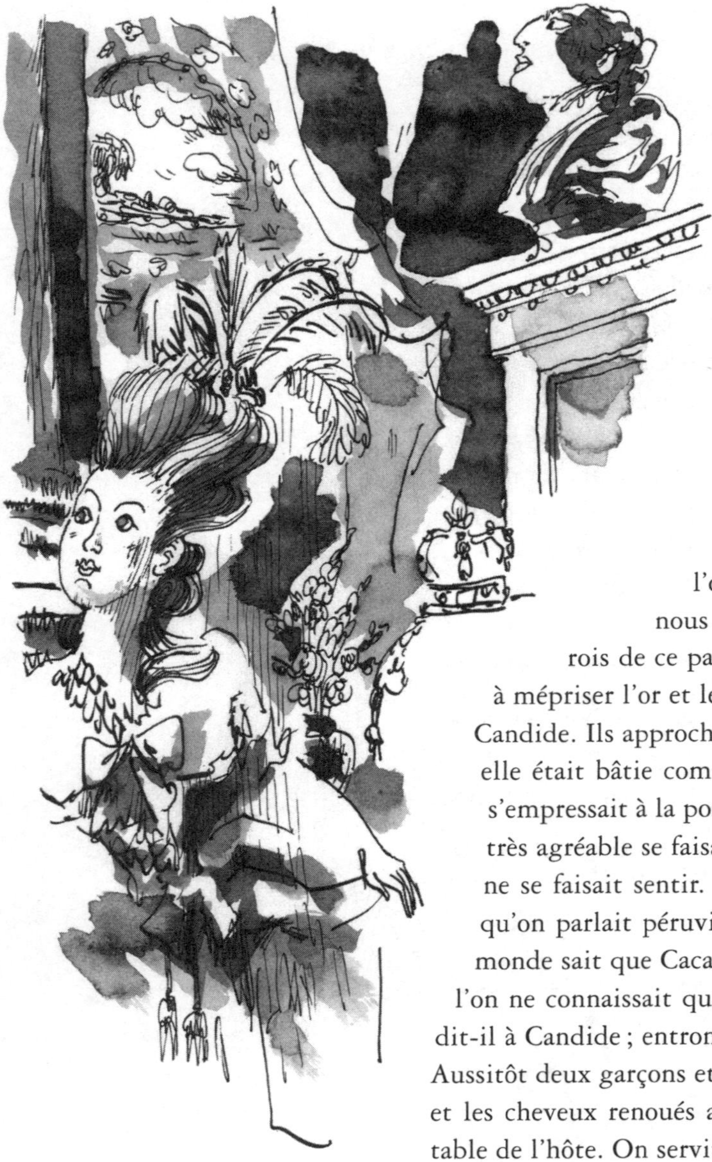

Les petits gueux quittèrent aussitôt le jeu, en laissant à terre leurs palets et tout ce qui avait servi à leurs divertissements. Candide les ramasse, court au précepteur, et les lui présente humblement, lui faisant entendre par signes que Leurs Altesses Royales avaient oublié leur or et leurs pierreries. Le magister du village, en souriant, les jeta par terre, regarda un moment la figure de Candide avec beaucoup de surprise, et continua son chemin.

Les voyageurs ne manquèrent pas de ramasser l'or, les rubis et les émeraudes. "Où sommes-nous ? s'écria Candide ; il faut que les enfants des rois de ce pays soient bien élevés, puisqu'on leur apprend à mépriser l'or et les pierreries." Cacambo était aussi surpris que Candide. Ils approchèrent enfin de la première maison du village ; elle était bâtie comme un palais d'Europe. Une foule de monde s'empressait à la porte, et encore plus dans le logis. Une musique très agréable se faisait entendre, et une odeur délicieuse de cuisine se faisait sentir. Cacambo s'approcha de la porte, et entendit qu'on parlait péruvien ; c'était sa langue maternelle : car tout le monde sait que Cacambo était né au Tucuman, dans un village où l'on ne connaissait que cette langue. "Je vous servirai d'interprète, dit-il à Candide ; entrons, c'est ici un cabaret."

Aussitôt deux garçons et deux filles de l'hôtellerie, vêtus de drap d'or, et les cheveux renoués avec des rubans, les invitent à se mettre à la table de l'hôte. On servit quatre potages garnis chacun de deux perroquets, un contour bouilli qui pesait deux cents livres, deux singes rôtis d'un goût excellent, trois cents colibris dans un plat, et six cents oiseaux-mouches dans un autre ; des ragoûts exquis, des pâtisseries délicieuses ; le tout dans des plats d'une espèce de cristal de roche. Les garçons et les filles de l'hôtellerie versaient plusieurs liqueurs faites de canne de sucre.

Les convives étaient pour la plupart des marchands et des voituriers, tous d'une politesse extrême, qui firent quelques questions à Cacambo avec la discrétion la plus circonspecte, et qui répondirent aux siennes d'une manière à le satisfaire.

Quand le repas fut fini, Cacambo crut, ainsi que Candide, bien payer son écot en jetant sur la table de l'hôte deux de ces larges pièces d'or qu'il avait ramassées ; l'hôte et l'hôtesse éclatèrent de rire, et se tinrent longtemps les côtés. Enfin ils se remirent : "Messieurs, dit l'hôte, nous voyons bien que vous êtes des étrangers ; nous ne sommes pas accoutumés à en voir. Pardonnez-nous si nous nous sommes mis à rire quand vous nous avez offert en payement les cailloux de nos grands chemins. Vous n'avez pas sans doute de la monnaie du pays, mais il n'est pas nécessaire d'en avoir pour dîner ici. Toutes les hôtelleries établies pour la commodité du commerce sont payées par le gouvernement. Vous avez fait mauvaise chère ici, parce que c'est un pauvre village ; mais partout ailleurs vous serez reçus comme vous méritez de l'être." Cacambo expliquait à Candide tous les discours de l'hôte, et Candide les écoutait avec la même admiration et le même égarement que son ami Cacambo les rendait. "Quel est donc ce pays, disaient-ils l'un et l'autre, inconnu à tout le reste de la terre, et où toute la nature est d'une espèce si différente de la nôtre ? C'est probablement le pays où tout va bien ; car il faut absolument qu'il y en ait de cette espèce. Et, quoi qu'en dît maître Pangloss, je me suis souvent aperçu que tout allait assez mal en Westphalie."

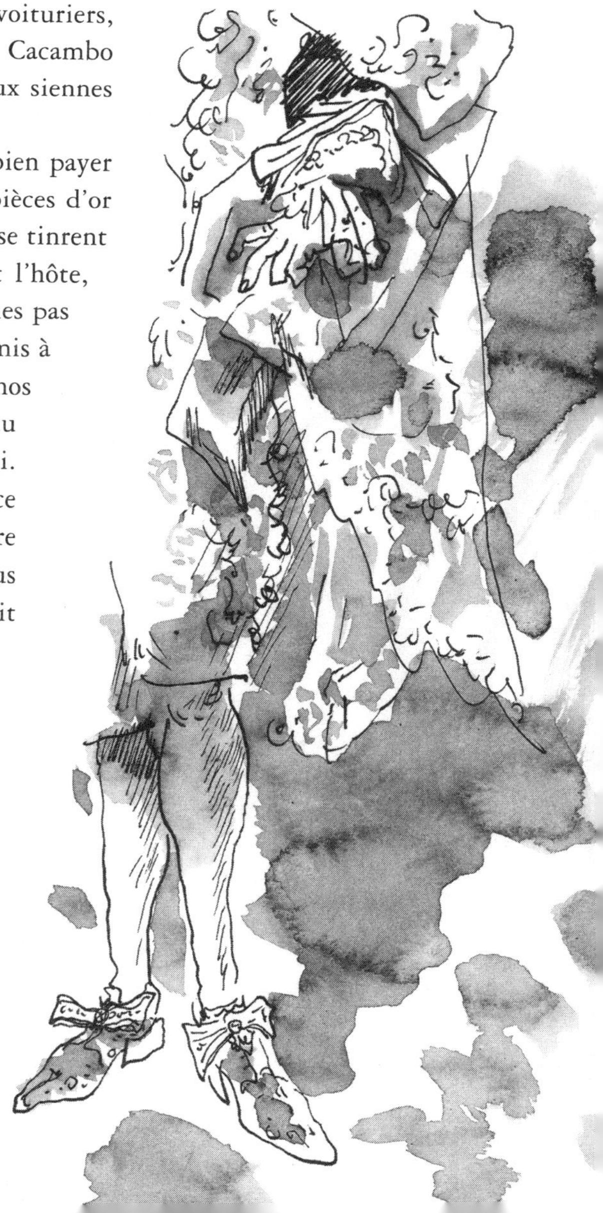

CHAPITRE DIX-HUITIÈME.

CE QU'ILS VIRENT DANS LE PAYS D'ELDORADO.

Cacambo témoigna à son hôte toute sa curiosité ; l'hôte lui dit : "Je suis fort ignorant, et je m'en trouve bien ; mais nous avons ici un vieillard retiré de la cour, qui est le plus savant homme du royaume, et le plus communicatif." Aussitôt il mène Cacambo chez le vieillard. Candide ne jouait plus que le second personnage, et accompagnait son valet. Ils entrèrent dans une maison fort simple, car la porte n'était que d'argent, et les lambris des appartements n'étaient que d'or, mais travaillés avec tant de goût que les plus riches lambris ne l'effaçaient pas. L'antichambre n'était à la vérité incrustée que de rubis et d'émeraudes ; mais l'ordre dans lequel tout était arrangé réparait bien cette extrême simplicité.

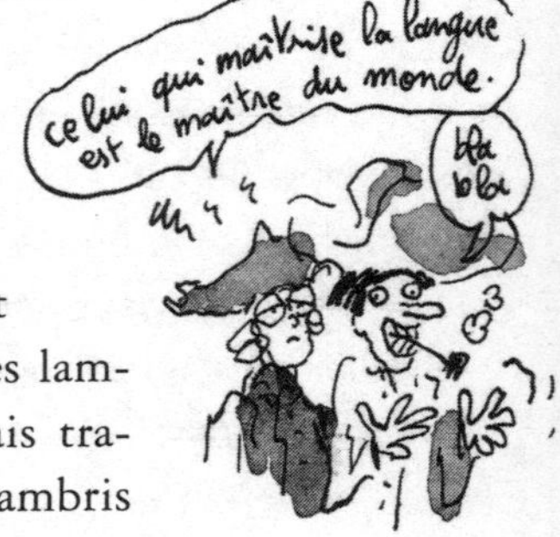

Le vieillard reçut les deux étrangers sur un sopha matelassé de plumes de colibri, et leur fit présenter des liqueurs dans des vases de diamant ; après quoi il satisfit à leur curiosité en ces termes :

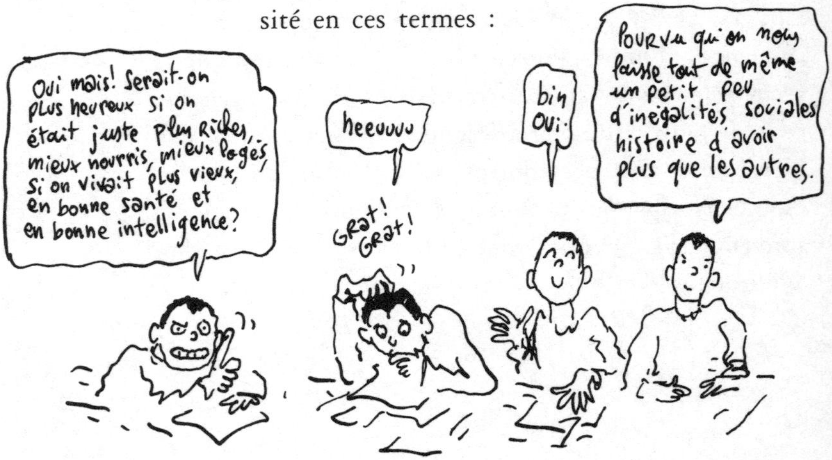

"Je suis âgé de cent soixante et douze ans, et j'ai appris de feu mon père, écuyer du roi, les étonnantes révolutions du Pérou dont il avait été témoin. Le royaume où nous sommes est l'ancienne patrie des Incas, qui en sortirent très imprudemment pour aller subjuguer une partie du monde, et qui furent enfin détruits par les Espagnols.

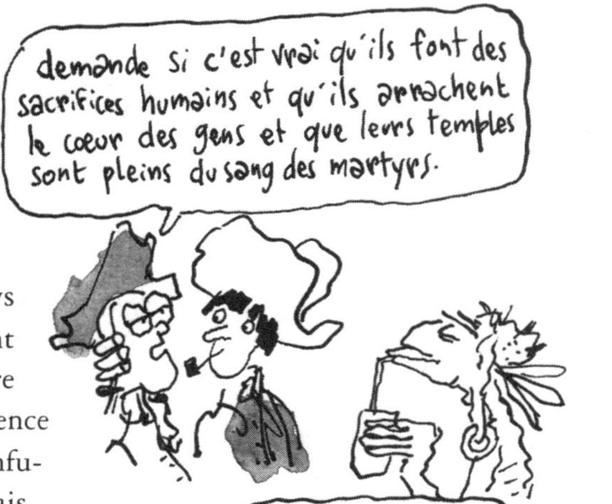

"Les princes de leur famille qui restèrent dans leur pays natal furent plus sages ; ils ordonnèrent, du consentement de la nation, qu'aucun habitant ne sortirait jamais de notre petit royaume ; et c'est ce qui nous a conservé notre innocence et notre félicité. Les Espagnols ont eu une connaissance confuse de ce pays, ils l'ont appelé El Dorado, et un Anglais, nommé le chevalier Raleigh, en a même approché il y a environ cent années ; mais, comme nous sommes entourés de rochers inabordables et de précipices, nous avons toujours été jusqu'à présent à l'abri de la rapacité des nations de l'Europe, qui ont une fureur inconcevable pour les cailloux et pour la fange de notre terre, et qui, pour en avoir, nous tueraient tous jusqu'au dernier."

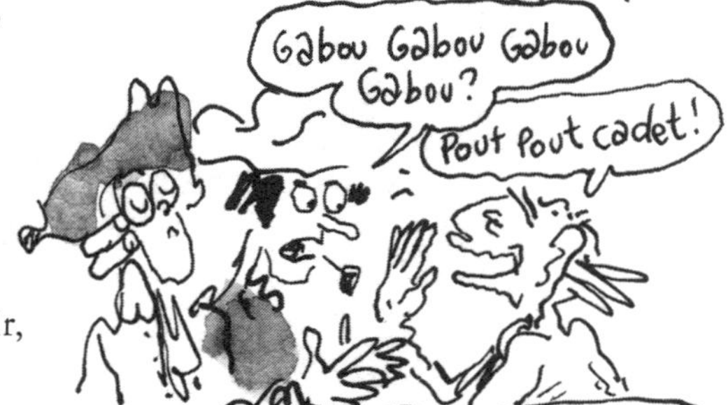

La conversation fut longue ; elle roula sur la forme du gouvernement, sur les mœurs, sur les femmes, sur les spectacles publics, sur les arts. Enfin Candide, qui avait toujours du goût pour la métaphysique, fit demander par Cacambo si dans le pays il y avait une religion.

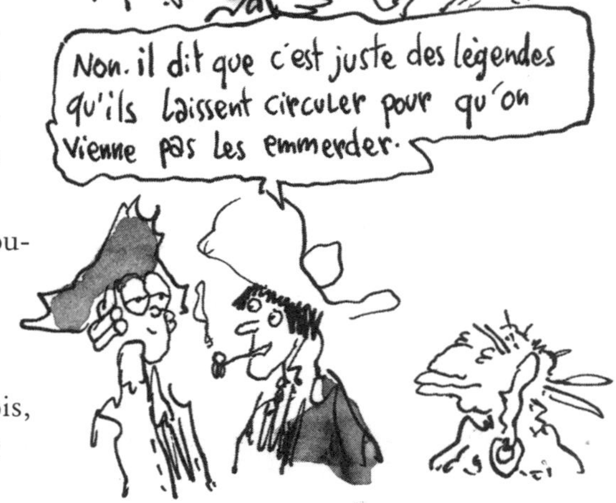

Le vieillard rougit un peu. "Comment donc, dit-il, en pouvez-vous douter ? Est-ce que vous nous prenez pour des ingrats ?" Cacambo demanda humblement quelle était la religion d'Eldorado. Le vieillard rougit encore. "Est-ce qu'il peut y avoir deux religions ? dit-il ; nous avons, je crois, la religion de tout le monde : nous adorons Dieu du soir jusqu'au matin. – N'adorez-vous qu'un seul Dieu ? dit

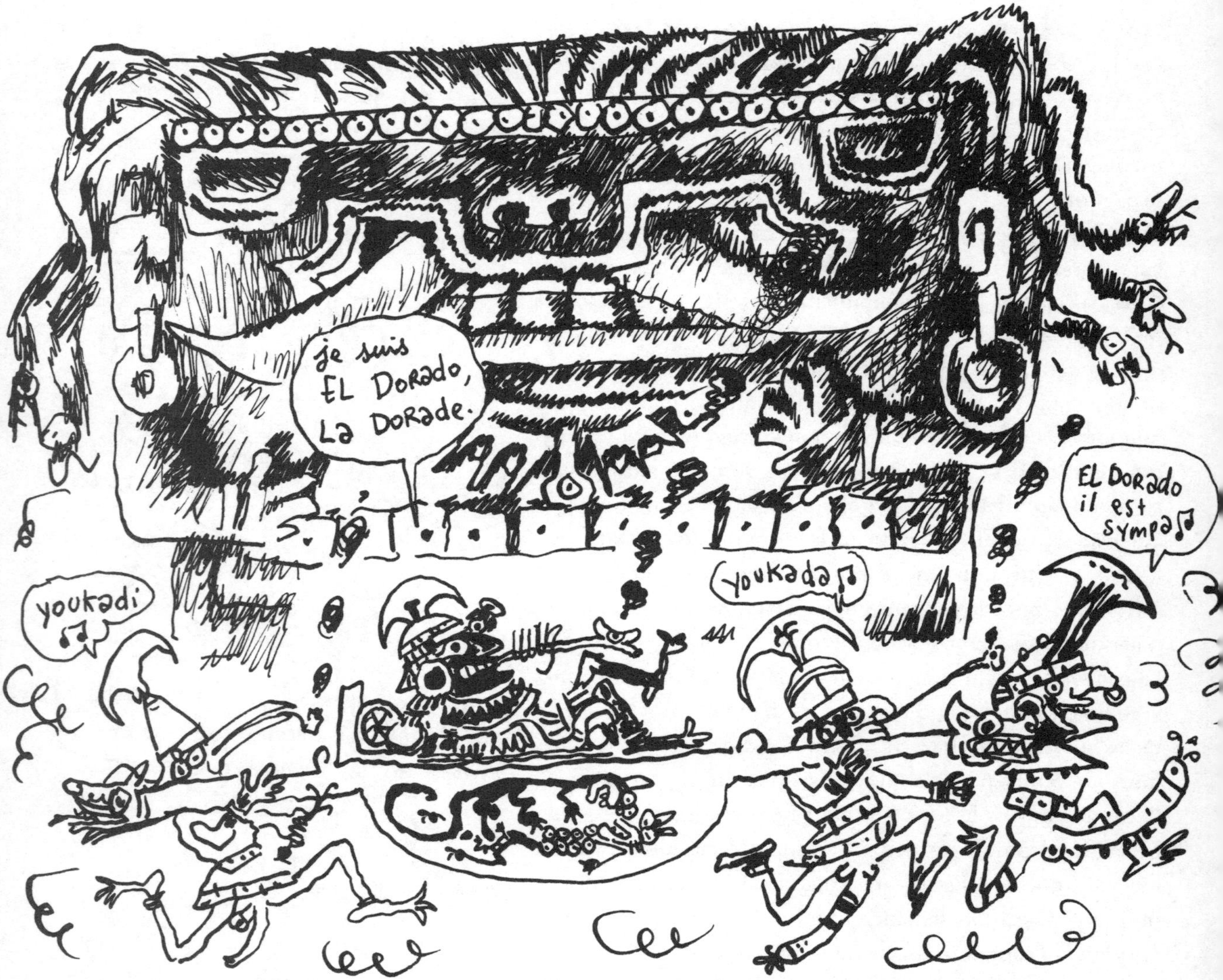
je suis
EL Dorado,
La Dorade.
youkadi
youkada
EL Dorado
il est
sympa

Cacambo, qui servait toujours d'interprète aux doutes de Candide. – Apparemment, dit le vieillard, qu'il n'y en a ni deux, ni trois, ni quatre. Je vous avoue que les gens de votre monde font des questions bien singulières." Candide ne se lassait pas de faire interroger ce bon vieillard ; il voulut savoir comment on priait Dieu dans l'Eldorado. "Nous ne le prions point, dit le bon et respectable sage ; nous n'avons rien à lui demander ; il nous a donné tout ce qu'il nous faut ; nous le remercions sans cesse." Candide eut la curiosité de voir des prêtres ; il fit demander où ils étaient. Le bon vieillard sourit. "Mes amis, dit-il, nous sommes tous prêtres ; le roi et tous les chefs de famille chantent des cantiques d'actions de grâces solennellement tous les matins ; et cinq ou six mille musiciens les accompagnent.

– Quoi ! vous n'avez point de moines qui enseignent, qui disputent, qui gouvernent, qui cabalent, et qui font brûler les gens qui ne sont pas de leur avis ? – Il faudrait que nous fussions fous, dit le vieillard ; nous sommes tous ici du même avis, et nous n'entendons pas ce que vous voulez dire avec vos moines." Candide à tous ces discours demeurait en extase, et disait en lui-même : "Ceci est bien différent de la Westphalie et du château de monsieur le baron : si notre ami Pangloss avait vu Eldorado, il n'aurait plus dit que le château de Thunder-ten-tronckh était ce qu'il y avait de mieux sur la terre ; il est certain qu'il faut voyager."

Après cette longue conversation, le bon vieillard fit atteler un carrosse à six moutons, et donna douze de ses domestiques aux deux voyageurs pour les conduire à la cour : "Excusez-moi, leur dit-il, si mon âge me prive de l'honneur de vous accompagner. Le roi vous recevra d'une manière dont vous ne serez pas mécontents, et vous pardonnerez sans doute aux usages du pays s'il y en a quelques-uns qui vous déplaisent." Candide et Cacambo montent en carrosse ; les six moutons volaient, et en moins de quatre heures on arriva au palais du roi, situé à un bout de la capitale. Le portail était de deux cent vingt pieds de haut et de cent de large ; il est impossible d'exprimer quelle en était la matière. On

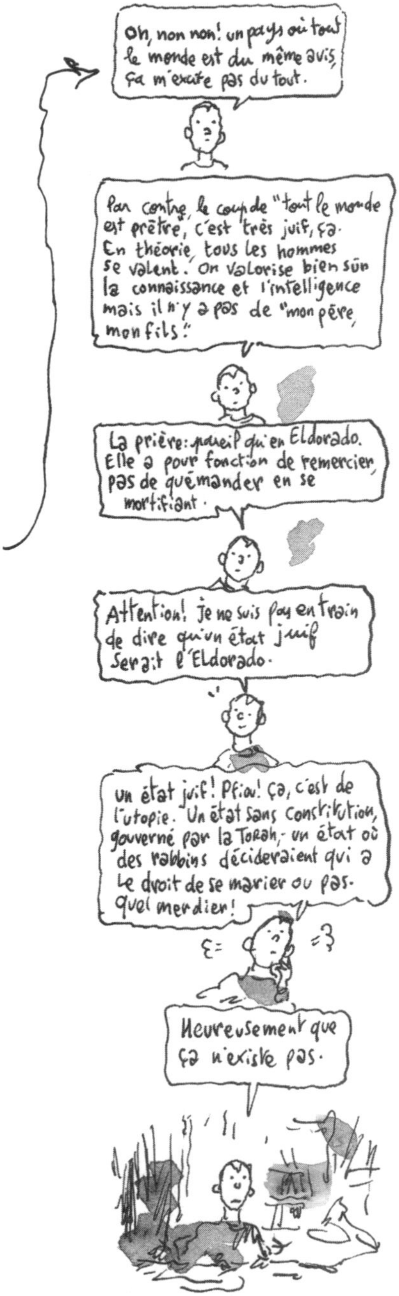

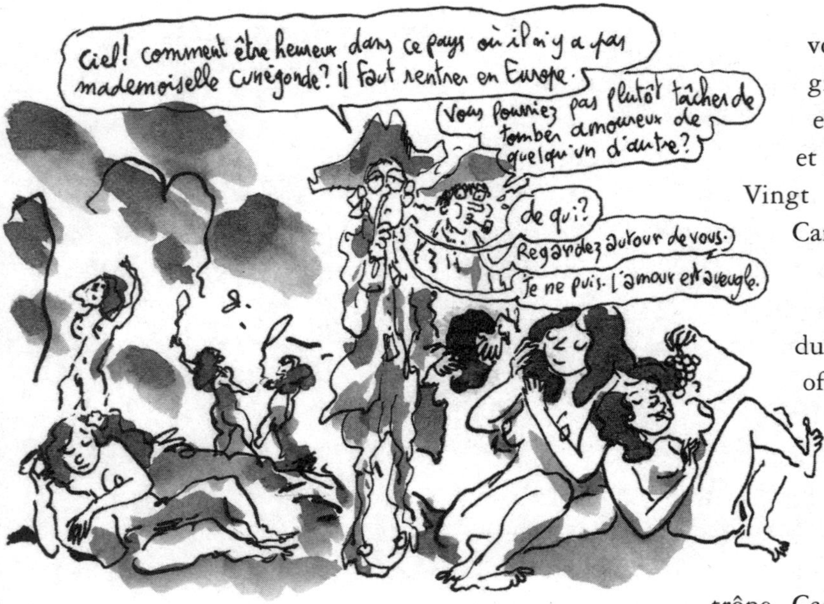

voit assez quelle supériorité prodigieuse elle devait avoir sur ces cailloux et sur ce sable que nous nommons or et pierreries.

Vingt belles filles de la garde reçurent Candide et Cacambo à la descente du carrosse, les conduisirent aux bains, les vêtirent de robes d'un tissu de duvet de colibri ; après quoi les grands officiers et les grandes officières de la couronne les menèrent à l'appartement de Sa Majesté, au milieu de deux files chacune de mille musiciens, selon l'usage ordinaire. Quand ils approchèrent de la salle du trône, Cacambo demanda à un grand officier comment il fallait s'y prendre pour saluer Sa Majesté ; si on se jetait à genoux ou ventre à terre ; si on mettait les mains sur la tête ou sur le derrière ; si on léchait la poussière de la salle ; en un mot, quelle était la cérémonie. "L'usage, dit le grand officier, est d'embrasser le roi et de le baiser des deux côtés." Candide et Cacambo sautèrent au cou de Sa Majesté, qui les reçut avec toute la grâce imaginable et qui les pria poliment à souper.

En attendant, on leur fit voir la ville, les édifices publics élevés jusqu'aux nues, les marchés ornés de mille colonnes, les fontaines d'eau pure, les fontaines d'eau rose, celles de liqueurs de canne de sucre, qui coulaient continuellement dans de grandes places, pavées d'une espèce de pierreries qui répandaient une odeur semblable à celle du gérofle et de la cannelle. Candide demanda à voir la cour de justice, le parlement ; on lui dit qu'il n'y en avait point, et qu'on ne plaidait jamais. Il s'informa s'il y avait des prisons, et on lui dit que non. Ce qui le surprit davantage, et qui lui fit le plus de plaisir, ce fut le palais des sciences, dans lequel il vit une galerie de deux mille pas, toute pleine d'instruments de mathématique et de physique.

Après avoir parcouru, toute l'après-dînée, à peu près la millième partie de la ville, on les ramena chez le roi. Candide se mit à table entre Sa Majesté, son valet Cacambo et plusieurs dames. Jamais on ne fit meilleure chère, et jamais on n'eut plus d'esprit à souper qu'en eut Sa Majesté. Cacambo expliquait les bons mots du roi à Candide, et quoique traduits, ils paraissaient toujours des bons mots. De tout ce qui étonnait Candide, ce n'était pas ce qui l'étonna le moins.

Ils passèrent un mois dans cet hospice. Candide ne cessait de dire à Cacambo : "Il est vrai, mon ami, encore une fois, que le château où je suis né ne vaut pas le pays où nous sommes ; mais enfin Mlle Cunégonde n'y est pas, et vous avez sans doute quelque maîtresse en Europe. Si nous restons ici, nous n'y serons que comme les autres ; au lieu que si nous retournons dans notre monde seulement avec douze moutons chargés de cailloux d'Eldorado, nous serons plus riches que tous les rois ensemble, nous n'aurons plus d'inquisiteurs à craindre, et nous pourrons aisément reprendre Mlle Cunégonde."

Ce discours plut à Cacambo : on aime tant à courir, à se faire valoir chez les siens, à faire parade de ce qu'on a vu dans ses voyages, que les deux heureux résolurent de ne plus l'être et de demander leur congé à Sa Majesté.

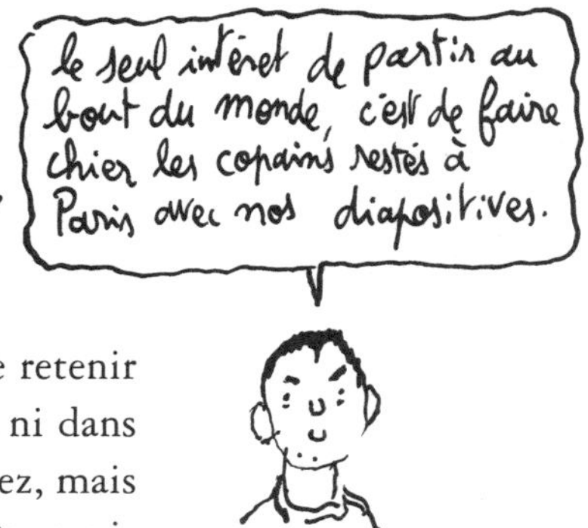

"Vous faites une sottise, leur dit le roi ; je sais bien que mon pays est peu de chose ; mais, quand on est passablement quelque part, il faut y rester ; je n'ai pas assurément le droit de retenir des étrangers ; c'est une tyrannie qui n'est ni dans nos mœurs, ni dans nos lois : tous les hommes sont libres ; partez quand vous voudrez, mais la sortie est bien difficile. Il est impossible de remonter la rivière rapide sur laquelle vous êtes arrivés par miracle, et qui court sous des voûtes de rochers. Les montagnes qui entourent tout mon royaume ont dix mille pieds de hauteur, et sont droites comme des murailles ; elles occupent chacune en largeur un espace de plus de dix lieues ; on ne peut en

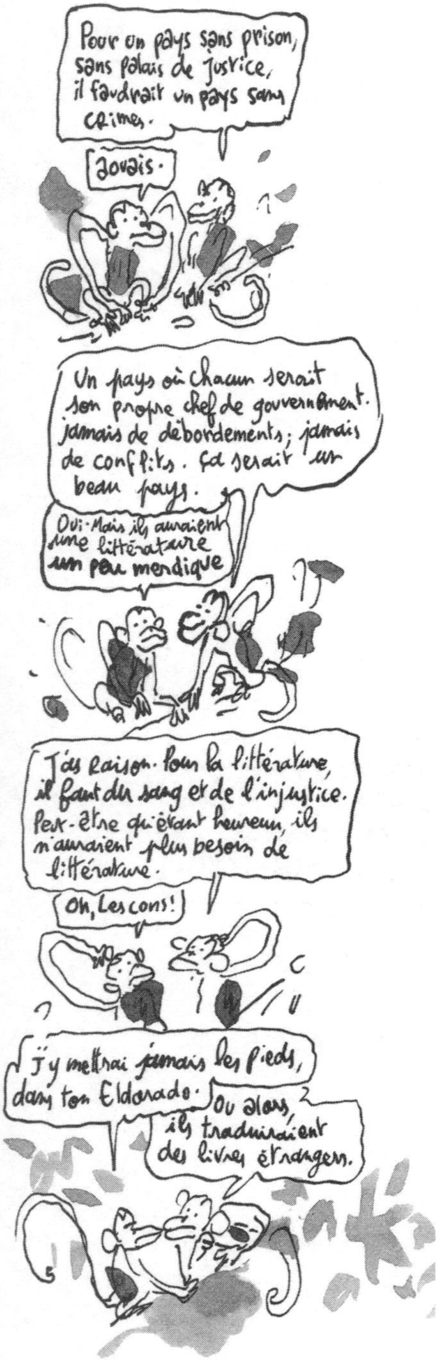

descendre que par des précipices. Cependant, puisque vous voulez absolument partir, je vais donner ordre aux intendants des machines d'en faire une qui puisse vous transporter commodément. Quand on vous aura conduits au revers des montagnes, personne ne pourra vous accompagner ; car mes sujets ont fait vœu de ne jamais sortir de leur enceinte, et ils sont trop sages pour rompre leur vœu. Demandez-moi d'ailleurs tout ce qu'il vous plaira. – Nous ne demandons à Votre Majesté, dit Cacambo, que quelques moutons chargés de vivres, de cailloux, et de la boue du pays." Le roi rit. "Je ne conçois pas, dit-il, quel goût vos gens d'Europe ont pour notre boue jaune ; mais emportez-en tant que vous voudrez, et grand bien vous fasse."

Il donna l'ordre sur-le-champ à ses ingénieurs de faire une machine pour guinder ces deux hommes extraordinaires hors du royaume. Trois mille bons physiciens y travaillèrent ; elle fut prête au bout de quinze jours, et ne coûta pas plus de vingt millions de livres sterling, monnaie du pays. On mit sur la machine Candide et Cacambo ; il y avait deux grands moutons rouges sellés et bridés pour leur servir de monture quand ils auraient franchi les montagnes, vingt moutons de bât chargés de vivres, trente qui portaient des présents de ce que le pays a de plus curieux, et cinquante chargés d'or, de pierreries et de diamants. Le roi embrassa tendrement les deux vagabonds.

Ce fut un beau spectacle que leur départ, et la manière ingénieuse dont ils furent hissés, eux et leurs moutons, au haut des montagnes. Les physiciens prirent congé d'eux après les avoir mis en sûreté, et Candide n'eut plus d'autre désir et d'autre objet que d'aller présenter ses moutons à Mlle Cunégonde. "Nous avons, dit-il, de quoi payer le gouverneur de Buenos-Ayres, si Mlle Cunégonde peut être mise à prix. Marchons vers la Cayenne, embarquons-nous, et nous verrons ensuite quel royaume nous pourrons acheter."

CHAPITRE DIX-NEUVIÈME.

CE QUI LEUR ARRIVA À SURINAM, ET COMMENT CANDIDE FIT CONNAISSANCE AVEC MARTIN.

La première journée de nos deux voyageurs fut assez agréable. Ils étaient encouragés par l'idée de se voir possesseurs de plus de trésors que l'Asie, l'Europe et l'Afrique n'en pouvaient rassembler. Candide, transporté, écrivit le nom de Cunégonde sur les arbres. A la seconde journée deux de leurs moutons s'enfoncèrent dans des marais, et y furent abîmés avec leurs charges ; deux autres moutons moururent de fatigue quelques jours après ; sept ou huit périrent ensuite de faim dans un désert ; d'autres tombèrent au bout de quelques jours dans des précipices. Enfin, après cent jours de marche, il ne leur resta que deux moutons. Candide dit à Cacambo : "Mon ami, vous voyez comme les richesses de ce monde sont périssables ; il n'y a rien de solide que la vertu et le bonheur de revoir Mlle Cunégonde. – Je l'avoue, dit Cacambo ; mais il nous reste encore deux moutons avec plus de trésors que n'en aura jamais le roi d'Espagne, et je vois de loin une ville que je soupçonne être Surinam, appartenant aux Hollandais. Nous sommes au bout de nos peines et au commencement de notre félicité." En approchant de la ville, ils rencontrèrent un nègre étendu par terre, n'ayant plus que la moitié de son habit, c'est-à-dire d'un caleçon de toile bleue ; il manquait à ce pauvre homme la jambe gauche et la main droite. "Eh, mon Dieu ! lui dit Candide en hollandais, que fais-tu là, mon ami, dans l'état horrible où je te vois ? – J'attends mon maître, M. Vanderdendur, le fameux négociant, répondit le nègre. – Est-ce M. Vanderdendur, dit Candide, qui t'a traité ainsi ? – Oui, monsieur, dit le nègre, c'est l'usage. On nous donne un caleçon de toile pour

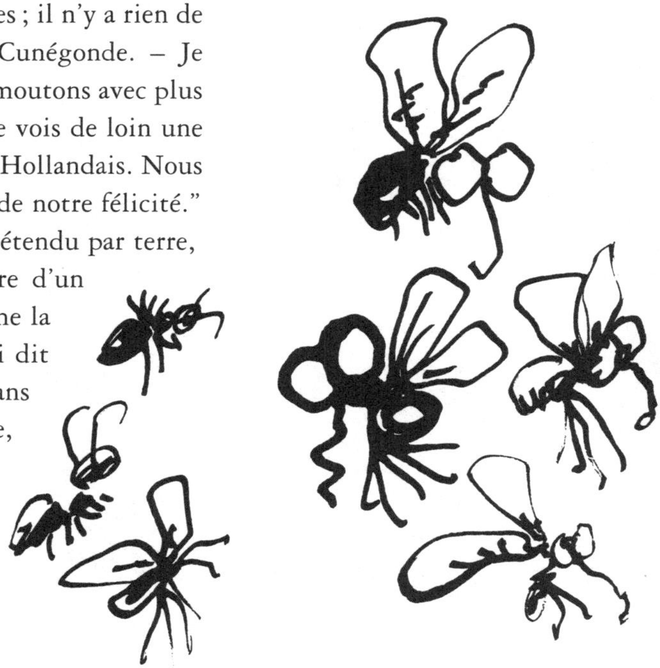

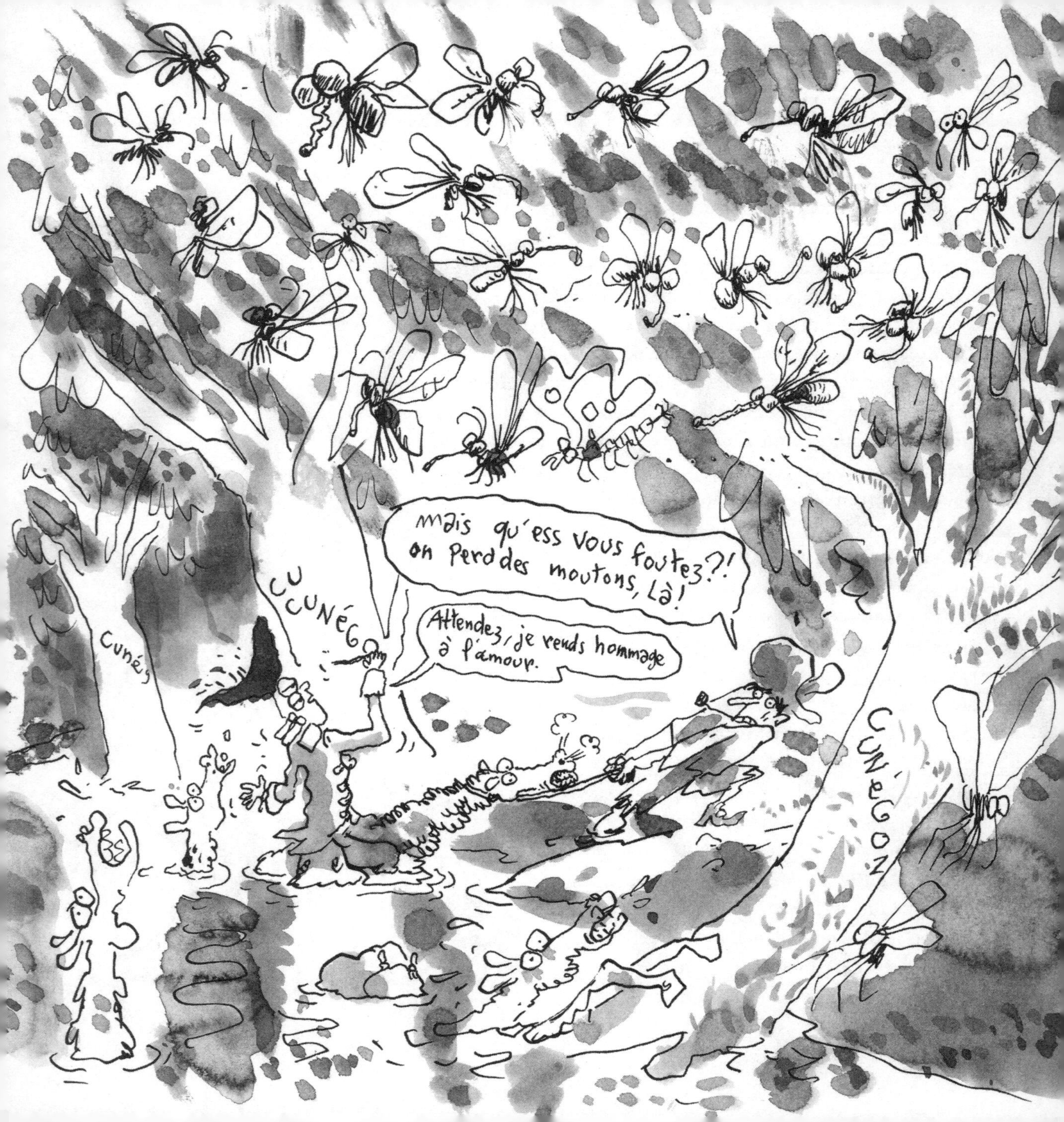
Mais qu'ess vous foutez?! on Perd des moutons, Là!
Attendez, je rends hommage à l'amour.
CU CUNÉG
Cunég
CUNéGON

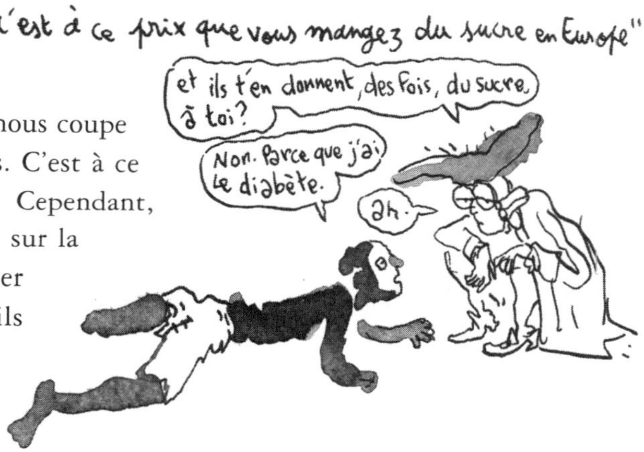

tout vêtement deux fois l'année. Quand nous travaillons aux sucreries, et que la meule nous attrape le doigt, on nous coupe la main ; quand nous voulons nous enfuir, on nous coupe la jambe : je me suis trouvé dans les deux cas. C'est à ce prix que vous mangez du sucre en Europe. Cependant, lorsque ma mère me vendit dix écus patagons sur la côte de Guinée, elle me disait : "Mon cher enfant, bénis nos fétiches, adore-les toujours, ils te feront vivre heureux, tu as l'honneur d'être esclave de nos seigneurs les blancs, et tu fais par là la fortune de ton père et de ta mère." Hélas ! je ne sais pas si j'ai fait leur fortune, mais ils n'ont pas fait la mienne. Les chiens, les singes et les perroquets sont mille fois moins malheureux que nous. Les fétiches hollandais qui m'ont converti me disent tous les dimanches que nous sommes tous enfants d'Adam, blancs et noirs. Je ne suis pas généalogiste ; mais si ces prêcheurs disent vrai, nous sommes tous cousins issus de germains. Or vous m'avouerez qu'on ne peut pas en user avec ses parents d'une manière plus horrible.

– O Pangloss ! s'écria Candide, tu n'avais pas deviné cette abomination ; c'en est fait, il faudra qu'à la fin je renonce à ton optimisme. – Qu'est-ce qu'optimisme ? disait Cacambo. – Hélas ! dit Candide, c'est la rage de soutenir que tout est bien quand on est mal." Et il versait des larmes en regardant son nègre, et en pleurant il entra dans Surinam.

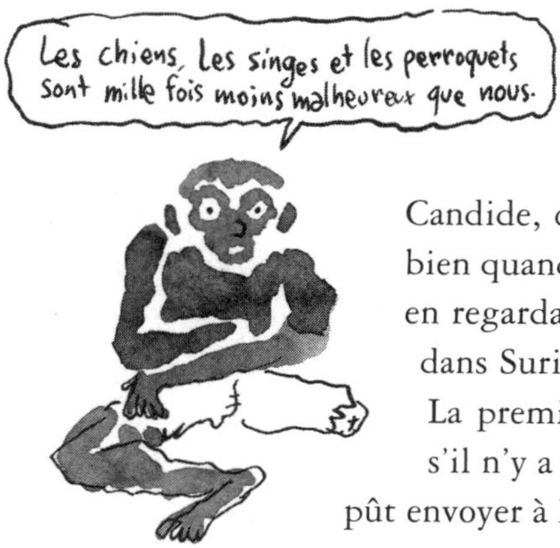

La première chose dont ils s'informent, c'est s'il n'y a point au port quelque vaisseau qu'on pût envoyer à Buenos-Ayres. Celui à qui ils s'adressèrent était justement un patron espagnol, qui s'offrit à faire avec eux un marché honnête. Il leur donna rendez-vous dans un cabaret. Candide et le fidèle Cacambo allèrent l'y attendre avec leurs deux moutons.

Candide, qui avait le cœur sur les lèvres, conta à l'Espagnol toutes ses aventures, et lui avoua qu'il voulait enlever Mlle Cunégonde. "Je me garderai bien de vous passer à Buenos-Ayres, dit le patron : je serais pendu et vous aussi. La belle Cunégonde est la maîtresse favorite de monseigneur." Ce fut un coup de foudre pour Candide ; il pleura longtemps ; enfin il tira à part Cacambo : "Voici, mon cher ami, lui dit-il, ce qu'il faut que tu fasses. Nous avons chacun dans nos poches pour cinq ou six millions de diamants ; tu es plus habile que moi ; va prendre Mlle Cunégonde à Buenos-Ayres. Si le gouverneur fait quelques difficultés, donne-lui un million ; s'il ne se rend pas, donne-lui-en deux ; tu n'as point tué d'inquisiteur, on ne se défiera point de toi. J'équiperai un autre vaisseau ; j'irai t'attendre à Venise ; c'est un pays libre où l'on n'a rien à craindre ni des Bulgares, ni des Abares, ni des Juifs, ni des inquisiteurs." Cacambo applaudit à cette sage résolution. Il était au désespoir de se séparer d'un bon maître, devenu son ami intime ; mais le plaisir de lui être utile l'emporta sur la douleur de le quitter. Ils s'embrassèrent en versant des larmes. Candide lui recommanda de ne point oublier la bonne vieille. Cacambo partit dès le jour même : c'était un très bon homme que ce Cacambo.

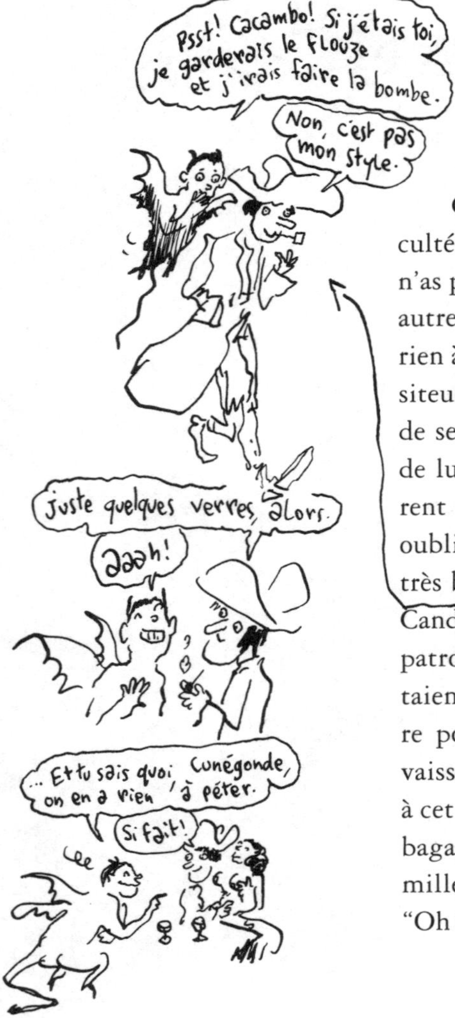

Candide resta encore quelque temps à Surinam, et attendit qu'un autre patron voulût le mener en Italie, lui et les deux moutons qui lui restaient. Il prit des domestiques, et acheta tout ce qui lui était nécessaire pour un long voyage ; enfin M. Vanderdendur, maître d'un gros vaisseau, vint se présenter à lui. "Combien voulez-vous, demanda-t-il à cet homme, pour me mener en droiture à Venise, moi, mes gens, mon bagage, et les deux moutons que voilà ?" Le patron s'accorda à dix mille piastres. Candide n'hésita pas.

"Oh ! oh ! dit à part soi le prudent Vanderdendur, cet étranger donne dix mille piastres tout d'un coup ! il faut qu'il soit bien riche." Puis, revenant un moment après, il signifia qu'il ne pouvait partir à moins de vingt mille. "Eh bien ! vous les aurez", dit Candide.

"Ouais ! se dit tout bas le marchand, cet homme donne vingt mille piastres aussi aisément que dix mille." Il revint encore, et dit qu'il ne pouvait le conduire à Venise à moins de trente mille piastres. "Vous en aurez donc trente mille", répondit Candide.

"Oh ! oh ! se dit encore le marchand hollandais, trente mille piastres ne coûtent rien à cet homme-ci ; sans doute les deux moutons portent des trésors immenses ; n'insistons pas davantage : faisons-nous d'abord payer les trente mille piastres, et puis nous verrons." Candide vendit deux petits diamants, dont le moindre valait plus que tout l'argent que demandait le patron. Il le paya d'avance. Les deux moutons furent embarqués. Candide suivait dans un petit bateau pour joindre le vaisseau à la rade ; le patron prend son temps, met à la voile, démarre ; le vent le favorise. Candide, éperdu et stupéfait, le perd bientôt de vue. "Hélas ! cria-t-il, voilà un tour digne de l'ancien monde." Il retourne au rivage, abîmé dans la douleur ; car enfin il avait perdu de quoi faire la fortune de vingt monarques.

Il se transporte chez le juge hollandais ; et comme il était un peu troublé, il frappe rudement à la porte ; il entre, expose son aventure, et crie un peu plus haut qu'il ne convenait. Le juge commença par lui faire payer dix mille piastres pour le bruit qu'il avait fait. Ensuite il l'écouta patiemment, lui promit d'examiner son affaire sitôt que le marchand serait revenu, et se fit payer dix mille autres piastres pour les frais de l'audience.

Ce procédé acheva de désespérer Candide ; il avait à la vérité essuyé des malheurs mille fois plus douloureux ; mais le sang-froid du juge, et celui du patron dont il était volé, alluma sa bile, et le plon-

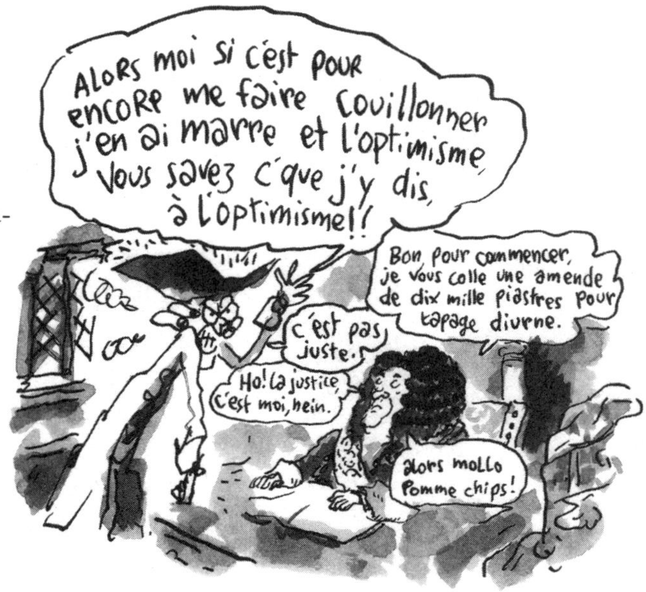

gea dans une noire mélancolie. La méchanceté des hommes se présentait à son esprit dans toute sa laideur ; il ne se nourrissait que d'idées tristes. Enfin, un vaisseau français étant sur le point de partir pour Bordeaux, comme il n'avait plus de moutons chargés de diamants à embarquer, il loua une chambre du vaisseau à juste prix, et fit signifier dans la ville qu'il payerait le passage, la nourriture, et donnerait deux mille piastres à un honnête homme qui voudrait faire le voyage avec lui, à condition que cet homme serait le plus dégoûté de son état et le plus malheureux de la province.

Il se présenta une foule de prétendants qu'une flotte n'aurait pu contenir. Candide voulant choisir entre les plus apparents, il distingua une vingtaine de personnes qui lui paraissaient assez sociables, et qui toutes prétendaient mériter la préférence. Il les assembla dans son cabaret, et leur donna à souper, à condition que chacun ferait serment de raconter fidèlement son histoire, promettant de choisir celui qui lui paraîtrait le plus à plaindre et le plus mécontent de son état à plus juste titre, et de donner aux autres quelques gratifications.

La séance dura jusqu'à quatre heures du matin. Candide, en écoutant toutes leurs aventures, se ressouvenait de ce que lui avait dit la vieille en allant à Buenos-Ayres, et de la gageure qu'elle avait faite, qu'il n'y avait personne sur le vaisseau à qui il ne fût arrivé de très grands malheurs. Il songeait à Pangloss à chaque aventure qu'on lui contait, "Ce Pangloss, disait-il, serait bien embarrassé à démontrer son système. Je voudrais qu'il fût ici. Certainement, si tout va bien, c'est dans Eldorado, et non pas dans le reste de la terre." Enfin il se détermina en faveur d'un pauvre savant qui avait travaillé dix ans pour les libraires d'Amsterdam. Il jugea qu'il n'y avait point de métier au monde dont on dût être plus dégoûté.

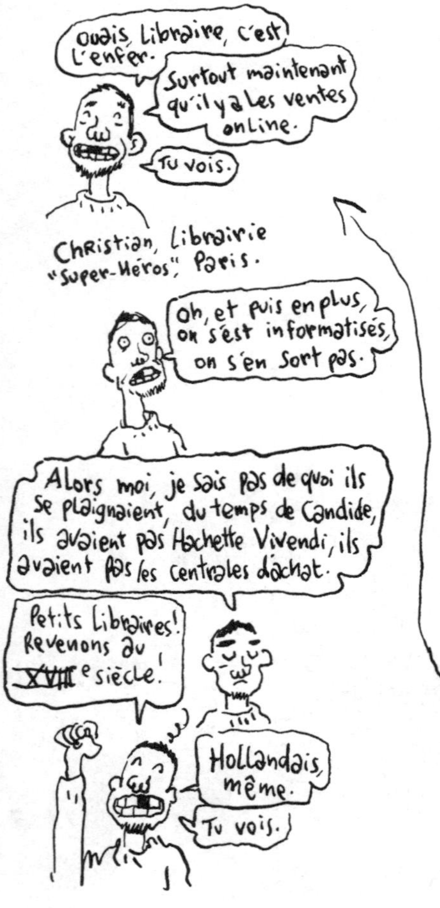

Ce savant, qui était d'ailleurs un bon homme, avait été volé par sa femme, battu par son fils, et abandonné de sa fille qui s'était fait enlever par un Portugais. Il venait d'être privé d'un petit emploi duquel il subsistait ; et les prédicants de Surinam le persécutaient parce qu'ils le prenaient pour un socinien. Il faut avouer que les autres étaient pour le moins aussi malheureux que lui ; mais Candide espérait que le savant le désennuierait dans le voyage. Tous ses autres rivaux trouvèrent que Candide leur faisait une grande injustice ; mais il les apaisa en leur donnant à chacun cent piastres.

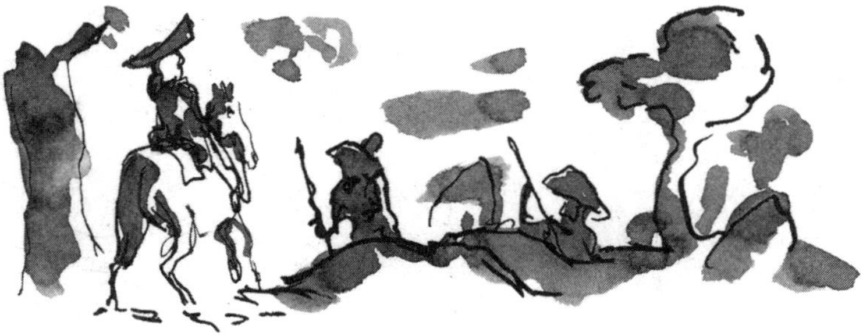

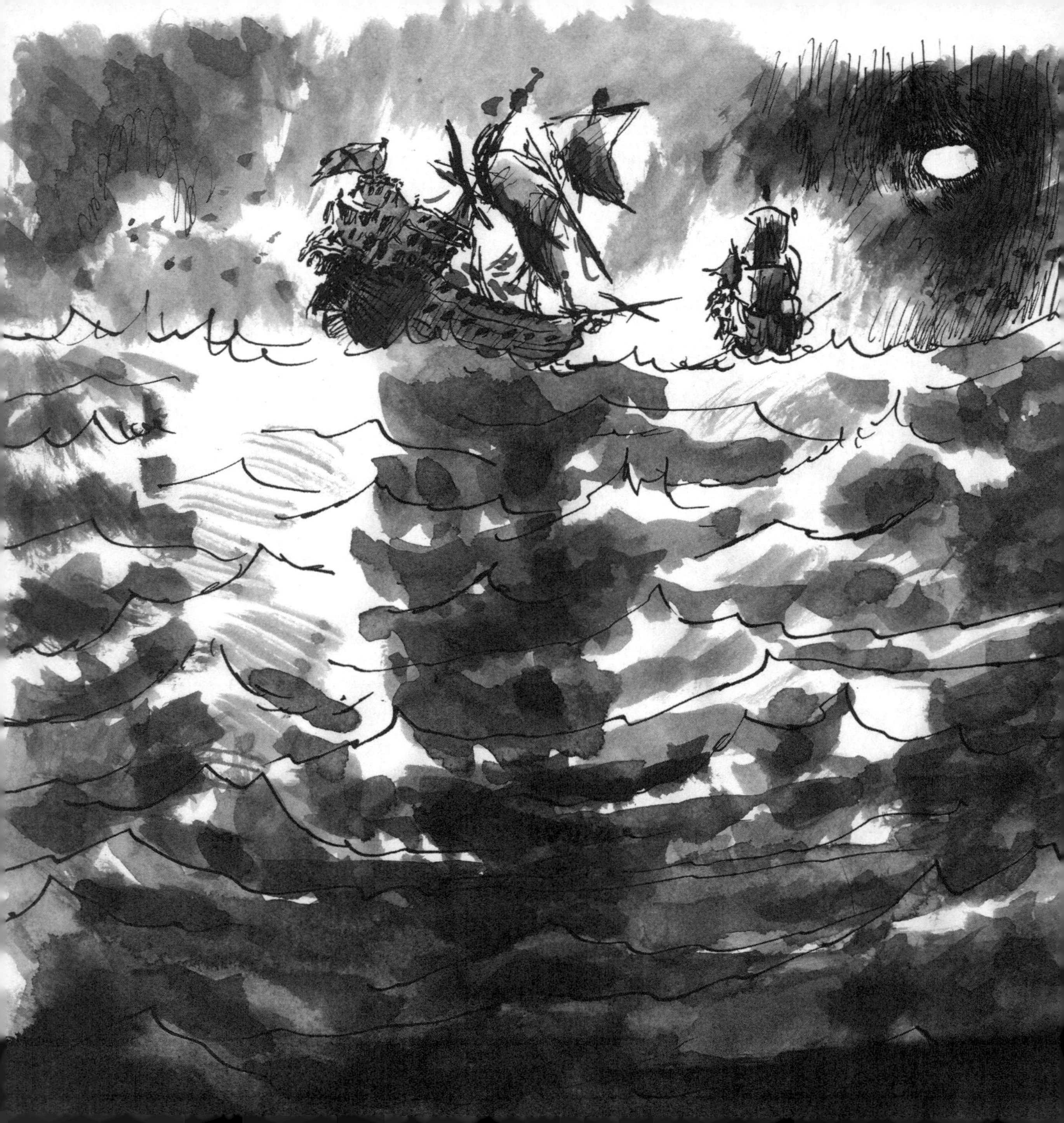

Chapitre vingtième.

Ce qui arriva sur mer à Candide et à Martin.

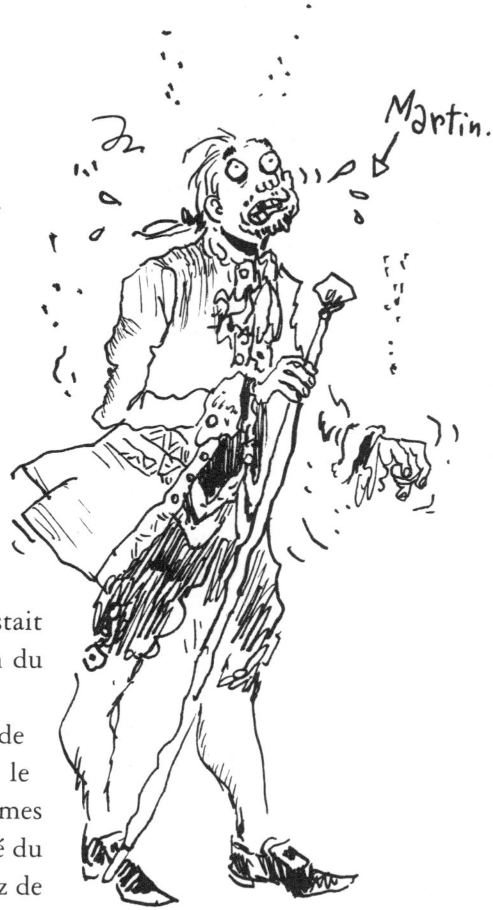

Le vieux savant, qui s'appelait Martin, s'embarqua donc pour Bordeaux avec Candide. L'un et l'autre avaient beaucoup vu et beaucoup souffert ; et quand le vaisseau aurait dû faire voile de Surinam au Japon par le cap de Bonne-Espérance, ils auraient eu de quoi s'entretenir du mal moral et du mal physique pendant tout le voyage.

Cependant Candide avait un grand avantage sur Martin, c'est qu'il espérait toujours revoir Mlle Cunégonde, et que Martin n'avait rien à espérer ; de plus, il avait de l'or et des diamants ; et, quoiqu'il eût perdu cent gros moutons rouges chargés des plus grands trésors de la terre, quoiqu'il eût toujours sur le cœur la friponnerie du patron hollandais, cependant, quand il songeait à ce qui lui restait dans ses poches, et quand il parlait de Cunégonde, surtout à la fin du repas, il penchait alors pour le système de Pangloss.

“Mais vous, monsieur Martin, dit-il au savant, que pensez-vous de tout cela ? Quelle est votre idée sur le mal moral et le mal physique ? – Monsieur, répondit Martin, mes prêtres m'ont accusé d'être socinien ; mais la vérité du fait est que je suis manichéen. – Vous vous moquez de moi, dit Candide, il n'y a plus de manichéens dans le monde. – Il y a moi, dit Martin ; je ne sais qu'y faire, mais je ne peux penser autrement. – Il faut que vous ayez le diable au corps, dit Candide. – Il se mêle si fort des affaires de ce monde, dit Martin, qu'il pourrait bien être dans mon corps, comme partout ailleurs ; mais je vous avoue qu'en jetant la vue sur ce globe, ou plutôt sur ce globule, je pense que Dieu

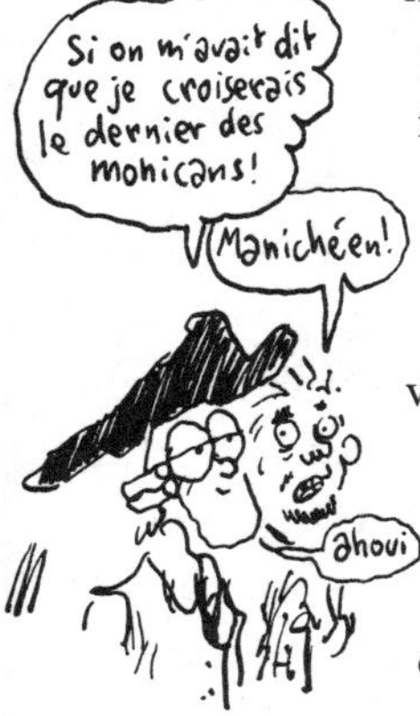

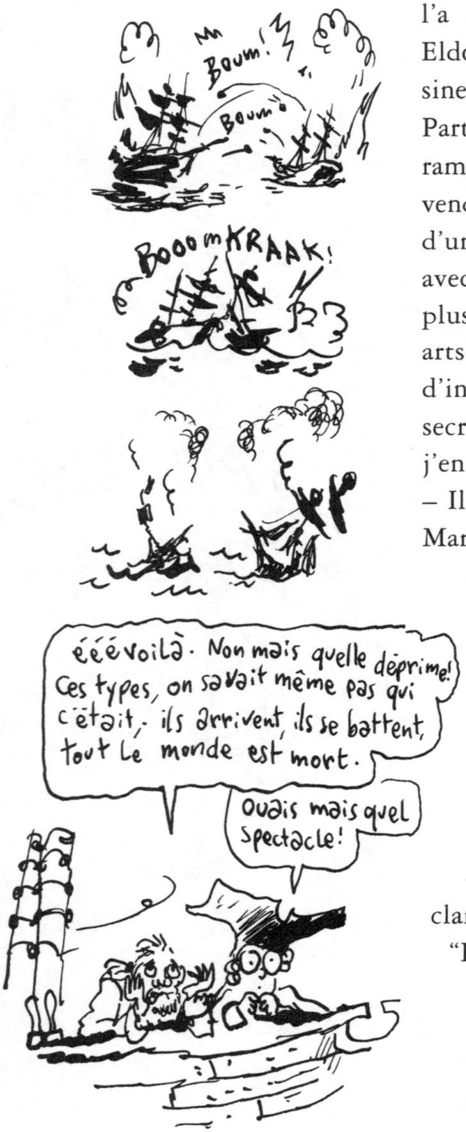

l'a abandonné à quelque être malfaisant ; j'en excepte toujours Eldorado. Je n'ai guère vu de ville qui ne désirât la ruine de la ville voisine, point de famille qui ne voulût exterminer quelque autre famille. Partout les faibles ont en exécration les puissants devant lesquels ils rampent, et les puissants les traitent comme des troupeaux dont on vend la laine et la chair. Un million d'assassins enrégimentés, courant d'un bout de l'Europe à l'autre, exerce le meurtre et le brigandage avec discipline pour gagner son pain, parce qu'il n'a pas de métier plus honnête ; et dans les villes qui paraissent jouir de la paix et où les arts fleurissent, les hommes sont dévorés de plus d'envie, de soins et d'inquiétudes qu'une ville assiégée n'éprouve de fléaux. Les chagrins secrets sont encore plus cruels que les misères publiques. En un mot, j'en ai tant vu, et tant éprouvé, que je suis manichéen.
– Il y a pourtant du bon, répliquait Candide. – Cela peut être, disait Martin, mais je ne le connais pas."

Au milieu de cette dispute, on entendit un bruit de canon. Le bruit redouble de moment en moment. Chacun prend sa lunette. On aperçoit deux vaisseaux qui combattaient à la distance d'environ trois milles ; le vent les amena l'un et l'autre si près du vaisseau français qu'on eut le plaisir de voir le combat tout à son aise. Enfin l'un des deux vaisseaux lâcha à l'autre une bordée si bas et si juste qu'il le coula à fond. Candide et Martin aperçurent distinctement une centaine d'hommes sur le tillac du vaisseau qui s'enfonçait ; ils levaient tous les mains au ciel et jetaient des clameurs effroyables ; en un moment tout fut englouti.

"Eh bien ! dit Martin, voilà comme les hommes se traitent les uns les autres. – Il est vrai, dit Candide, qu'il y a quelque chose de diabolique dans cette affaire." En parlant ainsi, il aperçut je ne sais quoi d'un rouge éclatant qui nageait auprès de son vaisseau. On détacha la chaloupe pour voir ce que ce pouvait être : c'était un de ses moutons. Candide eut plus de joie de retrouver ce mouton qu'il n'avait été affligé d'en perdre cent tous chargés de gros diamants d'Eldorado.

Le capitaine français aperçut bientôt que le capitaine du vaisseau submergeant était espagnol, et que celui du vaisseau submergé était un pirate hollandais ; c'était celui-là même qui avait volé Candide. Les richesses immenses dont ce scélérat s'était emparé furent ensevelies avec lui dans la mer, et il n'y eut qu'un mouton de sauvé. "Vous voyez, dit Candide à Martin, que le crime est puni quelquefois : ce coquin de patron hollandais a eu le sort qu'il méritait. – Oui, dit Martin, mais fallait-il que les passagers qui étaient sur son vaisseau périssent aussi ? Dieu a puni ce fripon, le diable a noyé les autres."
Cependant le vaisseau français et l'espagnol continuèrent leur route, et Candide continua ses conversations avec Martin. Ils disputèrent quinze jours de suite, et au bout de quinze jours ils étaient aussi avancés que le premier. Mais enfin ils parlaient, ils se communiquaient des idées, ils se consolaient. Candide caressait son mouton. "Puisque je t'ai retrouvé, dit-il, je pourrai bien retrouver Cunégonde."

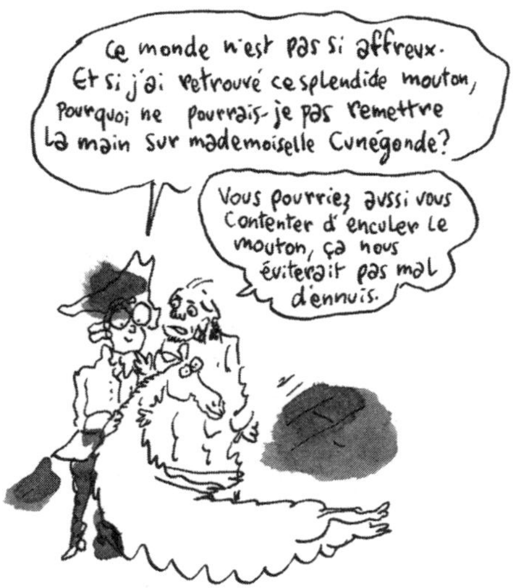

Chapitre vingt et unième.

Candide et Martin approchent des côtes de France et raisonnent.

On aperçut enfin les côtes de France. "Avez-vous jamais été en France, monsieur Martin ? dit Candide. – Oui, dit Martin, j'ai parcouru plusieurs provinces. Il y en a où la moitié des habitants est folle, quelques-unes où l'on est trop rusé, d'autres où l'on est communément assez doux et assez bête, d'autres où l'on fait le bel esprit ; et dans toutes, la principale occupation est l'amour, la seconde de médire, et la troisième de dire des sottises. – Mais, monsieur Martin, avez-vous vu Paris ? – Oui, j'ai vu Paris ; il tient de toutes ces espèces-là ; c'est un chaos, c'est une presse dans laquelle tout le monde cherche le plaisir, et où presque personne ne le trouve, du moins à ce qu'il m'a paru. J'y ai séjourné peu ; j'y fus volé, en arrivant, de tout ce que j'avais, par des filous, à la foire Saint-Germain ; on me prit moi-même pour un voleur, et je fus huit jours en prison ; après quoi je me fis correcteur d'imprimerie pour gagner de quoi retourner à pied en Hollande. Je connus la canaille écrivante, la canaille cabalante, et la canaille convulsionnaire. On dit qu'il y a des gens fort polis dans cette ville-là ; je le veux croire.

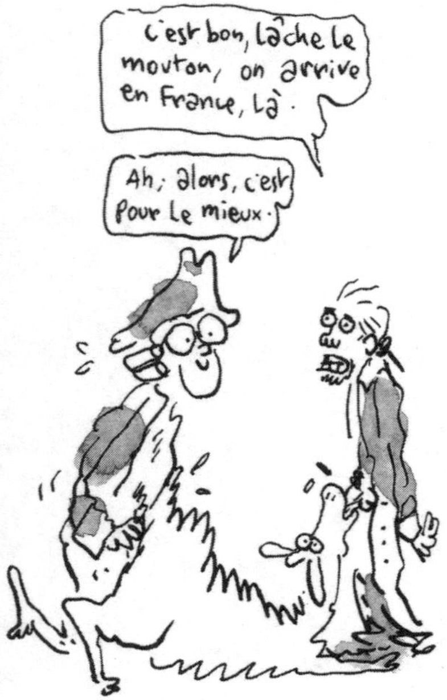

– Pour moi, je n'ai nulle curiosité de voir la France, dit Candide ; vous devinez aisément que, quand on a passé un mois dans Eldorado, on ne se soucie plus de rien voir sur la terre que Mlle Cunégonde ; je vais l'attendre à Venise ; nous traverserons la France pour aller en Italie ; ne m'accompagnerez-vous pas ? – Très volontiers, dit Martin ; on dit que Venise n'est bonne que pour les nobles Vénitiens, mais que cependant on y reçoit très bien les étrangers quand ils ont beaucoup d'argent ; je n'en ai point, vous en avez, je vous suivrai partout. – A propos, dit Candide, pensez-vous que la terre ait été originairement une mer, comme on l'assure dans ce gros livre qui appartient au capitaine du vaisseau ? – Je n'en crois rien du tout, dit Martin, non plus que de toutes les rêveries qu'on nous débite depuis quelque temps. – Mais à quelle fin ce monde a-t-il donc été formé ? dit Candide. – Pour nous faire enrager, répondit Martin. – N'êtes-vous pas bien étonné, continua Candide, de l'amour que ces deux filles du pays des Oreillons avaient pour ces deux singes, et dont je vous ai conté l'aventure ? – Point du tout, dit Martin ; je ne vois pas ce que cette passion a d'étrange ; j'ai tant vu de choses extraordinaires, qu'il n'y a plus rien d'extraordinaire. – Croyez-vous, dit Candide, que les hommes se soient toujours mutuellement massacrés comme ils font aujourd'hui ? qu'ils aient toujours été menteurs, fourbes, perfides, ingrats, brigands, faibles, volages, lâches, envieux, gourmands, ivrognes, avares, ambitieux, sanguinaires, calomniateurs, débauchés, fanatiques, hypocrites et sots ? – Croyez-vous, dit Martin, que les éperviers aient toujours mangé des pigeons quand ils en ont trouvé ? – Oui, sans doute, dit Candide. – Eh bien ! dit Martin, si les éperviers ont toujours eu le même caractère, pourquoi voulez-vous que les hommes aient changé le leur ? – Oh ! dit Candide, il y a bien de la différence, car le libre arbitre…" En raisonnant ainsi, ils arrivèrent à Bordeaux.

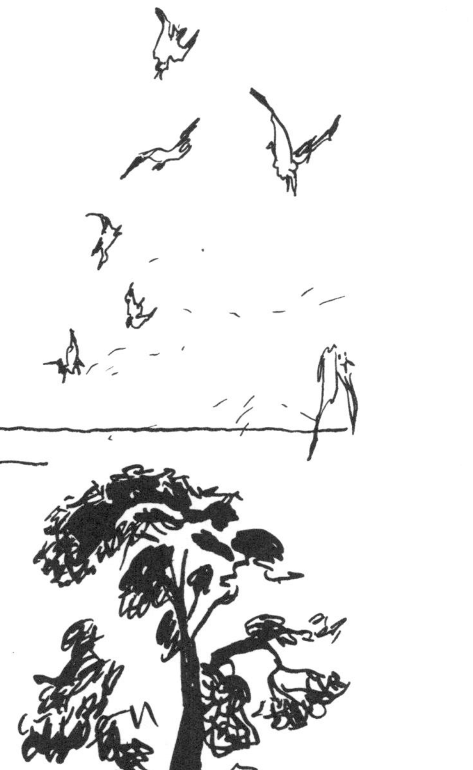

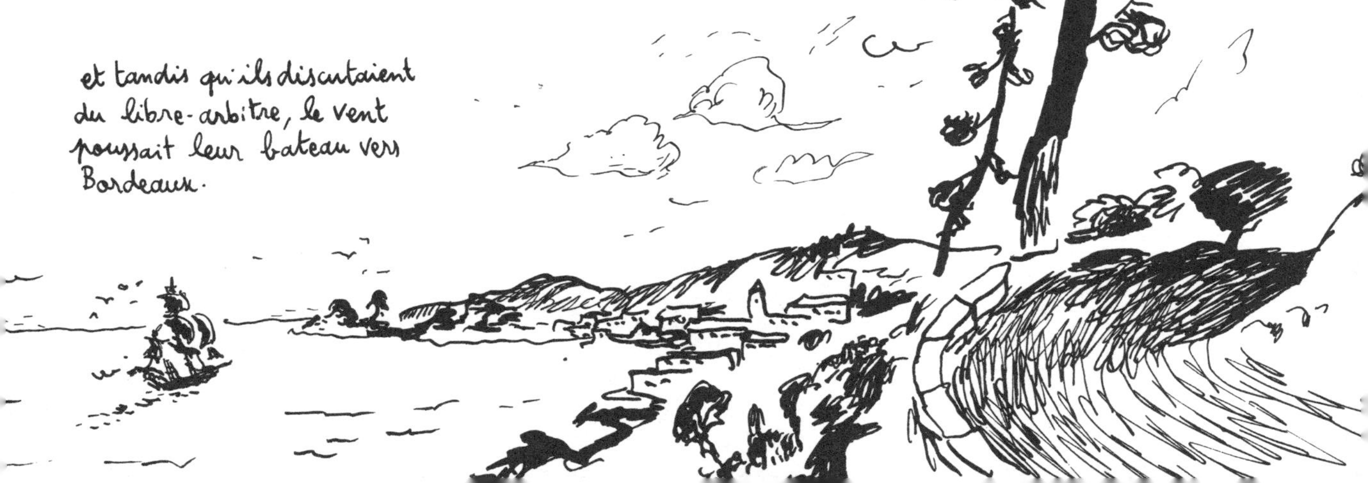

Chapitre vingt-deuxième.

Ce qui arriva en France à Candide et à Martin.

Candide ne s'arrêta dans Bordeaux qu'autant de temps qu'il en fallait pour vendre quelques cailloux du Dorado, et pour s'accommoder d'une bonne chaise à deux places ; car il ne pouvait plus se passer de son philosophe Martin. Il fut seulement très fâché de se séparer de son mouton, qu'il laissa à l'Académie des sciences de Bordeaux, laquelle proposa pour le sujet du prix de cette année de trouver pourquoi la laine de ce mouton était rouge ; et le prix fut adjugé à un savant du Nord, qui démontra par A plus B, moins C, divisé par Z, que le mouton devait être rouge, et mourir de la clavelée.

Cependant tous les voyageurs que Candide rencontra dans les cabarets de la route lui disaient : "Nous allons à Paris." Cet empressement général lui donna enfin l'envie de voir cette capitale ; ce n'était pas beaucoup se détourner du chemin de Venise.

Il entra par le faubourg Saint-Marceau, et crut être dans le plus vilain village de la Westphalie.

A peine Candide fut-il dans son auberge qu'il fut attaqué d'une maladie légère causée par ses fatigues. Comme il avait au doigt un diamant

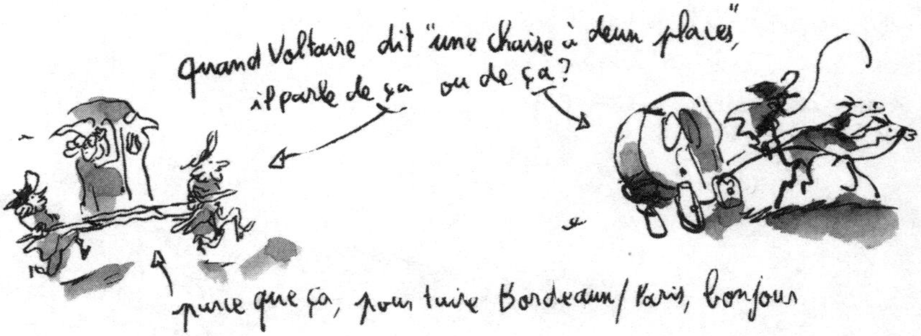

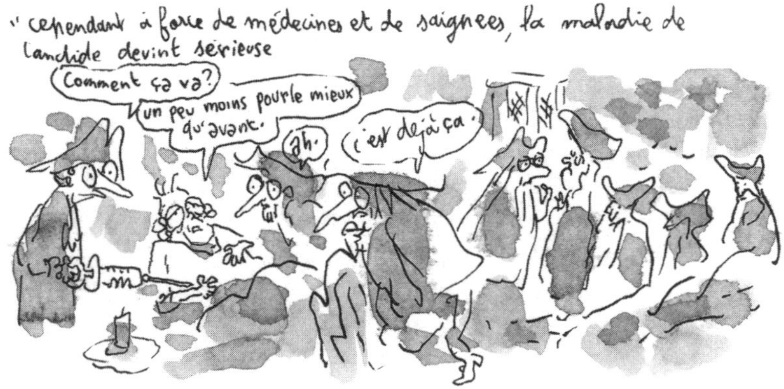

énorme, et qu'on avait aperçu dans son équipage une cassette prodigieusement pesante, il eut aussitôt auprès de lui deux médecins qu'il n'avait pas mandés, quelques amis intimes qui ne le quittèrent pas, et deux dévotes qui faisaient chauffer ses bouillons. Martin disait : "Je me souviens d'avoir été malade aussi à Paris dans mon premier voyage ; j'étais fort pauvre : aussi n'eus-je ni amis, ni dévotes, ni médecins, et je guéris."

Cependant, à force de médecines et de saignées, la maladie de Candide devint sérieuse. Un habitué du quartier vint avec douceur lui deman-

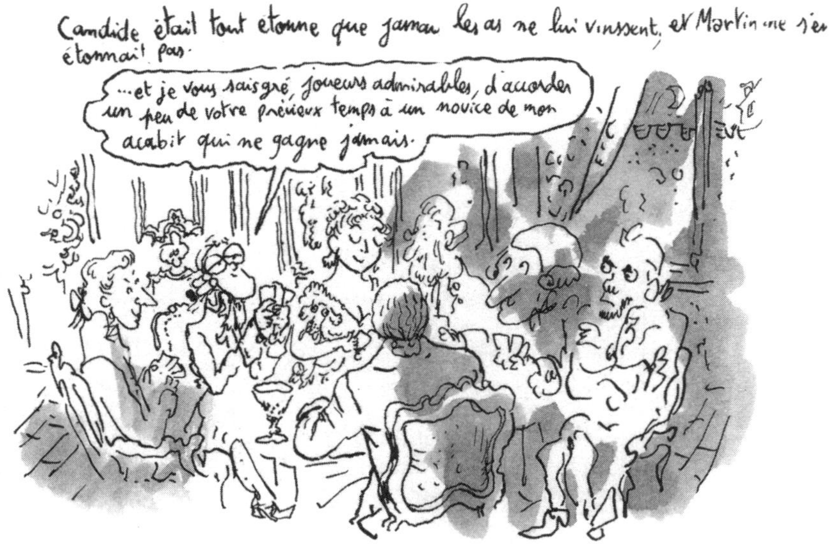

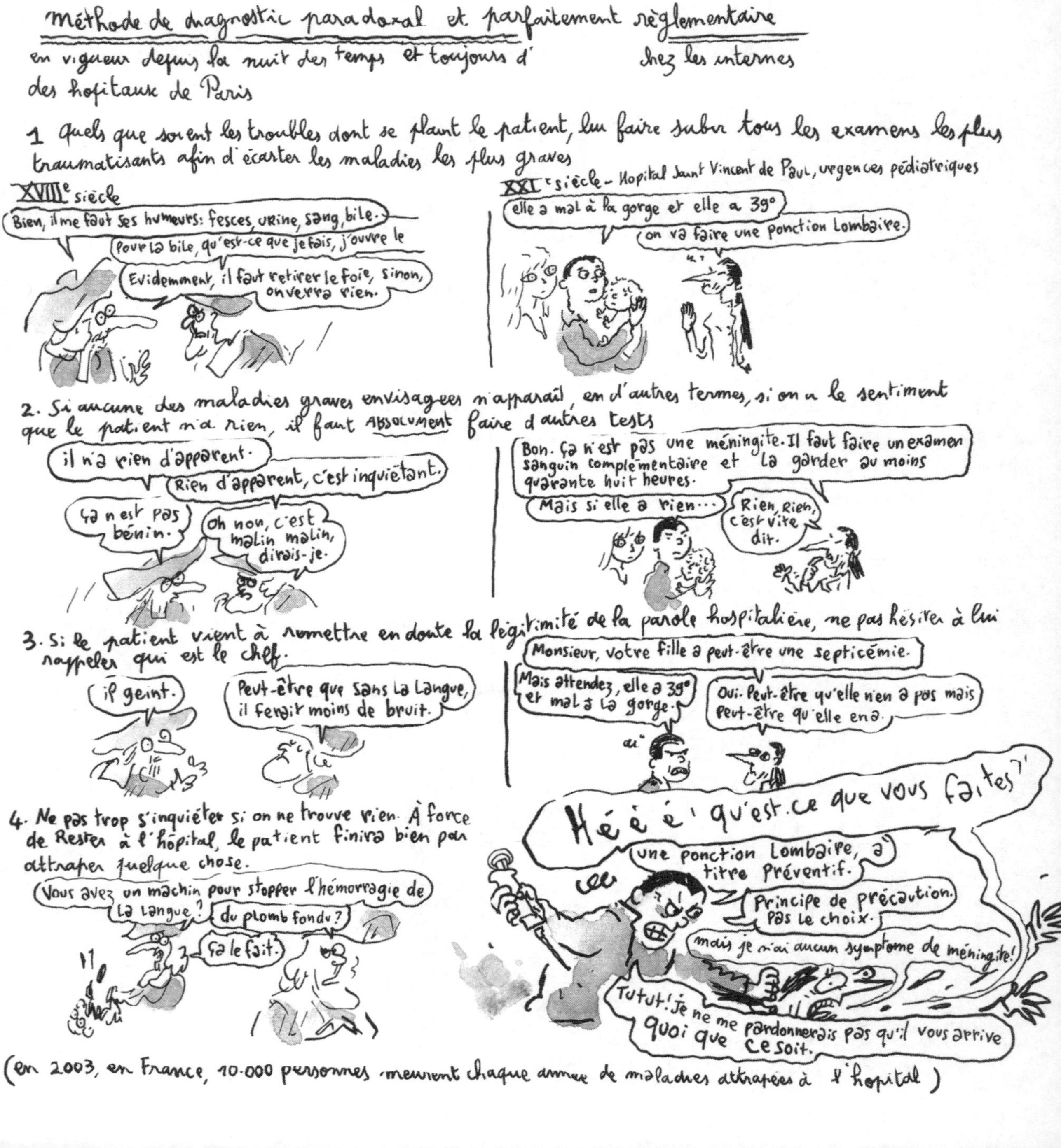
Méthode de diagnostic paradoxal et parfaitement réglementaire
en vigueur depuis la nuit des temps et toujours d' chez les internes des hôpitaux de Paris
1 quels que soient les troubles dont se plaint le patient, lui faire subir tous les examens les plus traumatisants afin d'écarter les maladies les plus graves
XVIIIe siècle
Bien, il me faut ses humeurs: fesces, urine, sang, bile.
Pour la bile, qu'est-ce que je fais, j'ouvre le
Evidemment, il faut retirer le foie, sinon, on verra rien.
XXIe siècle - Hopital Saint Vincent de Paul, urgences pédiatriques
elle a mal à la gorge et elle a 39°
on va faire une ponction Lombaire.
2. Si aucune des maladies graves envisagées n'apparaît, en d'autres termes, si on a le sentiment que le patient n'a rien, il faut ABSOLUMENT faire d'autres tests
il n'a rien d'apparent.
Rien d'apparent, c'est inquiétant.
ça n'est pas bénin.
Oh non, c'est malin malin, dirais-je.
Bon. ça n'est pas une méningite. Il faut faire un examen sanguin complémentaire et la garder au moins quarante huit heures.
Mais si elle a rien…
Rien, Rien, c'est vite dit.
3. Si le patient vient à remettre en doute la légitimité de la parole hospitalière, ne pas hésiter à lui rappeler qui est le chef.
il geint.
Peut-être que sans la Langue, il ferait moins de bruit.
Monsieur, votre fille a peut-être une septicémie.
Mais attendez, elle a 39° et mal à la gorge.
Oui. Peut-être qu'elle n'en a pas mais peut-être qu'elle en a.
aï
4. Ne pas trop s'inquiéter si on ne trouve rien. À force de Rester à l'hôpital, le patient finira bien par attraper quelque chose.
Vous avez un machin pour stopper l'hémorragie de la langue?
du plomb fondu?
ça le fait.
Hééé qu'est-ce que vous faites?
une ponction Lombaire, à titre Préventif.
Principe de précaution. Pas le choix.
mais je n'ai aucun symptome de méningite!
Tutut! Je ne me pardonnerais pas qu'il vous arrive quoi que ce soit.
(en 2003, en France, 10.000 personnes meurent chaque année de maladies attrapées à l'hôpital)

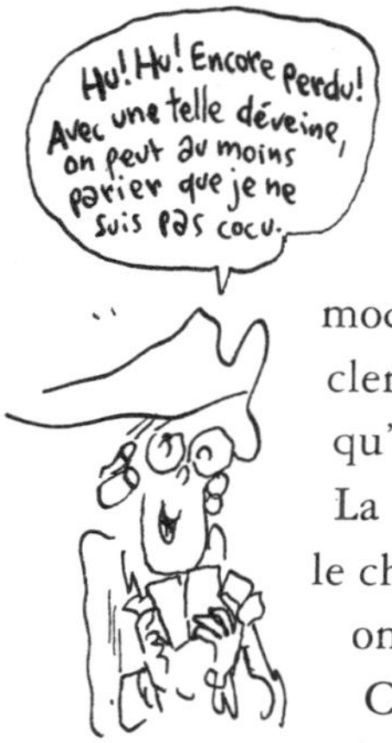

der un billet payable au porteur pour l'autre monde ; Candide n'en voulut rien faire. Les dévotes l'assurèrent que c'était une nouvelle mode ; Candide répondit qu'il n'était point homme à la mode. Martin voulut jeter l'habitué par les fenêtres. Le clerc jura qu'on n'enterrerait point Candide. Martin jura qu'il enterrerait le clerc s'il continuait à les importuner. La querelle s'échauffa ; Martin le prit par les épaules et le chassa rudement ; ce qui causa un grand scandale, dont on fit un procès-verbal.

Candide guérit ; et pendant sa convalescence il eut très bonne compagnie à souper chez lui. On jouait gros jeu. Candide était tout étonné que jamais les as ne lui vinssent ; et Martin ne s'en étonnait pas.

Parmi ceux qui lui faisaient les honneurs de la ville, il y avait un petit abbé périgourdin, l'un de ces gens empressés, toujours alertes, toujours serviables, effrontés, caressants, accommodants, qui guettent les étrangers à leur passage, leur content l'histoire scandaleuse de la ville, et leur offrent des plaisirs à tout prix. Celui-ci mena d'abord Candide et Martin à la comédie. On y jouait une tragédie nouvelle. Candide se trouva placé auprès de quelques beaux esprits. Cela ne l'empêcha pas de pleurer à des scènes jouées parfaitement. Un des raisonneurs qui étaient à ses côtés lui dit dans un entracte : "Vous avez grand tort de pleurer : cette actrice est fort mauvaise ; l'acteur qui joue avec elle est plus mauvais acteur encore ; la pièce est encore plus mauvaise que les acteurs ; l'auteur ne sait pas un mot d'arabe, et cependant la scène est en Arabie ; et, de plus, c'est un homme qui ne croit pas aux idées innées : je vous apporterai demain vingt brochures contre lui. – Monsieur, combien avez-vous de pièces de théâtre en France ?" dit Candide à l'abbé ; lequel répondit : "Cinq ou six mille. – C'est beaucoup, dit Candide ; combien y en a-t-il de bonnes ? – Quinze ou seize, répliqua l'autre. – C'est beaucoup", dit Martin.

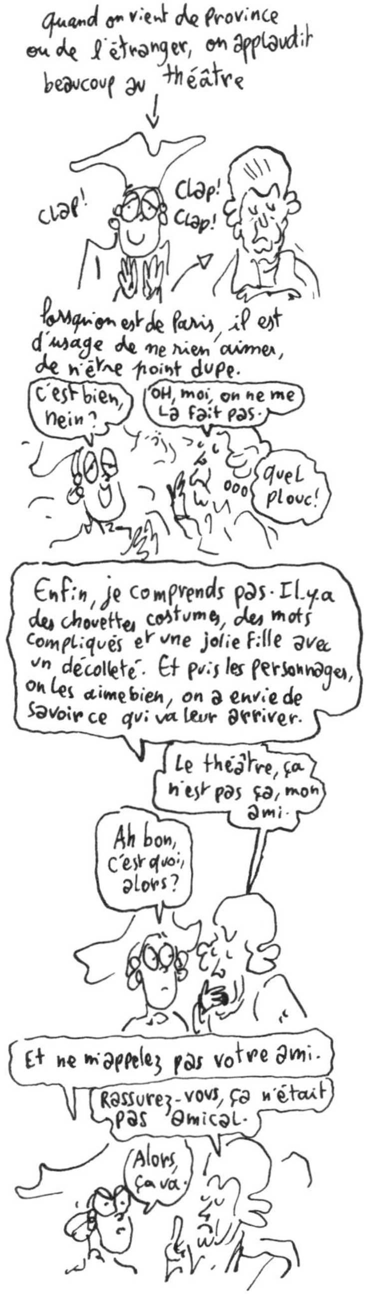

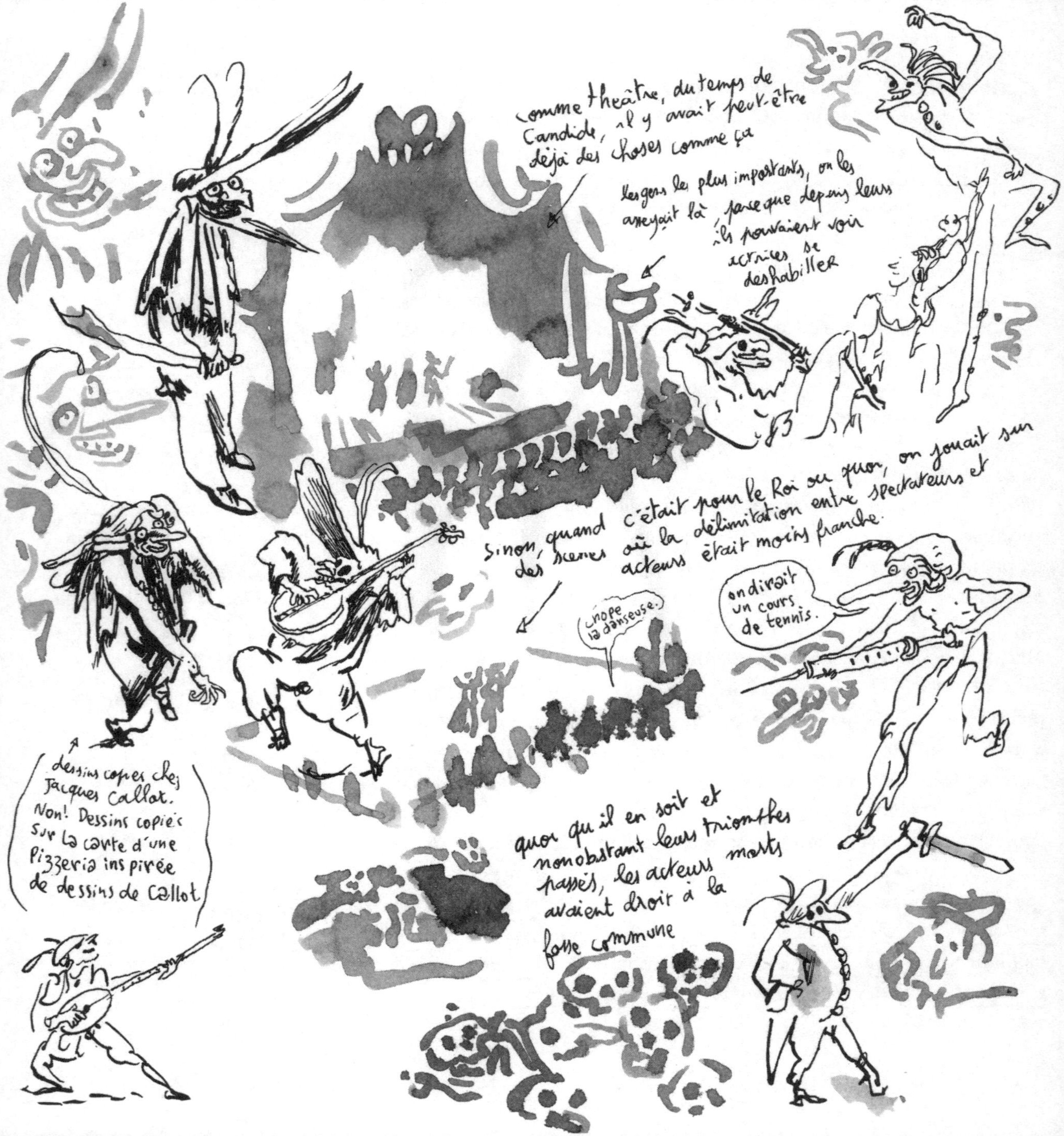
comme théâtre, du temps de Candide, il y avait peut-être déjà des choses comme ça
les gens les plus importants, on les asseyait là parce que depuis leurs ils pouvaient voir actrices se deshabiller
sinon, quand c'était pour le Roi ou quoi, on jouait sur des scènes où la délimitation entre spectateurs et acteurs était moins franche.
chope la danseuse.
ondirait un cours de tennis.
dessins copiés chez Jacques Callot. Non! Dessins copiés sur la carte d'une pizzeria inspirée de dessins de Callot
quoi qu'il en soit et nonobstant leurs triomphes passés, les acteurs morts avaient droit à la fosse commune

Candide fut très content d'une actrice qui faisait la reine Elisabeth dans une assez plate tragédie que l'on joue quelquefois. "Cette actrice, dit-il à Martin, me plaît beaucoup ; elle a un faux air de Mlle Cunégonde ; je serais bien aise de la saluer." L'abbé périgourdin s'offrit à l'introduire chez elle. Candide, élevé en Allemagne, demanda quelle était l'étiquette, et comment on traitait en France les reines d'Angleterre. "Il faut distinguer, dit l'abbé ; en province, on les mène au cabaret ; à Paris, on les respecte quand elles sont belles, et on les jette à la voirie quand elles sont mortes. – Des reines à la voirie ! dit Candide. – Oui vraiment, dit Martin ; monsieur l'abbé a raison : j'étais à Paris quand Mlle Monime passa, comme on dit, de cette vie à l'autre ; on lui refusa ce que ces gens-ci appellent *les honneurs de la sépulture*, c'est-à-dire de pourrir avec tous les gueux du quartier dans un vilain cimetière ; elle fut enterrée toute seule de sa bande au coin de la rue de Bourgogne ; ce qui dut lui faire une peine extrême, car elle pensait très noblement. – Cela est bien impoli, dit Candide. – Que voulez-vous ? dit Martin ; ces gens-ci sont ainsi faits. Imaginez toutes les contradictions, toutes les incompatibilités possibles, vous les verrez dans le gouvernement, dans les tribunaux, dans les églises, dans les spectacles de cette drôle de nation. – Est-il vrai qu'on rit toujours à Paris ? dit Candide. – Oui, dit l'abbé,

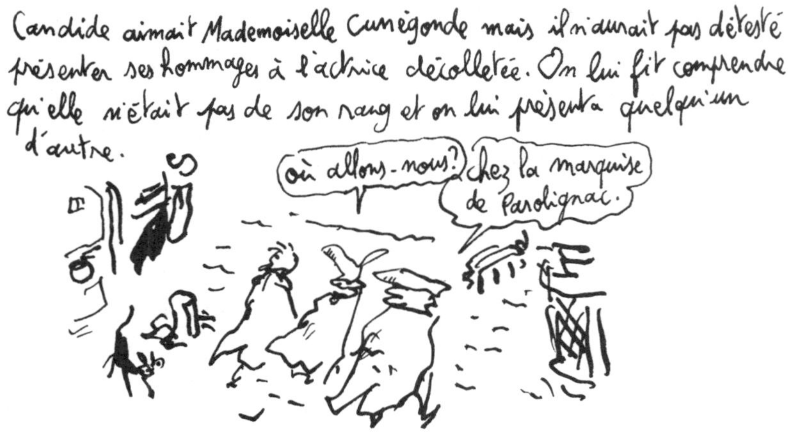

mais c'est en enrageant ; car on s'y plaint de tout avec de grands éclats de rire ; et même on y fait en riant les actions les plus détestables.
– Quel est, dit Candide, ce gros cochon qui me disait tant de mal de la pièce où j'ai tant pleuré et des acteurs qui m'ont fait tant de plaisir ? – C'est un mal vivant, répondit l'abbé, qui gagne sa vie à dire du mal de toutes les pièces et de tous les livres ; il hait quiconque réussit, comme les eunuques haïssent les jouissants : c'est un de ces serpents de la littérature qui se nourrissent de fange et de venin ; c'est un folliculaire. – Qu'appelez-vous folliculaire ? dit Candide. – C'est, dit l'abbé, un faiseur de feuilles, un Fréron."

C'est ainsi que Voltaire offrit l'éternité au critique Fréron. Sans ces lignes, il serait aujourd'hui dans l'oubli. Prenez garde, auteurs d'aujourd'hui, de ne rien écrire contre vos détracteurs ; vous leur offririez une longévité qu'ils ne méritent sans doute pas.

C'est ainsi que Candide, Martin et le Périgourdin raisonnaient sur l'escalier, en voyant défiler le monde au sortir de la pièce. "Quoique je sois très empressé de revoir Mlle Cunégonde, dit Candide, je voudrais pourtant souper avec Mlle Clairon ; car elle m'a paru admirable."
L'abbé n'était pas homme à approcher de Mlle Clairon, qui ne voyait que bonne compagnie. "Elle est engagée pour ce soir, dit-il ; mais j'aurai l'honneur de vous mener chez une dame de qualité, et là vous connaîtrez Paris comme si vous y aviez été quatre ans."
Candide, qui était naturellement curieux, se laissa mener chez la dame, au fond du faubourg Saint-Honoré ; on y était occupé d'un pharaon ; douze tristes pontes tenaient chacun en main un petit livre de cartes, registre cornu de leurs infortunes. Un profond silence régnait, la pâleur était sur le front des pontes, l'inquiétude sur celui du banquier, et la dame du logis, assise auprès de ce banquier impitoyable, remarquait avec des yeux de lynx tous les parolis, tous les sept-et-le-va de campagne, dont chaque joueur cornait ses cartes ; elle les faisait décorner avec une attention sévère mais polie, et ne se fâchait point, de peur de perdre ses pratiques : la dame se faisait appeler la marquise de Parolignac. Sa fille, âgée de quinze ans, était au nombre des pontes et avertissait d'un clin d'œil des friponneries de ces pauvres gens, qui tâchaient de réparer les cruautés du sort. L'abbé périgourdin, Candide et Martin entrèrent ; personne ne se leva, ni les salua, ni les regarda ;

tous étaient profondément occupés de leurs cartes. “Madame la baronne de Thunder-ten-tronckh était plus civile”, dit Candide.
Cependant l’abbé s’approcha de l’oreille de la marquise, qui se leva à moitié, honora Candide d’un sourire gracieux, et Martin d’un air de tête tout à fait noble ; elle fit donner un siège et un jeu de cartes à Candide, qui perdit cinquante mille francs en deux tailles ; après quoi on soupa très gaiement, et tout le monde était étonné que Candide ne fût pas ému de sa perte ; les laquais disaient entre eux, dans leur langage de laquais : “Il faut que ce soit quelque milord anglais.”
Le souper fut comme la plupart des soupers de Paris : d’abord du silence, ensuite un bruit de paroles qu’on ne distingue point, puis des plaisanteries dont la plupart sont insipides, de fausses nouvelles, de mauvais raisonnements, un peu de politique et beaucoup de médisance ; on parla même de livres nouveaux. “Avez-vous lu, dit l’abbé périgourdin, le roman du sieur Gauchat, docteur en théologie ? – Oui, répondit un des convives, mais je n’ai pu l’achever. Nous avons une foule d’écrits impertinents, mais tous ensemble n’approchent pas de l’impertinence de Gauchat, docteur en théologie ; je suis si rassasié de cette immensité de détestables livres qui nous inondent que je me suis mis à ponter au pharaon. – Et les *Mélanges* de l’archidiacre T…, qu’en dites-vous ? dit l’abbé. – Ah ! dit Mme de Parolignac, l’ennuyeux mortel ! comme il vous dit curieusement tout ce que le monde sait ! comme il discute pesamment ce qui ne vaut pas la peine d’être remarqué légèrement ! comme il s’approprie sans esprit l’esprit des autres ! comme il gâte ce qu’il pille ! comme il me dégoûte ! Mais il ne me dégoûtera plus : c’est assez d’avoir lu quelques pages de l’archidiacre.”
Il y avait à table un homme savant et de goût qui appuya ce que disait la marquise. On parla ensuite de tragédies ; la dame demanda pourquoi il y avait des tragédies qu’on jouait quelquefois, et qu’on ne pouvait lire. L’homme de goût expliqua très bien comment une pièce pouvait avoir quelque intérêt et n’avoir presque aucun mérite ; il prouva en peu de mots que ce n’était pas assez d’amener une ou deux de ces situations

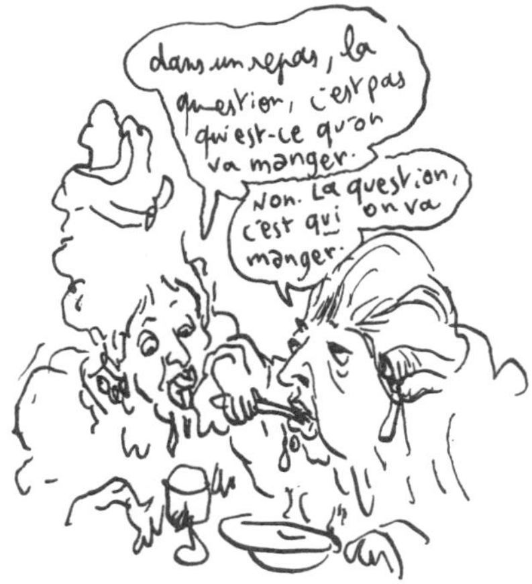

↖ C'est vrai qu'à Paris il y a toujours des repas comme ça. À Nice, ma ville natale, j'en entends aussi, des conneries, mais rien à voir avec les conneries de Paris. Dans la capitale, les repas peuvent se transformer en duels aigres, mollassons, traîtres et sans rythme. Les convives y sont occupés à ne pas passer pour des imbéciles.

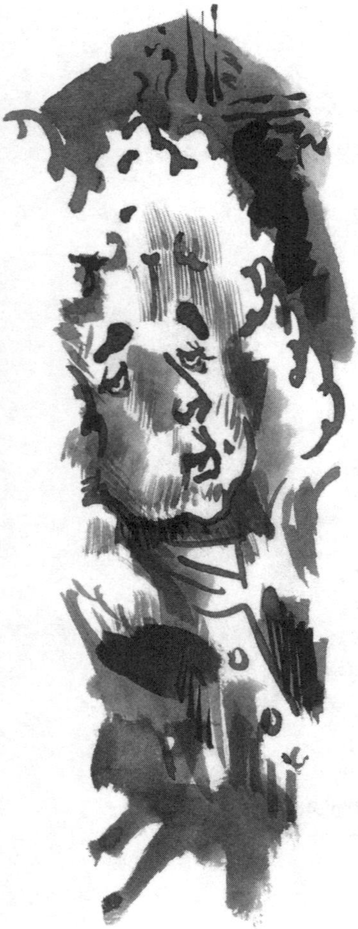

qu'on trouve dans tous les romans, et qui séduisent toujours les spectateurs, mais qu'il faut être neuf sans être bizarre, souvent sublime, et toujours naturel ; connaître le cœur humain et le faire parler ; être grand poète sans que jamais aucun personnage de la pièce paraisse poète ; savoir parfaitement sa langue, la parler avec pureté, avec une harmonie continue, sans que jamais la rime coûte rien au sens. "Quiconque, ajouta-t-il, n'observe pas toutes ces règles peut faire une ou deux tragédies applaudies au théâtre, mais il ne sera jamais compté au rang des bons écrivains ; il y a très peu de bonnes tragédies ; les unes sont des idylles en dialogues bien écrits et bien rimés ; les autres, des raisonnements politiques qui endorment, ou des amplifications qui rebutent ; les autres, des rêves d'énergumène, en style barbare, des propos interrompus, de longues apostrophes aux dieux, parce qu'on ne sait point parler aux hommes, des maximes fausses, des lieux communs ampoulés."

Candide écouta ce propos avec attention, et conçut une grande idée du discoureur ; et, comme la marquise avait eu soin de le placer à côté d'elle, il s'approcha de son oreille, et prit la liberté de lui demander qui était cet homme qui parlait si bien. "C'est un savant, dit la dame, qui ne ponte point, et que l'abbé m'amène quelquefois à souper ; il se connaît parfaitement en tragédies et en livres, et il a fait une tragédie sifflée et un livre dont on n'a jamais vu hors de la boutique de son libraire qu'un exemplaire qu'il m'a dédié. – Le grand homme ! dit Candide ; c'est un autre Pangloss."

Alors, se tournant vers lui, il lui dit : "Monsieur, vous pensez sans doute que tout est au mieux dans le monde physique et dans le moral, et que rien ne pouvait être autrement ? – Moi, monsieur, lui répondit le savant, je ne pense rien de tout cela : je trouve que tout va de travers chez nous ; que personne ne sait ni quel est son rang, ni quelle est sa charge, ni ce qu'il fait, ni ce qu'il doit faire, et qu'excepté le souper, qui est assez gai et où il paraît assez d'union, tout le reste du temps se passe en querelles impertinentes : jansénistes contre molinistes, gens

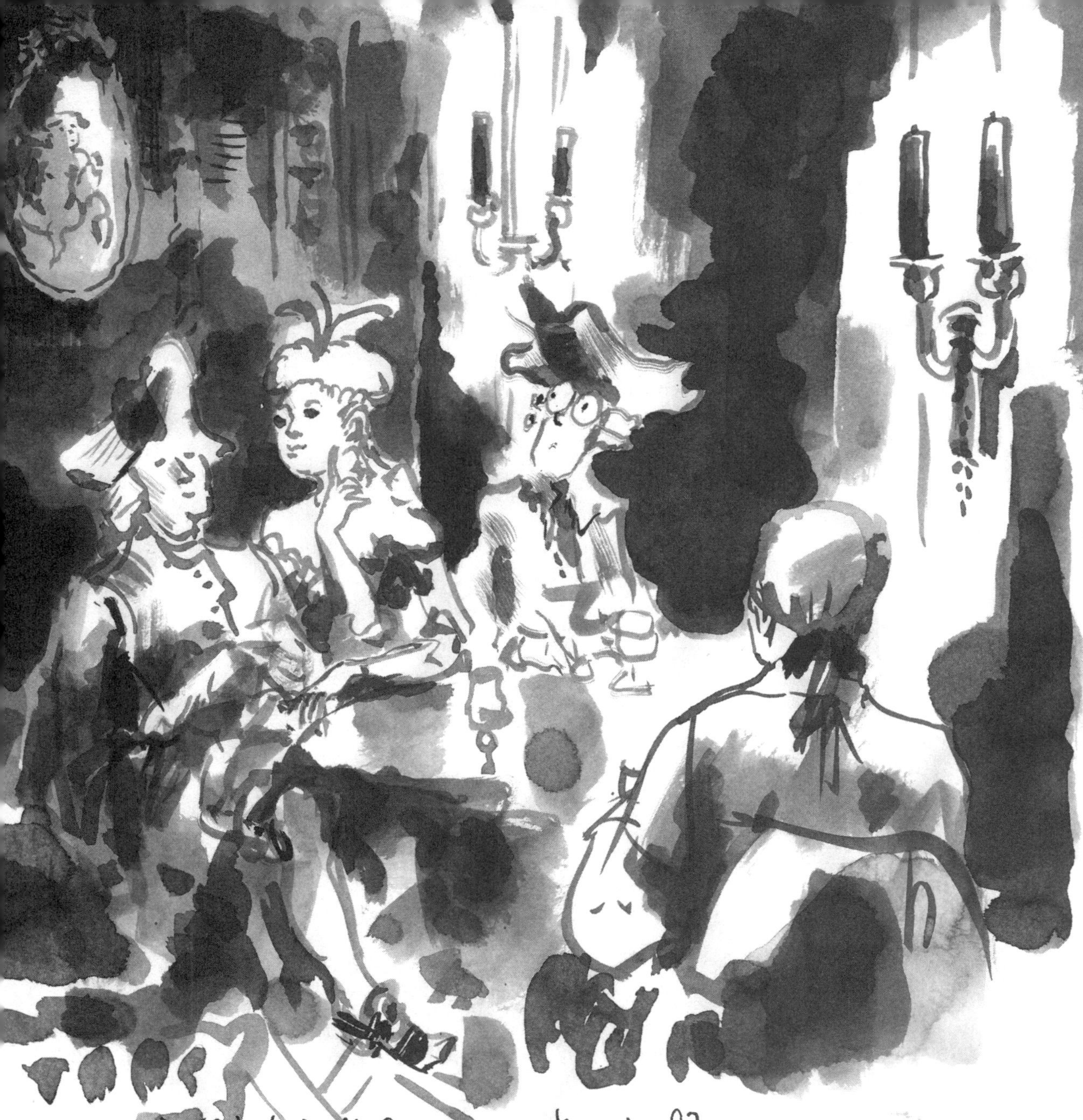

qui c'est qui va encore rentrer seul ?

du parlement contre gens d'église, gens de lettres contre gens de lettres, courtisans contre courtisans, financiers contre le peuple, femmes contre maris, parents contre parents ; c'est une guerre éternelle."

Candide lui répliqua : "J'ai vu pis. Mais un sage, qui depuis a eu le malheur d'être pendu, m'apprit que tout cela est à merveille ; ce sont des ombres à un beau tableau. – Votre pendu se moquait du monde, dit Martin ; vos ombres sont des taches horribles. – Ce sont les hommes qui font les taches, dit Candide, et ils ne peuvent pas s'en dispenser. – Ce n'est donc pas leur faute", dit Martin. La plupart des pontes, qui n'entendaient rien à ce langage, buvaient ; et Martin raisonna avec le savant, et Candide raconta une partie de ses aventures à la dame du logis.

Après soupé, la marquise mena Candide dans son cabinet et le fit asseoir sur un canapé. "Eh bien ! lui dit-elle, vous aimez donc toujours éperdument Mlle Cunégonde de Thunder-ten-tronckh ? – Oui, madame", répondit Candide. La marquise lui répliqua avec un souris tendre : "Vous me répondez comme un jeune homme de Westphalie ; un Français m'aurait dit : "Il est vrai que j'ai aimé Mlle Cunégonde ; mais en vous voyant, madame, je crains de ne la plus aimer." – Hélas ! madame, dit Candide, je répondrai comme vous voudrez. – Votre passion pour elle, dit la marquise, a commencé en ramassant son mouchoir ; je

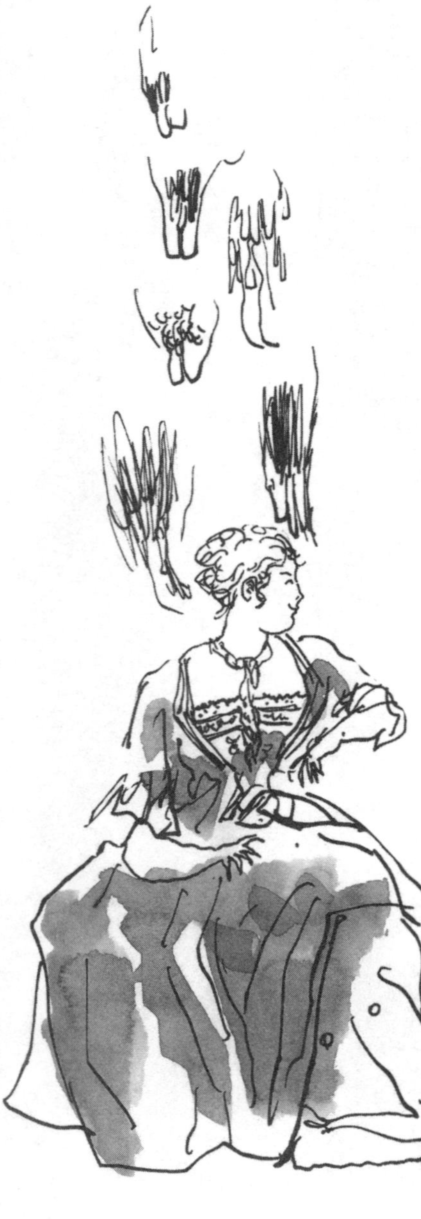

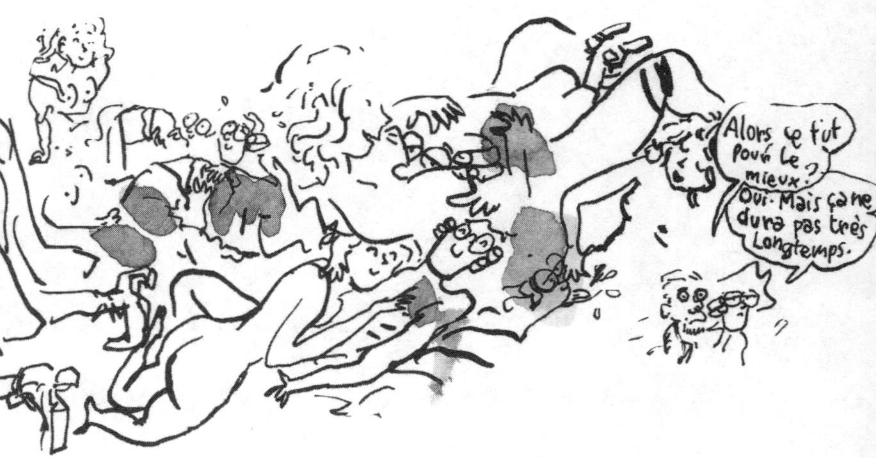

veux que vous ramassiez ma jarretière. – De tout mon cœur", dit Candide ; et il la ramassa. "Mais je veux que vous me la remettiez", dit la dame ; et Candide la lui remit. "Voyez-vous, dit la dame, vous êtes étranger, je fais quelquefois languir mes amants de Paris quinze jours, mais je me rends à vous dès la première nuit, parce qu'il faut faire les honneurs de son pays à un jeune homme de Westphalie." La belle, ayant aperçu deux énormes diamants aux deux mains de son jeune étranger, les loua de si bonne foi que des doigts de Candide ils passèrent aux doigts de la marquise.

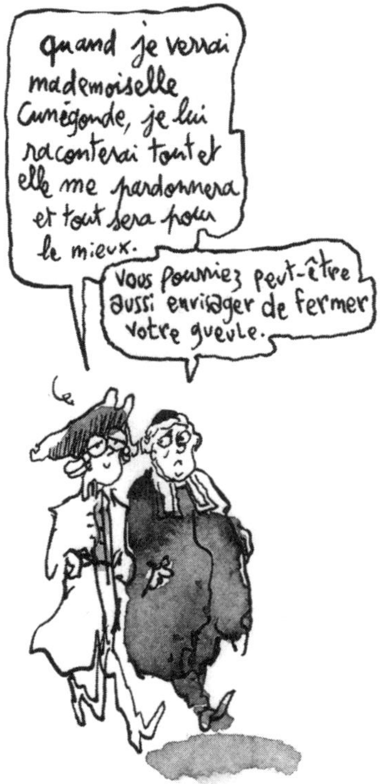

Candide, en s'en retournant avec son abbé périgourdin, sentit quelques remords d'avoir fait une infidélité à Mlle Cunégonde ; monsieur l'abbé entra dans sa peine ; il n'avait qu'une légère part aux cinquante mille livres perdues au jeu par Candide, et à la valeur des deux brillants moitié donnés, moitié extorqués. Son dessein était de profiter, autant qu'il le pourrait, des avantages que la connaissance de Candide pouvait lui procurer. Il lui parla beaucoup de Cunégonde ; et Candide lui dit qu'il demanderait bien pardon à cette belle de son infidélité, quand il la verrait à Venise.

Le Périgourdin redoublait de politesse et d'attentions, et prenait un intérêt tendre à tout ce que Candide disait, à tout ce qu'il faisait, à tout ce qu'il voulait faire.

"Vous avez donc, monsieur, lui dit-il, un rendez-vous à Venise ? – Oui, monsieur l'abbé, dit Candide ; il faut absolument que j'aille trouver Mlle Cunégonde." Alors, engagé par le plaisir de parler de ce qu'il aimait, il conta, selon son usage, une partie de ses aventures avec cette illustre Westphalienne.

"Je crois, dit l'abbé, que Mlle Cunégonde a bien de l'esprit, et qu'elle écrit des lettres charmantes ? – Je n'en ai jamais reçu, dit Candide ; car figurez-vous qu'ayant été chassé du château pour l'amour d'elle, je ne pus lui écrire ; que bientôt après j'appris qu'elle était morte, qu'ensuite je la retrouvai, et que je la perdis, et que je lui ai envoyé à deux mille cinq cents lieues d'ici un exprès dont j'attends la réponse."

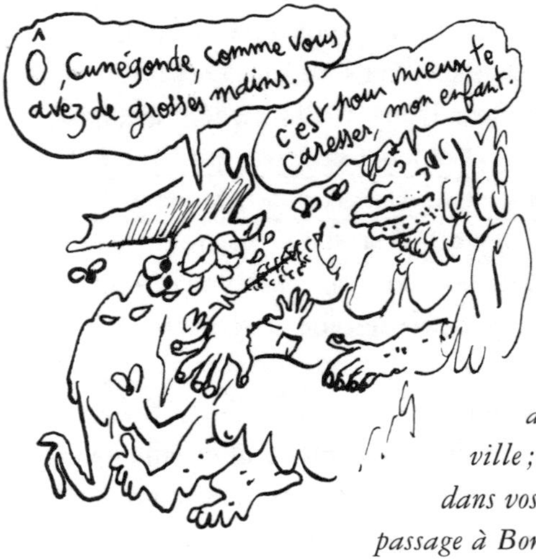

L'abbé écoutait attentivement, et paraissait un peu rêveur. Il prit bientôt congé des deux étrangers, après les avoir tendrement embrassés. Le lendemain Candide reçut à son réveil une lettre conçue en ces termes :

Monsieur, mon très cher amant, il y a huit jours que je suis malade en cette ville ; j'apprends que vous y êtes. Je volerais dans vos bras si je pouvais remuer. J'ai su votre passage à Bordeaux ; j'y ai laissé le fidèle Cacambo et la vieille, qui doivent bientôt me suivre. Le gouverneur de Buenos-Ayres a tout pris, mais il me reste votre cœur. Venez, votre présence me rendra la vie, ou me fera mourir de plaisir.

Cette lettre charmante, cette lettre inespérée, transporta Candide d'une joie inexprimable ; et la maladie de sa chère Cunégonde l'accabla de douleur. Partagé entre ces deux sentiments, il prend son or et ses diamants, et se fait conduire avec Martin à l'hôtel où Mlle Cunégonde demeurait. Il entre en tremblant d'émotion, son cœur palpite, sa voix sanglote ; il veut ouvrir les rideaux du lit, il veut faire apporter de la lumière. "Gardez-vous-en bien, lui dit la suivante, la lumière la tue" ; et soudain elle referme le rideau. "Ma chère Cunégonde, dit Candide en pleurant, comment vous portez-vous ? si vous ne pouvez me voir, parlez-moi du moins. – Elle ne peut parler", dit la suivante. La dame alors tire du lit une main potelée que Candide arrose longtemps de ses larmes, et qu'il remplit ensuite de diamants, en laissant un sac plein d'or sur le fauteuil.

Au milieu de ses transports arrive un exempt suivi de l'abbé périgourdin et d'une escouade. "Voilà donc, dit-il, ces deux étrangers suspects ?" Il les fait incontinent saisir, et ordonne à ses braves de les traîner en prison. “Ce n’est pas ainsi qu’on traite les voyageurs dans le Dorado, dit Candide. – Je suis plus manichéen que jamais, dit Martin. – Mais, monsieur, où nous menez-vous ? dit Candide. – Dans un cul de basse-fosse”, dit l’exempt.

Martin, ayant repris son sang-froid, jugea que la dame qui se prétendait Cunégonde était une friponne, monsieur l’abbé périgourdin un fripon qui avait abusé au plus vite de l’innocence de Candide, et l’exempt un autre fripon dont on pouvait aisément se débarrasser.

Plutôt que de s’exposer aux procédures de la justice, Candide, éclairé par son conseil, et d’ailleurs toujours impatient de revoir la véritable Cunégonde, propose à l’exempt trois petits diamants d’environ trois mille pistoles chacun. “Ah ! monsieur, lui dit l’homme au bâton d’ivoire, eussiez-vous commis tous les crimes imaginables, vous êtes le plus honnête homme du monde ; trois diamants ! chacun de trois mille pistoles ! Monsieur ! je me ferais tuer pour vous, au lieu de vous mener dans un cachot. On arrête tous les étrangers, mais laissez-moi faire ; j’ai un frère à Dieppe en Normandie, je vais vous y mener ; et si vous avez quelque diamant à lui donner, il aura soin de vous comme moi-même.

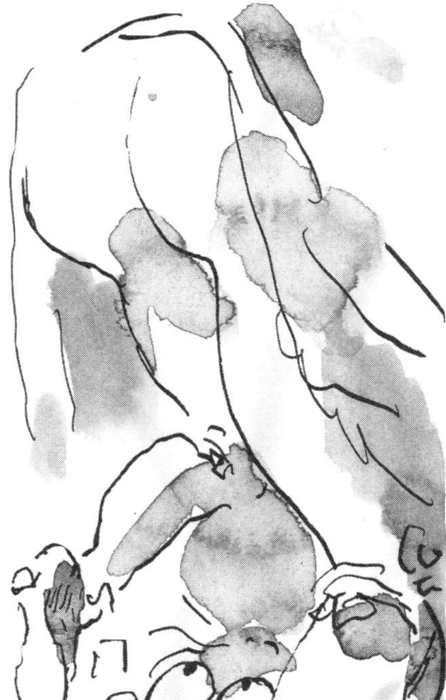

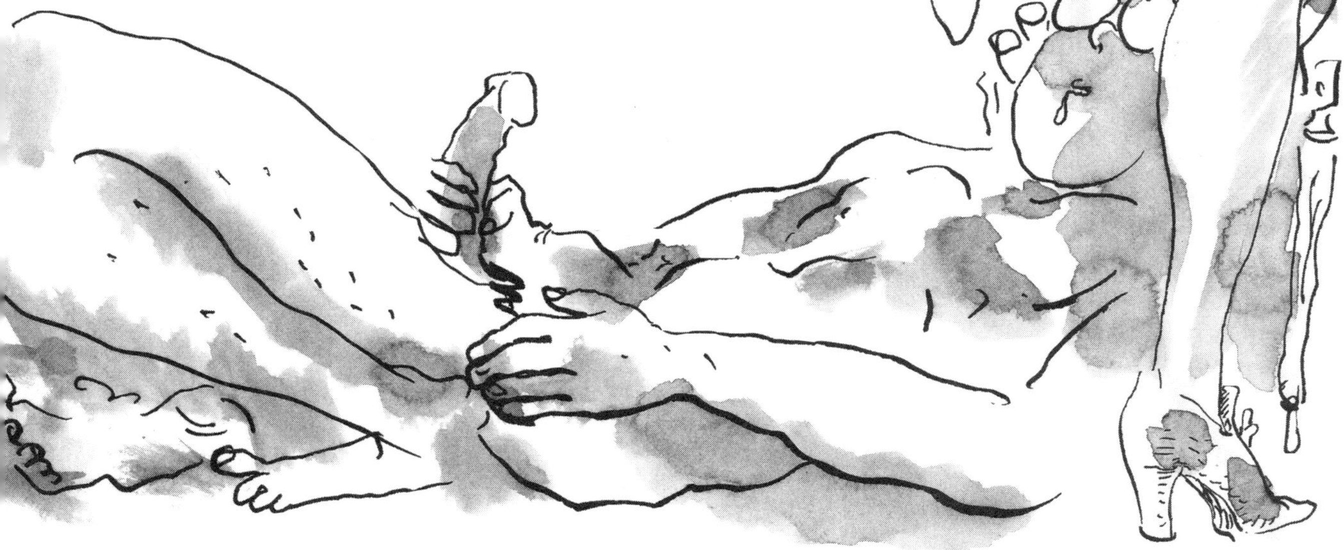

– Et pourquoi arrête-t-on tous les étrangers ?” dit Candide. L’abbé périgourdin prit alors la parole et dit : “C’est parce qu’un gueux du pays d’Atrébatie a entendu dire des sottises : cela seul lui a fait commettre un parricide, non pas tel que celui de 1610 au mois de mai, mais tel que celui de 1594 au mois de décembre, et tel que plusieurs autres commis dans d’autres années et dans d’autres mois par d’autres gueux qui avaient entendu dire des sottises.”

L’exempt alors expliqua de quoi il s’agissait. “Ah, les monstres ! s’écria Candide ; quoi ! de telles horreurs chez un peuple qui danse et qui chante ! Ne pourrai-je sortir au plus vite de ce pays où des singes agacent des tigres ? J’ai vu des ours dans mon pays ; je n’ai vu des hommes que dans le Dorado. Au nom de Dieu, monsieur l’exempt, menez-moi à Venise, où je dois attendre Mlle Cunégonde. – Je ne peux vous mener qu’en Basse-Normandie”, dit le barigel. Aussitôt il lui fait ôter ses fers, dit qu’il s’est mépris, renvoie ses gens et emmène à Dieppe Candide et Martin, et les laisse entre les mains de son frère. Il y avait un petit vaisseau hollandais à la rade. Le Normand, à l’aide de trois autres diamants, devenu le plus serviable des hommes, embarque Candide et ses gens dans le vaisseau qui allait faire voile pour Portsmouth en Angleterre. Ce n’était pas le chemin de Venise ; mais Candide croyait être délivré de l’enfer, et il comptait bien reprendre la route de Venise à la première occasion.

Bizarre, ce chapitre sur Paris. Plus pertinent, peut être, que les autres, car moins grotesque, mais plus aigre aussi. Voltaire n'a pas pour Paris l'indifférence grimaçante qu'il affecte pour le reste du monde. Il s'y appesantit, y règle des comptes, au risque de faire de cette partie du conte un hors sujet.

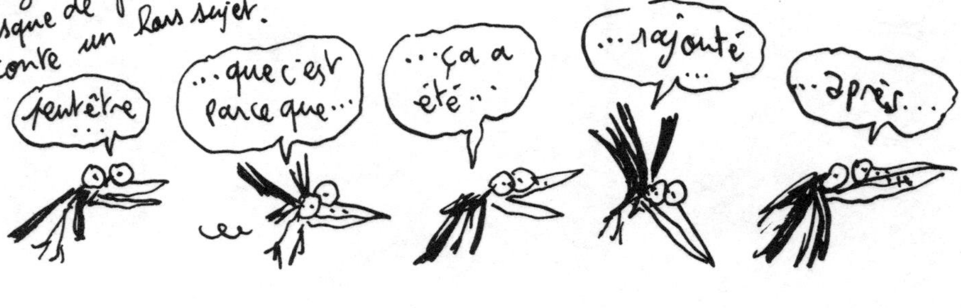

CHAPITRE VINGT-TROISIÈME.

CANDIDE ET MARTIN VONT SUR LES CÔTES D'ANGLETERRE ; CE QU'ILS Y VOIENT.

« Ah, Pangloss ! Pangloss ! Ah, Martin ! Martin ! Ah, ma chère Cunégonde ! qu'est-ce que ce monde-ci ? disait Candide sur le vaisseau hollandais. – Quelque chose de bien fou et de bien abominable, répondait Martin. – Vous connaissez l'Angleterre ; y est-on aussi fou qu'en France ? – C'est une autre espèce de folie, dit Martin. Vous savez que ces deux nations sont en guerre

Tiens, j'ai une histoire sur l'Angleterre : cet épisode ne figure pas dans le Candide mais il aurait pu. Voilà, pendant la Guerre de Cent ans, on expliquait aux anglais que les français étaient sales, velus, brutaux et que leur langue consistait en d'infâmes borborygmes. Un navire venu d'on ne sait où s'échoua sur les côtes anglaises. Le seul rescapé du naufrage était un singe. Les gens du coin, l'ayant examiné, conclurent que ça devait être un français. Ils le traînèrent au tribunal où l'on procéda à son jugement, à la suite duquel le singe fut pendu.

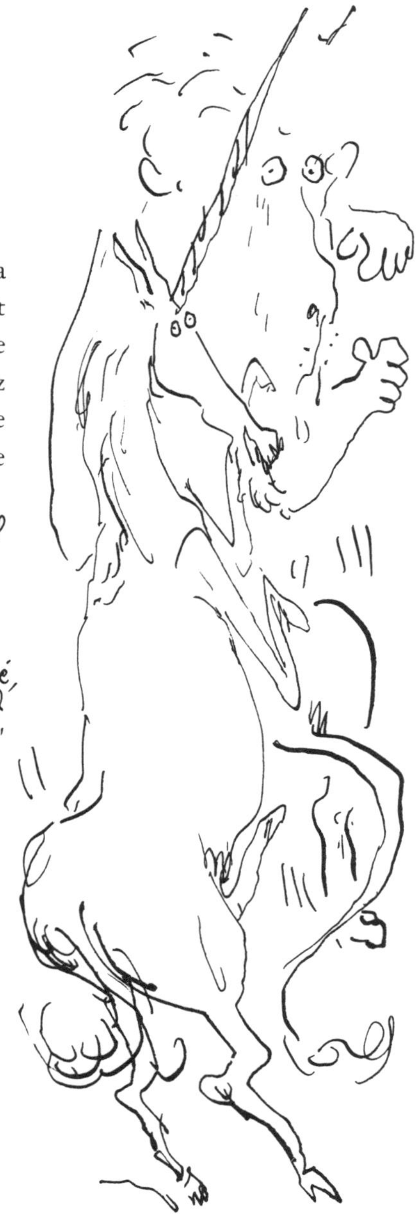

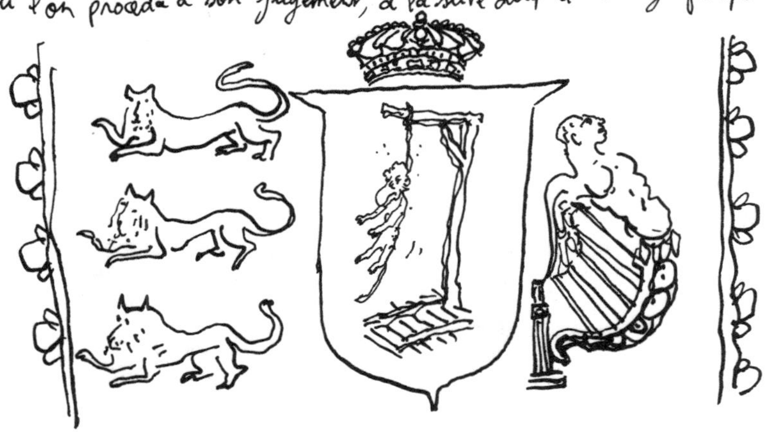

pour quelques arpents de neige vers le Canada, et qu'elles dépensent pour cette belle guerre beaucoup plus que tout le Canada ne vaut. De vous dire précisément s'il y a plus de gens à lier dans un pays que dans un autre, c'est ce que mes faibles lumières ne me permettent pas. Je sais seulement qu'en général les gens que nous allons voir sont fort atrabilaires."

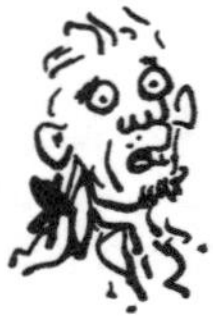

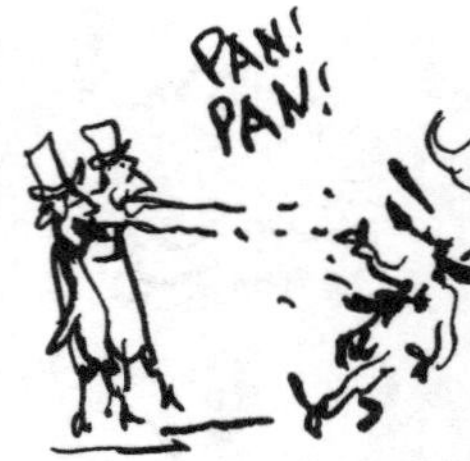

En causant ainsi ils abordèrent à Portsmouth ; une multitude de peuple couvrait le rivage, et regardait attentivement un assez gros homme qui était à genoux, les yeux bandés, sur le tillac d'un des vaisseaux de la flotte ; quatre soldats, postés vis-à-vis de cet homme, lui tirèrent chacun trois balles dans le crâne le plus paisiblement du monde, et toute l'assemblée s'en retourna extrêmement satisfaite. "Qu'est-ce donc que tout ceci ? dit Candide, et quel démon exerce partout son empire ?" Il demanda qui était ce gros homme qu'on venait de tuer en cérémonie. "C'est un amiral, lui répondit-on. – Et pourquoi tuer cet amiral ? – C'est, lui dit-on, parce qu'il n'a pas fait tuer assez de monde ; il a livré un combat à un amiral français,

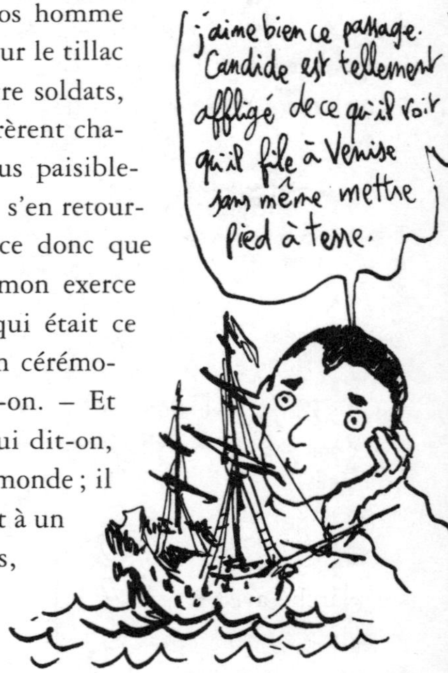

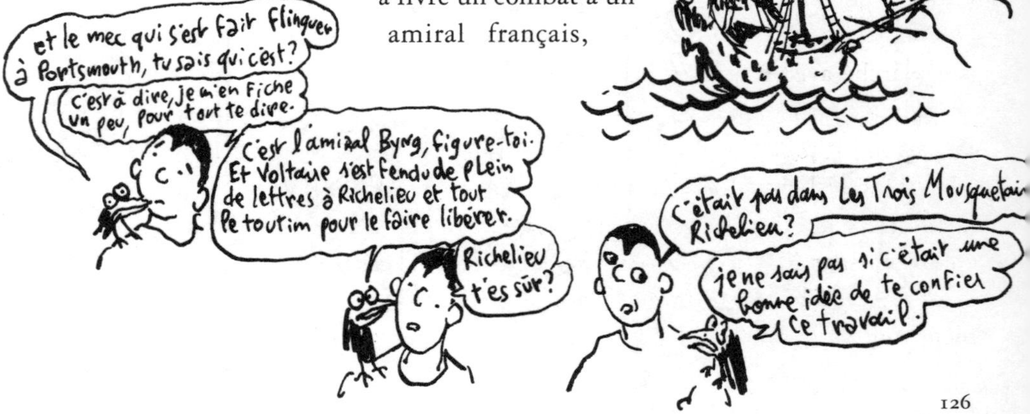

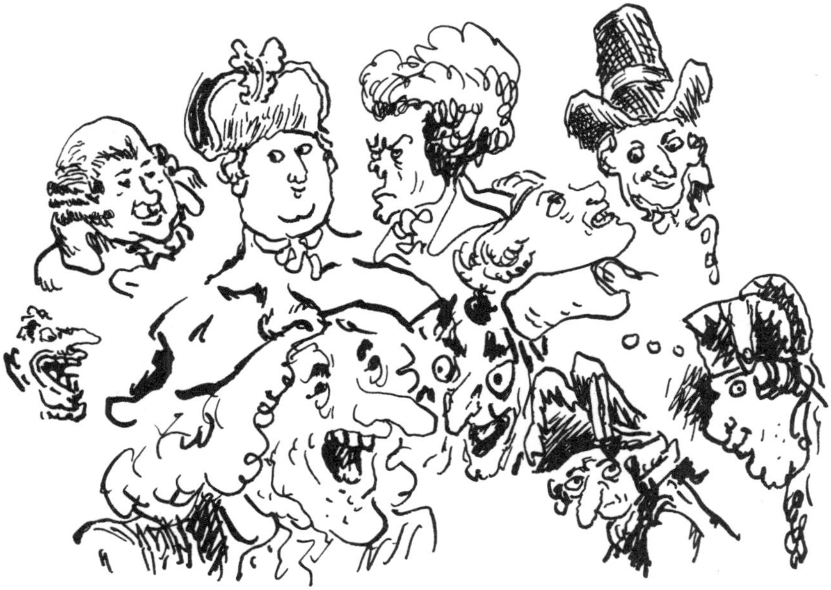

et on a trouvé qu'il n'était pas assez près de lui. – Mais, dit Candide, l'amiral français était aussi loin de l'amiral anglais que celui-ci l'était de l'autre ! – Cela est incontestable, lui répliqua-t-on ; mais dans ce pays-ci il est bon de tuer de temps en temps un amiral pour encourager les autres."

Candide fut si étourdi et si choqué de ce qu'il voyait, et de ce qu'il entendait, qu'il ne voulut pas seulement mettre pied à terre, et qu'il fit son marché avec le patron hollandais (dût-il le voler comme celui de Surinam) pour le conduire sans délai à Venise.

Le patron fut prêt au bout de deux jours. On côtoya la France ; on passa à la vue de Lisbonne, et Candide frémit. On entra dans le détroit et dans la Méditerranée ; enfin on aborda à Venise. "Dieu soit loué ! dit Candide en embrassant Martin ; c'est ici que je reverrai la belle Cunégonde. Je compte sur Cacambo comme sur moi-même. Tout est bien, tout va bien, tout va le mieux qu'il soit possible."

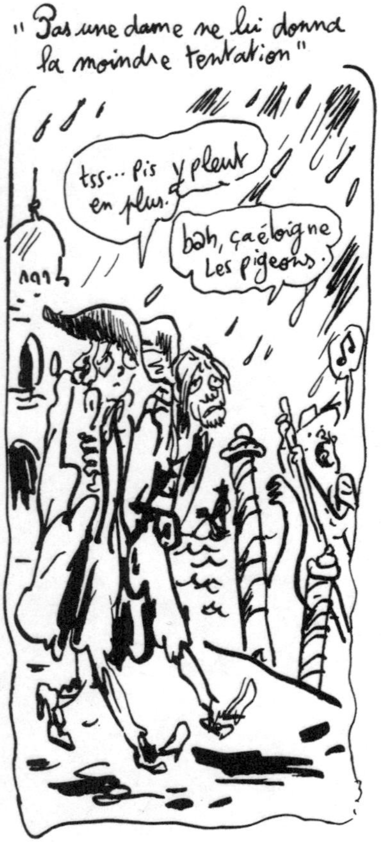

CHAPITRE VINGT-QUATRIÈME.

DE PAQUETTE ET DE FRÈRE GIROFLÉE.

Dès qu'il fut à Venise, il fit chercher Cacambo dans tous les cabarets, dans tous les cafés, chez toutes les filles de joie, et ne le trouva point. Il envoyait tous les jours à la découverte de tous les vaisseaux et de toutes les barques : nulles nouvelles de Cacambo. "Quoi ! disait-il à Martin, j'ai eu le temps de passer de Surinam à Bordeaux, d'aller de Bordeaux à Paris, de Paris à Dieppe, de Dieppe à Portsmouth, de côtoyer le Portugal et l'Espagne, de traverser toute la Méditerranée, de passer quelques mois à Venise, et la belle Cunégonde n'est point venue ! Je n'ai rencontré au lieu d'elle qu'une drôlesse et un abbé périgourdin ! Cunégonde est morte sans doute, je n'ai plus qu'à mourir. Ah ! il valait mieux rester dans le paradis du Dorado que de revenir dans cette maudite Europe. Que vous avez raison, mon cher Martin ! tout n'est qu'illusion et calamité."

Il tomba dans une mélancolie noire, et ne prit aucune part à l'opéra *alla moda* ni aux autres divertissements du carnaval ; pas une dame ne lui donna la moindre tentation. Martin lui dit : "Vous êtes bien simple, en vérité, de vous figurer qu'un valet métis, qui a cinq ou six millions dans ses poches, ira chercher votre maîtresse au bout du monde et vous l'amènera à Venise. Il la prendra pour lui, s'il la trouve. S'il ne la trouve pas, il en prendra une autre : je vous conseille d'oublier votre valet Cacambo et votre maîtresse Cunégonde." Martin n'était pas consolant. La mélancolie de Candide augmenta, et Martin ne cessait de lui prouver qu'il y avait peu de vertu et peu de bonheur sur la terre, excepté peut-être dans Eldorado, où personne ne pouvait aller.

En disputant sur cette matière importante, et en attendant Cunégonde,

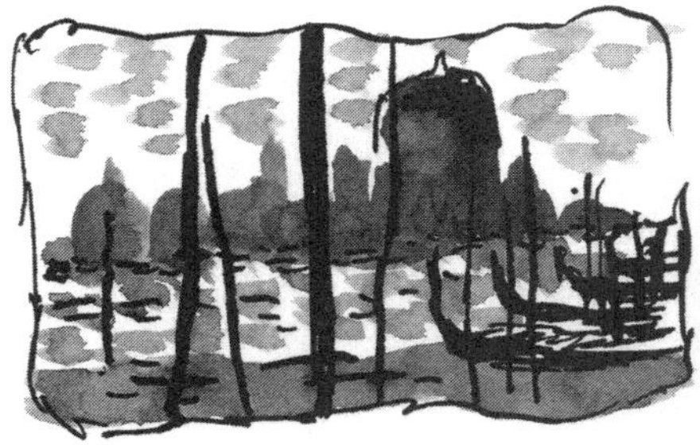

Candide aperçut un jeune théatin dans la place Saint-Marc, qui tenait sous le bras une fille. Le théatin paraissait frais, potelé, vigoureux ; ses yeux étaient brillants, son air assuré, sa mine haute, sa démarche fière. La fille était très jolie et chantait ; elle regardait amoureusement son théatin, et de temps en temps lui pinçait ses grosses joues. "Vous m'avouerez du moins, dit Candide à Martin, que ces gens-ci sont heureux. Je n'ai trouvé jusqu'à présent dans toute la terre habitable, excepté dans Eldorado, que des infortunés ; mais, pour cette fille et ce théatin, je gage que ce sont des créatures très heureuses. – Je gage que non, dit Martin. – Il n'y a qu'à les prier à dîner, dit Candide, et vous verrez si je me trompe."

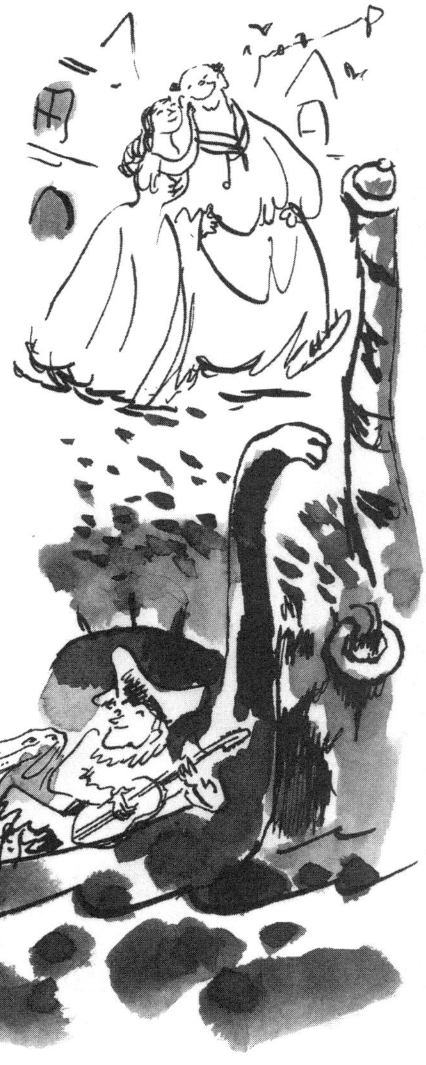

Aussitôt il les aborde, il leur fait son compliment, et les invite à venir à son hôtellerie manger des macaronis, des perdrix de Lombardie, des œufs d'esturgeon, et à boire du vin de Montepulciano, du lacrima-christi, du chypre et du samos. La demoiselle rougit, le théatin accepta la partie, et la fille le suivit en regardant Candide avec des yeux de surprise et de confusion qui furent obscurcis de quelques larmes. A peine fut-elle entrée dans la chambre de Candide qu'elle lui dit : "Eh quoi ! monsieur Candide ne reconnaît plus Paquette !" A ces mots, Candide, qui ne l'avait pas considérée jusque-là avec attention, parce qu'il n'était occupé que de Cunégonde, lui dit : "Hélas ! ma pauvre enfant, c'est donc vous qui avez mis le docteur Pangloss dans le bel état où je l'ai vu ?

– Hélas ! monsieur, c'est moi-même, dit Paquette ; je vois que vous êtes instruit de tout. J'ai su les malheurs épouvantables arrivés à toute la maison de madame la baronne et à la belle Cunégonde. Je vous jure que ma destinée n'a guère été moins triste. J'étais fort innocente quand vous m'avez vue. Un cordelier qui était mon confesseur me séduisit aisément.

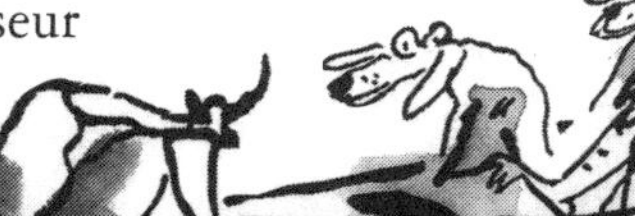

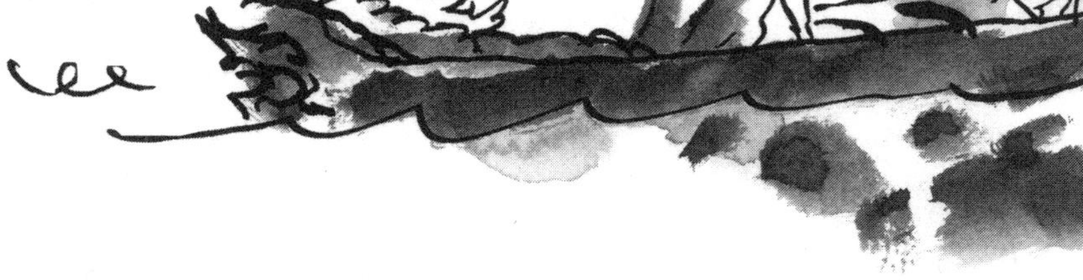

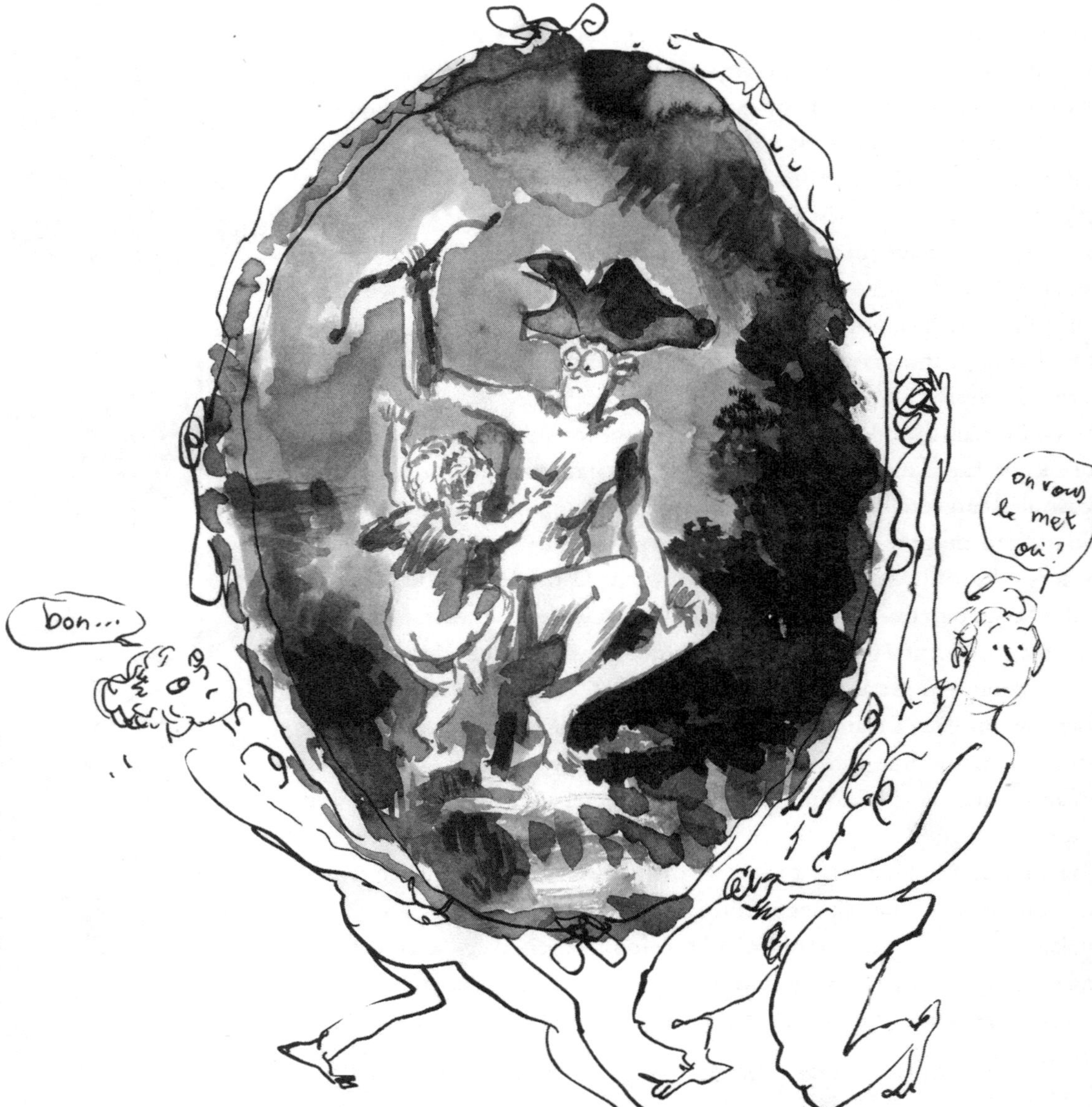

"Cariatides à l'amour désarmé" ou "L'embarras des déménageuses"

Les suites en furent affreuses ; je fus obligée de sortir du château quelques temps après que monsieur le baron vous eut renvoyé à grands coups de pied dans le derrière. Si un fameux médecin n'avait pas pris pitié de moi, j'étais morte. Je fus quelque temps par reconnaissance la maîtresse de ce médecin. Sa femme, qui était jalouse à la rage, me battait tous les jours impitoyablement ; c'était une furie. Ce médecin était le plus laid de tous les hommes, et moi la plus malheureuse de toutes les créatures d'être battue continuellement pour un homme que je n'aimais pas. Vous savez, monsieur, combien il est dangereux pour une femme acariâtre d'être l'épouse d'un médecin. Celui-ci, outré des procédés de sa femme, lui donna un jour, pour la guérir d'un petit rhume, une médecine si efficace qu'elle en mourut en deux heures de temps dans des convulsions horribles. Les parents de madame intentèrent à monsieur un procès criminel ; il prit la fuite, et moi je fus mise en prison. Mon innocence ne m'aurait pas sauvée si je n'avais été un peu jolie. Le juge m'élargit à condition qu'il succéderait au médecin. Je fus bientôt supplantée par une rivale, chassée sans récompense, et obligée de continuer ce métier abominable qui vous paraît si plaisant à vous autres hommes, et qui n'est pour nous qu'un abîme de misères. J'allai exercer la profession à Venise. Ah ! monsieur, si vous pouviez vous imaginer ce que c'est que d'être obligée de caresser indifféremment un vieux marchand, un avocat, un moine, un gondolier, un abbé ; d'être exposée à toutes les insultes, à toutes les avanies ; d'être souvent réduite à emprunter une jupe pour aller se la faire lever par un homme dégoûtant ; d'être volée par l'un de ce qu'on a gagné avec l'autre ; d'être rançonnée par les officiers de justice, et de n'avoir en perspective qu'une vieillesse affreuse, un hôpital et un fumier, vous concluriez que je suis une des plus malheureuses créatures du monde."

Paquette ouvrait ainsi son cœur au bon Candide, dans un cabinet, en présence de Martin, qui disait à Candide : "Vous voyez que j'ai déjà gagné la moitié de la gageure."

"Mon innocence ne m'aurait pas sauvée si je n'avais été un peu jolie"...

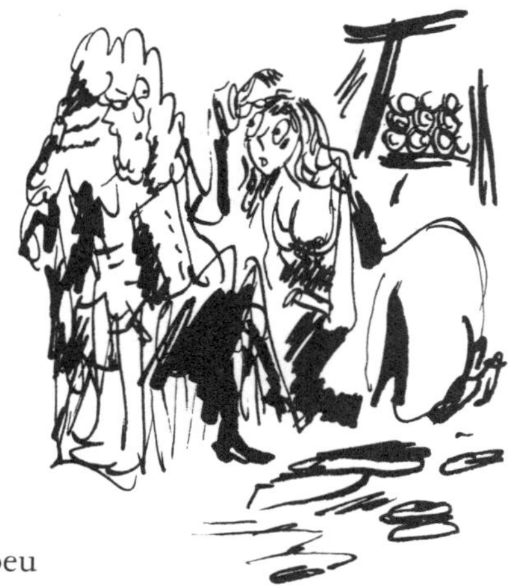

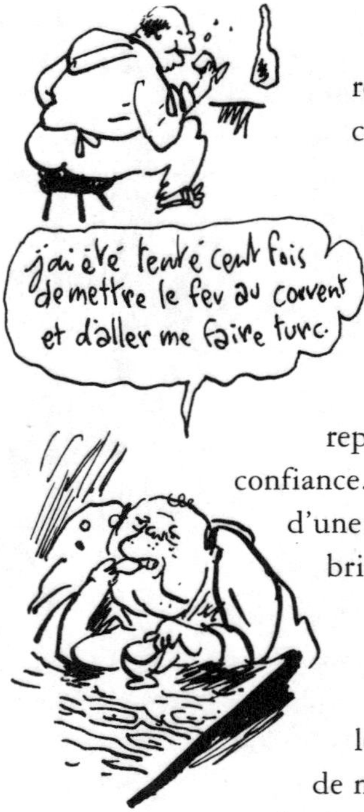

Frère Giroflée était resté dans la salle à manger, et buvait un coup en attendant le dîner. "Mais, dit Candide à Paquette, vous aviez l'air si gai, si content, quand je vous ai rencontrée ; vous chantiez, vous caressiez le théatin avec une complaisance naturelle ; vous m'avez paru aussi heureuse que vous prétendez être infortunée. – Ah ! monsieur, répondit Paquette, c'est encore là une des misères du métier. J'ai été hier volée et battue par un officier, et il faut aujourd'hui que je paraisse de bonne humeur pour plaire à un moine." Candide n'en voulut pas davantage ; il avoua que Martin avait raison. On se mit à table avec Paquette et le théatin, le repas fut assez amusant, et sur la fin on se parla avec quelque confiance. "Mon Père, dit Candide au moine, vous me paraissez jouir d'une destinée que tout le monde doit envier ; la fleur de la santé brille sur votre visage, votre physionomie annonce le bonheur ; vous avez une très jolie fille pour votre récréation, et vous paraissez très content de votre état de théatin.

– Ma foi, monsieur, dit frère Giroflée, je voudrais que tous les théatins fussent au fond de la mer. J'ai été tenté cent fois de mettre le feu au couvent, et d'aller me faire turc. Mes parents me forcèrent à l'âge de quinze ans d'endosser cette détestable robe, pour laisser plus de fortune à un maudit frère aîné que Dieu confonde ! La jalousie, la discorde, la rage, habitent dans le couvent. Il est vrai que j'ai prêché quelques mauvais sermons qui m'ont valu un peu d'argent, dont le prieur me vole la moitié : le reste me sert à entretenir des filles ; mais, quand je rentre le soir dans le monastère, je suis prêt de me casser la tête contre les murs du dortoir ; et tous mes confrères sont dans le même cas."

Martin se tournant vers Candide avec son sang-froid ordinaire : "Eh bien ! lui dit-il, n'ai-je pas gagné la gageure tout entière ?" Candide donna deux mille piastres à Paquette et mille piastres à frère Giroflée. "Je vous réponds, dit-il, qu'avec cela ils seront heureux. – Je n'en crois rien du tout, dit Martin ; vous les rendrez peut-être avec ces piastres beaucoup plus malheureux encore. – Il en sera ce qui pourra, dit Candide ; mais une chose me console, je vois qu'on retrouve souvent les gens qu'on ne croyait jamais retrouver ; il se pourra bien faire qu'ayant rencontré mon mouton rouge et Paquette, je rencontre aussi Cunégonde. – Je souhaite, dit Martin, qu'elle fasse un jour votre bonheur ; mais c'est de quoi je doute fort. – Vous êtes bien dur, dit Candide. – C'est que j'ai vécu, dit Martin.

– Mais regardez ces gondoliers, dit Candide ; ne chantent-ils pas sans cesse ? – Vous ne les voyez pas dans leur ménage, avec leurs femmes et leurs marmots d'enfants, dit Martin. Le doge a ses chagrins, les gondoliers ont les leurs. Il est vrai qu'à tout prendre le sort d'un gondolier est préférable à celui d'un doge ; mais je crois la différence si médiocre que cela ne vaut pas la peine d'être examiné.

– On parle, dit Candide, du sénateur Pococuranté qui demeure dans ce beau palais sur la Brenta, et qui reçoit assez bien les étrangers. On prétend que c'est un homme qui n'a jamais eu de chagrin. – Je voudrais voir une espèce si rare", dit Martin. Candide aussitôt fit demander au seigneur Pococuranté la permission de venir le voir le lendemain.

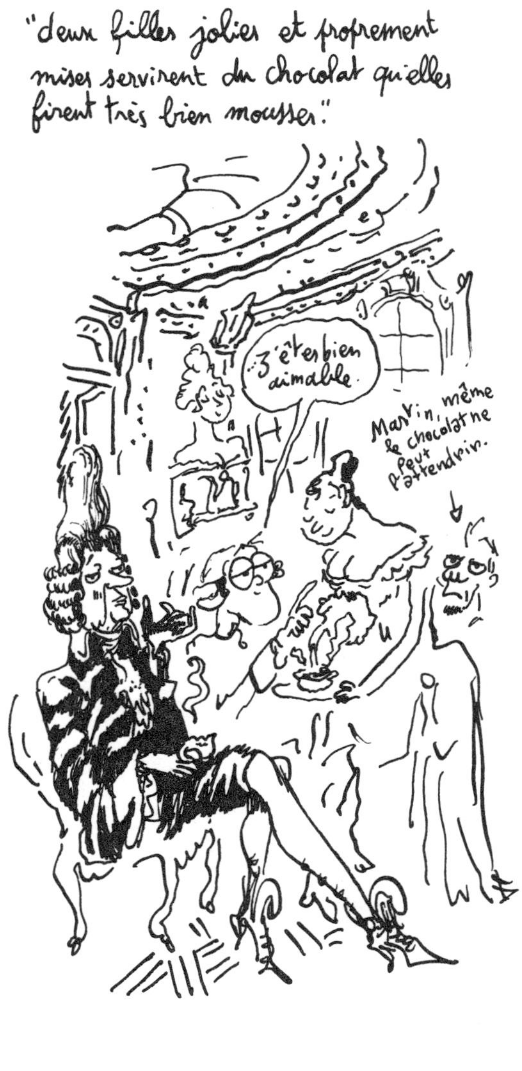

CHAPITRE VINGT-CINQUIÈME.

VISITE CHEZ LE SEIGNEUR POCOCURANTÉ, NOBLE VÉNITIEN.

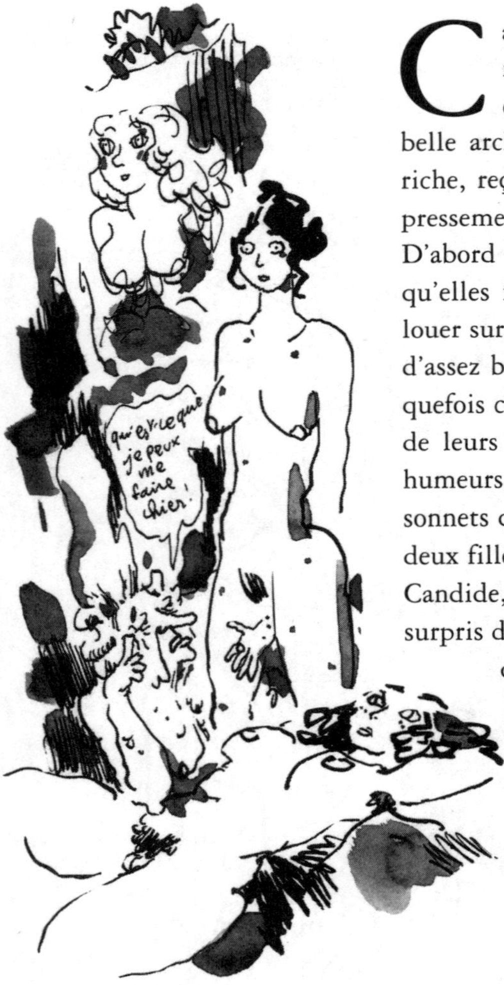

Candide et Martin allèrent en gondole sur la Brenta et arrivèrent au palais du noble Pococuranté. Les jardins étaient bien entendus, et ornés de belles statues de marbre ; le palais, d'une belle architecture. Le maître du logis, homme de soixante ans, fort riche, reçut très poliment les deux curieux, mais avec très peu d'empressement, ce qui déconcerta Candide et ne déplut point à Martin.

D'abord deux filles jolies et proprement mises servirent du chocolat qu'elles firent très bien mousser. Candide ne put s'empêcher de les louer sur leur beauté, sur leur bonne grâce et sur leur adresse. "Ce sont d'assez bonnes créatures, dit le sénateur Pococuranté ; je les fais quelquefois coucher dans mon lit, car je suis bien las des dames de la ville, de leurs coquetteries, de leurs jalousies, de leurs querelles, de leurs humeurs, de leurs petitesses, de leur orgueil, de leurs sottises, et des sonnets qu'il faut faire ou commander pour elles ; mais, après tout, ces deux filles commencent fort à m'ennuyer."

Candide, après le déjeuner, se promenant dans une longue galerie, fut surpris de la beauté des tableaux. Il demanda de quel maître étaient les deux premiers. "Ils sont de Raphaël, dit le sénateur ; je les achetai fort cher par vanité il y a quelques années ; on dit que c'est ce qu'il y a de plus beau en Italie, mais ils ne me plaisent point du tout : la couleur en est très rembrunie ; les figures ne sont pas assez arrondies, et ne sortent point assez ; les draperies ne ressemblent en rien à une étoffe ; en un mot, quoi qu'on en dise, je ne trouve point là une imitation vraie de la nature. Je n'aimerai un tableau que quand je croirai voir la nature elle-même : il n'y en a point de cette espèce. J'ai beaucoup de tableaux mais je ne les regarde plus."

Pococuranté, en attendant le dîner, se fit donner un concerto. Candide trouva la musique délicieuse. "Ce bruit, dit Pococuranté, peut amuser une demi-heure ; mais, s'il dure plus longtemps, il fatigue tout le monde, quoique personne n'ose l'avouer. La musique aujourd'hui n'est plus que l'art d'exécuter des choses difficiles, et ce qui n'est que difficile ne plaît point à la longue.

"J'aimerais peut-être mieux l'opéra, si on n'avait pas trouvé le secret d'en faire un monstre qui me révolte. Ira voir qui voudra de mauvaises tragédies en musique, où les scènes ne sont faites que pour amener, très mal à propos, deux ou trois chansons ridicules qui font valoir le gosier d'une actrice ; se pâmera de plaisir qui voudra, ou qui pourra, en voyant un châtré fredonner le rôle de César et de Caton et se promener d'un air gauche sur des planches ; pour moi, il y a longtemps que j'ai renoncé à ces pauvretés, qui font aujourd'hui la gloire de l'Italie, et que des souverains payent si chèrement." Candide disputa un peu, mais avec discrétion. Martin fut entièrement de l'avis du sénateur.

On se mit à table, et après un excellent dîner, on entra dans la bibliothèque. Candide, en voyant un Homère magnifiquement relié, loua l'illustrissime sur son bon goût. "Voilà, dit-il, un livre qui faisait les délices du grand Pangloss, le meilleur philosophe de l'Allemagne. – Il ne fait pas les miennes, dit froidement Pococuranté ; on me fit accroire autrefois que j'avais du plaisir en le lisant ; mais cette répétition continuelle de combats qui se ressemblent tous, ces dieux qui agissent toujours pour ne rien faire de décisif, cette Hélène qui est le sujet de la guerre, et qui à peine est une actrice de la pièce ; cette Troie qu'on assiège et qu'on ne prend point, tout cela me causait le plus mortel ennui. J'ai demandé quelquefois à des savants s'ils s'ennuyaient autant que moi à cette lecture. Tous les gens sincères m'ont avoué que le livre leur tombait des mains, mais qu'il fallait toujours l'avoir dans sa biblio-

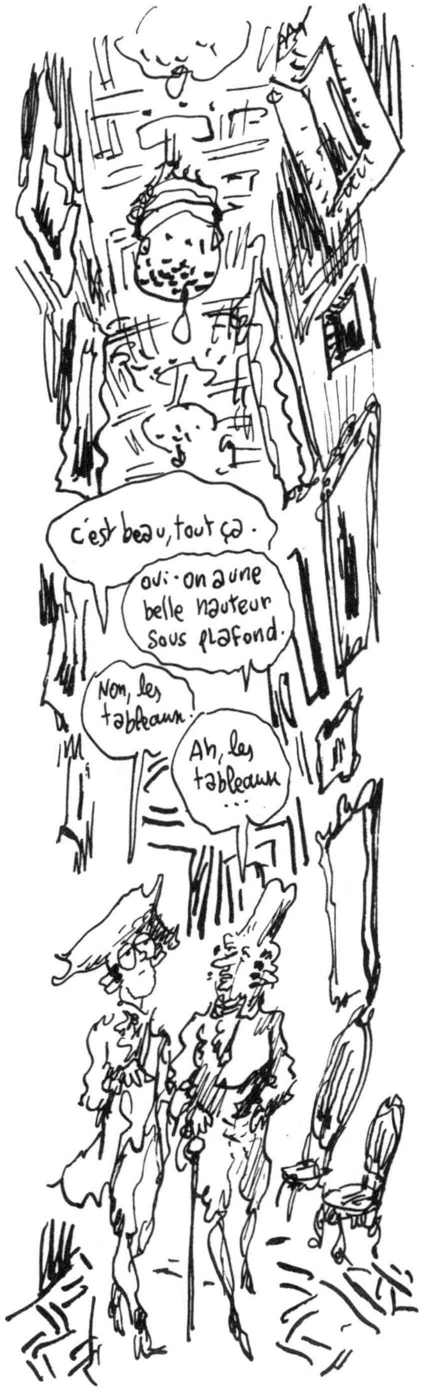

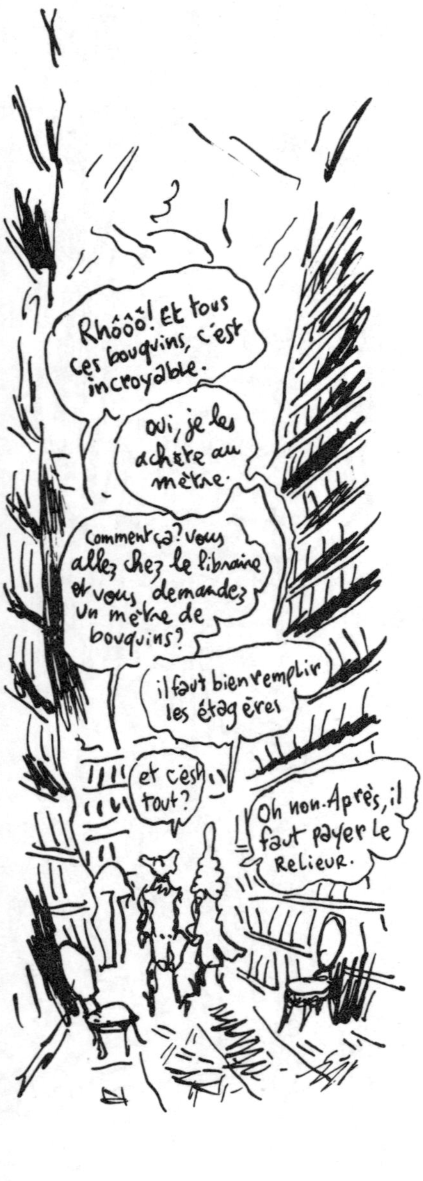

thèque, comme un monument de l'antiquité, et comme ces médailles rouillées qui ne peuvent être de commerce.

– Votre Excellence ne pense pas ainsi de Virgile ? dit Candide. – Je conviens, dit Pococuranté, que le second, le quatrième et le sixième livre de son *Enéide* sont excellents ; mais pour son pieux Enée, et le fort Cloanthe, et l'ami Achates, et le petit Ascanius, et l'imbécile roi Latinus, et la bourgeoise Amata, et l'insipide Lavinia, je ne crois pas qu'il y ait rien de si froid et de plus désagréable. J'aime mieux le Tasse et les contes à dormir debout de l'Arioste.

– Oserais-je vous demander, monsieur, dit Candide, si vous n'avez pas un grand plaisir à lire Horace ? – Il y a des maximes, dit Pococuranté, dont un homme du monde peut faire son profit, et qui, étant resserrées dans des vers énergiques, se gravent plus aisément dans la mémoire. Mais je me soucie fort peu de son voyage à Brindes, et de sa description d'un mauvais dîner, et de la querelle des crocheteurs entre je ne sais quel Pupilus, dont les paroles, dit-il, *étaient pleines de pus*, et un autre dont les paroles *étaient du vinaigre*. Je n'ai lu qu'avec un extrême dégoût ses vers grossiers contre des vieilles et contre des sorcières ; et je ne vois pas quel mérite il peut y avoir à dire à son ami Mæcenas que, s'il est mis par lui au rang des poètes lyriques, il frappera les astres de son front sublime. Les sots admirent tout dans un auteur estimé. Je ne lis que pour moi ; je n'aime que ce qui est à mon usage." Candide, qui avait été élevé à ne jamais juger de rien par lui-même, était fort étonné de ce qu'il entendait ; et Martin trouvait la façon de penser de Pococuranté assez raisonnable.

"Oh ! voici un Cicéron, dit Candide ; pour ce grand homme-là, je pense que vous ne vous lassez point de le lire ? – Je ne le lis jamais, répondit le Vénitien. Que m'importe qu'il ait plaidé pour Rabirius ou pour Cluentius ? J'ai bien assez des procès que je juge ; je me serais mieux accommodé de ses œuvres philosophiques ; mais, quand j'ai vu qu'il doutait de tout, j'ai conclu que j'en savais autant que lui, et que je n'avais besoin de personne pour être ignorant.

– Ah ! voilà quatre-vingts volumes de recueils d'une académie des sciences, s'écria Martin ; il se peut qu'il y ait là du bon. – Il y en aurait, dit Pococuranté, si un seul des auteurs de ces fatras avait inventé seulement l'art de faire des épingles ; mais il n'y a dans tous ces livres que de vains systèmes et pas une seule chose utile.

– Que de pièces de théâtre je vois là ! dit Candide ; en italien, en espagnol, en français ! – Oui, dit le sénateur, il y en a trois mille, et pas trois douzaines de bonnes. Pour ces recueils de sermons, qui tous ensemble ne valent pas une page de Sénèque, et tous ces gros volumes de théologie, vous pensez bien que je ne les ouvre jamais, ni moi ni personne."

Martin aperçut des rayons chargés de livres anglais. "Je crois, dit-il, qu'un républicain doit se plaire à la plupart de ces ouvrages, écrits si librement. – Oui, répondit Pococuranté, il est beau d'écrire ce qu'on pense ; c'est le privilège de l'homme. Dans toute notre Italie, on n'écrit que ce qu'on ne pense pas ; ceux qui habitent la patrie des Césars et des Antonins n'osent avoir une idée sans la permission d'un jacobin. Je serais content de la liberté qui inspire les génies anglais si la passion et l'esprit de parti ne corrompaient pas tout ce que cette précieuse liberté a d'estimable."

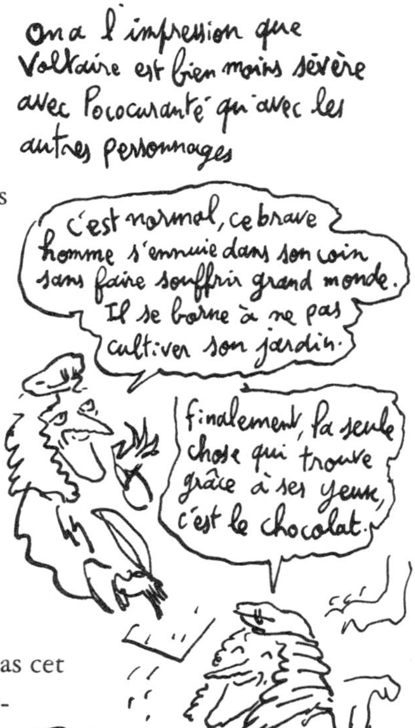

Candide, apercevant un Milton, lui demanda s'il ne regardait pas cet auteur comme un grand homme. "Qui ? dit Pococuranté, ce barbare qui fait un long commentaire du premier chapitre de la Genèse en dix livres de vers durs ? ce grossier imitateur des Grecs, qui défigure la création, et qui, tandis que Moïse représente l'être éternel produisant le monde par la parole, fait prendre un grand compas par le Messiah dans une armoire du ciel pour tracer son ouvrage ? Moi, j'estimerais celui qui a gâté l'enfer et le diable du Tasse ; qui déguise Lucifer tantôt en crapaud, tantôt en pygmée ; qui lui fait rebattre cent fois les mêmes discours ; qui le fait disputer sur la théologie ; qui,

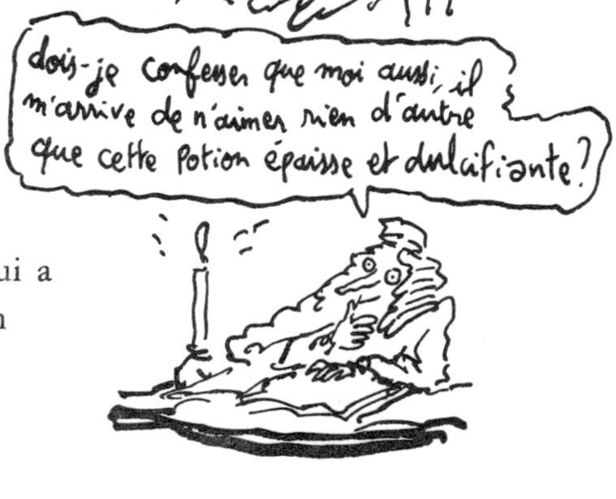

en imitant sérieusement l'invention comique des armes à feu de l'Arioste, fait tirer le canon dans le ciel par les diables ? Ni moi, ni personne en Italie, n'a pu se plaire à toutes ces tristes extravagances. Le mariage du péché et de la mort et les couleuvres dont le péché accouche font vomir tout homme qui a le goût un peu délicat, et sa longue description d'un hôpital n'est bonne que pour un fossoyeur. Ce poème obscur, bizarre et dégoûtant, fut méprisé à sa naissance ; je le traite aujourd'hui comme il fut traité dans sa patrie par les contemporains. Au reste, je dis ce que je pense, et je me soucie fort peu que les autres pensent comme moi." Candide était affligé de ces discours ; il respectait Homère, il aimait un peu Milton. "Hélas ! dit-il tout bas à Martin, j'ai bien peur que cet homme-ci n'ait un souverain mépris pour nos poètes allemands. – Il n'y aurait pas grand mal à cela, dit Martin. – Oh, quel homme supérieur ! disait encore Candide entre ses dents, quel grand génie que ce Pococuranté ! rien ne peut lui plaire."

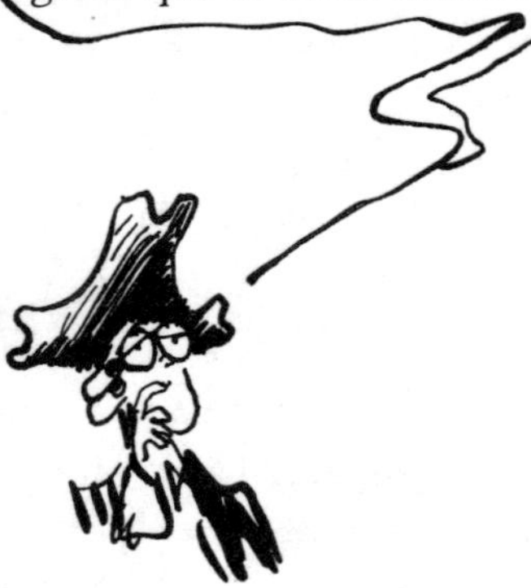

Après avoir fait ainsi la revue de tous les livres, ils descendirent dans le jardin. Candide en loua toutes les beautés. "Je ne sais rien de si mauvais goût, dit le maître : nous n'avons ici que des colifichets ; mais je vais dès demain en faire planter un d'un dessin plus noble."

Quand les deux curieux eurent pris congé de Son Excellence : "Or çà, dit Candide à Martin, vous conviendrez que voilà le plus heureux de tous les hommes, car il est au-dessus de tout ce qu'il possède. – Ne voyez-vous pas, dit Martin, qu'il est dégoûté de tout ce qu'il possède ? Platon a dit, il y a longtemps, que les meilleurs estomacs ne sont pas ceux qui rebutent tous les aliments. – Mais, dit Candide, n'y a-t-il pas du plaisir à tout critiquer, à sentir des défauts où les autres hommes croient voir des beautés ? – C'est-à-dire, reprit Martin, qu'il y a du plaisir à n'avoir pas de plaisir ? – Oh bien ! dit Candide, il n'y a donc d'heureux que moi, quand je reverrai Mlle Cunégonde. – C'est toujours bien fait d'espérer", dit Martin.

Cependant les jours, les semaines s'écoulaient ; Cacambo ne revenait point, et Candide était si abîmé dans sa douleur qu'il ne fit pas même réflexion que Paquette et frère Giroflée n'étaient pas venus seulement le remercier.

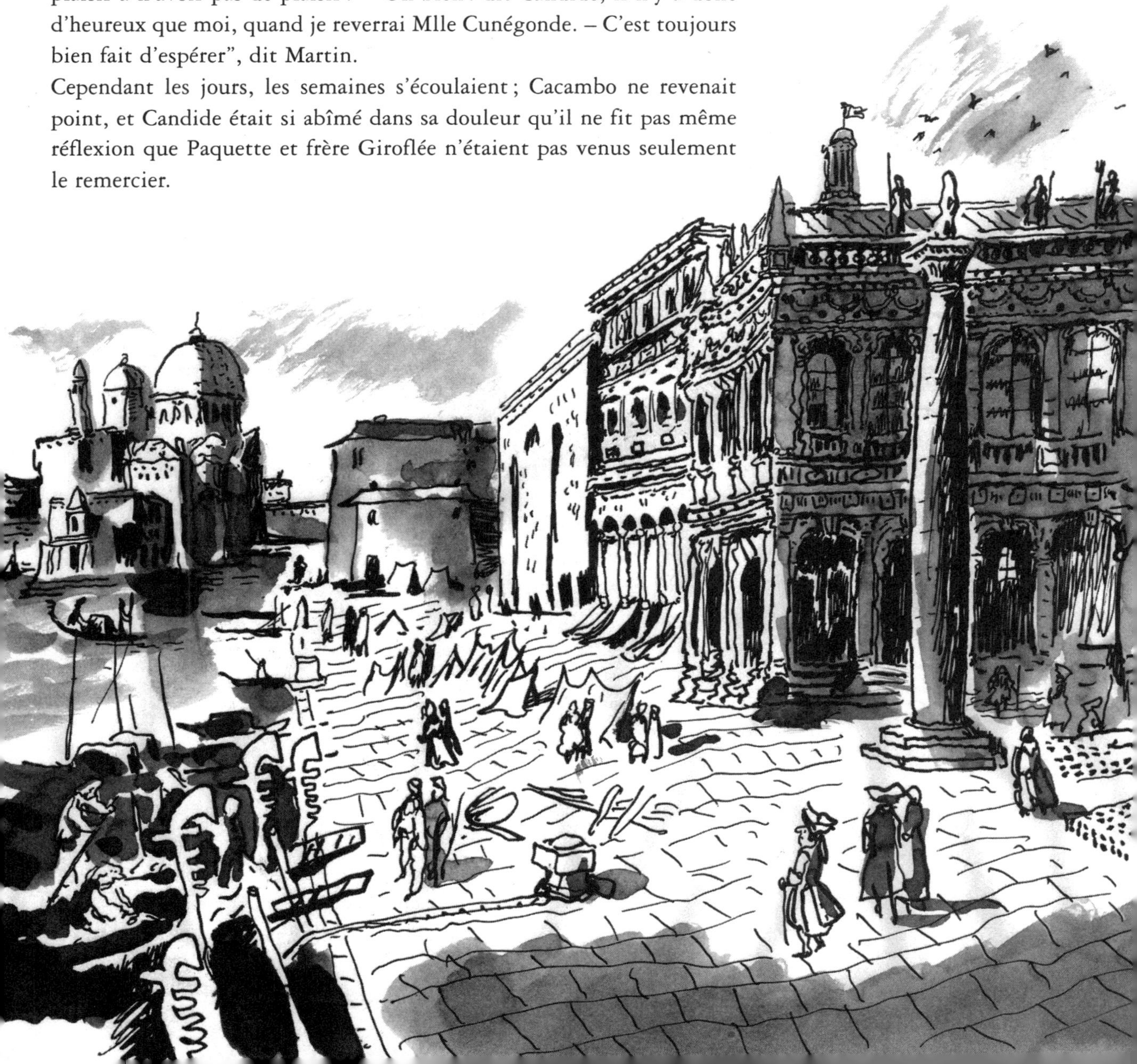

CHAPITRE VINGT-SIXIÈME.

D'UN SOUPER QUE CANDIDE ET MARTIN FIRENT AVEC SIX ÉTRANGERS ET QUI ILS ÉTAIENT.

Un soir que Candide, suivi de Martin, allait se mettre à table avec les étrangers qui logeaient dans la même hôtellerie, un homme à visage couleur de suie l'aborda par-derrière, et, le prenant par le bras, lui dit : "Soyez prêt à partir avec nous, n'y manquez pas." Il se retourne, et voit Cacambo. Il n'y avait que la vue de Cunégonde qui pût l'étonner et lui plaire davantage. Il fut sur le point de devenir fou de joie. Il embrasse son cher ami. "Cunégonde est ici, sans doute, où est-elle ? Mène-moi vers elle, que je meure de joie avec elle. – Cunégonde n'est point ici, dit Cacambo, elle est à Constantinople. – Ah, Ciel ! à Constantinople ! mais, fût-elle à la Chine, j'y vole, partons. – Nous partirons après souper, reprit Cacambo, je ne peux vous en dire davantage ; je suis esclave, mon maître m'attend ; il faut que j'aille le servir à table : ne dites mot ; soupez et tenez-vous prêt."

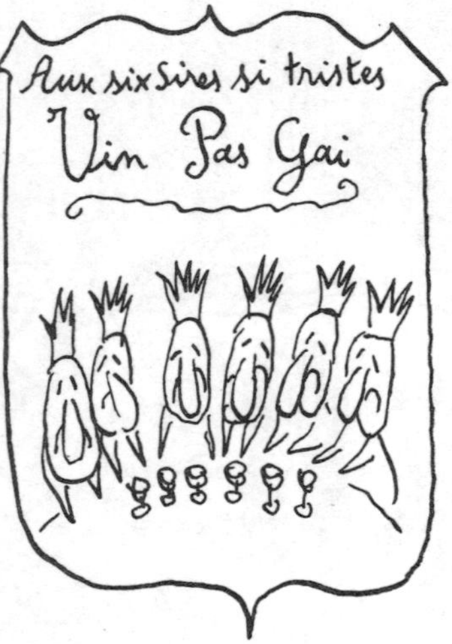

Candide, partagé entre la joie et la douleur, charmé d'avoir revu son agent fidèle, étonné de le voir esclave, plein de l'idée de retrouver sa maîtresse, le cœur agité, l'esprit bouleversé, se mit à table avec Martin, qui voyait de sang-froid toutes ces aventures, et avec six étrangers qui étaient venus passer le carnaval à Venise.

Cacambo, qui versait à boire à l'un de ces six étrangers, s'approcha de l'oreille de son maître, sur la fin du repas, et lui dit : "Sire, Votre Majesté partira quand elle voudra, le vaisseau est prêt." Ayant dit ces mots, il sortit. Les convives, étonnés, se regardaient sans proférer une seule parole, lorsqu'un autre domestique, s'approchant de son maître, lui dit : "Sire, la chaise de Votre Majesté est à Padoue, et la barque est prête." Le maître fit un signe, et le domestique partit. Tous les convives

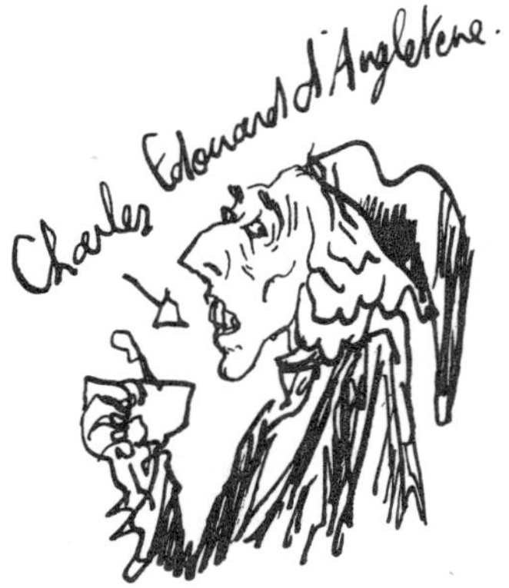

se regardèrent encore, et la surprise commune redoubla. Un troisième valet, s'approchant aussi d'un troisième étranger, lui dit : "Sire, croyez-moi, Votre Majesté ne doit pas rester ici plus longtemps : je vais tout préparer" ; et aussitôt il disparut.

Candide et Martin ne doutèrent pas alors que ce ne fût une mascarade du carnaval. Un quatrième domestique dit au quatrième maître : "Votre Majesté partira quand elle voudra", et sortit comme les autres. Le cinquième valet en dit autant au cinquième maître. Mais le sixième valet parla différemment au sixième étranger, qui était auprès de Candide ; il lui dit : "Ma foi, Sire, on ne veut plus faire crédit à Votre Majesté, ni à moi non plus ; et nous pourrions bien être coffrés cette nuit, vous et moi : je vais pourvoir à mes affaires ; adieu."

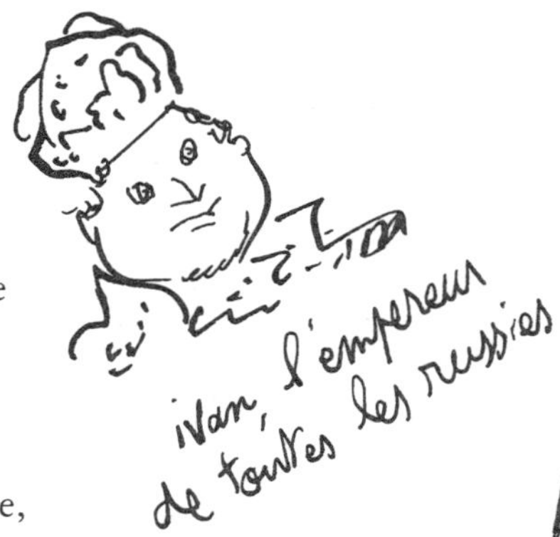

Tous les domestiques ayant disparu, les six étrangers, Candide et Martin demeurèrent dans un profond silence. Enfin Candide le rompit. "Messieurs, dit-il, voilà une singulière plaisanterie : pourquoi êtes-vous tous rois ? Pour moi, je vous avoue que ni moi ni Martin nous ne le sommes."

Le maître de Cacambo prit alors gravement la parole, et dit en italien : "Je ne suis point plaisant, je m'appelle Achmet III.

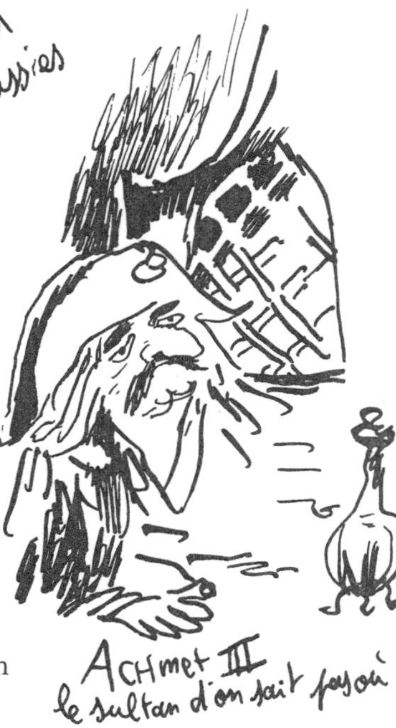

J'ai été grand sultan plusieurs années ; je détrônai mon frère ; mon neveu m'a détrôné ; on a coupé le cou à mes vizirs ; j'achève ma vie dans le vieux sérail ; mon neveu le grand sultan Mahmoud me permet de voyager quelquefois pour ma santé, et je suis venu passer le carnaval à Venise."

Un jeune homme qui était auprès d'Achmet parla après lui, et dit : "Je m'appelle Ivan ; j'ai été empereur de toutes les Russies ; j'ai été détrôné au berceau ; mon père et ma mère ont été enfermés ; on m'a élevé en prison ; j'ai quelquefois la permission de voyager, accompagné de ceux qui me gardent, et je suis venu passer le carnaval à Venise."

Le troisième dit : "Je suis Charles-Edouard, roi d'Angleterre ; mon père m'a cédé ses droits au royaume ; j'ai combattu pour les soutenir ; on a arraché le cœur à huit cents de mes partisans, et on leur en a battu les joues. J'ai été mis en prison ; je vais à Rome faire une visite au roi mon père, détrôné ainsi que moi et mon grand-père, et je suis venu passer le carnaval à Venise."

Le quatrième prit alors la parole et dit : "Je suis roi des Polaques ; le sort de la guerre m'a privé de mes Etats héréditaires ; mon père a éprouvé les mêmes revers ; je me résigne à la Providence comme le sultan Achmet, l'empereur Ivan et le roi Charles-Edouard, à qui Dieu donne une longue vie, et je suis venu passer le carnaval à Venise."

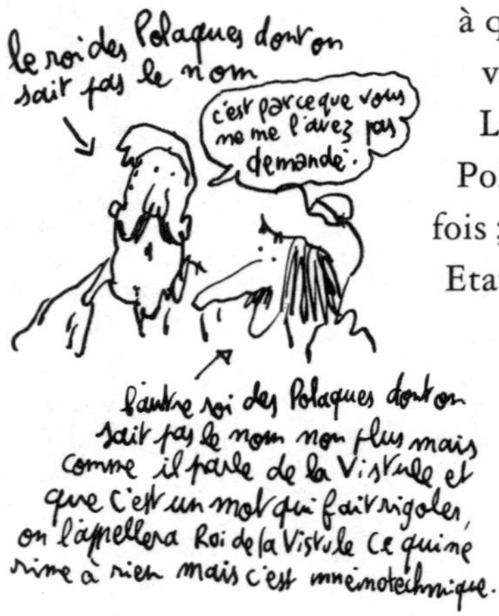

Le cinquième dit : "Je suis aussi roi des Polaques ; j'ai perdu mon royaume deux fois ; mais la Providence m'a donné un autre Etat, dans lequel j'ai fait plus de bien que tous les rois des Sarmates ensemble n'en ont jamais pu faire sur les bords de la Vistule ; je me résigne aussi à la Providence, et je suis venu passer le carnaval à Venise."

Il restait au sixième monarque à parler.

"Messieurs, dit-il, je ne suis pas si grand seigneur que vous ; mais enfin j'ai été roi tout comme un autre. Je suis Théodore ; on m'a élu roi en Corse ; on m'a appelé Votre Majesté, et à présent, à peine m'appelle-t-on Monsieur. J'ai fait frapper de la monnaie, et je ne possède pas un denier ; j'ai eu deux secrétaires d'Etat, et j'ai à peine un valet ; je me suis vu sur un trône, et j'ai longtemps été à Londres en prison, sur la paille. J'ai bien peur d'être traité de même ici, quoique je sois venu comme Vos Majestés passer le carnaval à Venise."

Les cinq autres rois écoutèrent ce discours avec une noble compassion. Chacun d'eux donna vingt sequins au roi Théodore pour avoir des habits et des chemises ; et Candide lui fit présent d'un diamant de deux mille sequins. "Quel est donc, disaient les cinq rois, ce simple particulier qui est en état de donner cent fois autant que chacun de nous, et qui le donne ?"

Dans l'instant qu'on sortait de table, il arriva dans la même hôtellerie quatre altesses sérénissimes qui avaient aussi perdu leurs Etats par le sort de la guerre, et qui venaient passer le reste du carnaval à Venise. Mais Candide ne prit pas seulement garde à ces nouveaux venus. Il n'était occupé que d'aller trouver sa chère Cunégonde à Constantinople.

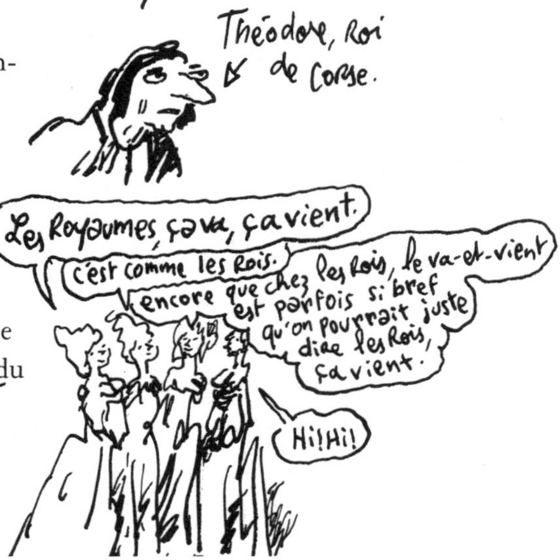

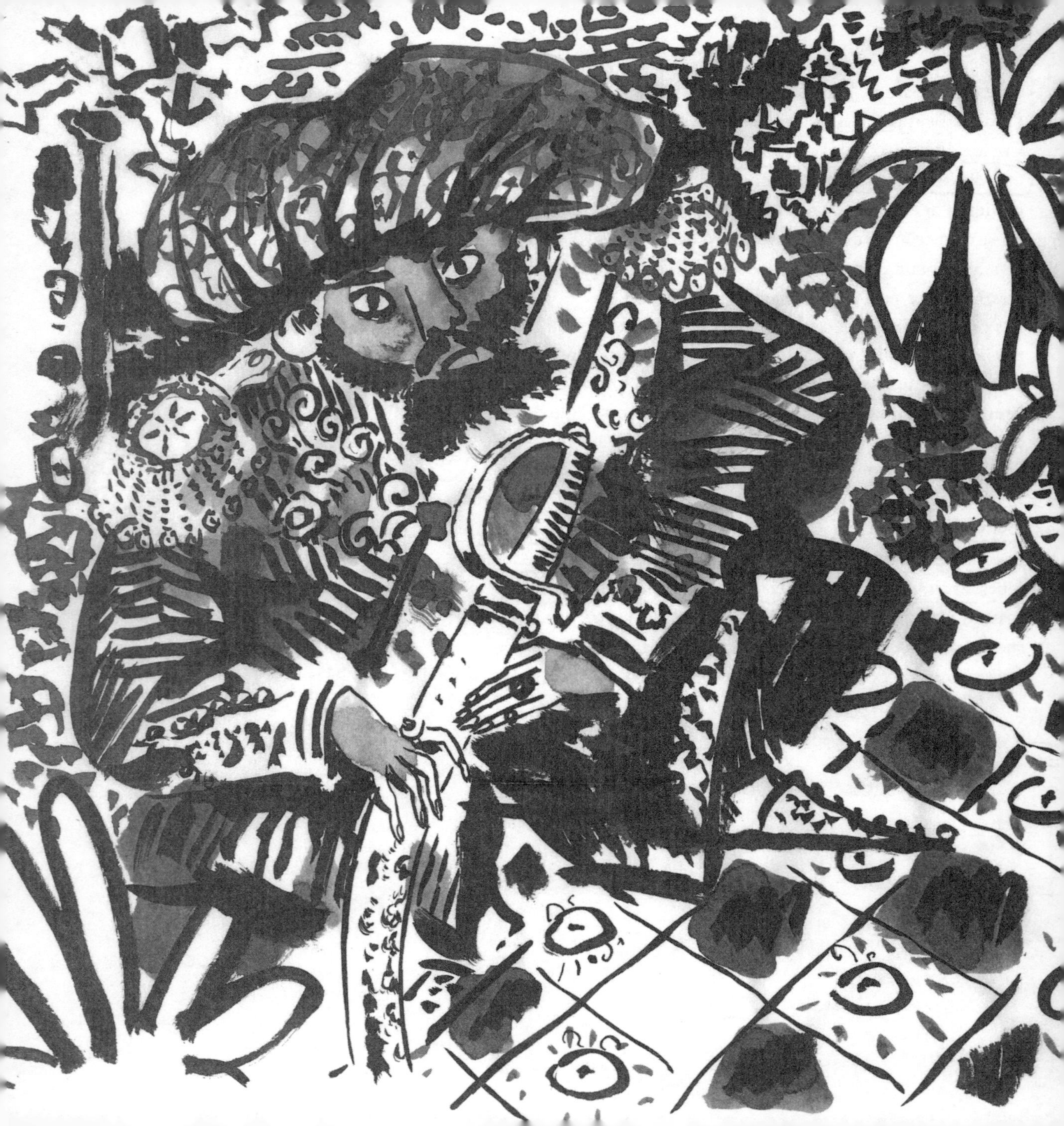

CHAPITRE VINGT-SEPTIÈME.

VOYAGE DE CANDIDE À CONSTANTINOPLE.

Le fidèle Cacambo avait déjà obtenu du patron turc qui allait reconduire le sultan Achmet à Constantinople qu'il recevrait Candide et Martin sur son bord. L'un et l'autre s'y rendirent après s'être prosternés devant Sa misérable Hautesse. Candide, chemin faisant, disait à Martin : "Voilà pourtant six rois détrônés, avec qui nous avons soupé, et encore dans ces six rois il y en a un à qui j'ai fait l'aumône. Peut-être y a-t-il beaucoup d'autres princes plus infortunés. Pour moi, je n'ai perdu que cent moutons, et je vole dans les bras de Cunégonde. Mon cher Martin, encore une fois, Pangloss avait raison : tout est bien. – Je le souhaite, dit Martin. – Mais, dit Candide, voilà une aventure bien peu vraisemblable que nous avons eue à Venise. On n'avait jamais vu ni ouï conter que six rois détrônés soupassent ensemble au cabaret. – Cela n'est pas plus extraordinaire, dit Martin, que la plupart des choses qui nous sont arrivées. Il est très commun que des rois soient détrônés ; et à l'égard de l'honneur que nous avons eu de souper avec eux, c'est une bagatelle qui ne mérite pas notre attention." A peine Candide fut-il dans le vaisseau qu'il sauta au cou de son ancien valet, de son ami Cacambo. "Eh bien ! lui dit-il, que fait Cunégonde ? Est-elle toujours un prodige de beauté ? M'aime-t-elle toujours ? Comment se porte-t-elle ? Tu lui as sans doute acheté un palais à Constantinople ?

– Mon cher maître, répondit Cacambo, Cunégonde lave les écuelles sur le bord de la Propontide, chez un prince qui a très peu d'écuelles ; elle est esclave dans la maison d'un ancien souverain nommé Ragotski, à qui le Grand Turc donne trois écus par jour dans son asile ; mais ce qui est bien plus triste, c'est qu'elle a perdu sa beauté et qu'elle est devenue horriblement laide. – Ah ! belle ou laide, dit Candide, je suis honnête

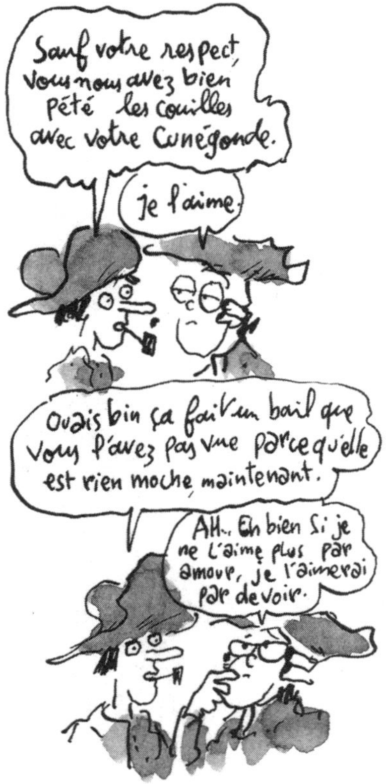

homme, et mon devoir est de l'aimer toujours. Mais comment peut-elle être réduite à un état si abject avec les cinq ou six millions que tu avais apportés ? – Bon, dit Cacambo, ne m'en a-t-il pas fallu donner deux millions au señor don Fernando d'Ibaraa, y Figueora, y Mascarenes, y Lampourdos, y Souza, gouverneur de Buenos-Ayres, pour avoir la permission de reprendre mademoiselle Cunégonde ? Et un pirate ne nous a-t-il pas bravement dépouillés de tout le reste ? Ce pirate ne nous a-t-il pas menés au cap de Matapan, à Milo, à Nicarie, à Samos, à Petra, aux Dardanelles, à Marmora, à Scutari ? Cunégonde et la vieille servent chez ce prince dont je vous ai parlé, et moi je suis esclave du sultan détrôné. – Que d'épouvantables calamités enchaînées les unes aux autres ! dit Candide. Mais, après tout, j'ai encore quelques diamants ; je délivrerai aisément Cunégonde. C'est bien dommage qu'elle soit devenue si laide."

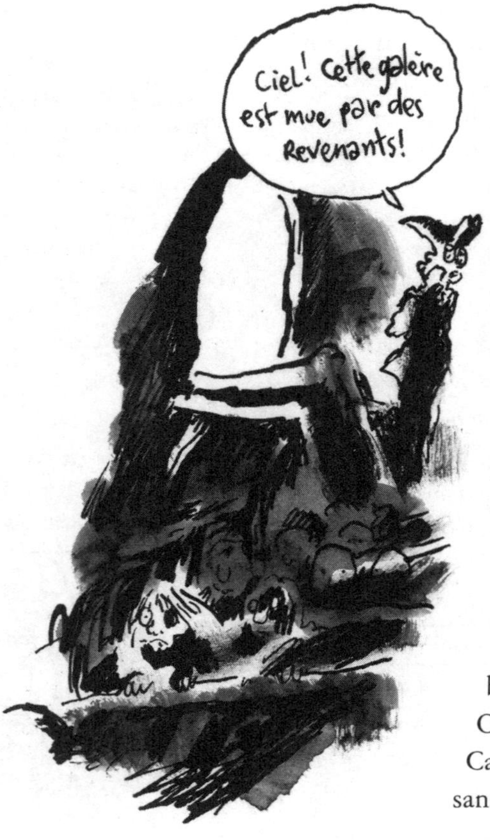

Ensuite, se tournant vers Martin : "Qui pensez-vous, dit-il, qui soit le plus à plaindre, de l'empereur Achmet, de l'empereur Ivan, du roi Charles-Edouard, ou de moi ? – Je n'en sais rien, dit Martin ; il faudrait que je fusse dans vos cœurs pour le savoir. – Ah ! dit Candide, si Pangloss était ici, il le saurait et nous l'apprendrait. – Je ne sais, dit Martin, avec quelles balances votre Pangloss aurait pu peser les infortunes des hommes et apprécier leurs douleurs. Tout ce que je présume, c'est qu'il y a des millions d'hommes sur la terre cent fois plus à plaindre que le roi Charles-Edouard, l'empereur Ivan et le sultan Achmet. – Cela pourrait bien être", dit Candide.

On arriva en peu de jours sur le canal de la mer Noire. Candide commença par racheter Cacambo fort cher, et, sans perdre de temps, il se jeta dans une galère, avec ses compagnons, pour aller sur le rivage de la Propontide chercher Cunégonde, quelque laide qu'elle pût être.

Il y avait dans la chiourme deux forçats qui ramaient fort mal, et à qui le levanti patron appliquait de temps en temps quelques coups de nerf de bœuf sur leurs épaules nues ; Candide, par un mouvement naturel, les regarda plus attentivement que les autres galériens et s'approcha d'eux avec pitié. Quelques traits de leurs visages défigurés lui parurent avoir un peu de ressemblance avec Pangloss et avec ce malheureux jésuite, ce baron, ce frère de Mlle Cunégonde. Cette idée l'émut et l'attrista. Il les considéra encore plus attentivement. "En vérité, dit-il à Cacambo, si je n'avais pas vu pendre maître Pangloss, et si je n'avais pas eu le malheur de tuer le baron, je croirais que ce sont eux qui rament dans cette galère."

Au nom du baron et de Pangloss les deux forçats poussèrent un grand cri, s'arrêtèrent sur leur banc et laissèrent tomber leurs rames. Le levanti patron accourait sur eux, et les coups de nerf de bœuf redoublaient. "Arrêtez, arrêtez, Seigneur, s'écria Candide, je vous donnerai tant d'argent que vous voudrez. – Quoi ! c'est Candide ! disait l'un des forçats. – Quoi ! c'est Candide ! disait l'autre. – Est-ce un songe ? dit Candide ; veillé-je ? suis-je dans cette galère ? Est-ce là monsieur le baron que j'ai tué ? Est-ce là maître Pangloss que j'ai vu pendre ?
– C'est nous-mêmes, c'est nous-mêmes, répondaient-ils. – Quoi ! c'est là ce grand philosophe ? disait Martin.

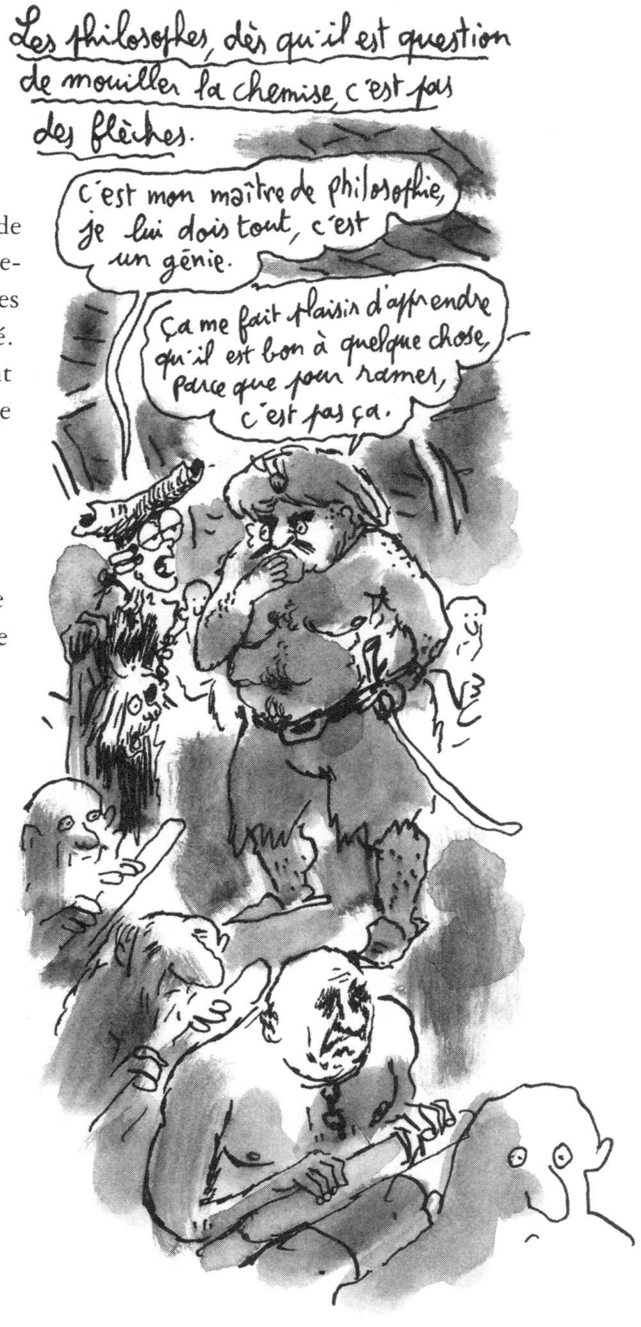

– Eh ! Monsieur le levanti patron, dit Candide, combien voulez-vous d'argent pour la rançon de M. de Thunder-ten-tronckh, un des premiers barons de l'Empire, et de M. Pangloss, le plus profond métaphysicien d'Allemagne ? – Chien de chrétien, répondit le levanti patron, puisque ces deux chiens de forçats chrétiens sont des barons et des métaphysiciens, ce qui est sans doute une grande dignité dans leurs pays, tu m'en donneras cinquante mille sequins. – Vous les aurez, monsieur, ramenez-moi comme un éclair à Constantinople, et vous serez payé sur-le-champ. Mais non, menez-moi chez Mlle Cunégonde." Le levanti patron, sur la première offre de Candide, avait déjà tourné la proue vers la ville, et il faisait ramer plus vite qu'un oiseau ne fend les airs.

Candide embrassa cent fois le baron et Pangloss. "Et comment ne vous ai-je pas tué, mon cher baron ? et mon cher Pangloss, comment êtes-vous en vie après avoir été pendu ? et pourquoi êtes-vous tous deux aux galères en Turquie ? – Est-il bien vrai que ma chère sœur soit dans ce pays ? disait le baron. – Oui, répondait Cacambo. – Je revois donc mon cher Candide", s'écriait Pangloss. Candide leur présentait Martin et Cacambo. Ils s'embrassaient tous, ils parlaient tous à la fois. La galère volait, ils étaient déjà dans le port. On fit venir un Juif, à qui Candide vendit pour cinquante mille sequins un diamant de la valeur de cent mille, et qui lui jura par Abraham qu'il n'en pouvait donner davantage. Il paya incontinent la rançon du baron et de Pangloss. Celui-ci se jeta aux pieds de son libérateur et les baigna de larmes ; l'autre le remercia par un signe de tête, et lui promit de lui rendre cet argent à la première occasion. "Mais est-il bien possible que ma sœur soit en Turquie ? disait-il. – Rien n'est si possible, reprit Cacambo, puis qu'elle écure la vaisselle chez un prince de Transylvanie." On fit aussitôt venir deux Juifs ; Candide vendit encore des diamants ; et ils repartirent tous dans une autre galère pour aller délivrer Cunégonde.

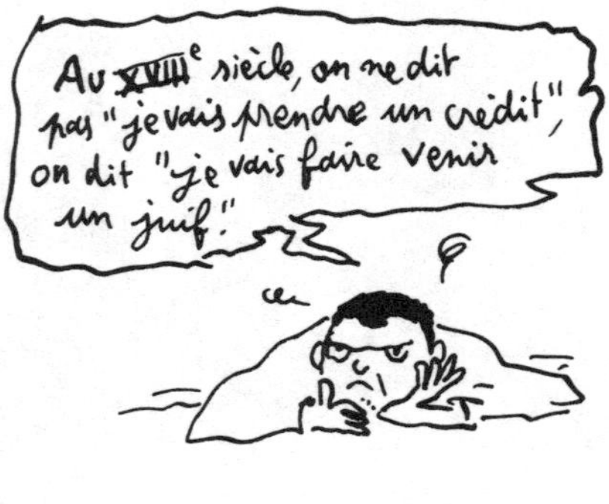

Chapitre vingt-huitième.

Ce qui arriva à Candide, à Cunégonde, à Pangloss, à Martin, etc.

« Pardon, encore une fois, dit Candide au baron ; pardon, mon Révérend Père, de vous avoir donné un grand coup d'épée au travers du corps. – N'en parlons plus, dit le baron ; je fus un peu trop vif, je l'avoue ; mais, puisque vous voulez savoir par quel hasard vous m'avez vu aux galères, je vous dirai qu'après avoir été guéri de ma blessure par le frère apothicaire du collège, je fus attaqué et enlevé par un parti espagnol ; on me mit en prison à Buenos-Ayres dans le temps que ma sœur venait d'en partir. Je demandai à retourner à Rome auprès du père général. Je fus nommé pour aller servir d'aumônier à Constantinople auprès de M. l'ambassadeur de France. Il n'y avait pas huit jours que j'étais entré en fonctions, quand je trouvai sur le soir un jeune icoglan très bien fait. Il faisait fort chaud : le jeune homme voulut se baigner ; je pris cette occasion de me baigner aussi. Je ne savais pas que ce fût un crime capital pour un chrétien d'être trouvé tout nu avec un jeune musulman. Un cadi me fit donner cent coups de bâton sous la plante des pieds et me condamna aux galères. Je ne crois pas qu'on ait fait une plus horrible injustice. Mais je voudrais bien savoir pourquoi ma sœur est dans la cuisine d'un souverain de Transylvanie réfugié chez les Turcs.

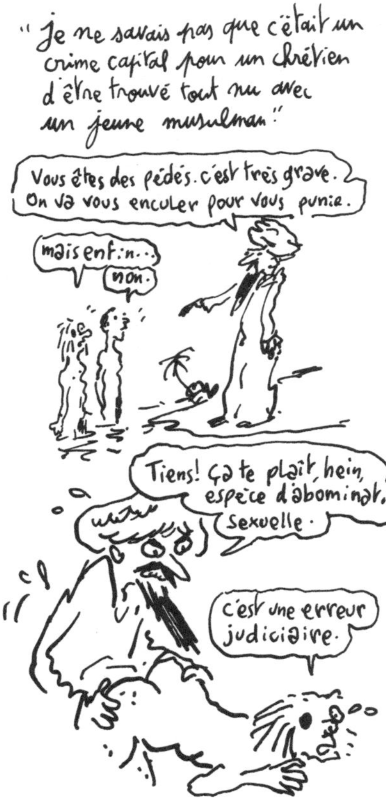

– Mais vous, mon cher Pangloss, dit Candide, comment se peut-il que je vous revoie ? – Il est vrai, dit Pangloss, que vous m'avez vu pendre ; je devais naturellement être brûlé ; mais vous vous souvenez qu'il plut à verse lorsqu'on allait me cuire : l'orage fut si violent qu'on désespéra d'allumer le feu ; je fus pendu, parce qu'on ne put mieux faire : un chirurgien acheta mon corps, m'emporta chez lui, et me disséqua. Il me fit d'abord une incision cruciale depuis le nombril jusqu'à la clavicule. On

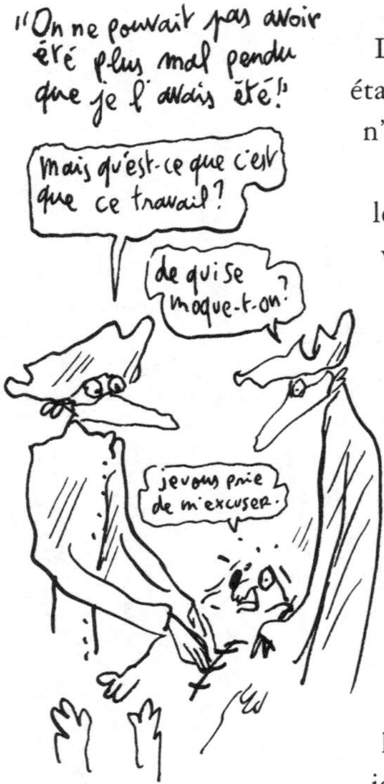

ne pouvait pas avoir été plus mal pendu que je l'avais été. L'exécuteur des hautes œuvres de la sainte Inquisition, lequel était sous-diacre, brûlait à la vérité les gens à merveille, mais il n'était pas accoutumé à pendre : la corde était mouillée et glissa mal, elle fut nouée ; enfin je respirais encore : l'incision cruciale me fit jeter un si grand cri que mon chirurgien tomba à la renverse, et, croyant qu'il disséquait le diable, il s'enfuit en mourant de peur, et tomba encore sur l'escalier en fuyant. Sa femme accourut au bruit, d'un cabinet voisin ; elle me vit sur la table étendu avec mon incision cruciale : elle eut encore plus de peur que son mari, s'enfuit et tomba sur lui. Quand ils furent un peu revenus à eux, j'entendis la chirurgienne qui disait au chirurgien : "Mon bon, de quoi vous avisez-vous aussi de disséquer un hérétique ? Ne savez-vous pas que le diable est toujours dans le corps de ces gens-là ? Je vais vite chercher un prêtre pour l'exorciser." Je frémis à ce propos, et je ramassai le peu de forces qui me restaient, pour crier : "Ayez pitié de moi !" Enfin le barbier portugais s'enhardit ; il recousit ma peau ; sa femme même eut soin de moi ; je fus sur pied au bout de quinze jours. Le barbier me trouva une condition, et me fit laquais d'un chevalier de Malte qui allait à Venise ; mais mon maître n'ayant pas de quoi me payer, je me mis au service d'un marchand vénitien, et je le suivis à Constantinople.

"Un jour il me prit fantaisie d'entrer dans une mosquée ; il n'y avait qu'un vieil iman et une jeune dévote très jolie qui disait ses patenôtres ; sa gorge était toute découverte : elle avait entre ses deux tétons un beau bouquet de tulipes, de roses, d'anémones, de renoncules, d'hyacinthes et d'oreilles-d'ours ; elle laissa tomber son bouquet ; je le ramassai, et je le lui remis avec un empressement très respectueux. Je fus si longtemps à le lui remettre que l'iman se mit en colère, et voyant que j'étais chrétien, il cria à l'aide. On me mena chez le cadi, qui me fit donner cent coups de lattes sur la plante des pieds et m'envoya aux galères. Je fus

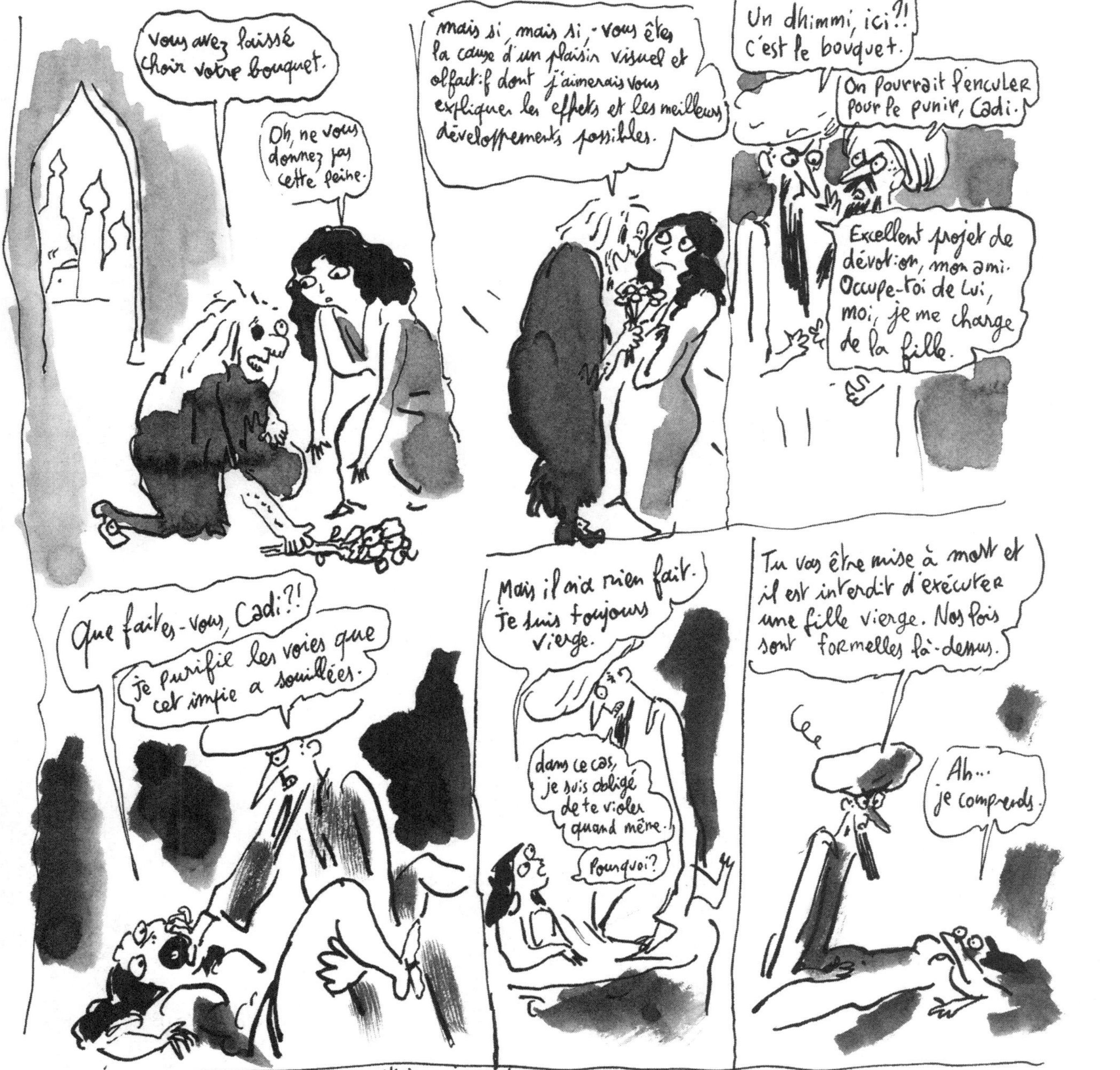

(ainsi fait-on encore de nos jours sous certaines juridictions quand une vierge doit être exécutée)

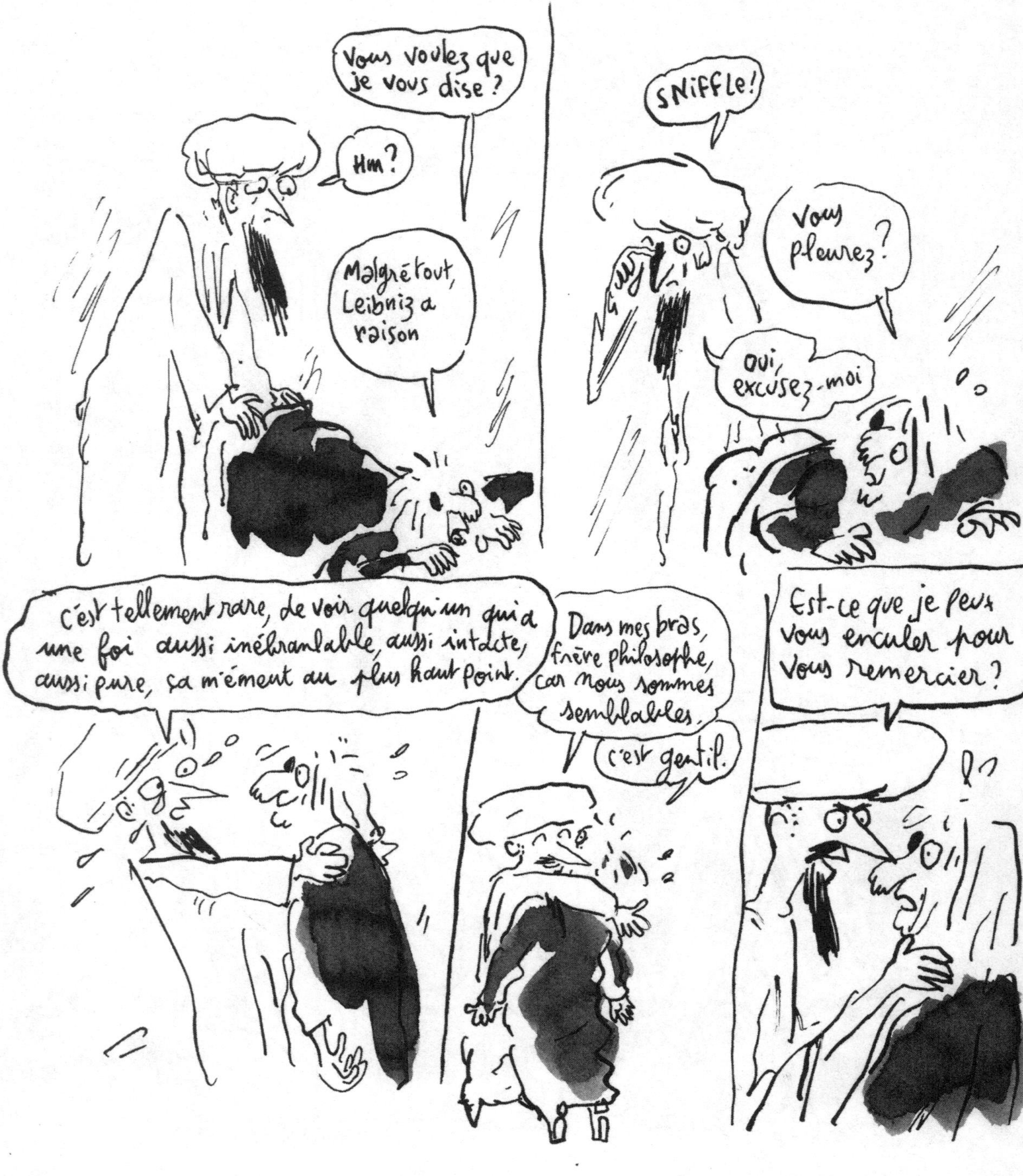
Vous voulez que je vous dise ?
Hm ?
Malgré tout, Leibniz a raison
SNIFFLE !
Vous pleurez ?
Oui, excusez-moi
C'est tellement rare, de voir quelqu'un qui a une foi aussi inébranlable, aussi intacte, aussi pure, ça m'émeut au plus haut point.
Dans mes bras, frère philosophe, car nous sommes semblables.
C'est gentil.
Est-ce que je peux vous enculer pour vous remercier ?
!?

enchaîné précisément dans la même galère et au même banc que monsieur le baron. Il y avait dans cette galère quatre jeunes gens de Marseille, cinq prêtres napolitains, et deux moines de Corfou, qui nous dirent que de pareilles aventures arrivaient tous les jours. Monsieur le baron prétendait qu'il avait essuyé une plus grande injustice que moi ; je prétendais, moi, qu'il était beaucoup plus permis de remettre un bouquet sur la gorge d'une femme que d'être tout nu avec un icoglan. Nous disputions sans cesse, et nous recevions vingt coups de nerf de bœuf par jour, lorsque l'enchaînement des événements de cet univers vous a conduit dans notre galère, et que vous nous avez rachetés.

– Eh bien ! mon cher Pangloss, lui dit Candide, quand vous avez été pendu, disséqué, roué de coups, et que vous avez ramé aux galères, avez-vous toujours pensé que tout allait le mieux du monde ? – Je suis toujours de mon premier sentiment, répondit Pangloss, car enfin je suis philosophe : il ne me convient pas de me dédire, Leibnitz ne pouvant pas avoir tort, et l'harmonie préétablie étant d'ailleurs la plus belle chose du monde, aussi bien que le plein et la matière subtile."

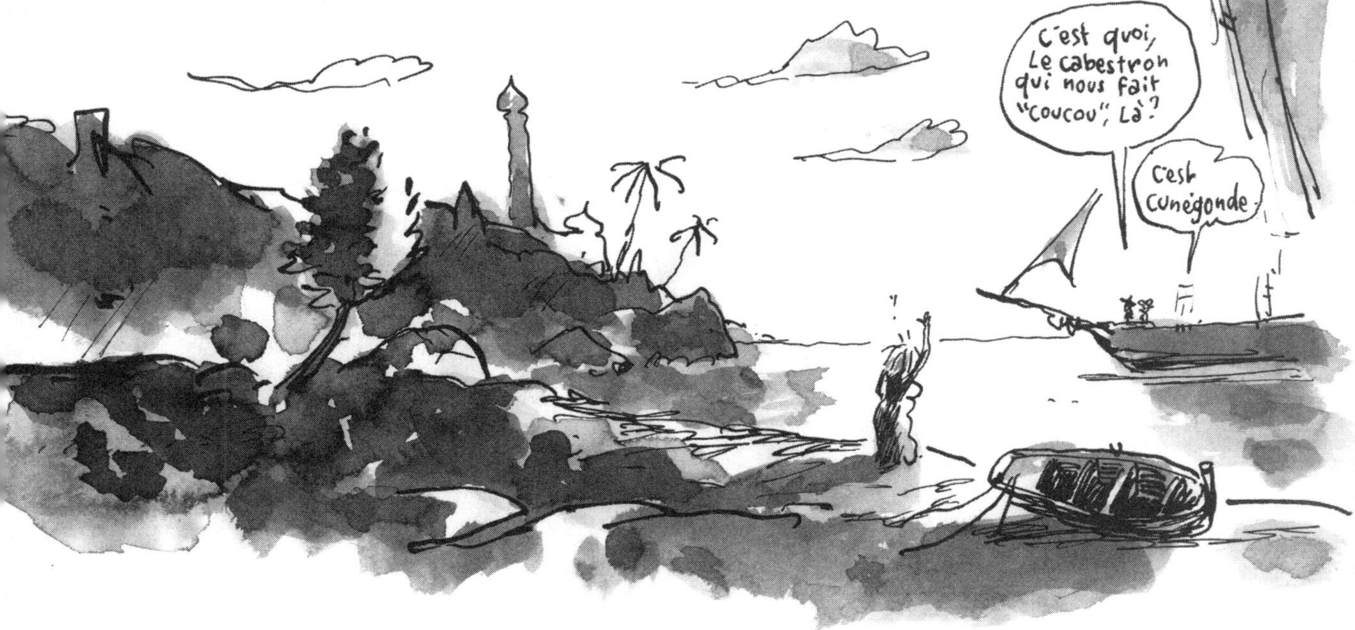

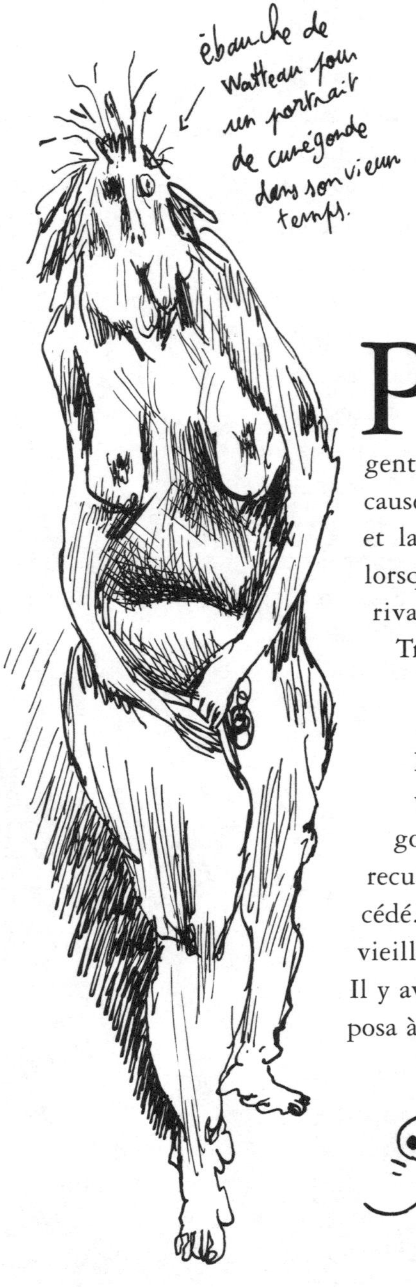

CHAPITRE VINGT-NEUVIÈME.

COMMENT CANDIDE RETROUVA CUNÉGONDE ET LA VIEILLE.

Pendant que Candide, le baron, Pangloss, Martin et Cacambo contaient leurs aventures, qu'ils raisonnaient sur les événements contingents ou non contingents de cet univers, qu'ils disputaient sur les effets et les causes, sur le mal moral et sur le mal physique, sur la liberté et la nécessité, sur les consolations que l'on peut éprouver lorsqu'on est aux galères en Turquie, ils abordèrent sur le rivage de la Propontide à la maison du prince de Transylvanie. Les premiers objets qui se présentèrent furent Cunégonde et la vieille, qui étendaient des serviettes sur des ficelles pour les faire sécher.

Le baron pâlit à cette vue. Le tendre amant Candide, en voyant sa belle Cunégonde rembrunie, les yeux éraillés, la gorge sèche, les joues ridées, les bras rouges et écaillés, recula trois pas saisi d'horreur, et avança ensuite par bon procédé. Elle embrassa Candide et son frère ; on embrassa la vieille : Candide les racheta toutes deux.

Il y avait une petite métairie dans le voisinage : la vieille proposa à Candide de s'en accommoder, en attendant que toute la

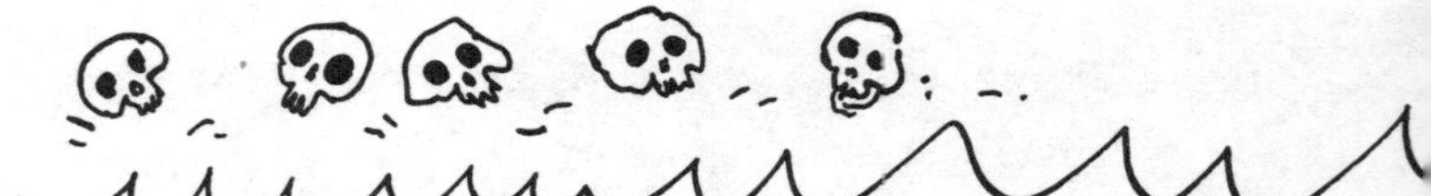

troupe eût une meilleure destinée. Cunégonde ne savait pas qu'elle était enlaidie, personne ne l'en avait avertie : elle fit souvenir Candide de ses promesses avec un ton si absolu que le bon Candide n'osa pas la refuser. Il signifia donc au baron qu'il allait se marier avec sa sœur. "Je ne souffrirai jamais, dit le baron, une telle bassesse de sa part et une telle insolence de la vôtre, cette infamie ne me sera jamais reprochée : les enfants de ma sœur ne pourraient entrer dans les chapitres d'Allemagne. Non, jamais ma sœur n'épousera qu'un baron de l'Empire." Cunégonde se jeta à ses pieds et les baigna de larmes ; il fut inflexible. "Maître fou, lui dit Candide, je t'ai réchappé des galères, j'ai payé ta rançon, j'ai payé celle de ta sœur ; elle lavait ici des écuelles, elle est laide, j'ai la bonté d'en faire ma femme, et tu prétends encore t'y opposer ! Je te retuerais si j'en croyais ma colère. – Tu peux me tuer encore, dit le baron, mais tu n'épouseras pas ma sœur de mon vivant."

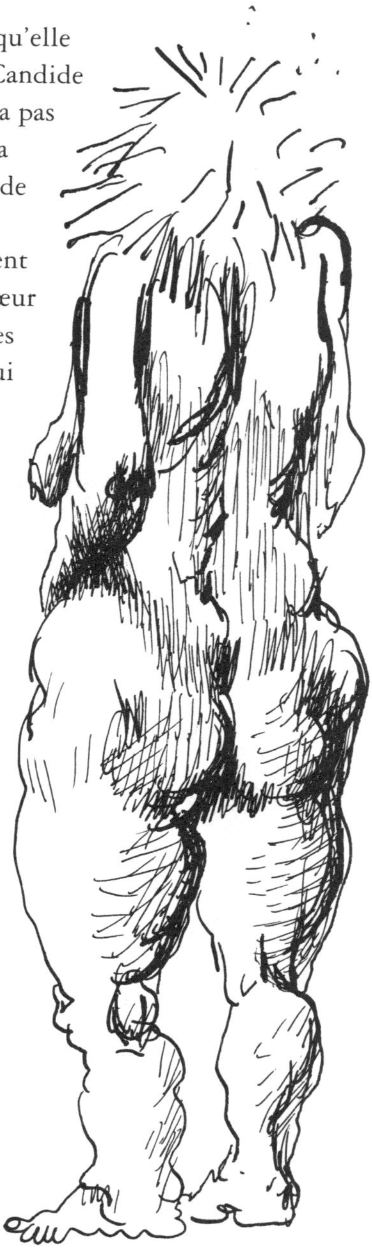

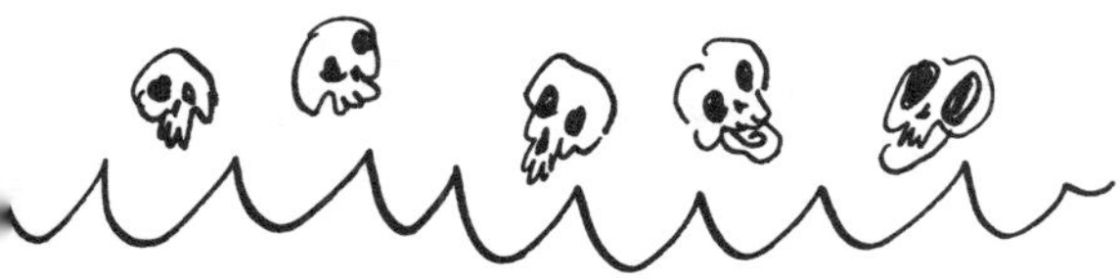

Une semaine plus tard,
dans le salon de Babar,
la vieille dame parle à ses amis
et leur dit :
« Voyez-vous, dans la vie,
il ne faut jamais se décourager
Le vilain serpent ne m'a pas tuée
et Cornélius est complètement guéri.
Travaillons avec gaieté
et nous continuerons
d'être heureux. »

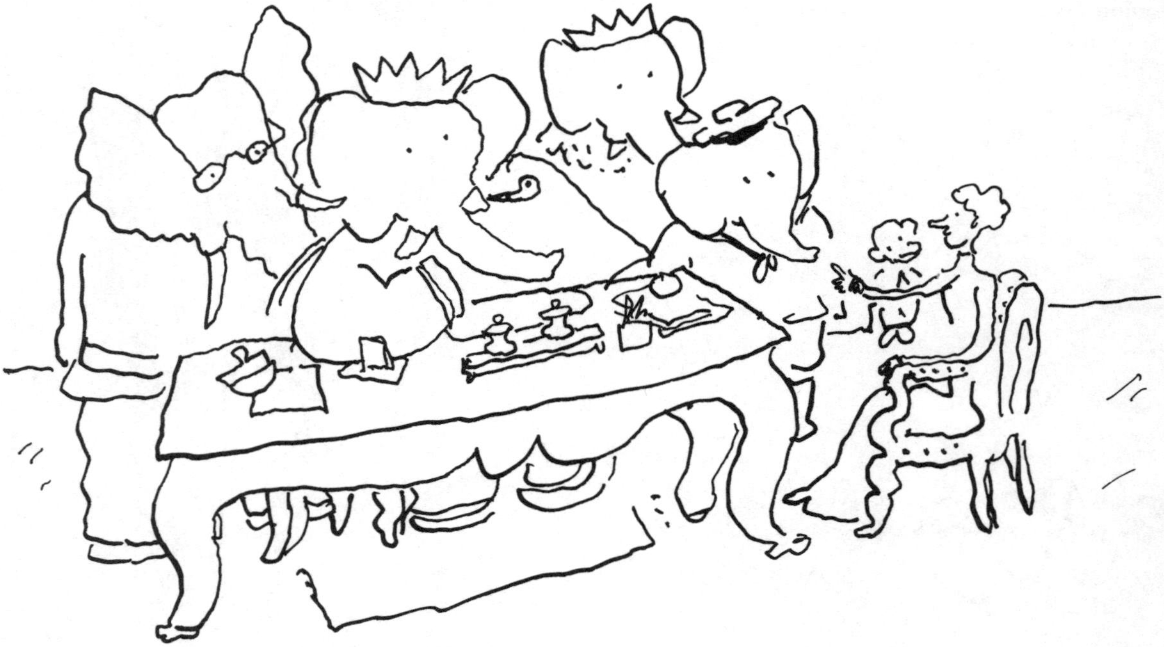

d'après Jean De Brunhoff, "Le Roi Babar"

CHAPITRE TRENTIÈME.

CONCLUSION.

Candide, dans le fond de son cœur, n'avait aucune envie d'épouser Cunégonde. Mais l'impertinence extrême du baron le déterminait à conclure le mariage, et Cunégonde le pressait si vivement qu'il ne pouvait s'en dédire. Il consulta Pangloss, Martin et le fidèle Cacambo. Pangloss fit un beau mémoire par lequel il prouvait que le baron n'avait nul droit sur sa sœur, et qu'elle pouvait, selon toutes les lois de l'Empire, épouser Candide de la main gauche. Martin conclut à jeter le baron dans la mer. Cacambo décida qu'il fallait le rendre au levanti patron et le remettre aux galères ; après quoi on l'enverrait à Rome au père général par le premier vaisseau. L'avis fut trouvé fort bon ; la vieille l'approuva ; on n'en dit rien à sa sœur ; la chose fut exécutée pour quelque argent, et on eut le plaisir d'attraper un jésuite et de punir l'orgueil d'un baron allemand.

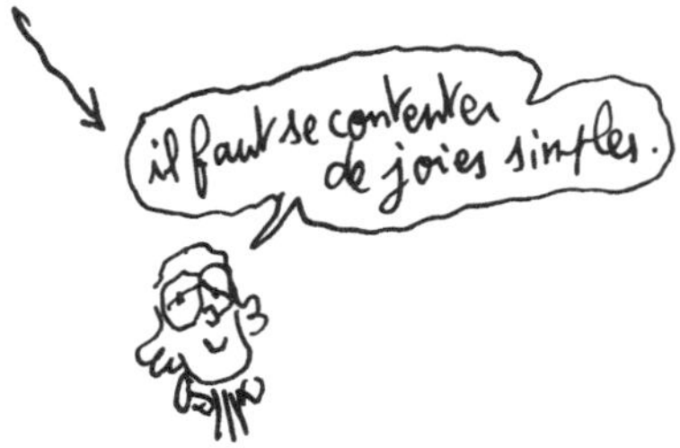

Il était tout naturel d'imaginer qu'après tant de désastres, Candide, marié avec sa maîtresse et vivant avec le philosophe Pangloss, le philosophe Martin, le prudent Cacambo et la vieille, ayant d'ailleurs rapporté tant de diamants de la patrie des anciens Incas, mènerait la vie du monde la plus agréable ; mais il fut tant friponné par les Juifs qu'il ne lui resta plus rien que sa petite métairie ; sa femme, devenant tous les jours plus laide, devint acariâtre et insupportable ; la vieille était infirme et fut encore de plus mauvaise humeur que Cunégonde. Cacambo, qui travaillait au jardin, et qui allait vendre des légumes à Constantinople, était excédé de travail et maudissait sa destinée. Pangloss était au désespoir de ne pas briller dans quelque université d'Allemagne. Pour Martin, il était fermement persuadé qu'on est également mal partout ; il prenait les choses en patience. Candide, Martin et Pangloss disputaient quelquefois de métaphysique et de morale. On

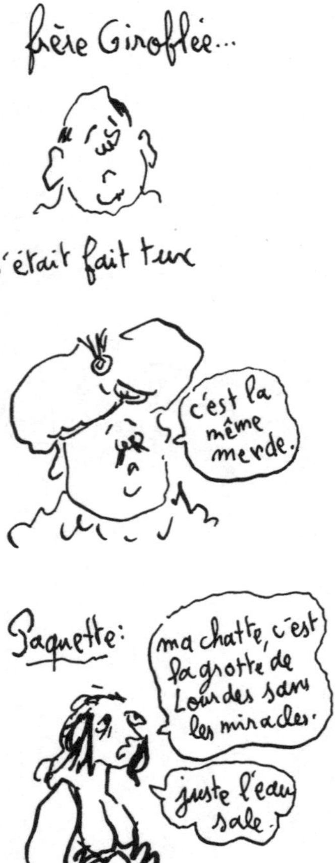

voyait souvent passer sous les fenêtres de la métairie des bateaux chargés d'effendis, de bachas, de cadis, qu'on envoyait en exil à Lemnos, à Mitylène, à Erzeroum. On voyait venir d'autres cadis, d'autres bachas, d'autres effendis, qui prenaient la place des expulsés et qui étaient expulsés à leur tour. On voyait des têtes proprement empaillées qu'on allait présenter à la Sublime Porte. Ces spectacles faisaient redoubler les dissertations ; et quand on ne disputait pas, l'ennui était si excessif que la vieille osa un jour leur dire : "Je voudrais savoir lequel est le pire, ou d'être violée cent fois par des pirates nègres, d'avoir une fesse coupée, de passer par les baguettes chez les Bulgares, d'être fouetté et pendu dans un auto-da-fé, d'être disséqué, de ramer en galère, d'éprouver enfin toutes les misères par lesquelles nous avons tous passé, ou bien de rester ici à ne rien faire ? – C'est une grande question", dit Candide.

Ce discours fit naître de nouvelles réflexions, et Martin surtout conclut que l'homme était né pour vivre dans les convulsions de l'inquiétude, ou dans la léthargie de l'ennui. Candide n'en convenait pas, mais il n'assurait rien. Pangloss avouait qu'il avait toujours horriblement souffert ; mais ayant soutenu une fois que tout allait à merveille, il le soutenait toujours, et n'en croyait rien.

Une chose acheva de confirmer Martin dans ses détestables principes, de faire hésiter plus que jamais Candide, et d'embarrasser Pangloss. C'est qu'ils virent un jour aborder dans leur métairie Paquette et le frère Giroflée, qui étaient dans la plus extrême misère ; ils avaient bien vite mangé leurs trois mille piastres, s'étaient quittés, s'étaient raccommodés, s'étaient brouillés, avaient été mis en prison, s'étaient enfuis, et enfin frère Giroflée s'était fait turc. Paquette continuait son métier partout, et n'y gagnait plus rien. "Je l'avais bien prévu, dit Martin à Candide, que vos présents seraient bientôt dissipés et ne les rendraient que plus misérables. Vous avez regorgé de millions de piastres, vous et Cacambo, et vous n'êtes pas plus heureux que frère Giroflée et Paquette. – Ah, ah ! dit Pangloss à Paquette, le ciel vous ramène donc ici parmi nous, ma pauvre enfant ! Savez-vous bien que vous m'avez coûté le bout du nez, un œil et une oreille ? Comme vous voilà faite ! Et qu'est-ce que ce monde !" Cette nouvelle aventure les engagea à philosopher plus que jamais.

Il y avait dans le voisinage un derviche très fameux, qui passait pour le meilleur philosophe de la Turquie ; ils allèrent le consulter ; Pangloss porta la parole, et lui dit : "Maître, nous venons vous prier de nous dire pourquoi un aussi étrange animal que l'homme a été formé.

– De quoi te mêles-tu ? dit le derviche, est-ce là ton affaire ? – Mais, mon Révérend Père, dit Candide, il y a horriblement de mal sur la terre. – Qu'importe, dit le derviche, qu'il y ait du mal ou du bien ? Quand Sa Hautesse envoie un vaisseau en Egypte, s'embarrasse-t-elle si les souris qui sont dans le vaisseau sont à leur aise ou non ? – Que faut-il donc faire ? dit Pangloss. – Te taire, dit le derviche. – Je me flattais, dit Pangloss, de raisonner un peu avec vous des effets et des causes, du meilleur des mondes possibles, de l'origine du mal, de la nature de l'âme et de l'harmonie préétablie." Le derviche, à ces mots, leur ferma la porte au nez.

Pendant cette conversation, la nouvelle s'était répandue qu'on venait d'étrangler à Constantinople deux vizirs du banc et le muphti, et qu'on avait empalé plusieurs de leurs amis. Cette catastrophe faisait partout un grand bruit pendant quelques heures. Pangloss, Candide et Martin, en retournant à la petite métairie, rencontrèrent un bon vieillard qui prenait le frais à sa porte sous un berceau d'orangers. Pangloss, qui était aussi curieux que raisonneur, lui

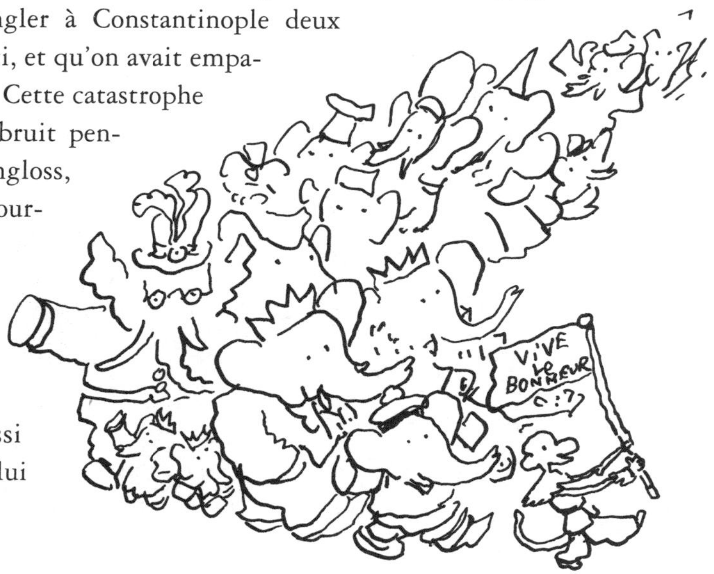

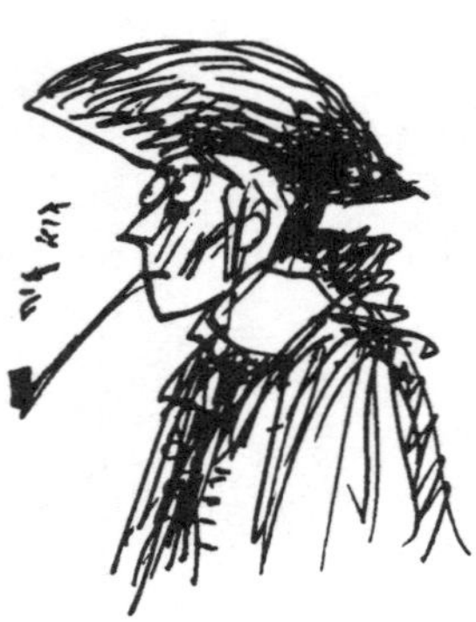

demanda comment se nommait le muphti qu'on venait d'étrangler. "Je n'en sais rien, répondit le bonhomme, et je n'ai jamais su le nom d'aucun muphti ni d'aucun vizir. J'ignore absolument l'aventure dont vous me parlez ; je présume qu'en général ceux qui se mêlent des affaires publiques périssent quelquefois misérablement, et qu'ils le méritent ; mais je ne m'informe jamais de ce qu'on fait à Constantinople ; je me contente d'y envoyer vendre les fruits du jardin que je cultive." Ayant dit ces mots, il fit entrer les étrangers dans sa maison : ses deux filles et ses deux fils leur présentèrent plusieurs sortes de sorbets qu'ils faisaient eux-mêmes, du kaïmac piqué d'écorces de cédrat confit, des oranges, des citrons, des limons, des ananas, des pistaches, du café de Moka qui n'était point mêlé avec le mauvais café de Batavia et des îles. Après quoi les deux filles de ce bon musulman parfumèrent les barbes de Candide, de Pangloss et de Martin.

"Vous devez avoir, dit Candide au Turc, une vaste et magnifique terre ? – Je n'ai que vingt arpents, répondit le Turc ; je les cultive avec mes enfants ;

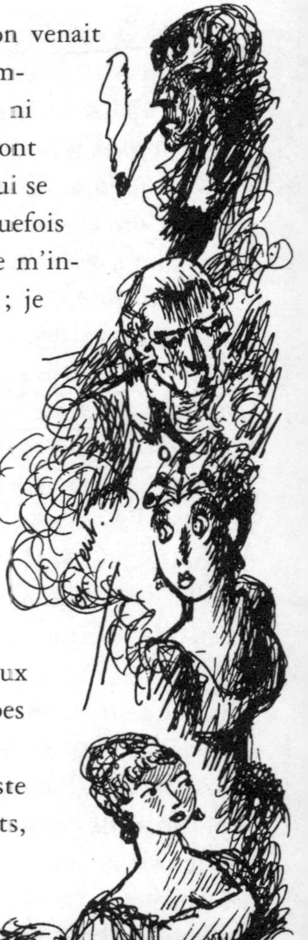

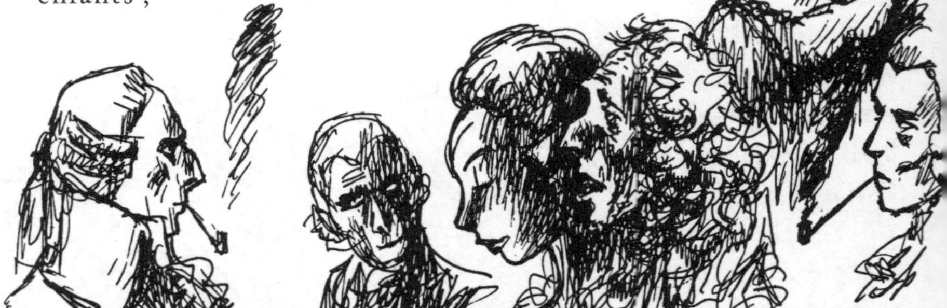

le travail éloigne de nous trois grands maux : l'ennui, le vice, et le besoin."

Candide, en retournant dans sa métairie, fit de profondes réflexions sur le discours du Turc. Il dit à Pangloss et à Martin : "Ce bon vieillard me paraît s'être fait un sort bien préférable à celui des six rois avec qui nous avons eu l'honneur de souper. – Les grandeurs, dit Pangloss, sont fort dangereuses, selon le rapport de tous les philosophes : car enfin Eglon, roi des Moabites, fut assassiné par Aod ; Absalon fut pendu par les cheveux et percé de trois dards ; le roi Nadab, fils de Jéroboam, fut tué par Baaza ; le roi Ela, par Zambri ; Ochosias, par Jéhu ; Athalia, par Joïada ; les rois Joachim, Jéchonias, Sédécias, furent esclaves. Vous savez comment périrent Crésus, Astyage, Darius, Denys de Syracuse, Pyrrhus, Persée, Annibal, Jugurtha, Arioviste, César, Pompée, Néron, Othon, Vitellius, Domitien, Richard II d'Angleterre, Edouard II, Henri VI, Richard III, Marie Stuart, Charles Ier, les trois Henri de France, l'empereur Henri IV ? Vous savez… – Je sais aussi, dit Candide, qu'il faut cultiver notre jardin. – Vous avez raison, dit Pangloss : car, quand l'homme fut mis dans le jardin d'Eden, il y fut mis *ut operaretur eum*, pour qu'il travaillât, ce qui prouve que l'homme n'est pas né pour le repos. – Travaillons sans raisonner, dit Martin ; c'est le seul moyen de rendre la vie supportable."

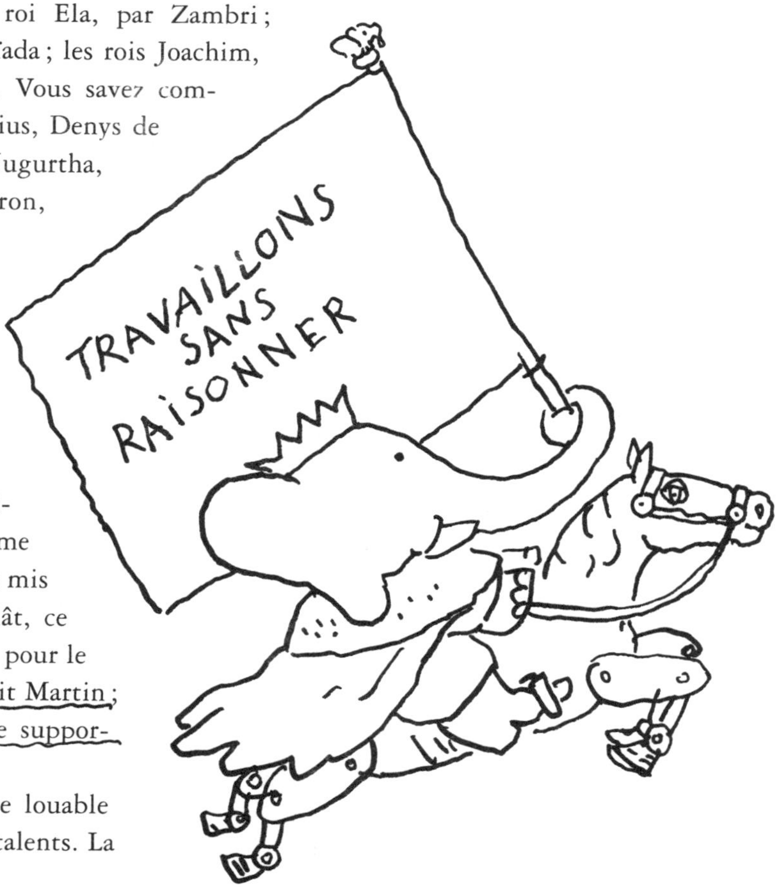

Toute la petite société entra dans ce louable dessein ; chacun se mit à exercer ses talents. La petite terre rapporta beaucoup. Cunégonde était à la vérité bien laide ; mais elle devint une excellente pâtissière ; Paquette broda ; la vieille eut soin du linge. Il n'y eut pas jusqu'à frère Giroflée qui ne rendît service ; il fut un très bon menuisier, et même devint honnête homme ; et Pangloss disait quelquefois à Candide : "Tous les événements sont enchaînés dans le meilleur des mondes possibles ; car enfin, si vous n'aviez pas été chassé d'un beau château à grands coups de pied dans le derrière pour l'amour de Mlle Cunégonde, si vous n'aviez pas été mis à l'Inquisition, si vous n'aviez pas couru l'Amérique à pied, si vous n'aviez pas donné un bon coup d'épée au baron, si vous n'aviez pas perdu tous vos moutons du bon pays d'Eldorado, vous ne mangeriez pas ici des cédrats confits et des pistaches. – Cela est bien dit, répondit Candide, mais il faut cultiver notre jardin."

FIN

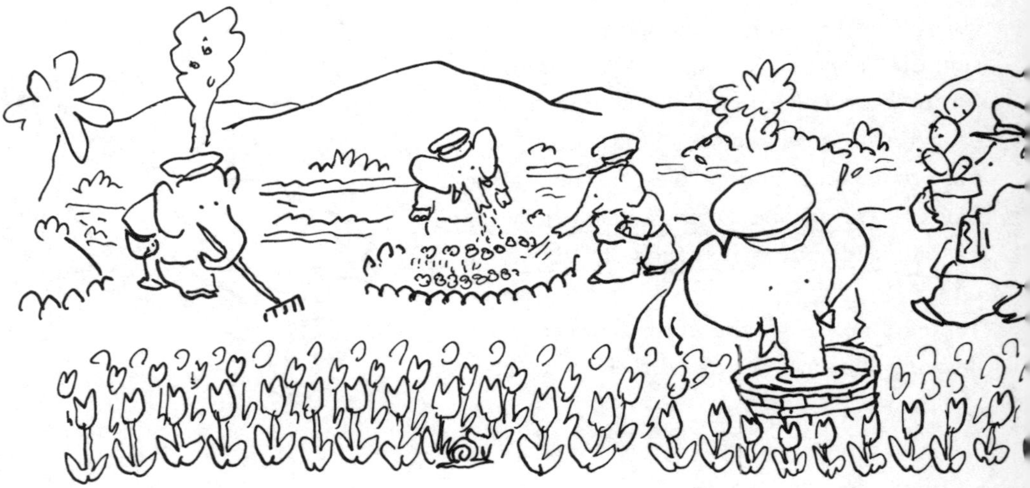

Annexe (nonotes.)

Le juif Issacar et moi : collez un juif sur une île déserte avec des éléphants et des crayons, il va vous écrire un essai sur les éléphants et la question juive.

Difficile, dans cette perspective, de traverser un texte de Voltaire sans s'attarder sur le sort qu'il réserve à mes coreligionnaires.

Ça me fait penser à Albert Cohen avec sa France imaginaire : N'en pouvant plus de l'antisémitisme de rue, celui que lui servaient les camelots de Marseille, il s'enfermait dans sa chambre d'enfant avec la littérature et s'inventait une France des grands livres et des grands auteurs, un pays qui ne le haïssait point.

Mais Cohen ne fait pas mention de ces grands livres qui nous détestent quand même.

Comme j'en ai assez, de ce juif issacar, de ce marchand de Venise au nez torve, à la bouche lippue et aux griffes acérées. Ce monstre issu d'un peuple uniquement dévolu à l'usure et à la laideur, comme je le déteste.

Alors quand je le vois arriver, ce monstre de film d'horreur que l'Eglise nous a inventé et qu'elle a légué aux Lumières qui l'ont offert aux Romantiques qui l'ont gardé quasi-intact pour la littérature moderne, quand je le croise au détour d'une page et que je dois le dessiner, je ne lui fais pas sa tête de bouc émissaire haïssable, de "sans toi on serait mieux" je lui donne ma tête et je vois si on peut continuer d'aimer le livre après cette intervention plastique.

Si le juif issacar, c'est moi, est-ce que ça vaut encore le coup de lire Voltaire?

Il faut! Il faut parce que j'aime Voltaire et je ne vois pas bien comment me débrouiller dans la vie sans lui. On parlerait de dispensables comme Louis Ferdinand Céline ou de très oubliables comme Nabe ou Houellebecq ou Renaud Camus, je reposerais les bouquins illico, mais pour Voltaire, il me faut une ligne de défense. Pas une défense de cours de français classe de première, une en laquelle je crois vraiment.

Que dit-on sur l'antisémitisme voltairien en classe de première :

a: s'il n'y a pas d'élève juif dans la classe: rien.
b: S'il y en a un ou plus et qu'on a le sentiment qu'ils ont du mal à terminer leur Juif Issacar, qu'ils en laissent des bouts dans l'assiette, on leur dit ça:
"C'est une maladresse due à l'époque. Voltaire ne peut pas être antisémite puisque dans l'épisode de Lisbonne, il s'élève contre les autodafés."

Dès l'époque scolaire où l'on m'a servi ce bouillon, je ne le trouvais pas très digeste. D'abord parce que Voltaire n'est pas un maladroit. Ensuite, parce que le juif issacar s'appelle "juif", les brûlés de Lisbonne, non. Ceux de Lisbonne, on ne le comprend que par allusion, qu'ils sont juifs. C'est le fait qu'on les brûle qui choque Voltaire. Oui. Ils sont peut-être aussi haïssables que le Juif Issacar mais il ne faut tout de même pas les brûler.

Voltaire, sur les juifs, par lui-même:

<< Vous ne trouverez en eux qu'un peuple ignorant et barbare, qui joint depuis longtemps la plus sordide avarice à la plus détestable superstition, et à la plus invincible haine pour tous les peuples qui les tolèrent et qui les enrichissent. Il ne faut pourtant pas les brûler. >>

Quand Voltaire s'en prend aux juifs, il les rend comptables des minutes de l'Ancien Testament. Et aux juifs de son temps, sur des pages et des pages, il reproche la cruauté des personnages bibliques.

En historien épris d'un certain ordre des choses et des peuples, Voltaire aime les juifs chez eux et considère qu'ils sont pour l'Europe un élément exogène et nuisible.

« Ne me reprochez pas de ne vous point aimer : je vous aime tant que je voudrais que vous fussiez tous dans Hershalaïm au lieu des Turcs »

Sur la charité que le peuple de Dieu et les chrétiens doivent avoir les uns pour les autres :

« Ma tendresse pour vous n'a plus qu'un mot à vous dire. Nous vous avons pendus entre deux chiens pendant des siècles ; nous vous avons arraché les dents pour vous forcer à nous donner votre argent, nous vous avons chassés plusieurs fois par avarice, et nous vous avons rappelés par avarice et par bêtise ; nous vous faisons payer encore dans plus d'une ville la liberté de respirer l'air ; nous vous avons sacrifiés à Dieu dans plus d'un royaume ; nous vous avons brûlés en holocaustes : car je ne veux pas, à votre exemple, dissimuler que nous ayons offert à Dieu des sacrifices de sang humain. Toute la différence est que nos prêtres vous ont fait brûler par des laïques, se contentant d'appliquer votre argent à leur profit, et que vos prêtres ont toujours immolé les victimes humaines de leurs mains sacrées. Vous fûtes des monstres de cruauté et de fanatisme en Palestine, nous l'avons été dans notre Europe : oublions tout cela, mes amis !

Voulez-vous vivre paisibles, imitez les Banians et les Guèbres : ils sont beaucoup plus anciens que vous, ils sont dispersés comme vous, ils sont sans patrie comme vous. Les Guèbres, surtout qui sont les anciens persans, sont esclaves comme vous après avoir été longtemps vos maîtres. Ils ne disent mot : prenez ce parti : vous êtes des animaux calculants ; tâchez d'être des animaux pensants. »

Holala ! qu'est-ce que je vais faire avec ça, moi ? Plus je creuse, plus je cherche des nouveaux textes pour défendre Voltaire, plus je trouve de la merde : je suis l'avocat de Voltaire et j'ai un bien mauvais dossier. Je devrais refiler ça au cabinet Varault ou à Jacques Vergès.
J'ai envie de tout laisser tomber et de pas faire ce livre. Je pensais que Voltaire avait l'antisémitisme de son temps et c'est tout. Je croyais qu'il répétait ses leçons de catéchisme et voilà.
Pas du tout. Dans sa "Défense des juifs", Voltaire démonte point par point l'antisémitisme d'Eglise et montre à quel point il est insensé et dépassé : << Jésus a-t-il dit dans un seul endroit que la loi de Moïse était mauvaise ou fausse ? L'a-t-il abrogée ? Ses premiers disciples ne furent-ils pas circoncis ?... Qu'étiez-vous autre chose dans le commencement qu'une partie de nous-mêmes qui s'est séparée avec le temps ?...
que pourriez-vous répondre si je vous disais : votre Dieu était de notre religion ? Il naquit juif, il fut circoncis comme tous les autres juifs : il vécut juif, mourut juif, et vous nous brûlez, parce que nous sommes juifs. >>
<u>Donc si l'antisémitisme de Voltaire ne doit rien à l'église de son temps, de quoi s'agit-il ?</u>
Le sentiment que j'en ai, c'est qu'il s'agit d'une invention. Avec son antisémitisme, Voltaire fait du nouveau. Voltaire invente la détestation moderne du juif. Il permet tout simplement à l'antisémitisme de survivre au déclin de l'Eglise.
Le message de Voltaire, c'est : oui, l'Inquisition et ses bûchers sont grotesques mais continuons de haïr les juifs d'une autre façon.
Et l'antisémitisme de quitter (momentanément) le terrain de la violence aveugle pour se faire genre littéraire. Voltaire défriche ainsi de nouveaux champs d'expérimentation, au point que le pamphlet antisémite devienne quasiment un passage obligé dans le parcours de l'écrivain français digne de ce nom.

D'où vient cette jubilation littéraire à taper sur les juifs?
C'est pourtant simple : de Voltaire à aujourd'hui, la mise en cause littéraire des juifs passe toujours par des références bibliques : les juifs, on ne leur pardonne pas d'avoir écrit les cinq livres de la Thora. Et il ne s'agit pas d'intolérance religieuse mais bien de querelle littéraire. Louis Ferdinand Céline est antisémite à cause du succès de Proust. Voltaire en veut aux juifs à cause du triomphe littéraire de la Thora. Il en crève. Et il n'en peut plus de répéter, comme pour s'en convaincre, que le peuple juif est incapable d'invention et surtout incapable d'invention littéraire :
« Ce peuple ne connut d'autre alphabet que le Chaldéen... il ne fut renommé pour aucun art, pour aucune manufacture de quelque espèce... »
« Loin d'avoir des écoles, leur langue manquait même de termes pour exprimer cette institution. »
« Philon rapporte que les étrangers n'avaient aucune connaissance des livres de sa nation... <u>les grands peuples ne peuvent tirer leurs lois et leurs connaissances d'un petit peuple obscur et esclave.</u> »
<u>Ah, si c'est de littérature qu'il est question, je l'ai, ma ligne de défense.</u>
Comprenez-moi, messieurs les jurés, Voltaire n'a pas eu la chance, comme votre serviteur, d'hériter des belles histoires de ma grand-mère. Il n'a pas eu la Thora et les gâteaux au miel et les disputes en yiddish avec leurs belles insultes comme Kishmahintuchessarein qui signifie "baise mon cul de l'intérieur". Il n'a pas eu la chance d'hériter de cette schizophrénie juive qui nous fait à la fois d'ici et d'ailleurs et qui nous oblige à faire attention avant de l'ouvrir parce qu'on est pas vraiment sûr d'être chez nous et même la langue on sait pas si elle est à nous.
Au lieu de ça, qu'est-ce qu'il a eu, Voltaire? Les Evangiles, le pauvre, dont lui-même note les incongruités ; dont même un enfant verrait la cruelle inadéquation avec la réalité. Il s'en rend compte, Voltaire, qu'on lui a légué une littérature de seconde main, un "spin-off" univoque. Alors, il essaie de faire mieux avec

L'Encyclopédie, mais lui-même en voit les limites. Alors non, Voltaire n'a pas reçu la Thora et quand on est quelqu'un de normal, on s'en fo mais quand on veut écrire, sans la Thora, on part avec un sacré handicap et ça peut rendre jaloux.
Et on se fait les dents sur les pauvres juifs, se donnant à la fois le sentiment de terrasser la vermine et de tuer le père.
<u>Mais pourquoi est-ce en France que tout cela s'exprime avec tant de virulence?</u> Parce que c'est là qu'on a la meilleure langue, les meilleurs livres et les meilleurs écrivains. Les français auraient mérité de recevoir la Thora, peut-être plus, même, que les hébreux. Le français est une plus jolie langue que l'hébreu. Si j'étais l'Eternel, c'est aux français que j'aurais remis la Thora et les écrivains français n'en auraient plus après les juifs et je pourrais les admirer de tout mon cœur et de toute mon âme et avec tous mes moyens.
Au lieu de ça, je les comprends et je les plains de ne l'avoir pas eue. Et je les aime d'autant plus que leurs écrits haineux me font songer à la rage sourde de Esaü le chasseur quémandant la bénédiction paternelle dont héritera Jacob le menteur. Et plus on tapera sur les juifs, plus les juifs seront "ceux du livre". Voltaire est du peuple qui tape et qui chasse, moi je suis Renart de Maupertuis.
Tant pis pour toi, Voltaire. Moi aussi, j'aimerais que parfois on échange nos rôles et j'aimerais tenir la bride de ton cheval et indiquer à la meute canine vers quelle bête diriger l'assaut. Mais pour la littérature, je me préfère en bête anxieuse au long museau, courant ventre à terre. Jamais tranquille, jamais en Suisse, me sentant coupable de dormir ou de ne pas penser, même un court instant. Me sentant coupable si je vais bien, coupable si j'ai l'air trop français et coupable si j'ai l'air trop juif et même ma bite en porte trace. Oui, Voltaire, pour raconter des histoires, il vaut mieux être juif.

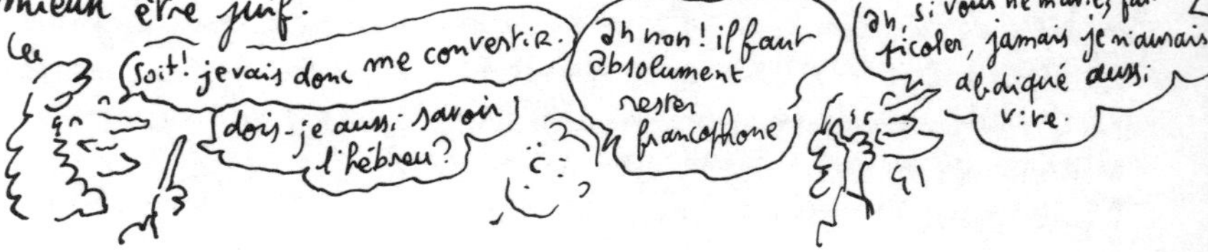

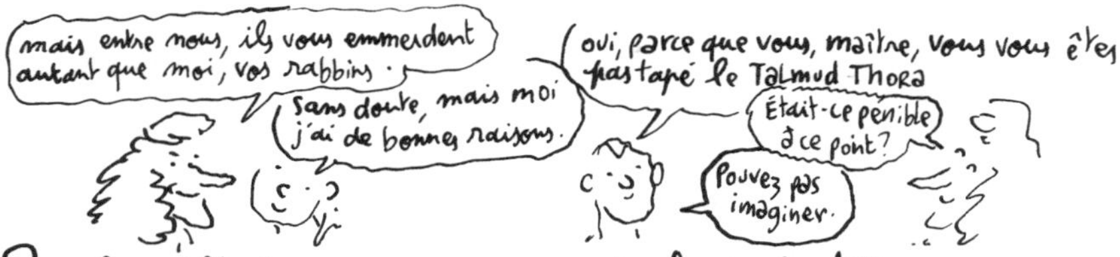

Pour lire Voltaire, encore faut-il mettre la main dessus.
Dans le livre de André Magnan, aux P.U.F, sur le Candide, je découvre que Voltaire organisait des spectacles de lanterne magique pour amuser ses copains. Je me dis que ça serait intéressant d'éplucher sa correspondance pour en savoir plus. La lanterne magique, c'est la bande dessinée et le dessin animé et le cinéma de l'époque. Un spectacle total où le projectionniste fait aussi les voix, les accents, la musique. Voltaire a-t-il joué ainsi le Candide avant de l'écrire? Cela expliquerait l'aspect caricatural et bouffon de chaque protagoniste de l'histoire. J'imagine Voltaire en Suisse avec son accent savoyard et son bonnet faisant le couillon derrière sa lanterne magique. Je vois les silhouettes en papier découpé de Candide, Martin, Cunégonde et les autres vaciller sous la lumière des flammes. Et je me dis que Paul Klee ne s'était pas trompé, quand il a choisi d'illustrer le Candide avec des personnages tremblotants, filiformes et évanescents, aussi tordus que du papier qui brûle.

André Magnan indique en référence un volume de la correspondance définitive de Voltaire. Il a même l'exquise délicatesse de noter la page... dans l'édition d'Oxford 1971!
J'espère que ça vaut le coup, la lettre sur la lanterne magique, parce que je sens déjà qu'en librairie, ça va être coton à trouver. Ça loupe pas: les œuvres complètes de Voltaire, incluant sa correspondance, n'existent pas en librairie. Tant que j'y suis, je cherche le recueil "mélanges" où l'on peut trouver le Poème sur le désastre de Lisbonne que j'aimerais reproduire afin d'offrir un contrepoint intéressant au chapitre sur le tremblement de terre. Y a pas. Nulle part. On m'envoie à la bibliothèque Sainte Geneviève, j'y trouve porte close. Fermé un mois pour travaux. Je vais tenter ma chance

dans une autre bibliothèque universitaire du même arrondissement :
« - Vous êtes professeur ou étudiant ?
- ni l'un ni l'autre.
- désolé. vous ne pouvez pas consulter.
- Mais je suis auteur. je fais des livres.
- quoi comme livres ?
- de la philo (si j'avais vraiment cherché la merde, j'aurais dit que je faisais de la BD)
- Bon. Bin montrez-moi une carte de presse.
- Je suis pas journaliste. Je fais juste des livres. Tenez, j'en ai un, là (je sors le Platon)
- Non mais moi, il me faut une carte professionnelle.
- Attendez, il faut faire un métier spécial, pour lire des livres ?
- Oui, sinon, on a trop de monde. »

Ça y est. Je suis en rogne pour la journée. Je tente la bibliothèque François Mitterrand. Il faut payer à l'entrée :
« - Pourquoi, c'est privé ?
- On fait des réductions pour les étudiants, monsieur
- Je les emmerde, les étudiants. »

Ensuite, il faut passer à une caisse où on vous oriente :
« - Bonjour, c'est la première fois que je viens, je voudrais consulter un livre de Voltaire.
- Ah, Voltaire, c'est pas là, m'sieur ! faut traverser la Seine.
- Non... Voltaire, l'écrivain.
- Heu... voyez avec un bibliothécaire. »

Avant d'avoir accès aux livres, il faut donc solliciter un rendez-vous avec un bibliothécaire. On prend un ticket et on attend son tour, comme chez le poissonnier. Ensuite, le type vous reçoit et on doit lui dire précisément les livres qu'on cherche. Il vous imprime les références et vous expédie vers la salle qui vous est dévolue. Le monsieur m'explique que les œuvres complètes de Voltaire ne sont consultables que par des professionnels (de quoi ?) mais qu'elles existent en version numérisée et il m'envoie dans une salle avec des ordinateurs. Arrivé là, on me fait acheter une carte à puce pour imprimer les documents que je veux et on me colle devant une machine. Je me demande si on va m'autoriser à imprimer 500 pages de la correspondance de Voltaire histoire de lire ça peinard à la maison. Prudent, je décide de commencer par le poème sur Lisbonne. Je lance l'impression. Je vais à la caisse et on me dit de patienter une petite heure parce que maintenant, l'imprimante est occupée à d'autres activités. Je me rabats sur la correspondance et ça marche pas:

« – madame, excusez-moi, ça marche pas.

– faites-voir... Houla! c'est parce que c'est pas dans le domaine public, ce texte-là.

– VOLTAIRE?!!!

– Attendez... je sais! C'est parce que la BN n'a pas payé les droits pour cet ouvrage alors on n'a pas l'autorisation de le consulter. Il faut que vous retourniez à l'accueil et qu'on vous fasse une carte pour accéder à l'étage des professionnels.

– Hé! Je refais pas la queue, moi!

– Silence, s'il-vous-plait, c'est une bibliothèque. Je vais vous accompagner. »

Elle m'escorte fort gentiment. On me dit que l'étage professionnel, je n'y ai pas accès (Scandale! Alors que les thésards pleins de boutons qui ne pensent qu'à leur bite doivent y visionner tout Marc Dorcel sous de fumeux prétextes)

« –... ah, par contre, les oeuvres complètes de Voltaire, on les a, à notre étage. Vous étiez en salle G, on aurait dû vous orienter en salle H. » Cinq heures environ après le début de cette odyssée bibliophilique, je trouve enfin ce fameux texte relatif à la lanterne magique, le voici. Ça fait neuf lignes et elles ne sont pas de Voltaire:

Lettre de Françoise Paule d'Issembourg d'Happoncourt Huguet de Graffigny à François Etienne Devaux (qu'elle surnomme Panpan ou parfois Pampichon).

extrait : "Après souper, il nous donna la lanterne magique, avec des propos à mourir de rire. Il y a fourré la coterie de Mr Le Duc de Richelieu, l'histoire de l'Abbé Desfontaines, et toutes sortes de contes, toujours sur le ton savoyard. Non, il n'y avait rien de si drôle ! Mais à force de tripoter le goupillon de sa lanterne, qui était rempli d'esprit de vin, il le renverse sur sa main, le feu y prend, et la voilà enflammée. Ah, dame ! Il fallait voir comme elle était belle ! Mais ce qui n'est pas beau, c'est qu'elle est brûlée : cela troubla un peu le divertissement qu'il recontinua un moment après."

J'essaie de me persuader que ça valait le coup. Je gratte encore dans les bouquins et je trouve une définition de Cacouac :

Abbé de Saint Cyr. 1757.

« Cacouac : un monstre qui a sous la langue un sac de poison qui suinte à chaque mot et fait le mal par plaisir. »

Egalement trouvé des rapports des autorités genevoise et de la police parisienne sur le *Candide* dont je vous fais grâce, on y apprend que c'est "contraire aux bonnes moeurs, injurieux à la Providence gnagnagna..."

Rhôo ! La journée foutue en l'air. En quittant la bibliothèque, je repasse devant les ordinateurs et je récupère le *poème sur le désastre de Lisbonne* imprimé.

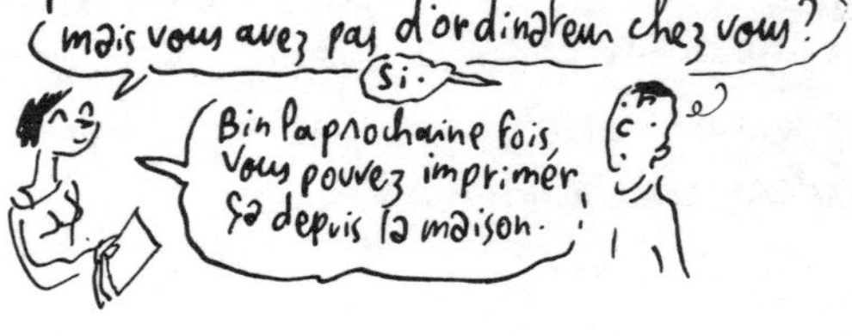

Je suis ravi, d'avoir enfin mis la main sur le <u>Poème sur le désastre de Lisbonne</u>. Ce texte contredit de façon irréfutable tous les réquisitoires que les auteurs romantiques ont écrit contre Voltaire, lui reprochant d'être grimaçant, insensible, et de rire de la tragédie humaine. Ce Poème, et le <u>Candide</u> sont deux mouvements d'une même rhapsodie: d'abord le haut-le-cœur, ensuite la fable. L'émotion, gonflée de toute la révolte et l'impuissance du spectateur de la tragédie, puis la rage de l'écrivain qui feint l'ironie pour masquer sa colère. Les romantiques auraient sans doute voulu que Voltaire en reste à l'émotion première: les cheveux aux vents, larmes aux yeux, bras en croix, allons! Un peu de tenue! Vive Voltaire!

Tiens, dans l'enthousiasme et comme il est dur à trouver, je vous le recopie dans son intégralité, ce

<u>Poème sur le désastre de Lisbonne</u>.

« Poëme sur la destruction de Lisbonne,
ou examen de cet axiome,
Tout est bien.
Ô malheureux mortels! Ô terre déplorable!
Ô de tous les fléaux, assemblage effroyable!
D'inutiles douleurs, éternel entretien...
Philosophes trompés, qui criez, tout est bien,
accourez: contemplez ces ruines affreuses,
ces débris, ces lambeaux, ces cendres malheureuses.

Ces femmes, ces enfans, l'un sur l'autre entassés
sous ces marbres rompus, ces membres dispersés;
cent mille infortunés que la terre dévore
qui sanglans, déchirés et palpitans encore,
enterrés sous leurs toits terminent sans secours
dans l'horreur des tourments leurs lamentables jours.

Aux cris demi formés de leurs voix expirantes,
au spectacle effrayant de leurs cendres fumantes,
direz-vous, ce sont là les salutaires loix,
d'un être bienfaisant qui fit tout par son choix?
Direz-vous en voyant ces amas de victimes,
Dieu s'est vengé : leur mort est le prix de leurs crimes?
Quels crimes? Quelle faute ont commis ces enfans
sur le sein maternel écrasés et sanglans?
Lisbonne qui n'est plus, eut-elle plus de vices
que Londres et que Paris plongés dans les délices?
Lisbonne est abîmée, et l'on danse à Paris.
Tranquilles raisonneurs, intrépides esprits,
si sur vous votre ville eut été renversée,
on vous entendrait dire en changeant de pensée,
en pleurant vos enfans, et vos femmes, et vous,
le bien fut pour Dieu seul, et le mal fut pour nous.
Quand la terre où je suis, porte sur des abîmes,
ma plainte est innocente, et mes cris légitimes :
Je suis environné des cruautés du sort,
des fureurs des méchans, des pièges de la mort;
de tous les élémens j'éprouve les atteintes :
Compagnons de mes maux, permettez-moi les plaintes.
C'est l'orgueil, dites-vous, l'orgueil séditieux
qui prétend qu'étant mal, je pouvais être mieux.
Allez, interrogez les rivages du Tage,
fouillez dans les débris de ce sanglant ravage,
demandez aux mourans, dans ce séjour d'effroi,
si c'est l'orgueil qui crie, ô Dieu, secourez-moi.
ô ciel, ayez pitié de l'humaine misère.
Tout est bien, dites-vous, et tout est nécessaire.
quoi l'univers entier sans ce gouffre infernal,
sans engloutir Lisbonne eut-il été plus mal?

Êtes-vous assurés que la cause éternelle
qui sçait tout, qui fait tout, qui créa tout pour elle,
ne pouvait nous jetter dans ces tristes climats
sans former des volcans allumés sous nos pas?
Je désire humblement sans offenser mon maître,
que ce gouffre enflammé de souffre et de salpêtre,
eût pû s'être formé dans le fond des déserts;
je respecte mon Dieu, mais j'aime l'univers.
Quand l'homme ose gémir d'un fléau si terrible,
il n'est point orgueilleux, hélas! Il est sensible.
Qu'on ne présente plus à mon cœur agité
ces immuables loix de la nécessité;
cette chaîne des corps, des esprits, et des mondes.
Ô rêves de sçavans! Ô chimères profondes!
Si l'éternelle loi qui meut les élémens
fait tomber les rochers sous les efforts des vents,
si les chênes touffus, par la foudre s'embrasent,
ils ne ressentent point le coup qui les écrase:
mais je vis, mais je sens, mais mon cœur opprimé,
demande le bien être au dieu qui l'a formé;
des sens qu'il me donna je cherche un libre usage.
D'où vient que l'ouvrier déchire son ouvrage?
Le vase, on le sçait bien, ne dit point au potier,
Pourquoi suis-je si vil, si faible, si grossier?
Il n'a point la parole, il n'a point la pensée:
cette urne en se formant, qui tombe fracassée,
de la main du potier ne reçut point un cœur,
qui désirât les biens, et sentît son malheur
Ce malheur, dites-vous, est le bien d'un autre être...
de mon corps tout sanglant mille insectes vont naître.
Quand la mort met le comble aux maux que j'ai soufferts,
le beau soulagement d'être mangé des vers!

Tristes calculateurs des misères humaines,
ne me consolez point, vous aigrissez mes peines;
et je ne vois en vous que l'effort impuissant,
d'un fier infortuné qui feint d'être content,
je ne suis du grand tout, qu'une faible partie.
Oui, mais les animaux condamnés à la vie,
Tous les êtres sentans, nés sous la même loi,
Vivent dans la douleur, et meurent comme moi.
Le vautour acharné sur sa timide proie,
de ses membres sanglans se repaît avec joie,
tout semble bien pour lui; mais bientôt à son tour,
une aigle au bec tranchant dévore le vautour.
L'homme d'un plomb mortel, atteint cette aigle altière,
et l'homme aux champs de mars couché sur la poussière,
sanglant, percé de coups, sur un tas de mourans,
sert d'aliment affreux, aux oiseaux dévorans.
Ainsi du monde entier, tous les membres gémissent,
nés tous pour les tourmens, l'un par l'autre ils périssent.
Et vous composerez dans ce cahos fatal,
des malheurs de chaque être, un bonheur général.
Quel bonheur! Ô mortel! Et faible et misérable,
Vous criez tout est bien, d'une voix lamentable:
l'univers vous dément, et votre propre cœur,
Cent fois de votre esprit a réfuté l'erreur.
Élémens, animaux, humains, tout est en guerre;
il le faut avouer, le mal est sur la terre;
son principe secret ne nous est point connu,
d'un être bienfaisant le mal est-il venu?
Est-ce le noir Tiphon, le barbare Arimane,
dont la loi tyrannique à souffrir nous condamne?
Mon esprit n'admet point ces monstres odieux,
dont le monde en tremblant fit autrefois des dieux.

Mais comment concevoir, un dieu la bonté même,
un dieu qui nous forma, qui nous chérit, qu'on aime,
et qui brise à son gré l'ouvrage de ses mains!
Ô qui pourra fixer mes esprits incertains!
Mon œil épouvanté sonde en vain ces abîmes,
je vois autour de moi les malheurs et les crimes.
Je me tourne vers vous, célestes vérités,
les ténèbres du monde offusquent vos clartés:
un dieu vint consoler notre race affligée,
il visita la terre, et ne l'a point changée.
Un sophiste arrogant, nous dit qu'il ne l'a pû;
il le pouvoit, dit l'autre, et ne l'a point voulu.
Il le voudra sans doute, et tandis qu'on raisonne,
des foudres souterrains engloutissent Lisbonne,
et de trente cités dispersent les débris,
des bords sanglans du Tage, à la mer de Cadis.
Ou l'homme est né coupable et Dieu punit sa race,
ou ce maître absolu de l'être et de l'espace;
sans courroux, sans pitié, tranquille, indifférent,
de ses premiers décrets suit l'éternel torrent;
Ou la matière informe à son maître rebelle,
porte en soi des défauts nécessaires, comme elle;
Ou bien Dieu nous éprouve, et ce séjour mortel
n'est qu'un passage étroit vers un monde éternel.
Nous essuyons ici des douleurs passagères;
le trépas est un bien qui finit nos misères;
mais quand nous sortirons de ce passage affreux,
qui de nous prétendra mériter d'être heureux?
Quelque parti qu'on prenne, on doit frémir, sans doute,
il n'est rien qu'on connaisse, et rien qu'on ne redoute.

La nature est muette, on l'interroge en vain:
on a besoin d'un dieu qui parle au genre humain,
il n'appartient qu'à lui d'expliquer son ouvrage,
de consoler le faible et d'éclairer le sage;
l'homme au doute, à l'erreur, abandonné sans lui,
cherche en vain des roseaux qui lui servent d'appui.
Leibnitz ne m'apprend point par quels noeuds invisibles,
dans le mieux ordonné des univers possibles,
un désordre éternel, un cahos de malheurs,
mêle à nos vains plaisirs, de réelles douleurs:
ni pourquoi l'innocent, ainsi que le coupable,
subit également ce mal inévitable.
Je ne conçois pas plus, comment tout serait bien:
Je suis comme un docteur, hélas! Je ne sçais rien.
Platon dit qu'autrefois l'homme avoit eû des aîles,
un corps impénétrable aux atteintes mortelles;
la douleur, le trépas, n'approchaient point de lui,
de cet état brillant qu'il diffère aujourd'hui!
Il rampe, il souffle, il meurt, tout ce qui naît expire.
De la destruction, la nature est l'empire.
Un faible composé de nerfs et d'ossemens,
ne peut être insensible au choc des élemens;
ce mêlange de sang, de liqueur et de poudre,
puisqu'il fut assemblé, fut fait pour se dissoudre;
et le sentiment prompt de ses nerfs délicats,
fut soumis aux douleurs, ministres du trépas.
C'est là ce que m'apprend la voix de la nature.
J'abandonne Platon, je rejette épicure;
Bayle en sçait plus qu'eux tous: je vais le consulter:
la balance à la main, Bayle enseigne à douter;

assez sage, assez grand, pour être sans système,
il les a tous détruits et se combat lui-même.
L'homme étranger à soi, de l'homme est ignoré,
qui suis-je ? où suis-je ? Où vais-je ? Et d'où
suis-je tiré ?
Atômes tourmentés sur ces amas de boüe,
que la mort engloutit, et dont le sort se joüe ;
mais atômes pensants, atômes dont les yeux,
guidés par la pensée ont mesuré les cieux :
au sein de l'infini, nous élançons notre être,
sans pouvoir un moment nous voir et nous connaître.
Je sçais que dans nos jours consacrés aux douleurs,
par la main du plaisir nous essuyons des pleurs ;
mais le plaisir s'envole et passe comme une ombre,
nos chagrins, nos regrets, nos pertes sont sans
nombre ;
le passé n'est pour nous qu'un triste souvenir,
le présent est affreux s'il n'est point d'avenir,
si la nuit du tombeau détruit l'être qui pense.
Un jour tout sera bien. Voilà notre espérance.
Tout est bien aujourd'hui. Voilà l'illusion.

Les sages me trompoient, et Dieu seul a raison.
Humble dans mes soupirs, soumis dans ma souffrance,
je n'interroge point la suprême puissance.
Sur un ton moins lugubre on me vit autrefois
chanter des vains plaisirs les séduisantes loix.
Instruit par les douleurs, instruit par la vieillesse,
des malheureux humains déplorant la foiblesse,
mon coeur compatissant gémit sans murmurer,
sans accuser le dieu que je dois implorer.
Que faut-il ! ô mortels ! Mortels il faut souffrir,
Se soumettre en silence, adorer, et mourir. »

Et si Voltaire avait vraiment lu Leibniz ?

Mon *Candide* n'est pas encore publié et déjà je reçois des lettres de professeurs me demandant d'insister sur le fait que Voltaire n'a jamais sérieusement lu Leibniz. Voltaire n'aurait eu accès qu'à de mauvais élèves de Leibniz. Voltaire ne serait pas un philosophe, juste un pamphlétaire qui préfère la critique ordurière à l'étude critique. Voltaire ne saurait rien de Leibniz. Voltaire refuserait de comprendre que Leibniz professe que nous ne vivons pas dans "le meilleur des mondes", mais bien dans "le meilleur des mondes *possibles*". Tout serait dans le "possible", dans cette pensée subtile.

Ces courriers, dont certains m'ont surpris par leur véhémence, témoignent d'un lieu commun très en vogue parmi les philosophes : "Voltaire, c'est du caca ; Leibniz, c'est bien"

Et s'ils se trompaient, ces philosophes épistoliers à eau ?

Ne pourrait-on pas envisager que la critique voltairienne reste parfaitement pertinente, même si on a lu Leibniz ?

Il me semble que si. Et on voit bien pourquoi ça fait grincer les dents de certains professeurs : Voltaire s'en prend à l'obscénité que revet la pensée logique quand on la confronte aux remous de la réalité.

L'idée Voltairienne, c'est que louer les merveilles de la raison dans un monde où la raison n'est nulle part relève plus de la croyance religieuse obstinée que de la philosophi

Au "Nul n'entre ici s'il n'est géomètre" des anciens, Voltaire oppose la souffrance, la cruauté, la singerie. Dans un monde de vérole, de guerres de religions et de tremblements de terre, tenter de résoudre la psyché humaine en équations

propres, c'est parler de tout autre chose que de la vérité.
En d'autres termes, le philosophe qui s'abandonnerait aux joies du discours mathématique en fermant les yeux sur l'état des choses ne serait d'aucune utilité à l'espèce.
Pire, il ne ferait en cela qu'agir en faux prophète, substituant au monothéisme la religion de l'esprit, nouvelle chimère.

Ce désaveu du logos n'est pas un obscurantisme. C'est un constat ironique, triste et incroyablement moderne.
À la question "quel doit être l'objet de la philosophie ?", Voltaire a dix longueurs d'avance, non seulement sur Leibniz, mais aussi sur Kant.
L'idée kantienne, c'est que la philosophie doit s'en tenir à ce qui est à sa portée : les objets logiques.
Voltaire dit que même ça, ça ne sert à rien.
Et si Voltaire ne nous sert pas dès son *Candide* un discours nihiliste "tout à la poubelle" c'est parce qu'il est mieux élevé, plus roublard et paradoxalement moins candide que Nietzsche ou Schopenhauer.

Ils sont touchants, Nietzsche et Schopenhauer, à traiter les gens et les choses avec sincérité, leur dévoilant le pot-aux-roses : pas de Dieu.

Voltaire les bat par K.O, sur le terrain aquoibonniste : il ne voit même pas la nécessité de mettre les points sur les "i"

Oui, parce que d'une certaine façon, Nietzsche a foi en l'homme, pour venir lui faire de telles confidences.
Voltaire, non. Pour Voltaire, l'homme, c'est une bande de cons, alors vivons bourgeoisement en buvant le chocolat et tâchons de limiter au maximum les contacts avec la meute.
C'est du Claude Chabrol !

Cultivons notre jardin?

Cette formule, aussi indissociable des souvenirs scolaires que la bataille de Marignan ou que "hiboux, choux, genoux..." peut-elle tenir lieu de ligne de conduite? S'agit-il d'un lieu commun ou d'une règle à méditer toute sa vie durant?
Pour des gens comme moi qui n'ont pas une grande culture philosophique, ce genre de formule simple s'avère souvent très inspirante.
Il me semble que Georges Brassens, mon philosophe favori, en avait fait sa maxime de référence, la paraphrasant ainsi : "Gloire à qui n'ayant pas d'idéal sacro-saint se borne à ne pas trop emmerder ses voisins!"
Henry Thoreau, dans Walden ou la vie dans les bois, ne cherche rien d'autre: puisque l'idéal de l'honnête homme maîtrisant tout le savoir du monde est hors de portée, créons un décor à la mesure de l'homme. Délimitons un espace où nos bras, nos jambes, notre esprit, pourront s'activer sans désespoir. Une aire de jeu délimitée, dans le cadre de laquelle nous pourrons constater et éprouver le résultat de nos décisions et de notre travail.

Le travail, c'est la santé!

Oui, comme chez Marx, ou dans le pays de Babar l'éléphant. Mais Voltaire, ça n'est pas Babar et son matérialisme, me semble-t-il, n'a rien à voir avec celui de Karl Marx. D'ailleurs, Voltaire ne dit pas "il faut travailler", il dit "il faut cultiver".
Il ne pas de productivité ou de constructivisme social, il envisage "juste" les conditions permettant de supporter l'existence. Ces conditions, "il faut cultiver son jardin", c'est l'éloge du métier où on fait vraiment quelque chose.

Ni kolkhoze, ni jardin d'Eden : l'exploitation agricole dont parle Voltaire a taille humaine. C'est une structure hétérogène, à mi-chemin entre la famille et la bande de copains, au sein de laquelle chacun fait ce qu'il sait le mieux : tout le contraire d'une ruche.

Travaille-t-on pour s'abrutir ?

Oui. Et c'est là le plus grand plaisir du travail : s'oublier. Et accorder plus d'importance à la cuisson d'un gâteau ou à la croissance d'un arbre. Le poisson va-t-il mordre ? Vais-je réussir à cuire cette faïence sans qu'elle ressorte fendue ? C'est comme quand on écrit. On est absorbé dans le travail qui se fait et on ne pense plus au vaste monde, à l'injustice, à la peur de mourir, à notre aliénation, à notre envie de sexe, notre orgueil, notre haine de nous, nos frustrations face au monde qui nous réserve une place si inconfortable, tout cela disparaît face au travail du jardinier.

Travail, Famille, Patrie ?

Absolument pas ! Ce "cultiver son jardin" n'est pas un travail pour l'état. C'est une activité qui trouve en elle-même sa propre justification. On ne travaille pas "pour". Le travail asservit l'homme, le jardinage le libère.

Un qui doit avoir un beau jardin, c'est Nicolas le jardinier.

Oui, parce que Voltaire, il passait plus de temps à écrire qu'à planter des rutabagas.
Mais pour le jardinage dont il est question, ce jardinage dans le cadre duquel on recrée un espace à nos dimensions, l'écriture est le meilleur des métiers.
A ce titre, le meilleur jardinier d'écriture, c'est celui qui écrit sans philosopher. Le héros voltairien est aux

antipodes de Leibniz. C'est un homme qui écrit sans cesse même s'il est persuadé de la vanité des raisonnements. Il écrit pour rendre compte, sans jugement ni pathos ni théorie, de la pousse, la floraison et la putréfaction des légumes et des arbres que sont l'homme.

Le héros Voltairien, ça n'est ni Kant, ni Wolff, ni Leibniz ; le super jardinier d'écriture, si Voltaire avait vécu pour l'adouber, ça aurait pu être Georges Simenon.

Georges Simenon qui écrivait un chapitre par jour et faisait des romans de sept chapitres pour faire un livre en une semaine. Georges Simenon qui possédait deux chemises d'écriture, qu'il lavait et portait alternativement : un jour l'une, un jour l'autre, car en une journée d'écriture, les chemises se gorgeaient de huit cent grammes de sueur.

Oui. Il faut cultiver son jardin et l'écriture pourrait bien être la plus délicate des activités de jardinage.

Il faut la pratiquer comme un métier, un métier qui s'apprend bien qu'il ne relève pas de l'artisanat : à l'instar du jardinage, l'écriture consiste à accompagner le développement de phénomènes naturels. L'artisanat relève de la reproduction fidèle d'un geste, ce qui est parfaitement autre chose.

Quant aux satisfactions qu'on en tire, il faut les appréhender avec autant de circonspection que le jardinier : à chaque récolte, tout est à refaire, une tempête et on perd tout. Mais quelle joie de recommencer tous les matins !

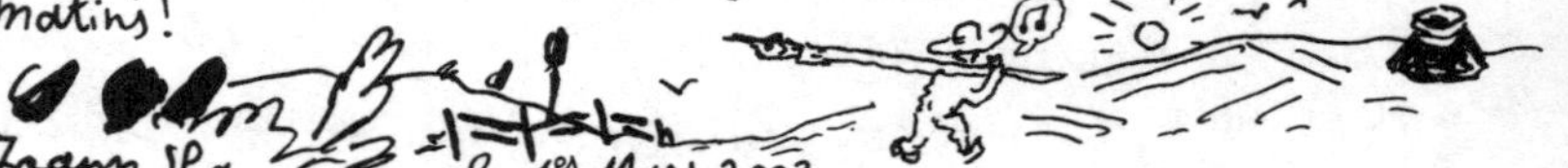

Joann Sfar. Paris. le 1er Mars 2003.

Table.

Bibliographie de Joann Sfar.

A L'Association :

Noyé le Poisson.
Le Petit Monde du Golem.
Le Borgne Gauchet.
Pascin (7 Tomes).
Harmonica.
Paris-Londres.
Carnets (5 tomes).

Chez Cornélius :

Ossour Hyrsidoux (2 Tomes).

Chez Delcourt :

Pétrus Barbygère (avec Pierre Dubois, 2 Tomes).
Professeur Bell (5 Tomes, dont 3 avec Hervé Tanquerelle).
Donjon, série coordonnée avec Lewis Trondheim.
Petit Vampire (7 Tomes).
Grand Vampire (6 Tomes).
Les Potamoks (avec José-Luis Munuera, 3 Tomes).
Troll (avec Olivier Boiscommun et Jean-David Morvan, 3 Tomes).

Chez Dargaud :

La Ville des Mauvais Rêves (avec David B.).
Le Minuscule Mousquetaire (3 Tomes).
Le Chat du Rabbin (5 Tomes).
Socrate le Demi-Chien (avec Christophe Blain, 2 Tomes).
La Vallée des merveilles.
Merlin (avec José-Luis Munuera, 4 Tomes).

Chez Dupuis :

La Fille du Professeur (avec Emmanuel Guibert).
Les Olives Noires (avec Emmanuel Guibert, 3 Tomes).

Chez Bayard :

Sardine de l'Espace (avec Emmanuel Guibert, 5 Tomes).

Chez Gallimard Jeunesse :

Klezmer (3 Tomes).

Chez Denoël Graphic :

L'Homme-Arbre (2 Tomes).

Chez Bréal Jeunesse :

L'Atroce Abécédaire.
Monsieur Crocodile a beaucoup faim.
Orang-outan.
La sorcière et la petite fille.

Chez Nathan :

Le livre des monstres (avec Christophe Blain et Brigitte Coppin).

Achevé d'imprimer en juin 2010
sur les presses de la Nouvelle Imprimerie Laballery
58500 Clamecy
Dépôt légal : juin 2010
N° d'impression : 006027
4017902/04

Imprimé en France

La Nouvelle Imprimerie Laballery est titulaire de la marque Imprim'Vert®

PARU DANS LA MÊME COLLECTION :

LE BANQUET,
DE PLATON.

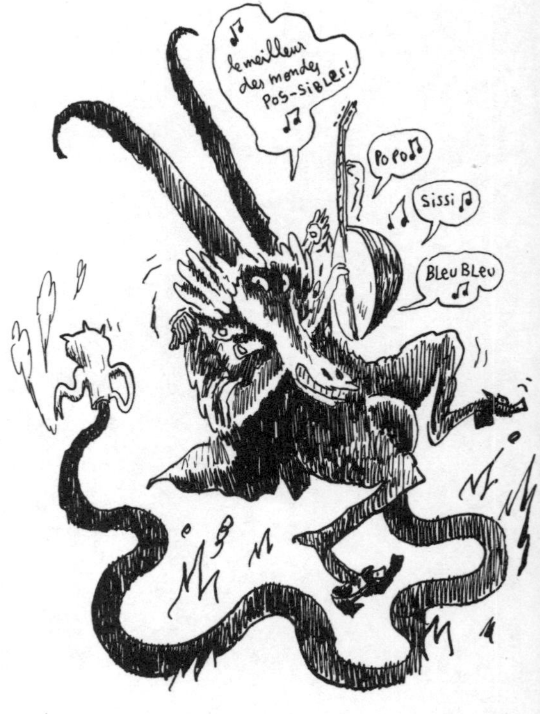
le meilleur des mondes POS-SIBLES!
PoPo
Sissi
BLeu BLeu